Mitologia Clássica

Mitologia Clássica

Lendas do mundo antigo

Tradução e Revisão
Monica Fleisher Alves

Mitologia Clássica
Copyright © Arcturus Holdings Limited

Os direitos desta edição pertencem à
Editora Pé da Letra
Rua Coimbra, 255 – Jd. Colibri – Cotia, SP, Brasil
Tel.(11) 3733-0404
vendas@editorapedaletra.com.br / www.editorapedaletra.com.br

Direção editorial James Misse
Edição e Revisão Leonardo Waack
Tradução e revisão Monica Fleisher Alves
Diagramação Editora Pé da Letra

Impresso no Brasil, 2022

Dados Internacionais de Catalogação na Publicação (CIP) de acordo com ISBD
Bibliotecário Responsável: Oscar Garcia - CRB-8/8043

Mitologia clássica: lendas do mundo antigo / tradução Monica Fleisher Alves. – Cotia, SP : Pé de Letra, 2022.

355 p. : il. ; 16 cm x 23 cm.

Tradução de: Classical mythology

ISBN: 978-65-5888-615-0

1. Mitologia. 2. Lendas.   I. Alves, Monica Fleisher. II. Título.

398.2   CDD 398.2

Índices para catálogo sistemático:
1. Mitologia

Todos os direitos reservados. Nenhuma parte desta publicação pode ser reproduzida, armazenada em um sistema de recuperação, ou transmitida, de qualquer forma ou por qualquer meio, eletrônico, mecânico, fotocopiador, de gravação ou outro, sem autorização prévia por escrito, de acordo com as disposições da Lei 9.610/98. Quaisquer pessoas que pratiquem atos não autorizados em relação a esta publicação podem ser responsáveis por processos criminais e reclamações cíveis por danos. Esta editora empenhou-se em contatar os responsáveis pelos direitos autorais de todas as imagens e de outros materiais utilizados neste livro. Se, porventura, for constatada a omissão involuntária ou equívocos na identificação de algum deles, dispomo-nos a efetuar as correções em edições futuras.

SUMÁRIO

Introdução 9

Plutão e Proserpin 13
Por H.P. Maskel

Pã e Syrinx 16
Por Guy E. Lloyd

A História de Faetonte 22
Por M.M. Bird

Aretusa 27
Por V.C. Turnbull

A História de Dafne 32
Por M.M. Bird

Deucalião e Pirra 35
Por M.M. Bird

Epimeteu e Pandora 39
Por Nathaniel Hawthorne

Europa e o Deus Touro 53
Por Nathaniel Hawthorne

Cadmo e os Dentes de Dragão 65
Por Nathaniel Hawthorne

Orfeu e Eurídice 78
Por V.C. Turnbull

SUMÁRIO

Hércules e as Maçãs de Ouro 84
Por Nathaniel Hawthorne
I. Hércules e o Velho Homem do Mar 84
II. Hércules e Atlas 91

Hércules e Nesso 99
Por H.P. Maskell

A Busca do Velo de Ouro 102
Por M.M. Bird

Como Teseu Encontrou Seu Pai 112
Por Nathaniel Hawthorne

Teseu e a Feiticeira Medeia 118
Por Nathaniel Hawthorne

Teseu Vai Matar o Minotauro 124
Por Nathaniel Hawthorne

Teseu e Ariadne 129
Por Nathaniel Hawthorne

Páris e Enone 137
Por V.C. Turnbull

Ifigênia 144
Por Guy E. Lloyd

Protesilau 148
Por Guy E. Lloyd

A Morte de Heitor 154
Por V.C. Turnbull

O Cavalo de Madeira 160
Por F. Storr

O Saque de Troia 164
Por F. Storr

SUMÁRIO

A Morte de Ajax 169
Por F. Storr

O Voo de Eneias de Troia 173
Por F. Storr

Eneias e Dido 178
Por V.C. Turnbull

Eneias no Hades 185
Por V.C. Turnbull

Niso e Euríalo 192
Por F. Storr

Ulisses em Hades 198
Por M.M. Bird

O Palácio de Circe 204
Por Nathaniel Hawthorne

Ulisses e os Ciclopes 227
Por Hope Moncrieff

As Sereias 235
Por V.C. Turnbull

A História de Nausicaa 239
Por M.M. Bird

A Volta de Ulisses 245
Por M.M. Bird

Baucis e Filêmon 252
Por H.P. Maskell

Hipermnestra 256
Por V.C. Turnbull

Édipo em Colono 261
Por Guy E. Lloyd

SUMÁRIO

Midas 268
Por H.P. Maskell

Perseu e Andrômeda 272
Por V.C. Turnbull

Meléagro e Atalanta 278
Por H.P. Maskell

A História de Dédalo e Ícaro 283
Por M.M. Bird

Scylla, a Filha de Niso 287
Por Guy E. Lloyd

A História de Píramo e Tisbe 295
Por M.M. Bird

Hero e Leandro 298
Por Guy E. Lloyd

Pigmaleão e a Imagem 305
Por F. Storr

Céfalo e Prócris 312
Por H.P. Maskell

Eco e Narciso 316
Por Thomas Bulfinch

O Anel de Polícrates 321
Por M.M. Bird

Rômulo e Remo 326
Por Guy E. Lloyd

INTRODUÇÃO

Todos nós conhecemos termos como o psicanalítico complexo de Édipo, o toque de Midas dos bilionários e o vírus digital Cavalo de Troia. Eles fazem parte da nossa linguagem diária. E são tão comuns que muitas vezes não paramos para pensar como ainda é extraordinário empregarmos nomes e conceitos que vêm de mitos milenares.

Antes que surgissem os textos escritos, os cantores e poetas desempenharam um papel vital, contando e recontando as histórias que ajudaram a criar uma sociedade e a mantê-la unida com memórias e crenças compartilhadas. Muitos mitos estão localizados em um lugar específico. Por exemplo, *Plutão e Proserpina*, a história que abre esta coletânea, se passa na Sicília, nos bosques de Enna, onde havia um importante templo em homenagem a Ceres, mãe de Proserpina.

Entretanto, isso é só um relato da história. Ceres era uma deusa romana da agricultura e da fertilidade, uma interpretação da deusa grega Deméter, para quem foi construído um templo em Elêusis, onde, acredita-se, ela descansou quando buscava sua filha desaparecida.

Tais variações são comuns e até inevitáveis. Sociedades diferentes precisam de tradições diferentes e, à medida que as sociedades se desenvolvem, o mesmo acontece com os mitos que elas contam. A busca do Velo de Ouro, por Jasão e os Argonautas, já era uma história antiga no século VIII a.C., quando a *Ilíada* e a *Odisseia* foram registradas por escrito pela primeira vez. Há estudiosos que acreditam que ela reflete o momento em que a criação de ovelhas chegou à Grécia. No século V a.C., Atenas era o berço da democracia, um centro das artes e da filosofia, e parece não ter tido muita necessidade desse mito em particular – encontramos apenas duas imagens da época a que elas fazem referência. No entanto, deve ter mantido sua ressonância pois, no século III a.C., Apolônio de Rodes escreveu o épico *Argonáutica*, que conta uma vez mais a história, fazendo uso de diversas fontes, algumas das quais não existem mais. Hoje o consideramos a "versão padrão" dos que chegaram antes de nós.

Esses mitos de sociedades tão distintas da nossa chegaram até nós através do Império Romano e do mundo islâmico. Enquanto crescia, o Império Romano foi subordinando à Grécia, absorvendo sua cultura e suas tradições e, consequentemente, as espalhou pelas regiões que controlava na Europa, na África e na Ásia. Séculos depois, quando desmoronou gradualmente, o império deixou seus traços na arte e em textos que sobreviveram, muitas vezes, na tradução, graças aos estudos árabes.

Na Idade Média, o Cristianismo e o Islamismo entraram em conflito. Em 1453, quando Constantinopla caiu para os otomanos, os estudiosos fugiram para a Europa, levando consigo suas bibliotecas – inspirando o Renascimento. Na obra de Ovídio, *Metamorfoses*, um poema em 15 livros, foram particularmente influentes: fazem referência a quase 250 mitos diferentes, oferecendo alternativas aos temas do Cristianismo. Ao longo dos séculos, os artistas foram inspirados por suas narrativas, incluindo Tiziano, Rubens, Michelangelo e Caravaggio.

Enquanto redescobriam os textos do mundo antigo, os europeus também recuperavam sua arte, sobretudo suas estátuas. Apollo Belvedere, por exemplo, foi encontrada perto de Roma e reconhecida rapidamente como obra-prima: Albrecht Dürer inverteu a pose da figura masculina em sua gravura *Adão e Eva*, enquanto Michelangelo foi um dos muitos artistas que a desenharam. Os gregos, e mais tarde os romanos, objetivavam retratar o corpo humano em toda a sua complexidade, criando uma sensação de movimento, de corpos vivos, respirando, mesmo usando bronze e mármore. Os artistas do Renascimento se esforçaram para conseguir um dinamismo semelhante em telas planas.

Os poetas que surgiram durante o Renascimento também devem muito aos mitos clássicos. Dante combinou o mito com alusões clássicas, e Ovídio foi uma fonte evidente para Shakespeare. O impacto de obras como *A Ilíada* e *A Odisseia* foi extenso e poderoso ao longo dos séculos. Por si só, a dívida com a literatura inglesa é bastante clara: a tradução de *A Ilíada*, feita por George Chapman, inspirou o soneto *On First Looking into Chapman's Homer* (literalmente, *Ao Olhar pela Primeira Vez o Homero de Chapman*), de John Keats; *Ulisses* (a variante latina de *A Odisseia*) é um poema de Tennyson e uma das obras mais importantes da literatura modernista de James Joyce.

Joyce foi apresentado à história de Ulisses ainda criança, na adaptação de Charles Lamb para o público infantil *As Aventuras de Ulisses*. Lamb não foi o único escritor que achou importante mostrar às crianças os mitos que influenciaram o seu pensamento. Nathaniel Hawthorne se inspirou da mesma maneira e muitas de suas versões estão incluídas aqui. Entre seus colegas autores está Francis Storr, um estudioso clássico, célebre por traduzir Sófocles. Esses mestres, cujas versões tornaram os mitos acessíveis até mesmo para o público não familiarizado com o mundo clássico – e, deve-se dizer, com as convenções às vezes tediosas do poeta. Os originais orais dos épicos homéricos são, por vezes, óbvios demais, o que caracteriza a repetição tão necessária à memória e à performance: Odisseu é sempre *astuto*; Agamenon, *o rei dos homens*; e Dawn, *prematuro com os dedos rosados*.

Alguns autores foram fiéis às fontes, enquanto outros deram toques especiais às narrativas. Isso tem acontecido com todos os contadores de histórias ao longo dos séculos. Os mitos sempre foram – e sempre serão – reinterpretações abertas. Em 1943, quando a França estava sob o domínio nazista, Jean Anouilh reviveu o mito de Antígona para atacar o governo de Vichy em sua peça do mesmo nome, enquanto Sartre reinterpretou o mito de Electra para explorar os compromissos morais da ocupação em sua peça *As Moscas*.

Em qualquer época, os mitos podem carregar os significados que precisamos que eles mantenham. As histórias que foram contadas pela primeira vez por povos agora muito distantes ainda nos permitem contar a nossa versão.

Caroline Curtis

Plutão e Proserpina, em *Os Amores dos Deuses*, de Giulio Bonasone.

PLUTÃO E PROSERPINA

H.P. Maskell

No coração da Sicília, ficam os bosques de Enna – uma terra de flores e riachos ondulantes, onde a corrente da primavera dura o ano todo. Foi para lá que Proserpina, filha de Ceres, levou as donzelas para colher violetas e lírios. Ansiosa para conseguir as mais belas flores, ela se afastou das companheiras. Foi nesse momento que Plutão, como de costume, saiu de seu reino de sombras para visitar a terra e a encontrou, ficando encantado com sua beleza infantil. Assustada, ela largou as flores e gritou, chamando a mãe e as acompanhantes. De nada adiantou. Apaixonado, ele a agarrou e a levou para sua carruagem puxada por corcéis negros. Eles saíram em disparada, enquanto o mestre chamava cada um pelo nome e sacudia as rédeas. Correram por lagos profundos, por lagoas escuras, fumegando com o calor vulcânico, e pelos portos gêmeos de Siracusa.

Quando chegaram à morada de Ciane, a ninfa se ergueu de sua lagoa cristalina e notou Plutão. "Você não irá mais longe!", ela gritou. "Uma donzela deve ter a mão pedida a seus pais, e não roubada contra a vontade de sua mãe!" Em resposta, o irado filho de Saturno açoitou os corcéis, espumando. E, em seguida, arremessou o cetro real no leito do riacho. Imediatamente, a terra se abriu, dando passagem para o Tártaro. A carruagem desapareceu na caverna escancarada, deixando Ciane dissolvida em lágrimas de tristeza pela donzela arrebatada e por ter seus domínios desprezados.

Enquanto isso, Ceres, a ansiosa mãe, ouviu os gritos de socorro da filha. Ela buscou por toda parte, em terra e no mar. Do amanhecer até o fim do dia, ela procurou e, à noite, seguiu em frente com tochas acesas pelas chamas do Etna. Na beira do lago de Enna, ela encontrou as flores espalhadas e pedaços das vestes rasgadas, mas não havia mais vestígios.

H.P. MASKELL

Cansada e com muita sede, ela se deparou com uma humilde cabana e pediu um copo de água. A dona da casa ofereceu uma jarra de vinho de cevada e ela esvaziou em um único gole. Um menino imprudente zombou da deusa e a chamou de idiota. Terrível e rápido foi o castigo que o atingiu. Ceres jogou sobre ele as poucas gotas que haviam sobrado e, transformado em um tritão cheio de pintas, ele se esgueirou em uma fenda.

Longa seria a história de todas as terras e mares onde a deusa procurou a filha. Depois de visitar todos os cantos do mundo, ela voltou para a Sicília. Ciane, se não tivesse derretido em sua tristeza, poderia ter contado tudo. No entanto, o cinto de Proserpina foi encontrado flutuando na lagoa de Ciane e, assim, a mãe percebeu que a filha havia sido levada à força. Quando lhe entregaram o cinto, ela arrancou os cabelos e bateu no peito. Ela desconhecia a verdade, mas jurou vingança contra tudo e todos e principalmente contra a Sicília, a terra de seu luto

A fome se espalhou na região. Arados se quebraram enquanto viravam torrões, os bois morreram e uma praga se abateu sobre a plantação de milho. Um exército de pássaros pegou a semente tão depressa quanto foi semeada; cardos, mostardas e joio surgiram aos milhares e sufocaram os campos em um piscar de olhos.

Então, Aretusa, a ninfa do rio, que viajara sob o oceano para encontrar seu amado Alfeu na Sicília, ergueu a cabeça com pena da terra faminta e gritou para Ceres: "Ó mãe enlutada, acabe com sua busca inútil e não tenha tanta raiva da terra que lhe é fiel. Enquanto eu vagava pelo rio Estige, vi sua Proserpina. Estava com um ar sombrio, mas não me pareceu desamparada. Reconforte-se! Ela é uma rainha e governa os que habitam o mundo das trevas. Ela é noiva do diabólico rei."

Ceres ficou um pouco mais tranquila e desviou sua ira ao ousado ladrão de sua filha. Ela se apressou para ir para o Olimpo e apresentou sua queixa diante de Júpiter. Ela insistiu para que sua filha fosse devolvida. Se Plutão renunciasse à posse de Proserpina, ela o perdoaria.

Júpiter respondeu com tranquilidade: "Essa atitude dele dificilmente pode ser chamada de dano. Plutão é meu irmão e, como eu, um rei. A diferença é que ele reina abaixo, enquanto eu reino acima. Dê sua permissão e ele não será um mau genro."

Mesmo assim, Ceres estava decidida a trazer a filha de volta. Júpiter concordou que assim seria com a condição de que Proserpina, durante sua estada nas sombras, não permitisse que nenhum alimento passasse por seus lábios.

Cheia de alegria, a mãe correu para o Tártaro e exigiu a filha. Mas o destino estava contra ela. A donzela tinha quebrado o jejum. Enquanto vagava pelos belos jardins do Elíseo, pegou uma romã da árvore curvada e comeu sete das doces sementes roxas. Só uma pessoa presenciou tal ato: Ascálafo, um cortesão de Plutão, que dizem ter sido o primeiro a colocar na mente do rei a ideia de levar Proserpina. Ceres o transformou em uma coruja e o condenou, para sempre, a ser uma ave de mau agouro, que não suporta a luz do dia, e que pia à noite, pressagiando más notícias para os mortais.

Mas Ceres não estava decidida a perder Proserpina para sempre. Júpiter então decretou que durante seis meses a cada ano a filha dela deveria reinar no Tártaro, ao lado de Plutão; e, nos outros seis, retornaria à terra para morar com a mãe. A alegria voltou ao entristecido coração da mãe; e a terra estéril voltou a dar frutos. Logo os campos estavam sorrindo, cheios de milhos dourados e uvas maduras penduradas nas videiras. Mais uma vez, aquela terra favorecida voltou a ser o jardim do mundo.

PÃ E SYRINX

Guy E. Lloyd

Há muito tempo, na aprazível terra da Arcádia, onde os amáveis pastores alimentavam seus rebanhos nas colinas verdes, vivia uma linda donzela chamada Syrinx. Ainda criança, ela adorava sair da casa de seu pai e se perder na floresta. Frequentemente, todos eram forçados a procurar muito, e longe, antes de encontrá-la, com o orvalho já caindo e as estrelas surgindo céu azul-escuro. Mesmo que já fosse tarde, nunca a encontraram com medo nem ansiosa para voltar para casa. Às vezes, ela estava enrolada em musgo, sob uma árvore frondosa, dormindo profundamente; ou estava deitada à beira de um riacho ouvindo o sussurrar da água; ou sentada sobre pedras na encosta, observando maravilhada a lua, com seu brilhante rastro de nuvens correndo pelo céu, como se estivesse perseguindo alguém.

Anos se passaram e Syrinx cresceu; tornou-se uma donzela alta e delicada, com longos cabelos louros e olhos cinzentos. Com um olhar atento, fazendo parecer que estava sempre ouvindo. Na floresta, há muitos sons para qualquer um que tenha ouvidos para perceber as diferentes notas dos pássaros, o zumbido dos insetos, o ruído de algum caçador peludo rastejando pela mata. Depois, o murmúrio agradável da brisa entre as folhas, com um som diferente para cada árvore, ou o grito selvagem do temporal que despedaça os galhos, o borbulhar das nascentes, o balbuciar dos riachos ou o murmúrio da cachoeira. Muitos são ao sons na floresta, e Syrinx conhecia todos e até os amava:

"Beleza nascida do som murmurante,
Passou para o rosto dela."

"Tenha cuidado, Syrinx", diziam seus companheiros. "Se você vagar sozinha por aí, um dia poderá ver o terrível deus Pã."

"Gostaria muito de vê-lo", respondeu a donzela a uma velha que encontrou. "O grande deus Pã ama as matas e tudo o que nelas vive, como eu. Precisamos ser amigos se nos encontrarmos."

A velha olhou para ela com pavor e espanto. "Você não sabe o que está dizendo, criança", ela respondeu. "Alguns dizem que ninguém pode olhar para Pã e continuar vivo, mas disso eu não tenho tanta certeza, pois ouvi falar de pastores com quem ele conversou e que nunca foram piores por isso. Mas sobre isso, não há dúvidas – quem ouve o grito de Pã, enlouquece com o som. Por isso, não seja muito aventureira ou o mal poderá se aproximar."

Pode ser que, agora, com essas palavras sábias e gentis, Syrinx tenha entendido a advertência. Ela ficou se perguntando como seria esse deus, cujo grito fazia os homens enlouquecer. Ela tinha medo de vê-lo, e teria fugido rapidamente mesmo que o tivesse visto só de relance, mas mesmo assim ia sempre até os bosques distantes e silenciosos, para onde, segundo os pastores, Pã tinha o hábito de ir.

Um dia, Syrinx foi mais longe que de costume; e estava na floresta desde o amanhecer. E já era meio-dia. Cansada e com calor, ela se deitou um pouco em um banco sob um freixo todo coberto de hera e acabou adormecendo. Enquanto ela dormia, os habitantes selvagens da floresta vieram espiá-la com admiração. Uma corça, que passava ao lado de seu cervo, parou e olhou suavemente para a donzela. O cervo se abaixou e lambeu seus dedos. Ao toque, Syrinx se mexeu, e tanto a corça quanto o cervo saltaram entre os arbustos. Um pequeno esquilo acabou caindo dos galhos e se sentou perto dela, com a cauda enrolada alegremente em suas costas e os olhos brilhantes fixos em seu rosto. Coelhinhos peludos primeiro puseram a cara fora da toca, e depois, cada vez mais ousados, se aproximaram e se sentaram com as patas dobradas para baixo e as orelhas em pé, ouvindo a respiração tranquila. Por último, apareceu o senhor de todas as coisas selvagens: o grande deus Pã.

Os pés e as pernas dele eram como os de uma cabra pois, assim, ele podia se mover de forma mais rápida e mais leve que uma gazela selvagem, e suas orelhas eram longas e pontudas – como as de um esquilo, para que pudesse ouvir o movimento de um filhote que ainda não saiu do ovo. Suavemente, ele se aproximou da donzela com um sorriso perverso em seus brilhantes olhos escuros. E, quando se inclinou para analisar o rosto dela, ela se mexeu, fazendo com que ele pulasse para trás e se sentasse mais afastado, entre os arbustos, apoiando-se no braço até ficar meio escondido. Ao seu lado havia um grande galho, arrancado por alguma tempestade de inverno. Pã o puxou e cortou um pedaço para fazer um copo pequeno e delicado e começou a assobiar baixinho, para si mesmo, como se fosse um caçador ou um pastor descansando à sombra.

Inicialmente, as notas suaves foram para a donzela semiacordada um sonho com pássaros cantando e água corrente. Então, ela abriu os olhos sonolentos e percebeu que um rosto barbudo a olhava de longe e se curvava sobre alguma coisa. Por um tempo ela ficou quieta e Pã desviou o olhar, mas cortou o pedaço da madeira que estava modelando e assobiou para si mesmo, como se não a tivesse visto.

Pouco depois, já bem acordada, Syrinx se levantou e olhou fixamente para o estranho, que a contemplou de forma descuidada, mas amigável, acenando com um sorriso gentil.

"Você dormiu bem, bela donzela", disse Pã, em voz baixa, que soou como o murmúrio distante de uma torrente de inverno.

E Syrinx, encorajada pelo brilho dos alegres olhos escuros, respondeu: "Sim, belo senhor, pois eu tinha andado muito e estava cansada."

"Como ousou vagar tão longe dos fantasmas dos homens?", perguntou o deus silvestre. "Você não tem medo de tudo o que pode encontrar aqui, nas profundezas da floresta?"

"Não temo as coisas da floresta", respondeu Syrinx. "Nenhuma delas jamais me fez mal. Se você é, como eu o julgo, um caçador, sabe que é apenas pelo medo que os animais da floresta fazem mal ao homem. Eu ando entre eles sempre em silêncio, e não os assusto. Eles seguem seus caminhos e me deixam em paz."

"Você é muito sábia", disse Pã. "São poucos os que, com a sua idade, atingiram seu conhecimento. Quando percebe um farfalhar no mato, um homem arremessa sua lança no local; enquanto as mulheres, em sua maioria, gritam e fogem. Mas os destemidos andam tranquilos e ilesos pela densa floresta."

"Existe um medo no meu coração, gentil estranho", disse Syrinx com seriedade. "Há pastores que dizem que nestes cantos da floresta já viram e falaram com o grande deus Pã. Mas muitos dizem que vê-lo é a morte; e todos dizem que os homens enlouquecem ao som de seus gritos. O que você acha? Já o viu de relance?"

Havia um brilho alegre naqueles olhos dançantes quando o estranho respondeu: "Não, donzela, eu nunca vi aquele de quem você está falando. Mas jogue fora seu último medo, pois tenho certeza de que a visão dele não é a morte de qualquer coisa viva. Ele ama e cuida de tudo que tem vida. O grito só é ouvido em batalha, pois ele nunca grita tão alto, a não ser com ira, o que, de fato, traz confusão para seus inimigos ou para os que resistem. Mas, para seus amigos, traz coragem e triunfo."

Syrinx deu um suspiro de alívio e se deitou novamente, com um braço sob a cabeça, os longos cabelos ondulando sobre os ombros e os belos olhos cinzentos fixos no rosto do estranho.

Pã olhou para ela e chegou mais perto, arrastando-se pelo mato.

"Tenho certeza de que você é tão sábio quanto gentil, belo estranho", disse a inocente donzela. "Sempre houve dentro de mim um pensamento secreto de que Pã, o senhor de todas as coisas selvagens da floresta, não poderia ser feroz e cruel como dizem, e sempre tive certeza de que, se eu o encontrasse e falasse com ele, eu deveria amá-lo também."

"Amor, amor, amor, amor", disse a voz profunda e suave do grande deus Pã. "Toda árvore, toda flor, todo pássaro, todo animal vive para isso. Você realmente entende o que diz, bela donzela?"

A garota acenou sabiamente, pois concordava. "Sim, gentil estranho", ela respondeu, "pois quando olho nos olhos de alguém com quem nunca falei, sei imediatamente se sua fala e sua companhia são agradáveis para mim, ou se eu gostaria que ele passasse e não dissesse uma única palavra. Quando eu estava meio adormecida e ouvi o assobio alegre, pude sentir que era um som doce e amigável, suave aos ouvidos. Era como se fosse a fala da floresta que eu amo desde criança."

Pã riu para si mesmo enquanto moldava o copo de madeira, mas havia um novo brilho em seus olhos desanimados. Quando ele se voltou, Syrinx notou a mudança e uma vaga inquietação tomou conta dela. Ela olhou para o céu que se iluminava com o brilho do sol poente.

"Já está tarde", ela disse. "Tenho que ir embora antes do anoitecer. Adeus, gentil estranho."

"Fique mais um pouco", disse Pã. "Eu conheço todos os caminhos da floresta e, se a escuridão cair sobre nós, posso guiá-la com segurança. Não tenha medo."

Mas a donzela sentiu ainda mais medo ao se levantar.

"Não. Não posso ficar mais. Já é tarde", ela disse apressadamente. Jogando os cabelos para trás, saltou para longe descendo a encosta como um cervo assustado.

Esquecendo tudo, menos o desejo de ficar ao lado dela, Pã começou a segui-la. Olhando para trás, por cima dos ombros, Syrinx viu os pés de cabra e soube com quem estava falando. Sobressaltada, ela mergulhou no mato. Quando não a viu mais, Pã, ansioso para trazê-la de volta, soltou seu grito poderoso.

O som chegou aos ouvidos da aterrorizada donzela que titubeou. Com um selvagem grito de terror, ela fugiu. Antes que os rápidos pés de cabra pudessem alcançá-la, ela mergulhou no rio e se foi – um junco perdido entre os juncos do rio.

Triste e perplexo, o grande deus Pã se sentou às margem do rio. Enquanto olhava para a água, corado pela luz do sol poente, ele viu o mesmo banco de juncos onde Syrinx tinha desaparecido. Eles eram delicados e graciosos, como a donzela que partiu, e tremeram como ela quando olhou para trás e viu quem era o perseguidor. Para Pã, suas flores douradas à luz do entardecer lembravam os cabelos dourados de Syrinx, Ele deu um passo à frente até a beira da água e, curvando-se, arrancou um punhado de juncos. Eles se trincaram com um estalo seco em seus dedos fortes e, quando os viu, ele suspirou profundamente. Esse suspiro soou como uma nota musical baixa e

Pã voltou para a margem, sentando-se e fitando os talos ocos. Ali ele ficou por muito tempo, com o tesouro recém-encontrado. O sol se pôs, as nuvens se transformaram em linhas escuras no céu pálido e a lua cheia se ergueu lentamente por trás da colina. Pã se curvou sobre seu punhado de juncos e soprou sobre eles de um lado para o outro. Depois, eles os cortou e modelou com cuidado.

No dia seguinte, todos os pastores estavam na floresta procurando por Syrinx, mas não encontraram o menor vestígio. Alguns se mudaram para lá e passaram a ouvir uma estranha e doce música distante. Era como se todos os sons da floresta tivessem sido modulados e harmonizados; ora enchiam o ar de forma alegre, ora se transformavam em lamentos. Era Pã, tocando a flauta sétupla que havia feito. Quando ele finalmente a entregou aos filhos dos homens, ensinou-os a tocar e deu a ela o nome de Syrinx, a bela e infeliz donzela que ele tinha amado e perdido.

A HISTÓRIA DE FAETONTE

M.M. Bird

Impetuoso e alto-astral, o jovem Faetonte não tolerava as provocações de seu companheiro de brincadeiras Épafo, que alegava descendência divina de Ísis. Quando Faetonte se gabou por ser filho de Febo, o deus-sol, Épafo apenas riu e o chamou de pretendente indigno. Por isso, um dia, enlouquecido pelas provocações, Faetonte foi até sua mãe Clímene e exigiu que ela lhe desse provas claras de que ele era de fato, como ela afirmou, filho de Febo. Clímene ergueu suas belas mãos para o Sol, que cavalgava pelo céu, e jurou por ele que ninguém menos que Febo era o pai do menino. "No entanto", disse ela, "se isso não lhe basta, e você quer mais provas, vá até a mansão oriental, onde ele mora, e que não é muito longe daqui, e pergunte a ele se você não é seu filho."

O jovem apressou-se em seguir seu conselho. Ele ansiava ver o pai e visitar a mansão em que ele vivia. Ele atravessou a Índia com pressa, sem descansar, até que viu, ao longe, a luz maravilhosa que brilhava perpetuamente sobre o Palácio do Sol.

Ele ficava no alto, sobre colinas de ouro polido iluminada por joias. As portas flexíveis eram de prata; as paredes, de marfim; e Vulcano havia forjado os metais preciosos com desenhos de rara beleza. Os mares, a terra, as belas formas dos deuses imortais, tudo enfeitava os portões esculpidos. Faetonte, subindo a íngreme colina, viu, a grande distância, o deus deslumbrante, sentado no trono imperial, forrado de joias. As Horas, Dias, Meses e Anos estavam alinhados em cada mão. Ele viu a Primavera enfeitada com flores, o Verão com seu celeiro de grãos, o Outono curvado sob o peso de uvas e frutas, e o grisalho Inverno tremendo atrás deles. O olho do deus que tudo vê percebeu, de longe, a sua presença e antes que ele dissesse uma palavra, uma voz vinda do trono lhe deus as boas-vindas: "O que quer, meu filho? Pois meu filho você é." Encorajado, o jovem, embora deslumbrado com o brilho excessivo, despejou sua história e apresentou seu pedido.

O deus, tocado pela história, deixou de lado as glórias que o cercavam e ordenou que o filho se aproximasse e o abraçou com ternura.

"Peça o que quiser", disse ele. "Para convencê-lo de que sou seu pai, juro pelo Estige que vou conceder, seja o que for."

O jovem, transbordando de alegria, pediu permissão para conduzir a brilhante carruagem do Sol por um dia.

Febo ficou desapontado com a ambição do jovem e se arrependeu amargamente de seu juramento; mas mesmo um deus, quando jura pelo Estige, não pode retirar ou anular esse juramento.

"Peça-me outra prova", implorou. "Essa tarefa é muito grande e arriscada para a sua força e sua idade. Nenhum dos deuses – nem o próprio Júpiter, governante do céu – ousa montar aquela carruagem em chamas, exceto eu." Ele falou sobre a dor e o trabalho dos corcéis selvagens para escalar o arco do céu – como os pináculos mais altos do Céu, da Terra e do Oceano estão tão abaixo que até ele mesmo, às vezes, é tomado por vertigens. E, quando os cavalos mergulham na íngreme descida do céu ocidental, é preciso mão forte e firme para detê-los em seu curso. Ele contou também como, em sua tarefa diária, o bravo Sol precisa enfrentar as forças opostas do Urso, do Escorpião e da Estrela do Cão, e conduzir os corcéis entre suas influências. Seu progresso encontra mil armadilhas em forma de monstros estrelados prontos para devorá-lo se ele se desviar um fio de cabelo do caminho designado. E os próprios cavalos, quando sua coragem está em alta, são uma equipe que só um deus pode controlar. "Meu filho", ele implorou, "não exija de mim um presente fatal."

Mas o pedido do pai de nada adiantou. O jovem ousado não se assustou, e o juramento era obrigatório.

A hora havia chegado. A aurora anunciava o novo dia. A carruagem dourada feita por Vulcano foi trazida para fora. Os raios das rodas eram de prata e o assento estrelado por pedras preciosas.

As ágeis Horas trouxeram do estábulo o corcel de fogo.

Depois das últimas palavras de advertência e conselhos, o pai se despediu e observou a partida para a perigosa jornada. O jovem saltou, pegou as rédeas, exaltou e agradeceu tanto ao pai pela indulgência que ele ficou com o coração partido.

Os cavalos relinchavam e empinavam, e, soltando fogo pelas narinas, saltaram pelos portões de Dawn, voando sobre as nuvens e deixando a leve brisa da manhã para trás.

O jovem era leve, não tinha força para estabilizar a carruagem como fazia o experiente cavaleiro. A carruagem saltitante ia sendo jogada para lá e para cá, ao sabor dos ventos e das correntes. E eles se lançaram violentamente no céu. Os corcéis perceberam o peso mais leve e as mãos mais fracas, e mergulharam no curso indicado.

O jovem ficou confuso, olhou ao redor, mas não conseguiu reconhecer a trilha. Ele não sabia para que lado ir, nem os cavalos teriam obedecido à sua mão. Descontrolados, eles correram e trouxeram o calor do meio-dia a regiões distantes dos céus que não estavam acostumadas àqueles raios implacáveis. Ao seu redor, sombras monstruosas e ameaçadoras acordaram e se agitaram nos céus enquanto ele as irritava com o calor. Bem abaixo, o jovem assustado podia ver a Terra e o Oceano se espalharem. Enquanto sua carruagem descia loucamente, as nuvens se dispersaram com seus raios ferozes, as altas montanhas começaram a fumegar e as florestas a queimar. Colheitas maduras foram devoradas pelo fogo, cidades inteiras se transformaram em cinzas. Os montes Pindo e Parnaso fumegaram. As fontes do monte Ida secaram e o Etna fervilhou com calor redobrado. Até os imponentes Apeninos e o Cáucaso perderam sua neve e os enormes Alpes se tornaram uma faixa de chamas vivas.

Horrorizado, o jovem viu o Universo se queimar ao seu redor. Ele mal podia suportar os vapores que subiam ao seu redor. Perdidos entre nuvens de fumaça e cinzas, os corcéis corriam tresloucados para lá e para cá e ele não sabia para onde. Dizem que naquele dia o mouro começou a mudar de cor e a escurecer, e a Líbia e todos os desertos africanos perderam sua umidade, transformando-se em vastas extensões de areia seca. Os grandes rios, o Ganges, o

Eufrates e o Danúbio, ergueram-se em nuvens de vapor sibilante, e o amedrontado Nilo fugiu e escondeu a cabeça nas areias, e ali ficou escondido por séculos.

O severo Netuno, com espanto e raiva, levantou três vezes a cabeça acima das ondas encolhidas, onde todos os seus peixes estavam morrendo, e por três vezes as chamas ferozes o levaram de volta.

Por fim, a Terra, envolta em mares escaldantes, ergueu as sobrancelhas abrasadoras, e apelou para Júpiter.

"Veja como esses vapores ardentes sufocam minha respiração, meu cabelo está chamuscado, meu rosto murcho e os montes de cinzas que maculam meu belo corpo.

Júpiter ouviu seu apelo. De seu alto trono etéreo, chamou todos os poderes, até mesmo o deus cujo filho conduzia a carruagem, para testemunhar que o que ele faria era o que tinha que ser feito: e lançou um raio à frente do desesperado Faetonte.

Assim, com fogo, o deus dos deuses suprimiu o fogo violento. Sem vida, o menino da carruagem caiu como estrela cadente, e seu corpo carbonizado caiu na terra, longe de sua própria terra, longe do mundo ocidental, junto ao rio Pó.

Os cavalos se soltaram de seus arreios, a carruagem se partiu em mil fragmentos brilhantes que se espalharam por toda a terra fumegante.

E a história continua, pelo espaço de um dia inteiro, da manhã à noite, o mundo existiu sem sol, iluminado apenas pelo lúgubre clarão das ruínas em chamas.

Junto às águas do rio, as ninfas latinas deram a volta e olharam admiradas para o jovem morto. Elas encerraram seu corpo carbonizado em uma urna de mármore e escreveram um epitáfio sobre ela:

"Aqui jaz um jovem tão belo quanto corajoso, que conduziu pelos céus a carruagem de seu pai."

Sua mãe, Clímene, desesperada de dor, não parou de vagar pelo mundo, seguida por suas filhas, chorando, até que finalmente chegou às margens do rio Pó. Lá ela encontrou a urna esculpida. Ela se pendurou e encharcou o mármore com suas lágrimas, gritando em voz alta o nome tão querido para ela. As filhas a cercavam e choravam com ela. Passaram a noite em vigília e, quando o dia raiou, elas ainda invocavam o nome do irmão. Por quatro dias e quatro noites, permaneceram em pé, até que, não aguentando mais, resolveram descansar, mas então perceberam que não conseguiam se mover. Os braços de Faetusa ficaram cobertos por uma casca endurecida e os galhos ramificaram; Lampetia ficou enraizada no chão. Egle, enquanto arrancava os cabelos, enchia as mãos de folhas. Enquanto seus rostos ainda não tinham sido transformados, pediram ajuda à mãe. Mas ela, infelizmente, estava impotente. Ela arrancou a casca de seus belos corpos, as folhas que brotavam em seus dedos e agarrou-se a seus membros endurecidos em vão. De onde ela tirava as cascas e as folhas, pingava sangue. Quanto mais ela rasgava as árvores, mais fracas ficavam as vozes das donzelas.

Por fim, a casca cobriu seus belos rostos, e elas permaneceram mudas para sempre, agitando os galhos verdes ao sol, enquanto lágrimas de âmbar rolavam lentamente pela casca incrustada.

ARETUSA

V.C. Turnbull

Oceanus era o senhor de todas as águas, o antigo deus Titã, cuja barba, como uma catarata espumante, ia até seu cinto. Ele teve muitas filhas bonitas, celebradas por vários poetas, mas a mais bela de todas foi a ninfa Aretusa. Não lhe faltavam pretendentes, mas ela evitava os ambientes frequentados por homens e morava no alto das montanhas Acrocerauniannas, onde havia nascido. Quando descia até a planície, escondia-se atrás de arbustos emaranhados e amieiros pendentes. Ela adorava os caminhos tranquilos da floresta, tinha se comprometido com a casta caçadora Diana e adorava acompanhá-la pelos bosques e pelas planícies da Acaia, perseguindo o veado voador.

Mas, um dia, cansada da caça e do grande calor, resolveu vagar sozinha entre os bosques e os prados, procurando um local para descansar. Pouco tempo depois, ela percebeu a ondulação das águas e logo chegou a um rio que corria entre choupos e salgueiros, rápida e silenciosamente, sem fazer redemoinhos. Suas águas eram tão límpidas que era possível contar as pedras que jaziam em seu leito profundo, como joias em uma caixa aberta.

Feliz da vida, a donzela cansada desamarrou as sandálias e, sentando-se às margens, mergulhou seus pés brancos na água fresca. Ficou ali por algum tempo, sem ser perturbada, e observou preguiçosamente as ondulações crescentes enquanto se refrescava com a água. De repente, uma estranha agitação atraiu seus olhos para o meio do riacho, e ela foi tomada pelo medo. Aretusa sabia que só podia ser Alfeu, o deus daquele rio. Ela se levantou rapidamente, tremendo, quando uma voz oca gritou no meio da corrente. Mas (que maravilha!) a voz não era tão terrível como a de um deus, e sim terna e cheia de amor.

"Para onde está indo, Aretusa?", disse a voz. E novamente: "Para onde está indo?"

Mas Aretusa, uma donzela que não se importava com o amor, não seria cortejada nem por um deus, nem por homens.

Rapidamente, ela fugiu daquele lugar encantado, antes mesmo que o jovem deus tivesse saltado do riacho cheio de amor e desejo em seus olhos. E começou então uma longa perseguição, cujo fim foi mais estranho que o começo. Aretusa, não mais cansada como antes, disparou como um cervo e Alfeu, ainda mais ardente que a tímida donzela, a seguiu como um raio. Por bosques e prados, sobre colinas e vales – sim, e passando por mais de uma cidade, corriam o perseguidor e a perseguida. Mas, à medida que o pôr do sol foi se aproximando, os membros fortes de Aretusa se cansaram, sua força e seu ritmo diminuíram e, em seu coração doente, ela sabia que era inútil para um mortal lutar contra um deus. Mas, para os pés de Alfeu, cansaço nenhum pesava; direto e reto ele correu como seu próprio rio. E agora ele estava tão perto da donzela que sua sombra caiu sobre os próprios pés; mas ele não podia ir mais rápido, pois o sol a castigava e as forças dela estavam diminuindo. Cada vez mais alto soavam as passadas do deus. Ela podia até sentir sua respiração arfante em seu cabelo comprido. Havia escapatória? Buscando suas últimas forças, ela gritou para sua soberana: "Socorro, ó caçadora! Ajude aquela que tantas vezes carregou seu arco e suas flechas nas caçadas!"

E a deusa respondeu à sua devota.

Imediatamente, Aretusa foi envolta em uma nuvem tão densa que nem mesmo os olhos ardentes de seu perseguidor conseguiram atravessá-la. Ela se agachou como uma lebre, enquanto do lado de fora ela ouvia os passos do perplexo Alfeu andando ao redor de seu esconderijo à sua procura. Ele, tendo chegado tão perto de seu prêmio, não desistiria agora; e ela estava consciente de que ele vigiaria a nuvem até que ela saísse. De tanto pensar, gotas de suor se acumularam na testa dela e desceram até seus pés. E caíam cada vez mais depressa; ela era como gelo, que se derrete ao sol; e percebeu, com alegria, que a deusa estava abrindo uma outra saída

Alfeu e Aretusa, por Antoine Waterloo.

para ela. O cansaço e o medo logo desapareceram; seus membros cansados se fundiram facilmente com a água; e não uma donzela, mas um riacho alegre correu por baixo da nuvem e fugiu cantando em direção ao mar ocidental.

Mas Alfeu, notando a astúcia da deusa, riu alto: não poderia ele se tornar seu próprio rio? E ele transformou enquanto pensava. E a caçada recomeçou. Só que, desta vez, o rio perseguia a corrente, saltando de penhasco em penhasco e correndo pela imensidão do terreno pantanoso.

Novamente em apuros, Aretusa gritou em voz alta por sua soberana Diana. Em resposta à sua súplica, a terra se rasgou de repente e um vasto abismo negro se abriu em seu caminho. Nele, ela mergulhou e foi descendo, descendo e caiu. E nele, em perseguição, Alfeu também mergulhou. Ele a amava tanto que estava pronto para ir atrás dela até as profundezas da terra.

A escuridão se desfez. No alto, havia um linda luz verde e um silêncio profundo e solene. Aretusa tinha deixado a terra para trás e avançava pelo fundo do oceano. Atrás dela vinham as águas de Alfeu. Então, o coração da donzela, que ainda não conhecia o amor, sentiu algo melhor que o medo. Do amante que podia segui-la até aqui, por que ela deveria voar? Ele veio, incansável e não poluído pelo mar salgado. Suas águas eram tão frescas e puras como quando elas correram pela primeira vez pelos prados ensolarados da Arcádia... Aretusa desistiu de voar. O amor a dominara – Amor, o senhor dos deuses e dos homens, que zomba dos votos das donzelas e derrete o peito mais frio. Ali, em meio às estranhas águas do mar, os dois se encontraram em um abraço amoroso, para nunca mais se separarem. Depois disso, os deuses os trouxeram mais uma vez à luz do sol. Encontrando finalmente um modo de escapar por uma fissura nas rochas, eles avançaram como aquela Fonte de Aretusa, que brota na ilha siciliana de Ortígia.

> E agora, de suas fontes
> Nas montanhas de Enna,
> Abaixo um vale onde a manhã se aquece

Como amigos uma vez separados
Cresceu um único coração,
E eles se encheram de tarefas aquosas.
Ao nascer do sol eles saltam
De seus berços escarpados
Na caverna das prateleiras.
Ao meio-dia eles fluem
Floresta abaixo
Pelo prados de Asphodel.
E à noite eles dormem
No balanço profundo
Abaixo da costa Ortígia.
Como espíritos que mentem
No céu azul
Quando amam, mas não vivem mais.

Percy Bysshe Shelley (1792-1822)

A HISTÓRIA DE DAFNE

M.M. Bird

Febo Apolo, o deus-sol, uma caçador inigualável, exímio na perseguição, tinha matado o terrível Píton com suas flechas. Para comemorar tal ousadia, ele instituiu os Jogos Píticos, em que os jovens deveriam lutar pela superioridade. O prêmio era uma simples coroa verde, símbolo da vitória. O louro ainda não era a folha usada nas coroas que os deuses davam aos felizes vencedores, mas todo tipo de verde era usado com elegância, de forma indiscriminada, sobre os cachos esvoaçantes de Febo.

Cheio de orgulho pelo sucesso contra Píton, Febo viu Cupido, filho imortal de Vênus, curvar seu arco, mirando as flechas emplumadas em mortais incautos. Um coração, uma vez tocado por uma daquelas minúsculas flechas, sentia todo o puro sabor do amor e nunca se recuperava da ferida. Febo então zombou dele. "Essas armas são adequadas para crianças?", ele gritou. "Saiba que esse tipo de arco e flecha é meu negócio. Minhas flechas voam sem resistência. Veja como Píton encontrou seu destino em minhas mãos. Pegue sua tocha e, só com ela, queime as fracas almas dos amantes."

Cupido devolveu a resposta que, embora ao lado das flechas de Apolo pudesse não oferecer resistência, para Cupido seria justamente a fama quando ele próprio fosse dominado. O menino travesso voou para o alto do Parnaso e de lá disparou uma de suas flechas mais afiadas contra o peito da corajosa divindade. Depois pegou uma outra, diferente, cega e com ponteira de chumbo, que ele apontou para o coração de uma certa ninfa de beleza incomparável, uma flecha destinada a causar desprezo de amor em seu seio casto. Seu nome era Dafne, a jovem filha de Peneu. Ela era uma seguidora de

Diana, a divina caçadora. E passava todos os seus dias na mata, entre criaturas selvagens, ou corria pelas planícies abertas com pés velozes. Todo o seu amor era dedicado à vida livre da floresta: ela vagava numa busca destemida a animais de rapina, com a aljava a seu lado, o arco na mão, seus lindos cabelos presos em mechas sobre a cabeça. Seu pai costumava culpá-la. "Você deve", disse ele, "a si mesma e a mim arranjar um marido."

Mas ela, com os braços em volta do pescoço do pai, implorava para que ele a deixasse livre para seguir a vida que ela amava, e não colocasse o jugo de um casamento em seus ombros relutantes. "Só o que eu quero é o pai carinhoso que Diana me deu."

O coração mole de seu pai concordou em respeitar seu capricho, mas a advertiu de que ela não demoraria a se arrepender de seu desejo antinatural.

Um dia, Dafne estava na floresta, caçando, e Apolo a notou. A flecha disparada por Cupido não falhou em seu efeito, e o veneno do amor correu como febre em suas veias. Ele viu a elegância de seu ombro nu, os cabelos revoltos que o vento soltou com uma rajada; ele viu os olhos, límpidos e inocentes como os de um gamo, a beleza e a velocidade de seus pés enquanto ela fugia por uma clareira na floresta e seus dedos afilados enquanto colocava uma flecha na corda do arco. Ele viu e sentiu.

Rápida como o vento, a assustada donzela fugiu ao vê-lo. Nem quando foi alcançada ela parou para ouvir as lisonjeiras palavras.

"Espere, ninfa!", ele gritou. "Não sou um inimigo que a persegue. Por que fugir como uma corça trêmula que corre de um leão, como o cordeiro de um lobo faminto ou a pomba de um falcão? Sou um deus que ama e segue. O deus do qual você foge, um deus que ama e nunca será rejeitado."

Mesmo assim ela fugiu e ele a seguiu; ele o amoroso, ela a relutante; ele suplicando, ela surda às suas súplicas. Como uma lebre se dobra para iludir o galgo que está se aproximando, a donzela voadora se virou e procurou iludir seu perseguidor. Em vão ela lutou contra um deus. O terror ergueu seus pés, mas ela não tinha como escapar do Amor. Ele ganhou terreno sobre ela, que sentiu seu hálito quente no cabelo; seu braço só estava estendido para abraçá-la.

Aterrorizada, a ninfa ficou pálida. Esgotada pela longa e dura corrida pela liberdade, ela lançou um olhar desesperado à sua volta. Mas não havia ajuda à vista, apenas as águas de um pequeno riacho corriam por perto. "Socorro!", ela gritou. "Se é que os deuses da água são realmente divindades. Terra, eu a conjuro, boceje e sepulte esse miserável infeliz; ou mude minha forma, a causa de todo o meu medo!"

A gentil terra ouviu seu pedido delirante. Os pés da assustada ninfa estavam entorpecidos pelo frio e enraizados no chão. Enquanto os braços de Apolo se lançavam em volta dela, uma casca transparente cresceu sobre seu corpo; seus braços estendidos foram transformados em galhos frondosos; os cabelos e os dedos se tornaram folhas trêmulas; só a suavidade de sua pele se manteve.

"Deuses e homens, fomos todos enganados!" Por uma donzela, ele abraçou um loureiro, e seus lábios quentes foram pressionados contra a casca fria.

Entretanto, Apolo era um deus atencioso e, quando sua paixão esfriou, ele se arrependeu de sua busca tresloucada e seu final desesperado. A ideia da recatada donzela vagando livremente pela floresta se arrastou por sua imaginação; ela era ainda mais delicada e adorável do que quando vivia. Ele então jurou que o loureiro seria sua árvore característica. Suas folhas deveriam ser presas à testa do poeta, deveriam coroar o vencedor na corrida de carruagens e o conquistador depois de marchar em triunfo.

Protegida do trovão ela deveria ficar, pura como os deuses imortais; e, como as madeixas de Apolo não são cortadas, seus galhos deveriam ser enfeitados com um verde perpétuo através de todas as estações.

A árvore agradecida só podia dobrar seus belos galhos acima dele e agitar o peso das folhas de sua cabeça.

DEUCALIÃO E PIRRA

M.M. Bird

À idade de ouro da inocência, quando o mundo era jovem e os homens, uma raça de crianças, sucedeu-se uma era de prata e depois uma era de bronze. Por último veio uma era de ferro, quando a mão de cada homem voltou-se contra seu vizinho, e a Justiça fugiu assustada para o céu. Então, os filhos da terra, os gigantes, não mais reprimidos pela lei ou pelo medo dos deuses, se tornaram atrevidos e libertinos. Colocando montanha sobre montanha, eles tentaram escalar os céus e expulsar o monarca do trono. Esses, Júpiter explodiu com seus relâmpagos vermelhos e paralisou com seus raios alados. Mas do sangue deles, como da semente que o camponês espalha, surgiu uma raça de homens, um povo fraco, mas não menos ímpio e sem lei que seus pais. Vendo que os caminhos desses homens eram tortuosos e que nenhum deles era justo aos seus olhos, Júpiter decidiu destruir esse mundo e povoá-lo com uma nova raça, diferente da primeira. Inicialmente, ele pensou em destruí-lo com fogo e preparou sua artilharia de raios, mas depois achou que a conflagração poderia incendiar o próprio céu e queimar os deuses em seus tronos de ouro. Ele então soltou os raios de suas mãos.

"A água", ele gritou, "como cantou meu poeta, 'é o melhor de todos os elementos'; com a água, vou afogar o mundo."

Primeiro, ele confinou o Vento Norte que congela as inundações com seu hálito gelado; depois soltou o Vento Sul, que traz nevoeiro e escuridão, e horror em suas asas. De sua barba e sobrancelhas fez cair um aguaceiro; de seu manto, inundações incessantes escorreram e brumas envolveram sua testa franzida.

Ele varreu a terra, espremendo as águas das nuvens altas, enquanto estrondos e mais estrondos ecoaram ao seu redor.

O milho barbudo se dobrou diante da chuva torrencial, e os fazendeiros lamentaram a ruína de suas colheitas. Mas não foi só nos céus que Júpiter se satisfez abrindo as comportas. Ele invocou os poderes de Netuno para ajudá-lo. O oceano, inimigo natural da terra frutífera, encheu-se de orgulho com esse pedido, e correu para o interior para intensificar as torrentes que jorravam das colinas pelas planícies encharcadas. As inundações se acumularam nas terras baixas, afogando os campos e arruinando os grãos submersos. As ovelhas e o gado, camponeses e seus arados, árvores e animais selvagens, tudo foi carregado pelas águas. Até as casas, minadas pela água, caíram na torrente furiosa, e todos os bens foram engolidos. Alguns escalaram as altas falésias para escapar da desgraça geral; outros partiram em pequenos barcos e flutuaram sobre as chaminés submersas de suas casas, ou lançavam as âncoras entre seus vinhedos. Montes e vales foram igualmente engolidos pelas águas agitadas; os que buscaram refúgio no alto das montanhas morreram de fome, e os barcos naufragaram.

De suas alturas estreladas, Júpiter olhou para baixo e viu apenas um lago de águas turbulentas onde antes havia terra florescente. Então, ele soltou o Vento Norte e colocou o feroz Bóreas para afastar as nuvens. Ele ordenou que Netuno colocasse seu tridente nas ondas agitadas e alisasse seus sulcos. E pediu a Tritão que aparecesse acima das ondas, dando o sinal para que as águas recuassem para seus limites apropriados. Tritão soprou uma explosão em sua concha, e a nota foi carregada de onda em onda, de margem em margem. Obedientes, as águas correram para as margens. Os riachos encolheram lentamente até o nível habitual e os ombros verdes da terra se ergueram. As copas das árvores caídas emergiram, emaranhadas na lama; as casas jaziam em fétidos montes de ruínas; o mundo, desolado, tinha uma aparência doentia.

Eu disse que todos os homens eram maus, mas, no meio dessa raça pecaminosa, dois justos foram encontrados, e embora não pudessem salvar outras pessoas da destruição, eles conseguiram se salvar. Em um distante vale da Tessália, vivia um casal de idosos, que havia fugido para lá para escapar da maldade humana: Deucalião e sua esposa Pirra. Quando veio a enchente, ele viram um pequeno bote flutuando e embarcaram nele. Navegaram por muitos dias, como uma rolha, e, quando a enchente acalmou, os dois se viram encalhados nas alturas do Parnasso.

Eles foram os únicos sobreviventes, e bendisseram os deuses por seu livramento. Mas, ao verem as cenas de desolação, seus corações ficaram tristes. Era um mundo silencioso. Nenhuma voz humana para cumprimentar, nenhum som de animal ou pássaro. Eles não tinham filhos, nem possibilidade de tê-los. E se um deles morresse, como o outro poderia viver?

Mesmo em sua miséria, eles não se esqueceram de render suas homenagens a Júpiter, o Deus da Libertação, e juntos desceram do Parnasso e procuraram o agora arruinado santuário de Têmis. Os telhados estavam verdes de musgo e limo; nenhum fogo queimava no altar deserto.

Eles se prostraram e imploraram à deusa: "Ó justa Têmis, se por nossas orações os deuses podem ser movidos ao amor ou à piedade; se as misérias dos homens podem tocá-los; se há perdão e favor renovado a ser encontrado neles, diga como podemos recuperar a humanidade e, por um milagre, repovoar o mundo."

A graciosa deusa se curvou e disse a eles: "Partam! Cubram suas cabeças e lancem atrás de vocês os ossos de sua poderosa mãe."

O casal ficou espantado e mudo de admiração.

Pirra não conseguiu obedecer à ordem triste e aparentemente ímpia.

"Impeça isso, céu!", ela gritou. "Proíba que eu destrua as sagradas relíquias de seu sepulcro!"

Em seu coração, Deucalião ponderou as palavras da deusa, sempre buscando nelas algum significado oculto não esclarecido. Por fim, seus olhos brilharam. Ele chamou Pirra e disse: "Se entendi bem, há uma resposta para o sombrio enigma que libertará a palavra da deusa da mancha do sacrilégio. Nossa poderosa mãe é a terra. As pedras são seus ossos. São elas que devemos lançar atrás de nós."

Com esperança renovada e alegria, Pirra ouviu as palavras do marido e, embora ainda duvidasse, resolveu tentar.

Descendo para a planície que estava cheia de pedras, eles cobriram suas cabeças e, pegando uma pedra atrás da outra, eles as jogaram sobre os ombros.

Quando as pedras caíram no chão, deu-se o milagre. Cada pedra caía visivelmente transformada. Inicialmente apareceram os rudimentos imperfeitos de uma forma, como se vê no mármore que o cinzel começou a remover e o escultor ainda não finalizou. Então, aos poucos, as pedras pareceram crescer e amolecer como uma fruta madura, até que finalmente o sangue da vida correu pelas veias azuis, enquanto os ossos mantinham sua dureza e sustentavam a nova estrutura formada.

Pelo poder divino, cada pedra lançada por Deucalião se transformou em um homem, enquanto das que Pirra jogou floresceram mulheres. E assim a terra foi repovoada.

"É um conto maravilhoso, mas, se você duvida de sua verdade, questione os rudes egípcios. Eles vão dizer que, quando o Nilo baixar, encontrarão no lodo pedras brutas em forma de um corpo humano com uma protuberância como uma cabeça, e saliências como o início de braços e pernas. São as pedras que Deucalião e Pirra atiraram, mas que caíram a seus pés, e não atrás deles, e só começaram a se transformar em homem e mulher.

EPIMETEU E PANDORA

Nathaniel Hawthorne

Muito, muito tempo atrás, quando este velho mundo ainda vivia sua infância, havia uma criança, chamada Epimeteu, que nunca teve pai ou mãe. Para que ele não ficasse sozinho, outra criança, sem pai e sem mãe como ele, foi enviada de um país distante para morar com ele e ser sua companhia nas brincadeiras e sua companheira. Ela se chamava Pandora.

A primeira coisa que ela viu ao entrar na cabana onde Epimeteu morava foi uma grande caixa. E a primeira pergunta que ela quase fez depois de cruzar a soleira foi: "Epimeteu, o que você guarda nessa caixa?"

"Minha querida Pandora", ele respondeu, "isso é segredo e você precisa ser gentil o bastante para não perguntar nada sobre isso. A caixa foi deixada aqui para ser guardada com segurança. Eu mesmo não sei o que tem dentro dela."

"Mas quem lhe deu?", Pandora perguntou. "De onde ela veio?"

"Isso também é segredo", respondeu Epimeteu.

"Que irritante!", ela exclamou, fazendo beicinho. "Gostaria que essa caixa feia estivesse fora do caminho."

"Ora, vamos! Não pense mais nisso!", gritou Epimeteu. "Vamos lá para fora brincar com as outras crianças."

Passaram-se milhares de anos da época em que Epimeteu e Pandora viveram. O mundo, hoje em dia, é uma coisa muito diferente do que era no tempo deles. Por isso, todo mundo era criança. Não havia necessidade de pais e mães para cuidar das crianças, porque não havia perigo ou problemas de qualquer tipo. Não havia roupa para ser emendada, e havia sempre muita coisa para comer e beber. Sempre que uma criança queria jantar, ela o encontrava crescendo em uma árvore; e, se olhasse para a árvore de manhã, podia a ver a flor da ceia daquela noite se expandindo. Se olhasse à tardinha, via o broto do café da manhã do dia seguinte. Era realmente uma vida muito agradável. Nenhum trabalho a fazer, nem tarefa a ser estudada; só esportes e danças, e vozes de crianças falando e cantando, como passarinhos, ou muitas gargalhadas ao longo do dia.

É possível que a maior inquietação que uma criança experimentou tenha sido a irritação de Pandora por não ser capaz de descobrir o segredo da misteriosa caixa.

No começo, era apenas um tênue sombra de um Problema, mas a cada dia ia ficando mais e mais difícil. Em pouco tempo, a cabana de Epimeteu e Pandora ficou menos ensolarada que as das outras crianças.

"De onde veio essa caixa?", continuava dizendo Pandora a si mesma e a Epimeteu. "O que pode haver ali dentro?"

"Sempre falando dessa caixa!", disse Epimeteu extremamente cansado do assunto. "Querida Pandora, adoraria que você tentasse falar sobre outra coisa. Vamos apanhar alguns figos maduros para comermos sob as árvores no jantar. E também conheço uma videira que tem as uvas mais doces e suculentas que você já provou."

"Sempre falando de uvas e figos!", gritou Pandora de forma mesquinha.

"Está bem então", disse Epimeteu, que era um menino bem-humorado. "Vamos correr e nos divertir com nossos companheiros."

"Estou cansada de tanta diversão. Não me importo se nunca mais tiver!", respondeu a pequena e rabugenta Pandora. "Além disso, não acho graça nenhuma. Essa caixa feia... Passo todo o meu tempo pensando nisso. Insisto que me diga o que tem dentro dela."

"Eu já disse mais de cinquenta vezes, não sei!", respondeu Epimeteu irritado. "Como posso lhe dizer o que tem dentro?"

"Você pode abri-la", disse a menina, olhando de lado para Epimeteu. "Aí nós dois vamos descobrir."

"Pandora, no que você está pensando?", perguntou Epimeteu.

Seu rosto expressava tanto terror com a ideia de abrir uma caixa que lhe foi confiada sob a condição de nunca abri-la, que Pandora achou melhor não sugerir novamente. Mas mesmo assim ela não deixava de pensar e falar na caixa.

"Você pode pelo menos me dizer como ela chegou aqui?", perguntou a menina.

Ele então respondeu: "Pouco antes de você chegar, foi deixada na porta por uma pessoa que parecia muito feliz e inteligente, e que não parava de rir enquanto a colocava no chão. Ela estava vestida com uma capa estranha e usava um gorro que parecia ser feito parcialmente de penas, de modo que era como se tivesse asas."

"Que tipo de cajado ele usava?", perguntou Pandora.

"O cajado mais estranho que você já viu!", exclamou Epimeteu. "Era como se fossem duas serpentes enroladas em uma vara. E ele foi esculpido de forma tão natural que eu, no começo, achei que eram serpentes vivas."

"Eu o conheço", disse Pandora pensativa. "Ninguém mais usa uma coisa dessas. Foi Mercúrio. E foi ele que me trouxe aqui, como a caixa. Sem dúvida, ele queria isso para mim. Provavelmente deve haver vestidos bonitos para eu usar, ou brinquedos para nós dois, ou algo gostoso para nós comermos."

"Talvez!", respondeu Epimeteu ao se virar. "Mas até Mercúrio voltar e nos autorizar não temos o direito de levantar a tampa dessa caixa."

"Que menino chato", murmurou Pandora, quando Epimeteu saiu da cabana. "Eu gostaria que ele tivesse um pouco mais de curiosidade!"

Pela primeira vez desde que Pandora havia chegado, Epimeteu saiu sem pedir que ela o acompanhasse. Estava cansado de ouvir falar da caixa e desejou sinceramente que Mercúrio, ou seja lá quem fosse o mensageiro, a tivesse deixado na porta da cabana de uma outra criança, onde Pandora nunca a teria visto. A caixa, a caixa, e nada além da caixa! Parecia que aquela caixa era enfeitiçada e que a cabana não era grande o suficiente para abrigá-la, sem que Pandora tropeçasse o tempo todo e fizesse Epimeteu tropeçar também, machucando as canelas dos dois.

Uma representação do século XVI, de Epimeteu abrindo a caixa de Pandora, por Guilio Bonasone

Bem, devia ser realmente difícil para o pobre Epimeteu ouvir falar da tal caixa da manhã à noite, especialmente porque as crianças naqueles bons tempos não estavam acostumadas a esse tipo de aborrecimento e nem sabiam como lidar com a situação. Por isso o pequeno problema causou mais perturbação que um bem maior causaria nos dias de hoje.

Quando Epimeteu saiu, Pandora ficou olhando para a caixa. Ela a chamara de feia mais de cem vezes; mas, apesar de toda a reclamação, até que a caixa era um belo objeto de decoração. Era feita de boa madeira, com veios escuros distribuídos pela superfície, e era tão polida que a pequena Pandora podia ver seu rosto nela. Como não tinha outro espelho, é estranho que ela tenha valorizado a caixa só por isso.

As bordas e os cantos da caixa tinham sido maravilhosamente esculpidos. Ela era toda enfeitada com figuras graciosas de homens e mulheres, além de crianças muito bonitas, recostadas ou brincando em meio a uma profusão de folhagens e flores. Tudo primorosamente representado e trabalhado com muita harmonia.

Mas olhando aqui e ali, Pandora observou com tanta atenção por trás das folhagens esculpidas que uma ou duas vezes imaginou ter visto um rosto não tão bonito, que roubou a beleza de todo o resto. No entanto, olhando ainda mais de perto, não conseguiu descobrir nada sobre ele. E acabou acreditando que o rosto tinha sido feito para parecer feio por ela tê-lo olhado de lado.

O rosto mais bonito de todos foi feito no que se chama alto relevo, no centro da tampa. Não havia nada além da beleza escura e lisa da madeira polida e aquele rosto no centro, com uma guirlanda de flores sobre a testa. Pandora tinha olhado para o tal rosto muitas vezes, chegando a imaginar que a boca poderia sorrir se quisesse ou até ficar séria se precisasse. As feições, na verdade, tinham uma expressão muito viva e um tanto travessas; só faltavam falar. Se a boca tivesse falado, talvez tivesse dito algo parecido com isso:

"Não tenha medo, Pandora! Que mal pode haver em abrir uma caixa? Esqueça o Epimeteu. Você é mais sábia que ele, e tem dez vezes mais espírito. Abra a caixa para ver se encontra algo bonito!"

A caixa estava fechada; não por um cadeado, nem qualquer outro aparato, mas por um nó embaraçado em um cordão de ouro. Ele parecia não ter nem começo, nem fim. Nunca houve um nó torcido com tanta destreza nem com tantas voltas, que desafiavam os dedos mais hábeis para desembaraçá-las. Além disso, a própria dificuldade estava deixando Pandora ainda mais tentada a examinar o nó e entender como tinha sido feito. Por duas ou três vezes ela se curvou sobre a caixa e pegou o nó entre o polegar e o indicador, mas não tentou desfazê-lo.

"Estou começando a achar que entendi como as coisas foram feitas", ela disse a si mesma. "Talvez eu pudesse desfazê-lo e amarrá-lo outra vez. Com certeza, não poderia haver mal nenhum nisso. Acho que nem Epimeteu me culparia por isso. Não preciso e nem devo abrir a caixa, é claro, sem a autorização daquele garoto bobo, mesmo que o nó estivesse desatado."

Primeiro ela tentou levantar, mas era pesada demais para uma criança como Pandora. Ela até conseguiu erguer um pouquinho uma das pontas da caixa, mas deixou cair, fazendo um grande barulho. Pouco depois, ela achou que tivesse ouvido algo se mexendo dentro da caixa. Ela até colocou a orelha o mais perto possível para tentar ouvir alguma coisa. E realmente parecia haver uma espécie de murmúrio abafado lá dentro. Ou seria só no canto que Pandora ouviu? Talvez o batimento de seu coração? Mas ela não conseguia se convencer de que realmente tinha ouvido alguma coisa. Entretanto, sua curiosidade estava ainda mais aguçada.

Quando ela virou a cabeça, bateu os olhos no nó do cordão.

"Quem deu esse nó deve ser uma pessoa muito engenhosa", disse Pandora a si mesma. "Mas ainda assim acho que posso desatá-lo. E estou resolvida a encontrar as duas pontas do cordão."

Ela então pegou o nó dourado nos dedos e o pressionou, em sua complexidade, o mais forte que pôde. Quase sem querer, ou sabendo muito bem o que estava fazendo, tentou desfazê-lo. Enquanto isso, a brilhante luz do sol entrou pela janela, assim como as vozes da crianças que brincavam a distância; talvez até a voz de Epimeteu estava entre elas. Pandora parou para ouvir. O dia estava lindo! Não seria mais sensato ela deixar o nó problemático em paz e parar de pensar na caixa, indo se juntar aos amiguinhos para ser feliz?

No entanto, todo esse tempo, seus dedos estavam inconscientemente ocupados com o nó; e, por acaso, ela olhou para o rosto coroado de flores que havia na tampa da caixa encantada e teve a impressão de vê-lo sorrindo ironicamente para ela.

"Esse rosto tem um ar bem malicioso", Pandora pensou. "Eu me pergunto se ele está rindo porque estou fazendo errado. Sei que sou capaz de fugir!"

Foi aí que, acidentalmente, ela deu uma torcida no nó, o que produziu um resultado maravilhoso. O nó do cordão de ouro desatou como que por encanto e deixou a caixa sem fecho.

"É a coisa mais estranha que já vi!", exclamou Pandora. "O que será que o Epimeteu vai dizer? Como vou poder amarrá-lo outra vez?

Ela fez uma ou duas tentativas de restaurar o nó, mas logo percebeu que estava muito além de sua habilidade. Ela tinha conseguido desembaraçar tão depressa que não se lembrava de como as pontas do cordão tinham sido presas uma na outra. Mas a forma e a aparência do nó tinham sumido completamente de sua mente. Era melhor não fazer nada e deixar a caixa no mesmo lugar até Epimeteu aparecer.

"Quando ele encontrar o nó desatado, vai saber que fui eu que fiz isso. E preciso que ele acredite que eu não olhei dentro da caixa", disse a menina.

Então, já que ela seria suspeita de ter olhado o interior da caixa, surgiu uma ideia em seu pequeno coração: por que não fazer isso imediatamente? Que coisa feia, Pandora! Você só deveria ter pensado em fazer a coisa certa, deixando de fazer o que era errado, e não o que seu amigo Epimeteu teria dito ou acreditado. Talvez ela até pudesse, se o rosto encantado na tampa da caixa não parecesse tão fascinantemente persuasivo e se ela parecesse não ouvir, melhor que antes. O murmúrio de algumas vozes dentro da caixa. Ela não sabia se era imaginação ou não; mas havia um pequeno tumulto de sussurros em seu ouvido... ou será que foi sua curiosidade que cochichou:

"Deixe-nos sair daqui, Pandora! Estamos implorando! Seremos bons companheiros de brincadeiras para você! Por favor!"

"Será que tem alguma coisa viva dentro da caixa? Bem... estou resolvida: vou dar só uma espiadinha! Uma olhadela só. Depois fecho a caixa, com toda a segurança. Acho que não há mal nenhum!", disse ela a si mesma.

Mas o que será que Epimeteu estava fazendo?

Esta foi a primeira vez desde que Pandora apareceu que ele tentou desfrutar de algum prazer sem a companhia da menina. Mesmo assim, nada deu certo; ele nem estava feliz como nos outros dias: não encontrou uma uva doce ou um figo maduro (se Epimeteu tinha um defeito, esse era gostar muito de figos); ou, se maduros, estavam maduros demais; e, se doces, chegavam a ser enjoativos. Ou seja, ele ficou tão descontente que as outras crianças não conseguiam entender qual era o problema de Epimeteu. Nem ele sabia o que o incomodava tanto.

Por fim, ele achou melhor voltar para Pandora, cujo humor estava mais parecido com o dele. E, na esperança de alegrá-la, ele juntou algumas flores que pretendia colocar na cabeça dela. Eram flores lindas – rosas e lírios, flores de laranjeira e muitas outras, que deixavam um rastro de perfume por onde Epimeteu passava. E a guirlanda foi montada com toda a habilidade que se podia esperar de um menino. Os dedos das meninas sempre pareceram mais apropriados para entrelaçar flores; mas, naquele tempo, os meninos podiam fazer isso bem melhor que agora.

Enquanto isso, uma grande nuvem negra vinha se acumulando no céu havia algum tempo, embora o dia ainda estivesse ensolarado. Assim que Epimeteu chegou à porta da cabana, essa nuvem começou a interceptar a luz do sol, fazendo o dia escurecer repentinamente.

Ele entrou sem fazer barulho porque pretendia, se possível, colocar-se por trás de Pandora, pondo a guirlanda em sua cabeça antes que ela percebesse sua aproximação. Mas não havia necessidade de pisar com tanta leveza; a probabilidade Pandora ouvir seus passos era nula. Ela estava concentrada demais em seu propósito. No momento em que ele entrou, Pandora tinha colocado a mão na tampa e estava prestes a abrir a caixa misteriosa. Epimeteu a contemplou. Se ele tivesse gritado, Pandora provavelmente teria tirado a mão, e o mistério fatal da caixa poderia nunca ter sido conhecido.

Mas o próprio Epimeteu, embora tivesse falado pouco a respeito, tinha sua curiosidade em saber o que havia dentro da caixa. Percebendo que Pandora estava decidida a descobrir o segredo, ele achou que sua companheira não deveria ser a única pessoa da casa a saber. E, se tivesse algo bonito ou valioso, ele queria ficar com a metade para si mesmo. Assim, depois de todos os sábios discursos para que Pandora contivesse sua curiosidade, Epimeteu acabou sendo tão tolo e quase tão culpado quanto ela. Por isso, sempre que culparmos Pandora pelo que aconteceu, não devemos esquecer de balançar a cabeça, da mesma forma, para Epimeteu.

Quando Pandora levantou a tampa, a cabana ficou escura e sombria, pois a nuvem negra havia encoberto completamente o sol. Por pouco tempo, houve um burburinho e muita reclamação que, de repente, se transformou em um pesado trovão. Mas Pandora, indiferente a tudo isso, levantou a tampa quase na vertical e olhou para dentro. Foi como se um enxame se criaturas aladas passasse por ela, voando para fora da caixa, enquanto, no mesmo instante, ela tenha ouvido a voz de Epimeteu, em tom lastimável, como se estivesse com dor.

"Ai! Estou todo picado!", ele gritou. "Maldita Pandora, por que abriu essa caixa?"

Pandora deixou a tampa cair e, levantando-se, olhou à sua volta, para ver o que tinha acontecido com Epimeteu. A nuvem tinha escurecido tanto a sala que ela não conseguia ver muito bem o que estava acontecendo. Mas ela ouviu um zumbido desagradável, como se moscas enormes ou mosquitos gigantescos tivessem enchido a sala. Quando seus olhos se acostumaram à luz imperfeita, ela viu uma multidão de pequenas formas repulsivas, com asas de morcego, abominavelmente maldosas e armadas com ferrões muito longos em suas caudas. Deve ter sido um desses que picou Epimeteu. Tampouco se passou muito tempo antes que a própria Pandora começasse a gritar, não com menos dor e medo do que seu companheiro de brincadeiras, e fazendo muito mais barulho por isso. Um monstrinho odioso se instalou em sua testa e a teria picado, não sei se profundamente, se Epimeteu não tivesse corrido e o afastado.

Agora, se você quer saber o que podiam ser essas coisas feias que tinham escapado da caixa, devo dizer que eram toda a família de problemas terrenos. Havia paixões malignas; muitas espécies de preocupações; havia mais de cento e cinquenta mágoas e doenças em um grande número de formas miseráveis e dolorosas; havia mais tipos de maldades sobre as quais não seria necessário falar. Resumindo, tudo o que desde então afligiu as almas e corpos da humanidade tinha sido encerrado na caixa misteriosa e entregue a Epimeteu e Pandora para que fosse guardado em segurança, a fim de que as crianças felizes do mundo nunca fossem molestadas por eles. Se tivessem sido fiéis à confiança depositada neles, tudo teria corrido bem. Nenhum adulto jamais ficaria triste, nem qualquer criança teria motivo para derramar um só lágrima até aquele momento.

Mas – e você pode ver por isso que um ato errado de qualquer mortal é uma calamidade para o mundo inteiro –, por Pandora ter levantado a tampa dessa caixa miserável, e também por culpa de Epimeteu que não a impediu, esses problemas se firmaram entre nós e não parece muito provável que sejam expulsos rapidamente. Pois era impossível, como você poderá facilmente imaginar, que as duas crianças mantivessem o perigoso enxame em sua própria casa. Pelo contrário, a primeira coisa que os dois fizeram foi abrir as portas e janelas na esperança de se livrar dele. Com certeza, os problemas alados voaram por toda parte, incomodando e atormentando de tal forma as crianças por toda parte que nenhuma delas sequer sorriu por muitos dias depois. E o mais notável foi ver todas as plantas e flores da terra que até então nunca tinham murchado, agora começavam a cair e perder suas folhas depois de um ou dois dias. Antes que pudessem sonhar com tal coisa, as crianças, que antes pareciam imortais na infância, passaram a envelhecer, dia a dia, para logo se tornarem jovens, depois homens e mulheres adultos e, aos poucos, pessoas idosas.

Enquanto isso, a desobediente Pandora, e o não menos desobediente Epimeteu, permaneceram em sua cabana. Ambos tinham sido gravemente picados e sentiam muita dor, o que lhes parecia mais intolerável, pois era a primeira dor que haviam sentido desde que o mundo começou. Além disso, eles estavam muito mal-humorados, tanto consigo mesmos quanto entre si. E para se tolerarem ao máximo, Epimeteu sentou-se de cara amarrada em um canto, de costas para Pandora, enquanto ela se jogou no chão, apoiando a cabeça na abominável caixa. Ela chorava amargamente e soluçava como se seu coração fosse se partir.

De repente, houve um leve toque no interior da tampa.

"O que pode ser isso?", perguntou Pandora, levantando a cabeça.

Mas ou Epimeteu não ouviu o barulho, ou seu humor não permitiu que ele notasse. De qualquer forma, ele não respondeu.

"Você é muito cruel, não fala comigo", disse Pandora.

Novamente houve um toque! Pareciam os dedos minúsculos de uma mão de fada batendo leve e alegremente no interior da caixa.

"Quem é você?", perguntou Pandora, com um pouco de sua antiga curiosidade.

"Quem é você dentro dessa caixa malvada?

Uma voz doce respondeu do interior da caixa: "Apenas levante a tampa e você vai ver."

"Não, não!", respondeu Pandora, começando a soluçar outra vez. "Já me cansei de levantar a tampa! Você está dentro da caixa e é aí que deve ficar. Já tem muitos de seus feios irmãos e irmãs voando pelo mundo. Não pense que vou ser tão tola a ponto de deixar você sair!"

Enquanto falava, ela olhou para Epimeteu, talvez esperando que ele a elogiasse por sua sabedoria. Mas o menino mal-humorado só disse que ela foi sábia um pouco tarde demais.

"Ah", disse a doce voz novamente. "É melhor você deixar eu sair. Não sou como aquelas criaturas que têm ferrão nas caudas. Elas não

49

são meus irmãos ou irmãs como você poderia ver se olhasse para mim uma única vez. Venha me ver, linda Pandora! Tenho certeza de que você vai me deixar sair."

De fato, havia uma espécie de feitiçaria alegre no tom, que tornava quase impossível recusar qualquer coisa que aquela vozinha pedisse. E o coração de Pandora foi ficando mais leve a cada palavra que vinha de dentro da caixa. Epimeteu também, embora ainda estivesse no canto, se virou e parecia estar melhor que antes.

"Meu querido Epimeteu", gritou Pandora, "você ouviu a vozinha?"

"Sim. Tenho certeza de que ouvi", respondeu ele, mas ainda não de bom humor. "E daí?"

"Devo levantar a tampa outra vez?", perguntou Pandora.

"Como quiser", disse Epimeteu. "Você já causou tantos danos, que talvez seja melhor continuar. Qualquer outro problema, como o enxame que você deixou à deriva pelo mundo, não vai muita diferença."

"Você podia ser um pouco mais gentil", murmurou Pandora enquanto limpava os olhos.

"Ora, garoto", gritou a vozinha de dentro da caixa com um riso malicioso. "Ele sabe que está ansioso para me ver. Venha, minha querida Pandora, levante a tampa. Estou com pressa para confortá-lo. Só me deixe tomar um pouco de ar fresco, e você logo verá que as coisas não são tão sombrias como você imagina!"

"Epimeteu!", exclamou Pandora. "Aconteça o que acontecer, estou decidida a abrir a caixa."

"E, como a tampa parece estar muito pesada", gritou Epimeteu atravessando a sala, "vou ajudar você!"

Assim, com o consentimento, as duas crianças levantaram a tampa outra vez. Da caixa, saiu uma criaturinha sorridente e ensolarada e ficou suspensa no ar, lançando sua luz por toda parte. Você nunca fez a luz do sol dançar pelos cantos escuros refletindo-a no espelho? Era assim que parecia a criaturinha em meio à escuridão da cabana. Ela voou até Epimeteu e tocou seu dedo no local em que o problema o havia picado. E imediatamente a angústia despareceu.

Ela então beijou Pandora na testa, e seu ferimento foi curado da mesma forma.

Logo depois, o estranho ser brilhante voou sobre as cabeças das crianças e olhou para elas com tanta doçura que ambas acharam que não cometido nenhum erro por abrir a caixa, pois, caso contrário, sua alegre convidada teria ficado presa entre aqueles diabinhos com ferrões.

"Por favor, diga quem é você, linda criatura!", pediu Pandora.

"Eu sou chamada de Esperança!", respondeu a criaturinha ensolarada. "E porque sou um corpinho alegre fui embalado na caixa para melhorar a raça humana com esse enxame de problemas, que estava destinado a ser solto. Não tenha medo! Devemos fazer o bem, apesar de todos eles."

"Suas asas são coloridas como o arco-íris!", exclamou Pandora. "É muito bonito!"

"É verdade, elas são como o arco-íris, porque, por mais feliz que seja minha natureza, sou feita parte de lágrimas, parte de sorrisos."

"E você ficará conosco para todo o sempre?", perguntou Epimeteu.

"Enquanto vocês precisarem de mim", respondeu Esperança, com seu sorriso simpático. "E isso será enquanto vocês viverem no mundo – prometo nunca abandoná-los. De vez em quando, pode acontecer de vocês acharem que eu desapareci completamente. Mas de novo, e de novo, e de novo, quando menos esperarem, vocês verão o brilho das minhas asas no teto da cabana. Sim, minhas queridas crianças, eu sei que algo muito bom e bonito deve ser dado a vocês daqui em diante!"

"Conte para nós o que é!", exclamaram os dois.

"Não me perguntem isso", respondeu a Esperança colocando o dedo na boca rosada. "Mas não se desesperem, mesmo que isso nunca aconteça enquanto vocês viverem nesta terra. Confiem na minha promessa, pois é verdade."

"Nós confiamos em você!", gritaram Epimeteu e Pandora ao mesmo tempo.

E assim eles fizeram. Não só eles, mas todos os que confiaram na Esperança, que desde então está viva. E, para dizer a verdade, não posso deixar de ficar feliz (embora, com certeza, tenha sido uma coisa realmente difícil para ela) – mas não posso deixar de ficar feliz por nossa tola Pandora ter espiado dentro da caixa. Sem dúvida – sem dúvida – os problemas continuam voando sobre o mundo, e aumentaram, em vez de diminuir, e são um conjunto de diabinhos muito feios, que carrega a maioria dos ferrões venenosos em suas caudas. Eu já os senti e espero senti-los ainda mais à medida que envelheço. Mas que seja aquela linda e leve figura da Esperança! O que poderíamos fazer no mundo sem ela. A Esperança espiritualiza a terra, a Esperança o mantém sempre novo; e mesmo no melhor e mais brilhante aspecto da terra, a Esperança mostra que é apenas a sombra de uma felicidade infinita no futuro.

EUROPA E O DEUS TOURO

Nathaniel Hawthorne

Cadmo, Fênix e Cílix, os três filhos do rei Agenor, e sua irmã Europa (que era uma criança muito bonita) brincavam juntos perto de uma praia na Fenícia, reino de seu pai. E acabaram se afastando do palácio onde moravam, indo a um prado verdejante, ao lado do qual ficava o mar, que murmurava contra a praia e brilhava e ondulava ao sol. Os três garotos se divertiam colhendo flores e fazendo guirlandas para enfeitar a pequena Europa. Sentada no gramado, ela estava quase escondida sob uma enorme quantidade de botões e flores, de onde seu rosto rosado olhava animado. E, como disse Cadmo, era o a mais bonita de todas as flores.

Bem nesse momento, surgiu uma linda borboleta voando pelo prado. Cadmo, Fênix e Cílix foram atrás dela, gritando que se tratava de uma flor com asas. Europa, que estava um pouco cansada, não correu ao lado dos irmãos, mas ficou imóvel onde estava e fechou os olhos. Por um momento, ela ouviu o murmúrio agradável do mar, que parecia uma voz dizendo "silêncio!" e que a mandava dormir. Se ela dormiu, não pode ter sido mais que alguns minutos, pois ela ouviu um barulho de passos no gramado, não muito longe dela. Olhando por entre as flores, viu um touro branco como a neve.

De onde esse touro pode ter vindo? Europa e seus irmãos brincavam sempre naquele lugar e jamais tinham visto animais ou qualquer outro ser vivo, nem ali, nem nas montanhas vizinhas.

"Cadmo!", chamou Europa, saindo do meio das rosas e lírios. "Fênix! Cílix!" Onde vocês estão? Socorro" Venham tirar um touro daqui!"

Mas os irmãos estavam muito longe para ouvir, especialmente porque o medo tirou a voz de Europa, impedindo-a de gritar mais alto. E lá estava ela, de boca aberta, pálida como os lírios brancos, que se retorciam entre as outras flores das guirlandas.

Entretanto, foi a rapidez com que ela viu o touro, e não qualquer outra coisa assustadora em sua aparência que provocou todo aquele medo em Europa. Ela então olhou com mais atenção e percebeu que era um belo animal e até imaginou uma expressão particularmente amável em seu rosto. Quanto ao hálito – você sabe, o hálito dos animais é sempre doce –, era tão perfumado como se ele não estivesse se alimentando de outra coisa além de botões de rosa ou, pelo menos, do mais delicado dos trevos. Nunca antes um touro teve tanto brilho e ternura nos olhos, sem falar nos suaves chifres de marfim. Ele corria e saltitava alegremente ao lado da menina, de modo que ela esqueceu que o animal era grande e forte e, pela gentileza e por suas atitudes divertidas, ela passou a considerá-lo como um animal de estimação tão inocente quanto um cordeirinho.

Assim, assustada como ela estava no começo, você poderia tê-la visto acariciando a testa do touro com a mãozinha e tirando as guirlandas da própria cabeça para pendurá-las no pescoço e nos chifres do animal. Depois, ela arrancou algumas folhinhas de grama que o touro comeu de sua mão, não como se estivesse com fome, mas porque queria ser amigo da menina, e tinha prazer em comer o que ela tinha tocado. Bem, minhas estrelas! Será que já existiu uma criatura tão gentil, doce, bonita e amável como este touro, e sempre um bom companheiro para uma garotinha?

Quando o animal viu (pois o touro era tão inteligente que é realmente maravilhoso pensar nisso) que Europa não mais o temia, ficou muito feliz e mal pôde se conter. Ele corria pelos campos, ora aqui, ora ali, dando saltos alegres, com tão pouco esforço quanto o de uma ave que pula de galho em galho. E realmente seu movimento era tão leve que ele mais parecia estar voando. Seus cascos mal deixavam marca no chão onde ele pisava. Com sua cor imaculada, ele parecia um monte de neve levado pelo vento. Certa vez, ele correu tão longe que Europa teve medo de que nunca mais o visse. Então, com sua voz infantil, ela o chamou, e o touro apareceu.

"Volte, bonitinho!", ela gritou. "Tenho uma florzinha de trevo para você!"

Foi muito bom testemunhar a gratidão do touro e a forma com que ele demonstrava sua alegria, saltando mais alto do que nunca. Ele veio correndo e inclinou a cabeça diante de Europa, como se soubesse que ela era filha de um rei ou então que reconhecesse que uma garotinha era a rainha de todos. E o touro não só dobrou o pescoço, como se ajoelhou aos pés dela e fez acenos inteligentes e outros gestos convidativos. Europa então entendeu tão bem o que ele quis dizer que foi como se ele tivesse transformado tudo em palavras.

"Venha, minha criança! Vou levar você nas minhas costas", era o que ele queria dizer.

De início, Europa recuou. Mas, em sua sábia cabecinha, ela considerou que não poderia haver mal algum em dar uma voltinha no dorso daquele animal dócil e amigável, que certamente a derrubaria quando ela desejasse. E como seus irmãos ficariam surpresos quando a vissem cavalgando pela campina verde! Eles também poderiam ter momentos alegres, revezando-se sobre o touro, ou os quatro juntos, rindo tanto que seriam ouvidos até no palácio do rei Agenor!

"Acho que eu vou", disse a menina a si mesma.

E, de fato, por que não? Ela lançou um olhar à sua volta e viu que Cadmo, Fênix e Cílix ainda perseguiam a borboleta, quase na outra extremidade do campo. Subir nas costas do touro branco seria a maneira mais rápida de se juntar a eles. Europa deu um passo, ficando mais perto do touro que, sociável como era, mostrou tanta alegria pela confiança, que a menina não conseguiu mais hesitar. Ela deu um pulo (essa princesinha mais parecia um esquilo) e se sentou sobre o touro, segurando um chifre em cada mão para não cair.

"Devagar, touro bonito!", disse ela um pouco assustada com o que tinha feito. "Não ande muito depressa!"

Com a criança nas costas, o touro deu um salto no ar e desceu como uma pena, fazendo com que Europa nem percebesse quando seus cascos tocaram o chão. Logo depois ele começou a correr para

Europa e o Deus Touro mostrados em um estudo preparatório para um afresco, por Annibale Carracci.

aquela parte florida da planície onde estavam os irmãos da menina, e onde eles tinham acabado de pegar a borboleta que tanto perseguiram. Europa gritou de alegria. Fênix, Cílix e Cadmo ficaram boquiabertos com a visão da irmã montada no touro branco, sem saber se deviam se assustar ou desejar a mesma boa sorte para si mesmos. A criatura gentil e inocente (quem duvidaria que ele era assim?) pulava entre as crianças, feliz como um gatinho. Europa ficou o tempo todo olhando para seus irmãos, balançando a cabeça e rindo, mas com um certo ar de superioridade em seu rostinho rosado. Enquanto o touro se preparava para dar uma nova volta pela pradaria, a menina acenou com a mão e disse "Adeus", fingindo brincar que estava de partida para uma longa viagem e ficaria sem ver seus irmãos, embora ninguém puder dizer quanto tempo.

"Adeus!", gritaram Cadmo, Fênix e Cílix a uma só voz.

Mas, junto com toda a sua alegria, ainda havia um certo receio no coração de Europa; de modo que seu último olhar para os três meninos foi perturbador e fez com que eles sentissem como se sua querida irmãzinha realmente estivesse indo embora para sempre. E o que você acha que o touro nevado fez em seguida? Bem, ele partiu, rápido como o vento, direto para a beira-mar correu pela areia, deu um salto no ar e mergulhou na espuma das ondas. E essa espuma caiu como uma chuva sobre ele e a pequena Europa.

A menina soltou então um grito de terror! Da mesma forma, os três meninos saíram correndo em direção à praia, tão rápido quanto suas pernas conseguiam, com Cadmo à sua frente! Mas foi tarde demais. Quando eles chegaram à margem de areia, o animal traiçoeiro já estava em alto-mar, com apenas a cabeça e a cauda brancas aparecendo, e a pequena Europa entre elas, estendendo uma das mãos para os irmãos, enquanto com a outra ela agarrava o chifre de marfim do touro. Cadmo, Fênix e Cílix assistiam ao triste espetáculo por entre as lágrimas, até que não puderam mais distinguir a cabeça do touro do topo das ondas do mar ao seu redor. Nada mais foi visto do touro branco – nada mais foi visto da linda menina.

É possível imaginar como foi difícil para os três irmãos levar essa triste notícia para casa. O rei Agenor, seu pai, era o governante de todo o país. Mas o amor por sua pequena Europa era muito maior que o amor pelo reino ou que por seus outros filhos, ou qualquer outra coisa no mundo. Por isso, quando Cadmo e seus irmãos chegaram em casa chorando e contaram ao pai que um touro branco tinha levado sua irmã e nadado com ela mar adentro, o rei ficou completamente fora de si, cheio de tristeza e raiva. Embora já estivesse escurecendo, ele deu ordens para que fossem em busca da menina.

"Vocês nunca mais verão meu rosto", ele gritou, "a menos que tragam minha pequena Europa para me alegrar com seus sorrisos e seu jeito encantador. Vão embora e não me apareçam aqui até que a tragam pelas mãos."

Enquanto falava, os olhos do rei brilhavam como fogo (ele era um rei muito apaixonado) e ele parecia tão bravo que os pobres meninos sequer se atreveram a pedir o jantar. Os três deixaram o palácio, parando por uns instantes na escadaria para saber aonde iriam primeiro. Eles ainda estavam ali, muito desanimados, quando sua mãe, a rainha Teléfassa (que não estava presente quando eles deram a notícia ao rei) veio ao encontro dos filhos e disse que os acompanharia na busca pela menina.

"Não, mamãe!", gritaram os três, "A noite está escura e não há como saber que problemas e perigos podemos encontrar."

"Ai de mim!, meus filhos queridos", respondeu a rainha Teléfassa aos prantos. "Esse é apenas um outro motivo pelo qual eu deveria ir com vocês. Se eu os perder também, o que será de mim?"

E assim eles desceram os degraus do palácio e iniciaram sua jornada, que acabou sendo bem mais longa do que imaginavam. A última vez que os meninos viram o rei foi quando ele veio até a porta, acompanhado de um servo que segurava uma tocha, e os chamou:

"Lembrem-se! Nunca mais subam esses graus sem minha filha!"

"Nunca!", soluçou a rainha Teléfassa; e os três irmãos responderam: "Nunca! Nunca! Nunca! Nunca!"

E eles mantiveram sua palavra. Ano após ano, o rei Agenor se sentou na solidão do seu belo palácio, esperando ouvir os passos de retorno, a voz familiar da rainha e de seus filhos entrando juntos pela porta e a vozinha doce e infantil da pequena Europa entre eles.

Mas passou tanto tempo que, se eles realmente tivessem voltado, o rei não saberia se era a voz de Teléfassa e dos três meninos que costumavam encher os palácio com suas brincadeiras. Agora, é melhor deixarmos o rei Agenor em seu trono e acompanhar a rainha Teléfassa e seus três companheiros.

Eles seguiram em frente e percorreram um longo caminho. Passaram por montanhas e rios, e navegaram pelos mares. Aqui e ali, e por toda parte, eles perguntavam continuamente se alguém poderia lhes dizer o que tinha acontecido com Europa. Os camponeses a quem fizeram essa pergunta interromperam seus trabalhos e pareceram muito surpresas. Eles acharam estranho ver uma mulher vestida de rainha (Teléfassa, em sua pressa, havia esquecido de tirar suas vestes e sua coroa) perambulando ao lado de três rapazes em uma missão como essa. Mas ninguém podia dar qualquer notícia de Europa – ninguém tinha visto uma menina vestida de princesa, montada em um touro branco, que galopava tão rápido quanto o vento.

Não se sabe quanto tempo a rainha Teléfassa e seus filhos Cadmo, Fênix e Cílix vagaram por estradas e caminhos ou matas inexploradas. A única certeza foi que, antes que chegassem a qualquer lugar onde pudessem descansar, suas vestimentas estavam bastante gastas. Estavam marcados pela viagem, e teriam a poeira dos países pelos quais passaram nos calçados se não tivessem atravessado riachos que levaram tudo. Quando se passou um ano, Teléfassa jogou a coroa fora, porque estava com a testa esfolada.

"Isso me deu muitas dores na cabeça", disse a pobre rainha, "mas não pode curar a minha dor de cabeça."

Rapidamente suas luxuosas vestes se rasgaram, ficando esfarrapadas, e eles as trocaram por roupas como as que as pessoas comuns usavam. Aos poucos, passaram a ter um aspecto selvagem, tanto que você poderia achar que se tratava de uma família cigana, e não uma rainha e três príncipes que, um dia, viveram em um palácio e tiveram um séquito de criados para cumprir suas ordens. Os três meninos cresceram e se tornaram jovens altos, com os rostos queimados pelo sol. Cada um deles se muniu de uma espada para se defender dos perigos do caminho. Quando os agricultores em cujas fazendas buscavam hospitalidade precisavam de ajuda no campo, eles se prontificavam imediatamente. Até a rainha Teléfassa (que nunca trabalhara em seu palácio, exceto entrelaçando fios de seda com fios de ouro) ajudou os filhos a amarrar os feixes. Se lhes oferecessem pagamento, eles sacudiam a cabeça e pediam notícias de Europa.

"Tenho muitos touros no meu pasto", respondiam os fazendeiros. "Mas nunca ouvi falar de um como este. Um touro branco como a neve com uma princesinha nas costas... desculpem-me, mas nunca tive tal visão por aqui."

Por fim, quando seu lábio superior começou a ficar para baixo, Fênix se cansou de vagar sem propósito. Então, um dia, quando estavam passando por um local ermo e agradável, ele se sentou sobre um monte de musgo.

"Não aguento ir mais longe", disse. "Estamos desperdiçando a nossa vida, vagando para cima e para baixo, sem ter uma casa para onde voltar. Nossa irmã está perdida e nunca será encontrada. Provavelmente, ela morreu no mar ou em qualquer lugar para onde o touro a levou. Já faz tantos anos que não haveria amor nem entendimento entre nós, se nos encontrássemos outra vez. Meu pai nos proibiu de voltar ao palácio; então vou erguer uma cabana e morar aqui."

'Bem, meu filho", disse Teléfassa muito triste, "você cresceu e se tornou homem e deve fazer o que julgar melhor. Mas, da minha parte, vou continuar procurando minha menina."

"E nós dois iremos com você!", gritaram Cadmo e Cílix.

Mas, antes de partirem, todos ajudaram Fênix a construir sua cabana. Fizeram um lindo caramanchão, coberto por um arco de galhos vivos. No interior, havia dois quartos encantadores, um dos quais tinha um amontoado de musgo macio como cama, enquanto o outro tinha dois assentos rústicos, feitos com as raízes tortas das árvores. Parecia tão confortável e acolhedor que Teléfassa e seus outros filhos não puderam deixar de suspirar, pensando que eles continuariam a vagar pelo mundo, em vez de viver o resto de seus dias em um local tão alegre quanto o que construíram para Fênix. Mas, ao se despedirem, Fênix chorou e provavelmente lamentou que não ia mais fazer companhia a eles.

Entretanto, ele havia escolhido um lugar admirável para viver. E, aos poucos, vieram outras pessoas que, por acaso, não tinham onde morar. Vendo como o lugar era agradável, também construíram cabanas próximas à de Fênix. Muitos anos se passaram e ali se ergueu uma cidade, no centro da qual se via um majestoso palácio de mármore, onde morava Fênix, vestido com um manto vermelho e usando uma coroa de ouro na cabeça. Tudo porque, quando os habitantes da nova cidade descobriram ele tinha sangue real, o escolheram para ser seu rei. O primeiro decreto do rei Fênix dizia que, se chegasse ao reino uma donzela montada em um touro branco como a neve e se chamasse Europa, seus súditos deveriam tratá-la com muita bondade e respeito, e imediatamente trazê-la à sua presença. Por essa atitude, você pode ver que a consciência de Fênix nunca deixou de incomodá-lo por desistir de procurar a irmã e morar em um lugar confortável, enquanto a mãe e os irmãos seguiam em frente.

Mas, por muitas e muitas vezes, ao final de uma jornada cansativa, Teléfassa, Cadmo e Cílix se lembraram da morada agradável onde tinham deixado Fênix. Era triste demais para os andarilhos a expectativa de que, no dia seguinte, teriam que partir outra vez e nesta, depois de muitos anoiteceres, talvez ainda não estivessem perto do fim de sua peregrinação. Esse pensamento, às vezes, os deixava melancólicos, mas pareciam deixar Cílix mais atormentado que os outros dois. E assim, um dia, quando estavam pegando seus cajados para partir, Cílix se dirigiu a eles:

"Minha querida mãe, e você, meu bom irmão Cadmo, eu me sinto como uma pessoa em um sonho. Não há propósito na vida que estamos levando. O touro branco carregou minha irmã Europa há tanto tempo que eu já me esqueci de como ela era, o tom de sua voz, e, de fato, chego a duvidar que uma garotinha como ela tenha vivido neste mundo. Estou convencido de que ela não conseguiu sobreviver. É a mais pura loucura desperdiçar nossas vidas e nossa felicidade nessa busca. Se a encontrássemos agora, ela seria uma mulher adulta e nos olharia como estranhos. Para dizer a verdade, resolvi fazer minha morada aqui. E suplico a vocês dois que sigam meu exemplo."

"Eu não!", disse Teléfassa que, apesar de falar com firmeza, estava desgastada pela viagem e mal conseguia pôr os pés no chão. "Eu não! No fundo do meu coração, vejo minha Europa como uma criança, de pele rosada, que saiu para colher flores há muitos anos. Ela se tornou uma mulher, mas não se esqueceu de mim. De dia e à noite, caminhando, se sentando para descansar, sua voz infantil não sai dos meus ouvidos: 'Mamãe! Mamãe!' Para aqui quem quiser. Mas, para mim, não há descanso."

"Eu também não", disse Cadmo. "Acompanharei minha mãe enquanto ela quiser seguir em frente."

Entretanto, eles permaneceram alguns dias com Cílix e o ajudaram a erguer um caramanchão semelhante ao que haviam construído para Fênix.

Quando se despediam, Cílix começou a chorar e disse à Teléfassa que ficar ali sozinho parecia um sonho tão melancólico quanto seguir em frente. E que, se a mãe realmente acreditasse que encontrariam Europa, ele estava disposto a continuar a busca. Mas Teléfassa ordenou que ele permanecesse lá e fosse feliz se seu coração permitisse. Assim, os peregrinos se despediram e partiram. E mal tinham sumido de vista quando outros errantes apareceram naquele caminho e, ao verem a morada de Cílix, ficaram muitos felizes com o lugar. Com muitas terras desocupadas nos arredores, esses estranhos construíram cabanas para si mesmos. Logo se juntaram a uma multidão de novos colonos e formaram uma cidade. No centro, surgiu um magnífico palácio de mármore colorido, em cuja sacada, a cada meio-dia, Cílix aparecia em um longo manto roxo, com uma coroa de joias na cabeça. Assim que descobriram que Cílix era filho de um rei, eles o consideraram o mais apto de todos os homens para ser rei.

Um dos primeiros atos do governo do novo rei foi enviar uma expedição composta por um embaixador sério e um séquito de jovens fortes e corajosos, com ordem de visitar os principais reinos da terra e perguntar se uma jovem donzela havia passado por essas regiões galopando um touro branco. Para mim, ficou claro que Cílix se culpava secretamente por desistir de procurar Europa enquanto ainda era capaz de colocar um pé atrás do outro.

Teléfassa e Cadmo, cansados, seguiam seu caminho e só tinham a companhia um do outro. A rainha se apoiava pesadamente no braço do filho e só conseguia andar uns poucos quilômetros por dia. Apesar de toda a fraqueza e cansaço, ninguém a faria desistir da busca. Ouvir o tom melancólico com que ela se aproximava de cada estranho pedindo notícias de uma criança perdida era o suficiente para encher de lágrimas os olhos de homens barbudos.

"Você viu uma garotinha – não, não, quero dizer uma jovem donzela em fase de crescimento – passando por aqui montada em um touro branco como a neve, que galopa rápido como o vento?"

"Não tivemos uma visão tão maravilhosa", responderia o povo; e muitas vezes, Cadmo, a seu lado, ouviu: "Essa mulher majestosa e de aparência tão triste é sua mãe? Certamente ela não está em seu juízo perfeito. Leve-a para casa para que ela descanse. Faça o possível para tirar esse sonho da imaginação dela."

"Não é um sonho", disse Cadmo. "Todo o resto é sonho, exceto isso."

Mas, um dia, Teléfassa pareceu mais fraca que de costume, apoiou quase todo o seu peso no braço de Cadmo e caminhou mais devagar que nunca. Por fim, chegaram a um lugar solitário, onde ela disse ao filho que precisava se deitar e descansar por um bom tempo.

"Um longo e bom descanso!", ela repetia olhando para o rosto do filho com muita ternura. "Um bom e longo descanso, meu querido!"

"Como quiser, minha querida mãe", respondeu Cadmo.

Teléfassa pediu que ele se sentasse no gramado ao seu lado, e então ela pegou sua mão.

"Meu filho", ela disse, fixando os olhos opacos amorosamente sobre Cadmo, "esse descanso de que falo será realmente muito longo! Você não deve esperar até que ele termine. Sei que não me compreende. Você precisa fazer aqui uma sepultura e colocar nela o corpo cansado de sua mãe. Minha peregrinação acabou."

Cadmo irrompeu em lágrimas e durante muito tempo ele se recusou a acreditar que sua querida mãe lhe fosse tirada agora. Mas Teléfassa raciocinou com ele, beijou-o e, por fim, fez com que ele discernisse que era melhor que seu espírito passasse da labuta, do cansaço, da dor e do desapontamento que a sobrecarregaram na terra desde que sua filha se perdeu. Ele acabou reprimindo sua tristeza e ouviu suas últimas palavras.

"Querido Cadmo", disse ela, "você foi o filho mais verdadeiro que uma mãe jamais teve, e fiel até o fim. Quem mais teria suportado minhas enfermidades como você? É por causa de seus cuidados, meu filho mais terno, que minha sepultura não foi cavada há muitos anos, em algum vale ou colina, que fica muito, muito atrás de nós. Chega! Você não vagará mais nesta busca sem esperança. Mas, quando tiver colocado sua mãe na terra, vá a Delfos, meu filho, e pergunte ao oráculo o que você fará em seguida."

"Oh, minha mãe", gritou Cadmo, "você poderia ter visto minha irmã antes desta hora!"

"Isso pouco importa agora", respondeu Teléfassa. E houve um sorriso em seu rosto. "Vou agora para um mundo melhor e, mais cedo ou mais tarde, encontrarei minha filha lá."

Não vou entristecê-lo, caro leitor, contando como Teléfassa morreu e foi enterrada. Direi apenas que seu sorriso moribundo ficou mais brilhante, em vez de desaparecer de seu rosto morto. Cadmo então se convenceu de que, logo no primeiro passo para o mundo melhor, a mãe pegou Europa em seus braços. Depois, plantou algumas flores no túmulo de Teléfassa e as deixou crescer para embelezar o lugar quando ele estivesse longe.

CADMO E OS DENTES DE DRAGÃO

Nathaniel Hawthorne

Depois de cumprir um dever tão doloroso, Cadmo partiu sozinho e caminhou em direção ao famoso oráculo de Delfos, seguindo os conselhos da mãe. Pelo caminho, ele ainda perguntou às pessoas com quem encontrou se tinham visto Europa; pois, para dizer a verdade, Cadmo estava tão acostumado a fazer a pergunta que ela saia de seus lábios tão prontamente quanto um comentário sobre o tempo. Ele recebeu várias respostas. Ora uma coisa, ora outra. De um marinheiro ele ouviu que, muito tempo atrás, em um país distante, houve um boato sobre um touro branco, que apareceu nadando no mar com uma criança nas costas, enfeitado com flores, que foram destruídas pelas águas do mar. Mas ele não sabia o que tinha acontecido com a criança ou com o touro. Cadmo suspeitou, de fato, pelo brilho nos olhos do marinheiro, que aquilo era uma piada sobre ele, e que o homem realmente nunca tinha ouvido nada a respeito.

O pobre Cadmo achava mais cansativo viajar sozinho do que ter que carregar o peso de sua querida mãe enquanto ela lhe fazia companhia. O coração dele agora, você vai entender, estava tão pesado que parecia impossível ir mais longe. Mas suas penas eram fortes e ativas, e estavam acostumadas a exercícios. Então, Cadmo apressou os passos, pensando no rei Agenor e na rainha Teléfassa, e em seus irmãos, que tinham ficado para trás durante a peregrinação, que ele não esperava ver nunca mais. Cheio dessas lembranças, ele avistou uma montanha que disseram a ele se tratar do Monte

Parnasso. E era na encosta do Monte Parnasso que ficava o famoso Delfos, para onde Cadmo estava indo

Delfos devia ser o ponto mais central do mundo. O lugar do oráculo era uma certa cavidade na encosta da montanha, sobre a qual Cadmo, quando chegou lá, encontrou uma cabana de galhos. E ele se lembrou das que ajudou Fênix e Cílix a construir. Tempos depois, quando multidões vinham de grandes distâncias para fazer perguntas ao oráculo, um espaçoso templo de mármore foi erguido no local. Mas nos dias de Cadmo, como eu já disse, só havia aquela cabana rústica com uma abundante folhagem verde e um tufo de arbustos que ia até o misterioso buraco na encosta.

Quando abriu uma passagem pelo emaranhado de galhos e entrou na cabana, Cadmo não percebeu uma primeira cavidade escondida. Mas ele logo sentiu uma corrente de ar frio que vinha lá de dentro e era tão forte que sacudia seus cabelos. Afastando os arbustos da entrada do buraco, ele se inclinou para frente e falou em um tom distinto mas reverente, como se estivesse se dirigindo a uma pessoa invisível dentro da montanha.

"Sagrado Oráculo de Delfos", ele disse, "para onde devo seguir em busca de minha querida irmã Europa?"

Primeiro, houve um silêncio profundo, e então um som ruidoso, ou um ruído semelhante a um longo suspiro, vindo de dentro da terra. Essa cavidade, como você deve saber, era vista como uma espécie de fonte da verdade que, de vez em quando, jorrava palavras audíveis, embora, na maioria das vezes, essas palavras fossem um enigma tão grande que poderiam ter ficado no fundo do buraco. Mas Cadmo teve mais sorte que muitos outros que foram a Delfos em busca da verdade. Aos poucos, o barulho começou a soar como uma linguagem articulada. E ele repetiu sem parar a seguinte frase, que era tão vaga como o assobio de uma rajada de ar, que Cadmo realmente não sabia se significava alguma coisa ou não: "Não a procure mais! Não a procure mais! Não a procure mais!"

"O que devo fazer então?", perguntou Cadmo.

Como você sabe, desde criança o grande objetivo da vida de Cadmo era encontrar sua irmã. Desde a hora em que partiu, seguindo a borboleta, perto do palácio de seu pai, tinha dado o seu melhor para encontrar Europa, por terra e mar. E agora, se devia desistir da busca, ele parecia não ter mais o que fazer no mundo.

Mas novamente a rajada de ar se transformou em algo como uma voz rouca.

"Siga a vaca! Siga a vaca! Siga a vaca!"

E, quando essas palavras foram repetidas até Cadmo se cansar de ouvi-las (sobretudo porque ele não conseguia imaginar que vaca era essa ou por que deveria segui-la), uma nova frase surgiu.

"Onde a vaca perdida se deita, ali está sua casa."

Essas palavras foram pronunciadas apenas uma vez, e morreram em um sussurro, antes que Cadmo ficasse satisfeito por ter entendido o significado. Ele fez muitas outras perguntas, mas não houve resposta. Apenas a rajada de vento suspirava continuamente e soprava folhas murchas que se arrastavam no chão à sua frente.

"Será que realmente ouvi palavras saindo pelo buraco ou estive sonhando o tempo todo?", pensou Cadmo.

Ele então se afastou do Oráculo e não se achou mais sábio do que quando chegou. Não se importando com o que poderia acontecer, ele pegou o primeiro caminho que viu e seguiu lentamente, pois, não tendo nenhum objetivo em vista, nem qualquer motivo para ir por um ou outro caminho, certamente seria tolice andar mais depressa. Sempre que encontrava uma pessoa, a velha pergunta saía de sua boca: "Viu uma bela donzela, vestida como a filha de um rei, montando um touro branco como a neve, que galopa tão rápido quanto o vento?"

Mas, lembrando-se do que o Oráculo tinha dito, ele só pronunciou as palavras pela metade, e depois murmurou o restante indistintamente. De sua confusão, as pessoas deviam imaginar que aquele jovem havia perdido o juízo.

Não sei até onde Cadmo foi, nem mesmo se ele poderia ter feito a pergunta a você, quando, a pouca distância à sua frente, viu uma vaca malhada. Ela estava deitada à beira do caminho, ruminando em silêncio e só se atentou à presença do jovem quando ele chegou muito perto. Erguendo-se vagarosamente e balançando a cabeça. Ela começou a se movimentar de forma moderada, parando algumas vezes apenas o tempo suficiente para cortar uma pequena quantidade de grama. Cadmo ficou para trás, assobiando para si mesmo, e mal percebeu a vaca, até que lhe ocorreu o pensamento se era aquele animal que, segundo o oráculo, deveria ser seguido. E ele até sorriu para si mesmo por imaginar uma coisa dessas. Cadmo não podia pensar seriamente que a vaca era essa, pois ela andava tão silenciosamente, comportando-se como uma vaca qualquer. E, evidentemente, ela não sabia nem se importava com o jovem, Devia estar apenas pensando em como sobreviver à beira daquele caminho onde havia erva verde e fresca. Talvez ela estivesse indo para casa para ser ordenhada.

"Vaca, vaca, vaca!", ele gritou. "Ei, malhada, pare!"

Cadmo queria se apresentar ao animal para examiná-lo e ver se ele parecia conhecê-lo, ou se essa vaca teria alguma peculiaridade que a distinguisse de outras tantas, cujo negócio era encher baldes de leite e, às vezes, derrubá-los. Mas, ainda assim, a vaca malhada andava lentamente, balançando o rabo para espantar as moscas e dando pouca importância à presença do jovem. Se Cadmo andava devagar, a vaca também andava e aproveitava a oportunidade para pastar. Se ele acelerasse, a vaca andava mais depressa. A certa altura, Cadmo tentou alcançá-la correndo. Ela esticou os calcanhares, colocou o rabo em linha reta e partiu a galope, parecida com qualquer vaca que resolve correr.

Quando viu que era impossível alcançá-la, Cadmo voltou a andar como antes. Sem olhar para trás, ela também continuou vagarosamente. Onde a grama estivesse mais verde, ela mordiscava um pedaço ou dois. Onde havia um riacho brilhando, a vaca bebia, respirava fundo e bebia novamente. E seguia em frente, no ritmo que melhor convinha a ela e a Cadmo.

"Acredito que essa pode ser a vaca que me foi anunciada", pensou o jovem. "Se for, imagino que ela vá se deitar em algum lugar por aqui."

Se ela fosse a vaca do oráculo ou outra qualquer, não parecia razoável que ela viajasse para muito longe. Por isso, sempre que chegavam a um lugar particularmente agradável numa encosta arejada, em um vale florido, às margens de um lago calmo, ou ao longo das margens de um riacho de águas claras, Cadmo olhava ao redor para ver se lhe serviria de morada. Mesmo assim, gostando ou não do lugar, a vaca malhada nunca se deitava. Ela continuava no ritmo tranquilo de uma vaca que volta para o seu estábulo. A cada momento, Cadmo esperava ver alguém se aproximar com um balde, ou um pastor correndo para levá-la de volta a seu pasto. Mas não apareceu ninguém e ele a seguiu até quase cair de tão cansado.

"Você nunca vai parar?", ele gritou em tom de desespero.

Ele agora estava muito concentrado em ir atrás dela para pensar em ficar para trás. Por mais longo que fosse o caminho e seu cansaço. De fato, parecia que havia algo naquele animal que enfeitiçava as pessoas. Várias pessoas que por acaso viram a vaca malhada e Cadmo indo atrás, começaram a segui-los. Cadmo estava feliz por ter com quem conversar e falava livremente com todas essas pessoas. Ele contou todas as suas aventuras e como ele havia deixado o rei Agenor em seu palácio, Fênix em um lugar, Cílix em outro, e sua querida mãe, a rainha Teléfassa sob um campo florido. Disse que agora estava completamente sozinho, sem amigos e sem uma casa para morar. Da mesma forma, comentou sobre as ordens do oráculo, de que ele deveria seguir uma vaca, e perguntou aos estranhos se eles achavam que essa vaca malhada poderia ser a única.

"É uma história maravilhosa", disse um de seus novos companheiros. "Conheço bem os costumes do gado, e nunca ouvi falar de uma vaca que, por vontade própria, fosse tão longe, sem parar. Se minhas pernas permitirem, jamais deixarei de segui-la, até que ela se deite."

"Nem eu!", disse um outro.

"Eu também não!", gritou um terceiro. "Se ela andar centenas de quilômetros, estou disposto a ver aonde chegaremos."

O segredo, você deve ter percebido, era o fato de essa vaca ser uma vaca encantada, e que, sem que tivessem consciência disso, ela lançava um pouco do seu encantamento sobre todos os que deram meia dúzia de passos atrás dela. Eles não podiam deixar de segui-la, embora se imaginassem fazendo isso por vontade própria. A vaca não foi muito gentil na escolha de seu caminho, de modo que, às vezes, eles tinham que escalar rochedos, ou atravessar charcos e pântanos, e estavam todos em uma condição terrivelmente suja, extremamente cansados e morrendo de fome. Era muito cansativo!

Mas, mesmo assim, continuavam avançando com força e conversando enquanto andavam. Os estranhos gostaram tanto de Cadmo que resolveram nunca abandoná-lo e ajudá-lo a construir uma cidade onde a vaca se deitasse. No centro, ergueriam um palácio imponente, onde Cadmo moraria e seria seu rei, com trono, coroa, cetro e um manto roxo, tudo o que um rei deve ter. Nele havia sangue real, coração real e uma cabeça que sabia governar.

Enquanto falavam de seus planos e enganavam o tédio da jornada, traçando os planos da nova cidade, um dos companheiros, de repente, olhou para a vaca.

"Alegrem-se! Alegrem-se!", exclamou ele batendo palmas. "A malhada vai se deitar."

Todos olharam. A vaca realmente havia parado e olhava calmamente à sua volta. Como todas as vacas fazem quando estão a ponto de se deitar. E lentamente, muito lentamente, ela se reclinou sobre a grama macia, dobrando primeiro as pata da frente e depois agachando as traseiras. Quando Cadmo e seus companheiros se aproximaram, lá estava a vaca malhada toda relaxada, ruminando e olhando calmamente o rosto de cada um, como se este fosse exatamente o lugar que ela estava procurando, e como se tudo isso fosse natural.

"Então é aqui que deve ser a minha casa", disse Cadmo olhando à sua volta.

Era uma planície fértil e encantadora, com grandes árvores lançando suas sombras salpicadas de sol sobre ela, e cercada por colinas que a protegiam. Não muito longe, viram um rio que brilhava ao sol. Um sentimento de lar invadiu o coração do pobre Cadmo. Ele ficou muito feliz por saber que poderia acordar na manhã seguinte sem a necessidade de calçar suas sandálias empoeiradas para continuar a viagem. Dias e anos passariam sobre ele e o encontrariam no mesmo lugar.

Se pudesse ter os irmãos a seu lado e ter visto sua querida mãe sob um teto próprio, ele poderia ter sido feliz aqui, depois de tantas decepções. Um dia ou outro, sua irmã Europa também poderia ter chegado silenciosamente à porta da casa e sorrido para os rostos familiares. Mas, de fato, como não havia esperança de reconquistar seus amigos de infância ou de reencontrar sua irmã, Cadmo resolveu fazer-se feliz com os novos companheiros, que tanto se afeiçoaram a ele enquanto seguiam a vaca.

"É isso, meus amigos, este será nosso novo lar", ele disse. "Aqui construiremos nossas casas. A vaca malhada que nos trouxe para cá nos fornecerá seu leite. Vamos cultivar o solo vizinho e levaremos uma vida simples e feliz."

Seus companheiros concordaram com esse plano e a primeira atitude, já que estavam morrendo de fome e sede, foi procurar em torno deles meios de conseguir uma boa refeição. Não muito longe, vislumbraram um tufo de árvores onde, aparentemente, devia haver uma fonte de água sob elas. O grupo foi em sua direção, deixando Cadmo estendido no chão junto com a vaca malhada. Ele havia encontrado finalmente um lugar de descanso e parecia que todo o cansaço de sua peregrinação, desde que saiu do palácio do rei Agenor, caiu sobre ele de uma só vez. Seus novos amigos mal tinham saído quando ele foi repentinamente surpreendido por choro e muitos gritos, e o barulho de uma tremenda luta. Em meio a tudo isso, soou um assobio terrível, que atravessou seus ouvidos como uma serra.

Correndo em direção às árvores, ele viu a cabeça e os olhos flamejantes de um serpente imensa, ou um dragão, com mandíbulas descomunais e uma grande quantidade de dentes extremamente afiados. Antes que Cadmo pudesse chegar ao local, o impiedoso réptil matou seus pobres companheiros e se ocupou, devorando-os, um de cada vez.

Aparentemente, a fonte era encantada e o dragão estava ali para guardá-la, para que nenhum mortal se aproximasse para saciar a sede. Desde que o monstro tinha quebrado o jejum, há muito tempo (não menos que cem anos, ou perto disso), os moradores dos arredores evitavam o local. Por isso, como era de se esperar, ele tinha muito apetite e não ficou satisfeito com as pobres pessoas que acabara de comer. Ao avistar Cadmo, ele soltou outro silvo abominável, e jogou para trás suas imensas mandíbulas, até sua boca ficar parecida com uma grande caverna vermelha, em cuja extremidade ainda se viam as pernas da última vítima, que ele ainda não tivera tempo de engolir.

Cadmo ficou tão transtornado com o extermínio de seus amigos que não se importou nem com o tamanho das mandíbulas do dragão, nem com suas centenas de dentes afiados. Desembainhando a espada, ele correu na direção do monstro, jogou-se direto em sua boca cavernosa. Esse método ousado de atacar pegou o dragão de surpresa. De fato, Cadmo havia saltado tão fundo em sua garganta, que as fileiras de dentes não podiam se fechar sobre ele nem lhe causar o menor dano. Embora tenha sido uma luta ferrenha e o dragão tenha lascado partes de árvores chicoteando com a cauda, Cadmo o atacou sem parar, apunhalando seus órgãos vitais e não demorou muito tempo para que o monstro escamoso pensasse em escapar. No entanto, ele nem tinha se esforçado tanto quando Cadmo aplicou um golpe com a espada, pondo fim à batalha. Depois ele rastejou para fora das mandíbulas da criatura e a viu contorcer o corpo enorme, embora ela já não tivesse mais força suficiente para machucar nem uma criancinha.

Você não acha que Cadmo ficou triste ao pensar no melancólico destino que se abateu sobre seus pobres companheiros que seguiram a vaca com ele? Parecia que estava condenado a perder todos que amava, ou vê-los morrer de uma forma ou de outra. E ali estava ele, depois de tantas lutas e problemas, em um local solitário, sem nenhum humano para ajudá-lo e construir uma cabana.

"O que devo fazer?", gritou ele em voz alta. "Teria sido melhor ser devorado pelo dragão, como meus companheiros."

"Cadmo", disse uma voz – mas, se vinha de cima ou de baixo, ou se falava dentro do seu próprio peito, o jovem não sabia dizer – "arranque os dentes do dragão e plante-os na terra."

Que coisa mais estranha. Nem seria fácil, imagino, arrancar todas aquelas presas enraizadas das mandíbulas do dragão morto. Mas Cadmo se esforçou, puxou e depois esmurrou a imensa cabeça do monstro, quebrando-a em pequenos pedaços, até que, finalmente, juntou tantos dentes que seriam suficientes para cobrir uma vasta extensão de terra. O próximo passo seria plantá-los o que, também, era um trabalho tedioso. Além disso, o jovem estava exausto depois de matar o dragão, despedaçar sua cabeça e não tinha nada com que cavar a terra, exceto sua espada. Por fim, surgiu uma grande área de terra que foi semeada com esse novo tipo de semente; embora tenha restado metade dos dentes do dragão para ser plantada outro dia.

Cadmo, sem fôlego, estava apoiado em sua espada, imaginando o que aconteceria em seguida. Enquanto descansava um pouco, ele teve uma visão que era tão grande quanto a coisa mais maravilhosa que eu já lhe contei.

O sol brilhava sobre o campo e mostrava todo o solo úmido e escuro, como qualquer outro terreno recém-plantado. De repente, Cadmo imaginou ter visto alguma coisa brilhar intensamente, primeiro em um ponto, depois em outro e em seguida em mais de cem mil pontos juntos. Ele logo percebeu que eram as pontas de aço das lanças brotando por toda parte como sementes germinadas, e crescendo mais e mais. Depois apareceu um grande número de lâminas de espadas brilhantes, empurrando-se da mesma maneira. E não demorou para que toda a superfície do terreno fosse quebrada por uma multidão de capacetes de latão polido, surgindo como uma colheita de feijões enormes. Eles cresceram tão rapidamente que Cadmo conseguiu distinguir o semblante feroz de um homem sob cada um. Resumindo, antes que tivesse tempo para pensar, ele viu uma colheita abundante do que parecia ser homens armados com elmos e couraças, escudos, espadas e lanças. E antes que estivessem bem fora da terra, eles brandiram suas armas, batendo umas contra as outras, parecendo pensar, pouco depois de terem vivido, que tinham desperdiçado boa parte de sua vida sem lutas. Cada dente de dragão tinha produzido um desses filhos do mal.

Brotaram também muitos trompetistas. E, na primeira respiração, eles colocaram as trombetas de bronze em seus lábios. Soou então uma explosão ensurdecedora, de modo que todo o espaço, até então silencioso e solitário, ressoava com o estrondo e o clangor das armas, o zurro da música guerreira e os gritos de homens furiosos. Todos pareciam tão enraivecidos que Cadmo esperava que eles entregassem o mundo inteiro à espada. Como um grande conquistador seria afortunado se pudesse semear sua terra com dentes de dragão!

"Cadmo", disse a mesma voz que ele tinha ouvido antes, "jogue uma pedra no meio dos homens armados."

Cadmo obedeceu, jogou uma grande pedra no meio do exército, e viu quando ela atingiu o peito de um guerreiro gigantesco e de aparência feroz. Ao sentir a pancada, ele parecia ter certeza de que tinha sido golpeado por alguém. E, erguendo a arma, atingiu a pessoa mais próxima, partindo-lhe o elmo e deixando-o estendido no chão. Instantes depois, aqueles que estavam mais próximos do guerreiro caído começaram a atacar uns aos outros com suas espadas e lanças. E a confusão se espalhou mais e mais. Cada homem derrubou seu irmão, e ele mesmo foi derrotado antes que pudesse se rejubilar com sua vitória. Todo o tempo, os trompetistas faziam ecoar sons cada vez mais estridentes; cada soldado tinha seu grito de guerra e muitas vezes tombava com ele nos lábios. Foi o espetáculo mais estranho de ira sem causa e maldade sem fim que já tinha sido testemunhado. Mas, afinal, não foi o mais tolo nem mais perverso que mil batalhas desde que começaram a ser travadas, nas quais homens mataram seus irmãos por tão pouco quanto esses filhos dos dentes de dragão. Deve-se considerar também que o povo dragão foi criado para nada, enquanto outros mortais nasceram para amar e ajudar uns aos outros.

Bem, essa batalha memorável continuou até que o chão ficou cheio de cabeças cortadas. Dos milhares que iniciaram a lutam restaram em pé apenas cinco. Estes vieram de diferentes partes do campo e, encontrando-se no centro, ergueram suas espadas e golpearam os corações uns dos outros, como sempre com muita ferocidade.

"Cadmo", disse novamente a voz, "mande aqueles cinco guerreiros embainharem suas espadas. Eles o ajudarão a construir a cidade."

Sem hesitar, o jovem deu um passo à frente, com ar de rei e líder, e, estendendo sua espada desembainhada entre eles, falou aos guerreiros com uma voz severa e autoritária.

"Embainhar armas!", ele disse.

Imediatamente, sentindo-se obrigados a obedecer, os últimos cinco filhos dos dentes de dragão fizeram uma saudação militar com suas espadas, recolocaram-nas nas bainhas e ficaram em fila diante de Cadmo, olhando-o como os soldados olham seu capitão enquanto esperam um novo comando.

Esses cinco homens surgiram provavelmente do maior dos dentes do dragão e eram os mais ousados e fortes de todo o exército. Eles eram quase gigantes, de fato, e tinham necessidade de sê-lo; caso contrário nunca poderiam ter sobrevivido a uma luta tão terrível. Mas eles ainda tinham o olhar muito furioso e, se Cadmo desse uma espiada para o lado, veria que os cinco tinham fogo nos olhos. Era estranho também observar como a terra em que haviam crescido estava incrustada aqui e ali em seus peitorais brilhantes e até sujava seus rostos. Cadmo mal sabia se devia considerá-los como homens ou uma espécie de vegetais; embora, no geral, ele concluísse que havia natureza humana neles, pois gostavam tanto de trombetas quanto de armas e estavam prontos para derramar sangue.

Eles o encararam seriamente, esperando pelo próximo pedido e, claro, não desejando outra ocupação senão a de segui-lo de um campo de batalha para outro, por todo o mundo. Mas Cadmo era mais sábio que aquelas criaturas nascidas da terra com a ferocidade do dragão em seu corpo, e sabia como usar sua força e resistência.

"Venham!", ele disse. "Vocês são companheiros fortes e capazes! Tirem algumas daquelas pedras usando suas grandes espadas e me ajudem a erguer uma cidade."

Os cinco soldados reclamaram um pouco e resmungaram, dizendo que seu trabalho era derrubar cidades, e não construí-las. Mas Cadmo, olhando severamente para eles, falou em tom de autoridade, de modo que os cinco o reconheceram como seu mestre e nunca mais pensaram em desobedecer às suas ordens. Eles começaram a trabalhar com empenho e, em pouco tempo, uma cidade começou a tomar forma. A princípio, com certeza, os operários se mostraram belicosos. Como bestas primitivas, sem dúvida, teriam feito mal uns aos outros se Cadmo não os tivesse vigiado e reprimido o velho e feroz dragão que espreitava seus corações quando o viu brilhar em seus olhos selvagens. Com o decorrer do tempo, acostumaram-se ao trabalho honesto e tiveram bom senso para sentir que havia prazer verdadeiro em viver em paz e em fazer o bem ao próximo, em vez de atingi-lo com uma espada. Pode não ser demais esperar que o resto da humanidade, aos poucos, cresça tão sábia e pacífica quanto esses cinco guerreiros vindos da terra, que surgiram dos dentes do dragão.

Agora a cidade estava pronta. Havia nela uma casa para cada um dos trabalhadores. Mas o palácio de Cadmo ainda não tinha sido erguido, pois fora deixado para o final, o que significava introduzir melhorias na arquitetura, torná-lo mais espaçoso, além de bonito e imponente. Quando terminaram o trabalho, todos foram mais cedo para a cama a fim de levantar ao raiar do dia e conseguir fazer pelo menos as fundações do edifício. Mas, quando Cadmo se levantou e foi para o local onde o palácio seria erguido, os cinco homens fortes o acompanharam. O que você acha que ele viu?

O que deveria ser senão o mais magnífico palácio já visto no mundo? Construído de mármore e outras belos tipos de pedra, ele se erguia no ar, com uma cúpula magnífica e um pórtico na frente, pilares esculpidos e tudo o que convinha à habitação de um rei poderoso. Ele cresceu da terra em quase tão pouco tempo quanto o exército armado levou para brotar dos dentes do dragão. E o mais estranho é que nenhuma semente do imponente edifício jamais foi plantada.

Quando viram a cúpula, com o sol da manhã fazendo-a parecer dourada e gloriosa, os cinco homens deram um grito:

"Vida longa ao rei Cadmo em seu lindo palácio!"

E o novo rei, com seus cinco fiéis seguidores carregando suas picaretas e marchando em fila (eles ainda mantinham um tipo de comportamento de soldado, como era sua natureza), subiu a escadaria do palácio. Parando na entrada, apreciaram uma bela vista dos pilares elevados que se enfileiravam de uma ponta à outra do grande salão. Aproximando-se lentamente da extremidade mais distante do salão, Cadmo avistou uma figura feminina lindíssima, vestida com um manto real e usando uma coroa de diamantes sobre os cachos dourados e o colar mais rico que uma rainha já usou. Seu coração vibrou, com prazer. Ele imaginou se tratar de sua irmã Europa, perdida há muito, agora adulta, vindo para fazê-lo feliz e para retribuir, com afeto, toda a sua cansativa peregrinação em sua busca desde que ele deixou o palácio do rei Agenor – pelas lágrimas que ele derramou ao se separar de Fênix e Cílix – pelos desgostos que fizeram o mundo inteiro parecer sombrio para ele sobre o túmulo de sua amada mãe.

Mas, à medida que avançava em direção à bela desconhecida, Cadmo viu que as feições dela lhe eram desconhecidas, embora, no pouco tempo que ele levou para atravessar o corredor, já tivesse surgido uma simpatia entre os dois.

"Não, Cadmo", disse a mesma voz que lhe falara no campo dos homens armados. "Esta não é sua querida irmã Europa que você procurou tão fielmente no mundo inteiro. Esta é Harmonia, uma filha do céu, que é dada a você no lugar de sua irmã, irmãos e mãe. Nela você encontrará todos os seus entes queridos."

Assim, o rei Cadmo morou no palácio, com sua nova amiga Harmonia, e encontrou muito conforto em sua suntuosa morada, mas, sem dúvida, teria encontrado tanto, senão mais, na cabana mais humilde à beira da estrada. Antes que muitos anos se passassem, havia um grupo de crianças (como elas chegaram lá sempre foi um mistério para mim) brincando no grande salão e nos degraus de mármore do palácio, e correndo alegremente ao encontro do rei Cadmo quando os assuntos de Estado o deixavam à vontade para brincar com elas. As crianças o chamavam de pai e a rainha Harmonia, de mãe. Os cinco velhos soldados dos dentes de dragão gostavam muito dos pequenos e não se cansavam de mostrar como manejar bastões, usar espadas de madeira e marchar em ordem militar, soprando uma trombeta ou batendo um abominável tamborzinho.

Mas o rei Cadmo, para que não houvesse muitos dentes de dragão à disposição de suas crianças, arranjava tempo para ensinar aos pequenos o ABC – que ele inventou para seu benefício e para o qual muitas crianças, temo, não são nem metade tão agradecidas a ele como deveriam ser.

ORFEU E EURÍDICE

V.C. Turnbull

Orfeu com seu alaúde fez árvores,
E os topos das montanhas que congelam
Se inclinaram quando ele cantou;
Para sua música, plantas e flores
Já surgiram; como sol e chuva
Haviam feito uma primavera duradoura.

Tudo o que o ouviu tocar,
Até as ondas do mar,
Baixaram a cabeça e depois deitaram.
Na música doce é tal arte,
Matando cuidados e a dor do coração
Adormecer, ou ouvir, morrer.

William Shakespeare (1564–1616)

Nunca houve músico como Orfeu, que entoava canções, inspiradas nas Musas, para uma lira que lhe foi dada por Apolo. Tão forte era a magia de sua música, que fazia a própria Natureza balançar. Não só as rochas e os riachos repetiam a postura dele, mas as próprias árvores se desenraizavam para seguir seu rastro, e as selvagens feras da floresta eram domadas e acariciadas enquanto ele tocava e cantava.

Mas, de todos os que ouviram, encantados com essas melodias incomparáveis, ninguém extraiu prazer mais profundo que a esposa recém-casada do cantor, a jovem e adorável Eurídice. Hora após hora ela se sentava a seus pés ouvindo a música de sua voz e sua lira, podendo despertar a inveja que os próprios deuses teriam do par feliz.

E certamente algum deus olhou com inveja para aqueles dois. Pois em um mau dia, Eurídice, passeando com suas donzelas por um prado florido, teve seu pé picado por uma víbora e morreu com toda sua beleza antes que o sol se pusesse.

Orfeu, em sua terrível angústia, jurou que a própria morte não deveria roubar seu amor para sempre. Sua canção, capaz de domar os animais selvagens e arrancar as velhas árvores de suas raízes, deveria reprimir os poderes do inferno e tirar Eurídice de suas garras.

Assim ele jurou, chamando os deuses para ajudá-lo. E, com sua lira na mão, partiu para uma terrível peregrinação da qual nenhum homem – a menos que, como Hércules, ele fosse um herói, meio homem e meio deus – retornou vivo.

Ele então alcançou o caminho para baixo, cujo fim se perdia na escuridão. Indo mais e mais fundo, ele desceu até que a luz do dia foi totalmente apagada e, com ela, todos os sons da agradável terra. Descendo pelo mais absoluto silêncio, como o de uma sepultura, e seguindo pela escuridão mais profunda que a de qualquer noite terrena. Então, da escuridão, inicialmente fracos, mas mais altos à medida que ele seguia, vieram sons que gelaram seu sangue – gritos e gemidos de uma angústia mais que mortal, e as vozes terríveis das Fúrias, falando palavras que jamais seriam pronunciadas pela língua de nenhum ser humano.

Quando Orfeu ouviu essas vozes, seus joelhos tremeram e seus pés pararam, como se estivessem enraizados no chão. Mas, lembrando-se de seu amor mais uma vez, e de toda a sua dor, ele tocou a lira e cantou, até que seu canto fúnebre reverberou e abafou todos os sons do inferno. Caronte, o velho barqueiro, dominado pela melodia, transportou-o nove vezes sobre o Estige, que ninguém, exceto os mortos, podia atravessar e, quando Orfeu chegou ao outro lado, grandes fantasmas pálidos se reuniram à sua volta naquela costa lúgubre, pois o cantor não era um fantasma sombrio como eles, mas um mortal, belo apesar de aflito, e sua canção falava com eles como

Orfeu e Eurídice, por Agostino Carracci.

com mil vozes da luz do sol e da terra familiar, e daqueles que foram deixados para trás em suas amadas casas.

Mas Orfeu, não encontrando Eurídice entre eles, não se demorou. Ele foi em frente e passou sobre o rio de fogo de Flegetonte, através de portais de magnetita, pendurado nas nuvens do Tártaro. Ali, Plutão, senhor do mundo inferior, estava sentado junto a pecadores que faziam penitência pelo mal que fizeram na terra. Entre eles, Íxion, assassino do sogro, era torturado em uma roda que não parava de girar; e Tântalo, que matou o filho, suportava a fome eterna diante de comida e medo da pedra sempre prestes a cair. Ali, as filhas de Danaus não param de derramar água em urnas sem fundo. E Sísifo, que quebrou a confiança dos deuses quando permitiram que ele voltasse para o mundo superior por mais um tempo, rola uma pedra enorme montanha acima, só para que volte ao ponto de partida pouco antes de chegar ao topo.

Então, uma grande maravilha foi vista no inferno. Pois, quando Orfeu entrou cantando, suas melodias, as primeiras a soarem naquele lugar horrível, fizeram cessar por um momento todos os seus terrores. Tântalo não pegou mais as frutas que escorregavam por entre seus dedos; a roda de Íxion parou de girar; as filhas de Danaus pararam de despejar a água e Sísifo descansou em sua pedra. As próprias Fúrias deixaram de flagelar suas vítimas, e as cobras que se misturavam aos seus cabelos pendiam, esquecendo-se de sibilar.

Orfeu então se aproximou do trono do grande Plutão, que tinha a seu lado Proserpina, sua rainha. E o rei dos deuses infernais perguntou: "O que deseja, mortal, que ousou entrar neste nosso reino da morte sem ser convidado?"

Orfeu respondeu, enquanto tocava sua lira: "Não estou aqui como espião ou inimigo. Vim aonde nenhum ser vivo se aventurou antes, à procura de minha esposa, morta prematuramente pelas presas de uma serpente. Um amor como o meu e o dela deve derreter o coração mais duro. Seu coração não é todo pedra e você também amou uma donzela terrena. Por esses lugares cheio de horrores, e pelo silêncio desses reinos sem limites, suplico que traga Eurídice de volta à vida."

Ele fez uma pausa, e todo o Tártaro ficou à espera de uma resposta. Plutão baixou seus olhos terríveis e a Proserpina veio a lembrança de um tempo distante em que ela também era uma donzela na terra e se divertia nos campos floridos de Enna. Orfeu tocou mais uma vez suas cordas mágicas e cantou: "A você todos pertencemos. A você, cedo ou tarde, todos nós devemos vir. É por um pouco de espaço que desejo minha Eurídice. Sem ela eu não voltarei. Ouça o meu pedido, ó Plutão, ou me mate aqui e agora."

Plutão então levantou a cabeça e disse: "Tragam Eurídice aqui."

E Eurídice, ainda pálida e mancando por causa da ferida, foi trazida do meio das sombras dos que morreram recentemente.

Plutão então disse: "Orfeu, pegue de volta sua esposa Eurídice e leve-a para o mundo superior novamente. Mas vá na frente e deixe-a seguir depois. Não olhe para trás até que tenha cruzado minhas fronteiras e possa ver o sol, porque, se você virar a cabeça, sua esposa se perderá de você outra vez, e será para sempre."

Com grande alegria, Orfeu se virou e levou Eurídice dali. Eles deixaram para trás os mortos torturados e os fantasmas resmungões; cruzaram o flamejante Flegetonte. Caronte os levou, passando nove vezes pelo Estige; e eles subiram o caminho escuro, ouvindo os gritos do Tártaro cada vez mais distantes. Logo a luz do sol brilhou fraca onde o caminho encontrava a terra. Enquanto avançavam, o canto dos passarinhos respondia à lira de Orfeu.

Mas a taça da felicidade foi arrancada de seus lábios que tocaram sua borda. Pois, quando ainda estavam na escuridão, com a luz do sol começando a iluminar seus rostos, e seus pés a um passo do solo terrestre, Eurídice tropeçou e gritou de dor.

Sem pensar, Orfeu se virou para ver o que a afligia. E, naquele momento, ela foi arrancada dele. Ao longe, no caminho, ele a viu, mais uma vez um fantasma, desaparecendo de seus olhos como fumaça, enquanto sua forma fraca sumia na escuridão. Só por um momento, ele pôde vê-la, com os braços estendidos em vão; e pela última vez ele ouviu sua despedida com o coração partido.

Orfeu ainda correu, clamando por sua Eurídice perdida pela segunda vez. Mas toda a sua dor foi em vão, pois Caronte não voltaria a remar pelo Estige. O cantor então retornou à terra, com o coração despedaçado. Toda a alegria desapareceu de sua vida. Depois disso, seu único consolo foi ficar sentado no Monte Ródope, cantando seu amor e sua perda. As mulheres trácias, adoradoras de Baco, chamaram-no para participar de seus ritos selvagens. Quando ele se afastou, com repugnância, elas caíram sobre ele, rasgando-o aos poucos. Depois, jogaram sua cabeça no rio Hebrus, cujas margens levavam ao mar Egeu aquele lamento prolongado: "Eurídice! Eurídice!" E quando ainda ouvimos a música desse doce nome, pensamos em "paixão infinita e na dor dos corações finitos que suspiram."

Mas os deuses, primeiro punindo as mulheres trácias, que foram transformadas em árvores, pegaram a lira de Orfeu e a colocaram entre as estrelas. E o próprio Orfeu, mais uma vez entrando pela porta da morte na região dos mortos, procurou e encontrou sua amada Eurídice. Que agora eles caminhem lado a lado, mas que Orfeu, se for antes, possa olhar para trás, para o rosto da amada, com segurança. Pois as dores da vida acabaram e as dores da morte passaram, e nenhuma sombra de separação poderá se interpor entre Orfeu e seu amor nos abençoados Campos Elísios.

HÉRCULES E AS MAÇÃS DE OURO

Nathaniel Hawthorne

PARTE I

HÉRCULES E O VELHO
HOMEM DO MAR

Você já ouviu falar das maçãs de ouro que cresciam no jardim das Hespérides? Essas maçãs que alcançariam um bom preço se alguma delas pudesse ser encontrada em um pomar nos dias de hoje! Mas não há, suponho, um enxerto desse fruto maravilhoso em uma única árvore no mundo inteiro. Assim como não existe mais nenhuma semente dessas maçãs.

E mesmo nos velhos e meio esquecidos tempos, antes que o jardim das Hespérides fosse infestado por ervas daninhas, muitos duvidavam que houvesse realmente árvores que produzissem maçãs de ouro maciço em seus galhos. Todos tinham ouvido falar dessas maçãs, mas ninguém se lembrava de tê-las visto. As crianças, no entanto, costumavam ouvir, boquiabertas, as histórias da macieira de ouro e resolveram que, ao crescer, iriam descobri-la. Jovens aventureiros, que desejavam fazer uma coisa mais corajosa do que qualquer um de seus companheiros, partiram em busca desses frutos. Muitos nunca mais voltaram. E nenhum deles trouxe as maçãs de volta. Não é de admirar que eles achassem impossível reuni-los! Diz-se que havia um dragão sob a árvores, com cem cabeças terríveis, cinquenta das quais estavam sempre de vigília enquanto as outras cinquenta dormiam.

HÉRCULES E AS MAÇÃS DE OURO

Mas era muito comum ver os jovens, cansados de tanta paz e descanso, irem em busca do jardim das Hespérides. E a aventura foi empreendida por um herói que tinha desfrutado de muito pouca paz ou descanso desde que veio ao mundo. No momento sobre o qual vou falar, ele estava vagando pelas encantadoras terras da Itália, com um porrete poderoso na mão e um arco e uma aljava pendurados no ombro. Seu corpo estava envolto na pele do maior e mais feroz leão já visto, e que ele mesmo tinha matado. Embora ele fosse gentil, generoso e nobre, havia muito da ferocidade do leão em seu coração. Enquanto ele seguia seu caminho, perguntava continuamente se estava no caminho certo para o famoso jardim. Mas ninguém no campo sabia nada a respeito, e muitos pareciam estar rindo da pergunta, se o estranho não carregasse o porrete.

Ele seguiu viagem, fazendo a mesma pergunta, até que chegou à beira de um rio onde algumas donzelas estavam sentadas, entrelaçando coroas de flores.

"Belas donzelas, vocês podem me dizer se este é o caminho certo para o jardim das Hespérides?", perguntou o estranho.

As moças estavam se divertindo muito, entrelaçando as flores e coroando as cabeças umas das outras. Mas, ao ouvir a pergunta do rapaz, largaram todas as flores no chão e o olharam para ele assustadas.

"O jardim das Hespérides!", exclamou uma delas. "Achávamos que os mortais estavam cansados de procurá-lo, depois de tantas decepções. E reze, estranho ousado. O que você quer lá?"

"Um certo rei, que é meu primo, mandou que eu levasse três maçãs de ouro para ele", explicou o jovem.

"A maioria dos jovens que vai em busca dessas maçãs", observou outra das donzelas, "deseja esses frutos para si ou para presentear alguém a quem ama. Você, então, ama tanto esse rei, seu primo?"

"Talvez não", ele respondeu, suspirando. "Por vezes ele tem sido severo e cruel comigo. Mas é meu destino obedecê-lo."

"E você sabe que um terrível dragão, com cem cabeças, vive sob a macieira vigiando as frutas de ouro?", perguntou a donzela que tinha falado primeiro.

"Sei bem", ele respondeu calmamente. "Mas, desde que nasci, meu negócio, e quase meu passatempo, tem sido lidar com serpentes e dragões."

As donzelas olharam para a enorme clava e para a pele de leão que ele usava, e também para a figura heroica, seus braços e pernas. E depois cochicharam entre si, dizendo que o estranho parecia ser alguém de quem poderiam esperar, razoavelmente, a realização de atos que iriam muito além do poder de outros homens. Mas... o dragão de cem cabeças?! Que mortal, mesmo tendo cem vidas, iria escapar das presas do tal monstro? As donzelas eram bondosas e não suportariam ver esse bravo e belo viajante tentar o que era tão perigoso, e se condenar, muito provavelmente, a se tornar uma refeição para as cem bocas vorazes do dragão.

"Volte!", elas gritaram. "Volte para sua própria casa." Sua mãe, vendo você são e salvo, derramará lágrimas de alegria. O que mais ela pode fazer? Você precisa de uma vitória tão grande? Não importam as maçãs de ouro, nem o rei, seu primo cruel! Não queremos que o dragão de cem cabeças coma você!"

O estranho pareceu estar impaciente com os protestos. Ele ergueu descuidadamente o porrete poderoso e o deixou cair sobre uma pedra que estava enterrada ali perto. Com a força daquele golpe, a rocha se despedaçou. O estranho não precisou de mais força que a de uma das donzelas para tocar o rosto de sua irmã com uma flor.

"Você não acha que esse golpe teria esmagado uma das cem cabeças do dragão?", disse ele sorrindo a uma das donzelas.

Ele então se sentou na relva e lhes contou a história de sua vida ou pelo menos o que conseguia se lembrar desde o dia em que ele foi embalado pela primeira vez no escudo de bronze de um guerreiro.

Quando terminou a história de suas aventuras, o estranho olhou para os rostos atentos das donzelas.

"Talvez já tenham ouvido falar de mim antes", disse modestamente. "Meu nome é Hércules."

"Já imaginávamos", elas responderam, "porque seus feitos maravilhosos são conhecidos no mundo inteiro. Já não achamos mais estranho que você esteja em busca das maçãs de ouro das Hespérides. Venham irmãs, vamos coroar o herói com flores!"

Elas então lançaram belas coroas sobre a cabeça majestosa e os ombros poderosos do jovem, de modo que a pele do leão ficou quase totalmente coberta de rosas. Elas tomaram posse do porrete pesado e também o entrelaçaram com as flores mais brilhantes, macias e perfumadas que não se podia ver um pedacinho de sua base. Tudo parecia um enorme buquê. Por fim, elas deram as mãos e o rodearam, dançando e entoando palavras que se tornaram poesia por si mesmas, e se transformaram em um coral em homenagem ao ilustre Hércules.

Ele se envaideceu, como qualquer outro rapaz o faria, ao saber que aquelas belas jovens tinham ouvido falar de seus valentes feitos que lhe custaram muito trabalho e perigo. Mas ele ainda não estava satisfeito. Nem podia pensar que o que ele já havia feito fosse digno de tanta honra, enquanto ainda havia alguma aventura ousada a ser encarada.

"Minhas caras donzelas", disse quando elas pararam para respirar, "agora que já sabem o meu nome não vão me dizer como faço para chegar ao jardim das Hespérides?"

"Ainda é cedo! Você que já realizou tantas maravilhas e teve uma vida tão dura, não pode se contentar em descansar um pouco às margens desse rio tranquilo?"

Hércules balançou a cabeça.

"Preciso partir agora", ele disse.

"Então, daremos a você as melhores orientações que pudermos", responderam as jovens. "Você deve ir ao litoral e encontrar o Velho. Aí, obrigue-o a lhe dar as informações de onde as maçãs de ouro podem ser encontradas."

"O Velho!", repetiu Hércules, rindo do nome estranho. "E rezar para saber quem pode ser o Velho?"

"Ora, o Velho do Mar, com certeza!", respondeu uma das donzelas. "Ele tem cinquenta filhas, que algumas pessoas acham muito bonitas. Mas não achamos apropriado que você as conheça, porque elas têm cabelos verde-mar e se assemelham a peixes. Você tem que falar com esse Velho do Mar. Ele é marinheiro e sabe tudo a respeito do jardim das Hespérides, que fica em uma ilha que ele costuma visitar."

Hércules então quis saber onde o Velho podia ser encontrado. Quando as donzelas informaram, ele agradeceu a gentileza; acima de tudo por lhe dizerem o caminho certo. E partiu em sua jornada.

Mas, antes que tivesse se afastado demais, uma das donzelas o chamou.

"Seja rápido quando você o pegar", ela gritou, sorrindo e levantando o dedo, para que a advertência chamasse sua atenção. "Não se espante com nada que possa acontecer. Apenas segure-o rápido, e ele lhe dirá o que você deseja saber."

Hércules agradeceu mais uma vez e seguiu seu caminho, enquanto as donzelas voltaram a seu aprazível trabalho de entrelaçar flores. E elas continuaram falando sobre o herói depois que ele se foi.

"Nós o coroaremos com a mais bela de nossas guirlandas", elas disseram, "quando ele voltar para cá com as três maçãs de ouro, depois de matar o dragão de cem cabeças."

Enquanto isso, Hércules seguia em frente, subindo e descendo colinas e vales e atravessando bosques solitários.

Apressando-se, sem nunca parar e olhar para trás, ele aos poucos viu o mar rugindo a distância. Esse som o fez aumentar a velocidade. E ele logo chegou a uma praia, onde as grandes ondas quebravam na areia dura, em uma longa linha de espuma nevada. Em uma das extremidades da praia, porém, havia um lugar agradável, onde alguns arbustos se erguiam em um penhasco, fazendo sua face rochosa parecer suave e bonita. Um tapete de relva verdejante, em grande parte misturado a trevos perfumados, cobria o espaço estreito entre o penhasco e o mar. E Hércules só veria ali um velho dormindo profundamente.

Mas seria real e verdadeiramente um homem velho? À primeira vista era muito parecido, mas, observando mais de perto, aparentava ser algum tipo de criatura que vivia no mar. Em suas pernas e braços, havia escamas como as dos peixes; pés palmados como os dos patos; e a longa barba esverdeada lembrava mais um tufo de algas marinhas que uma barba comum. Você nunca viu um pedaço de madeira que foi muito sacudido pelas ondas e ficou coberto de cracas, e depois à deriva em terra, parece ter sido lançado do fundo do mar? Bem, o velho teria feito você se lembrar de um mastro projetado pelas ondas! Mas Hércules, assim que pôs os olhos sobre a figura, convenceu-se de que não poderia ser outro senão o Velho que o guiaria em seu caminho.

Sim, ele era mesmo o Velho do Mar de quem as hospitaleiras donzelas tinham falado. Agradecendo às estrelas pelo feliz acaso de encontrar o velho adormecido, Hércules avançou silenciosamente em sua direção e o pegou pelo braço e pela perna;

"Diga-me", ele gritou antes que o Velho estivesse bem acordado, "qual é o caminho para o jardim das Hespérides?"

Como você pode imaginar, o Velho do Mar acordou sobressaltado. Mas seu espanto dificilmente poderia ter sido maior que o de Hércules no momento seguinte. Pois, do nada, o Velho pareceu sumir à sua frente e ele se viu segurando um animal pelas patas dianteira e traseira! Mas ainda assim ele se manteve firme. De repente o animal desapareceu, e em seu lugar havia uma ave marinha, voando e gritando, enquanto Hércules a agarrava pela asa e pela garra! Mas a ave não conseguiu fugir. Imediatamente apareceu um cão muito feio, com três cabeças, que rosnou e latiu para Hércules, e depois mordeu suas mãos! Mas Hércules não o deixou ir. Em outro momento, em vez do cão de três cabeças, apareceu Gerião, o homem-monstro de seis patas, que chutou Hércules com cinco de suas pernas para manter uma em liberdade! Mas Hércules aguentou firme! Pouco a pouco não estava lá nenhum Gerião, e sim uma cobra enorme, como uma daquelas que Hércules estrangulou quando era criança, apenas cem vezes maior. Ela se torceu e se enrolou no pescoço e no corpo do herói, e jogou a cauda no ar, abrindo sua mortífera mandíbula como se fosse engoli-lo inteiro. Mas Hércules não desanimou. Ele apertou a cobra com tanta força que ela assobiou de dor.

Mas, como Hércules a segurou e pressionou tão teimosamente, o Velho foi ficando cada vez mais apertado a cada mudança de forma e, sentindo-se torturado, finalmente achou melhor reaparecer em sua própria figura. E lá estava ele então, um ser em forma de peixe, corpo escamoso e pés palmados, com um tufo de algas no queixo.

"O que você quer comigo?", perguntou o Velho, assim que conseguiu respirar, pois era muito cansativo se transformar a todo momento. "Por que você me aperta com tanta força? Solte-me ou vou achar que você é uma criatura extremamente grosseira."

"Meu nome é Hércules!", rugiu o estranho. "E você só vai escapar das minhas garras quando me disser o caminho que devo fazer para ir ao jardim das Hespérides!"

Quando o homem descobriu quem o apanhara, viu com os olhos entreabertos que seria necessário contar tudo o que ele queria saber. Ele ouvira falar muitas vezes da fama de Hércules e das coisas maravilhosas que ele realizava com frequência em várias partes da terra, e estava determinado a conseguir tudo o que desejava. Por isso, ele desistiu de tentar escapar, e disse ao herói como encontrar o jardim das Hespérides, alertando-o sobre as muitas dificuldades que deveriam ser superadas antes que ele pudesse chegar lá.

"Continue assim e assim", disse o Velho do Mar, depois de apontar a bússola, "até você avistar um gigante que segura o céu em seus ombros. Se estiver de bom humor, o gigante lhe dirá exatamente onde fica o jardim das Hespérides."

"Mas, se ele não estiver bem-humorado", comentou Hércules, equilibrando o porrete na ponta do dedo, "talvez eu encontre meios para persuadi-lo!"

PARTE II
HÉRCULES E ATLAS

Agradecendo ao Velho do Mar, e pedindo perdão por tê-lo apertado com tanta força, Hércules retomou sua jornada.

Não havia nada diante dele, exceto a espuma do impetuoso e imensurável oceano. Mas, de repente, ao olhar para o horizonte, viu alguma coisa, muito distante, que não tinha visto antes. Era algo que brilhava intensamente, quase como você já deve ter visto o disco dourado do sol ao amanhecer ou quando ele se põe no fim do dia. É claro que ele se aproximou, pois a cada instante o objeto maravilhoso ficava maior e mais brilhante. Quando chegou bem perto, Hércules descobriu que era uma imensa taça, ou uma tigela, feita de ouro ou latão polido. Não sei como flutuava na água. Mas lá estava ela, rolando nas ondas que a sacudiam para cima e para baixo, e levantavam espuma nas laterais, sem nunca jogar pingos na beirada.

"Já vi muitos gigantes, mas nunca um que precisasse tomar vinho em um copo como esse!", pensou Hércules.

E é verdade, que taça ela deve ter sido! Era grande – muito grande. – Tenho até receio de dizer quão imensamente grande era. Para falar dentro dos limites, era dez vezes maior que uma grande roda de moinho; e todo aquele metal flutuava sobre as ondas agitadas com mais leveza que uma casca de noz descendo um riacho. As ondas a empurraram para frente até que ela chegou à costa, perto do local onde Hércules estava.

Quando isso aconteceu, ele sabia o que deveria ser feito, pois ele não tinha passado por tantas aventuras notáveis sem aprender como se comportar sempre que acontecia algo fora do comum. Estava claro como a luz do dia que essa taça maravilhosa tinha sido deixada à deriva por algum poder invisível e guiada para cá para transportar Hércules pelo mar, em seu caminho para o jardim das Hespérides. Por isso, sem perder um minuto, ele escalou a borda e deslizou para dentro, onde, estendendo sua pele de leão, descansou um pouco. Ele mal tinha conseguido descansar desde que se despediu das donzelas na margem do rio. As ondas batiam contra os lados da taça oca com um som agradável e ela balançava levemente para frente e para trás. O movimento era tão reconfortante que não demorou para que Hércules adormecesse.

Seu sono provavelmente durou bastante tempo. Quando a taça roçou uma pedra, o som reverberou pela superfície metálica cem vezes mais alto do que você já ouviu um sino de igreja. O barulho acordou o herói, que se levantou instantaneamente e olhou à sua volta, perguntando-se onde estava. Não demorou muito para que ele percebesse que a taça tinha flutuado bastante e estava se aproximando da costa do que parecia ser uma ilha. E ali, o que você acha que ele viu? Um gigante!

Um gigante intoleravelmente grande! Tão alto quanto uma montanha. E era realmente tão grande que as nuvens chegavam à metade do seu corpo como um cinto, pendiam de seu queixo como uma braba grisalha e voavam diante de seus olhos enormes, de modo que ele não podia ver Hércules nem a taça de ouro em que viajava. O mais incrível foi que o gigante ergueu suas mãos, parecendo sustentar o céu, que, até onde Hércules conseguia discernir através das nuvens, estava apoiado em sua cabeça.

Enquanto isso, a taça brilhante continuou flutuando e finalmente tocou a costa. Nesse momento, uma brisa afastou as nuvens diante do rosto do gigante, e Hércules o viu, com todas as suas características: olhos, cada um deles tão grande quanto o lago; o nariz com mais de mil metros de comprimento e uma boca da mesma largura.

Coitado! Ele tinha ficado ali por um longo tempo, é claro! Uma antiga floresta crescia e se decompunha em volta de seus pés. Carvalhos de seis ou sete séculos de idade brotaram da bolota e se forçaram entre seus dedos.

Com seus olhos enormes, o gigante olhou para baixo e, vendo Hércules, rugiu com uma voz que parecia um trovão saindo da nuvem que tinha acabado de se espalhar para longe de seu rosto:

"Quem é você aí embaixo, aos meus pés? De onde saiu essa tacinha?"

"Eu sou Hércules!", trovejou de volta o herói, em um tom de voz quase tão alto quanto o do próprio gigante. "Estou procurando o jardim das Hespérides!"

"Ah, ah, ah!", riu o gigante. "Essa é realmente uma aventura sábia!"

"Por que não?", gritou Hércules, ficando bravo com a alegria do gigante. "Você acha que eu tenho medo do dragão de cem cabeças?"

Bem nesse momento, enquanto conversavam, algumas nuvens negras se formaram no meio do corpo do gigante causando uma

Hércules Segurando os Céus no Lugar de Atlas, por Heinrich Aldegrever

tremenda tempestade com raios e trovões e provocando tanto barulho que Hércules não conseguia ouvir uma palavra. Só se viam as imensas pernas do gigante em meio a escuridão da tempestade. De vez em quando, vislumbrava-se momentaneamente toda a sua figura envolta em névoa. Ele parecia falar o tempo todo, mas seu vozeirão, profundo e áspero, ecoava com os estrondos dos trovões e rolavam com eles pelas colinas.

Por fim, a tempestade sumiu tão repentinamente quanto havia chegado. E lá estava o céu claro outra vez. O gigante cansado o segurava e a suave luz do sol brilhava sobre sua vasta altura, iluminando-a contra o fundo das sombrias nuvens da tempestade. Bem acima da chuva estava sua cabeça. Nenhum fio de seus cabelos foi molhado pela água da chuva.

Quando pôde ver Hércules ainda de pé à beira-mar, o gigante rugiu novamente.

"Eu sou Atlas, o gigante mais poderoso do mundo! Eu seguro o céu sobre a minha cabeça!"

"Estou vendo", respondeu Hércules. "Você pode me mostrar o caminho para o jardim das Hespérides?"

"O que você quer lá?", perguntou o gigante.

"Quero três das maçãs de ouro", gritou Hércules, "para meu primo, o rei."

"Não há ninguém além de mim", disse o gigante, "que possa ir ao jardim das Hespérides e colher as maçãs de ouro. Se não fosse essa missão de segurar o céu, eu daria meia dúzia de passos pelo mar e as pegaria para você."

"Você é muito gentil", respondeu Hércules. "E você não pode deixar o céu apoiado nas montanhas?"

"Nenhuma delas é alta o suficiente", disse Atlas, balançando a cabeça. "Mas, se você ficasse no cume daquela mais próxima de mim, sua cabeça estaria quase no mesmo nível da minha. Você parece ser um homem forte. E se você assumir o meu fardo em seus ombros enquanto cumpro sua missão?"

Hércules, como você deve se lembrar, era um homem extraordinariamente forte e, embora a tarefa exigisse uma grande quantidade de força muscular para sustentar o céu, ainda assim, se algum mortal fosse considerado capaz de tal façanha, ele era o único. No entanto, parecia uma empreitada tão difícil que, pela primeira vez em sua vida, ele hesitou.

"O céu é muito pesado?", ele perguntou.

"No começo não", respondeu o gigante encolhendo os ombros. "Mas depois de mil anos fica um pouco pesado."

"E quanto tempo você vai levar para pegar as maçãs de ouro?", perguntou o herói.

"Ah, isso será feito em poucos instantes", gritou Atlas. "Devo levar de quinze a vinte mil metros por passo, chegar ao jardim e voltar antes que seus ombros comecem a doer."

"Então vou subir a montanha atrás de você e aliviar o seu fardo", respondeu Hércules.

A verdade é que Hércules tinha um bom coração e considerava estar fazendo um favor ao gigante, dando a ele a oportunidade de um passeio. E, além disso, achou que, para ele, seria ainda mais glorioso se pudesse se gabar de não deixar o céu cair, do que simplesmente fazer uma coisa tão comum quanto dominar um dragão de cem cabeças. Assim, sem mais palavras, o céu foi deslocado dos ombros de Atlas e colocado sobre os de Hércules.

Com a tarefa concluída de forma segura, a primeira coisa que o gigante fez foi se esticar, e você bem pode imaginar o espetáculo. Em seguida, ele ergueu lentamente um dos pés, tirando-o da floresta que havia crescido ao seu redor; depois tirou o outro. E, de repente, ele começou a dar cambalhotas, pular e dançar de alegria por sua liberdade; aí, atirou-se no ar, e ninguém sabe a que altura ele foi. Na descida, ele tropeçou e um novo choque fez a terra tremer.

Ele então riu alto – Oh! Oh! Oh! – com um rugido que ecoou pelas montanhas, longe e perto, como se elas e o gigante fossem irmãos se divertindo. Quando sua alegria diminuiu um pouco, ele deu um passo no mar. Cento e cinquenta mil metros no primeiro passo, o que fez com que a água chegasse ao meio de sua perna; e cento e cinquenta mil metros no segundo, quando a água atingiu seus joelhos; e mais cento e cinquenta mil metros no terceiro, ficando imerso quase até a cintura. Foi quando ele atingiu a área mais profunda do mar.

Hércules ficou observando enquanto ele avançava: foi realmente maravilhoso ver aquela imensa forma humana a mais de trinta mil metros de distância, meio escondido no oceano, mas com a parte superior do corpo tão alta, enevoada e azul, como um montanha ao longe. Por fim, a forma gigantesca desapareceu completamente. Hércules então começou a imaginar o que ele deveria fazer caso Atlas se afogasse, ou se ele próprio fosse atingido pelo dragão de cem cabeças que guardava as maçãs de ouro das Hespérides. Se tal infortúnio viesse a ocorrer, como ele iria se livrar do céu? E, a propósito, o peso começou a incomodar um pouco a cabeça e os ombros.

"Coitado do gigante", pensou Hércules. "Não faz nem dez minutos, e já estou muito cansado. Como ele deve estar depois de mil anos?"

Não sei quanto tempo se passou. Mas, quando avistou a enorme forma do gigante, como uma nuvem, no horizonte, a alegria de Hércules foi indescritível. E, à medida que foi chegando mais perto, Atlas ergueu a mão, na qual Hércules pôde perceber as três magníficas maçãs de ouro, tão grandes quanto abóboras, todas penduradas em um só galho.

"Estou feliz por vê-lo outra vez", gritou Hércules quando o gigante estava ao alcance de sua voz. Conseguiu as maçãs de ouro?"

"Com certeza", respondeu Atlas. "E elas são muito bonitas. Posso assegurar a você que peguei o que de melhor cresceu na árvore. Ah! Que lugar lindo é o jardim das Hespérides. Sim! E o dragão de cem cabeças é uma visão incrível para qualquer homem. Você mesmo devia ter ido buscá-las."

"Não importa", respondeu Hércules. "Você fez um passeio agradável e eu, o melhor que pude, para executar minha tarefa. Agradeço de coração a sua preocupação. Bem, como tenho um longo caminho pela frente e estou com pressa, e como meu primo, o rei, está ansioso à espera das maçãs de ouro, você poderia fazer a gentileza de tirar o céu dos meus ombros novamente?"

"Quanto a isso", disse o gigante, jogando as maçãs de ouro a quilômetros de altura e pegando-as na descida, "quanto a isso, meu bom amigo, eu o considero um pouco irracional. Não posso levar as maçãs de ouro para o rei, seu primo, bem mais depressa que você? Já que ele está com tanta pressa, prometo dar passos mais largos. Além disso, não tenho a menor vontade de me sobrecarregar com o céu agora."

Nesse momento, Hércules ficou impaciente e deu de ombros. A noite se aproximava e havia duas ou três estrelas saindo de seus lugares. Todos na terra olharam para cima com medo, achando que o céu poderia cair a qualquer momento.

"Isso não vai acontecer!", gritou o gigante Atlas, dando uma gargalhada. "Não deixei cair tantas estrelas nos últimos cinco séculos. Quando ficar aí tanto tempo quando eu, você começará a aprender a ter paciência!"

"O quê?!", gritou Hércules encolerizado. "Você pretende me fazer carregar este fardo para sempre?"

"Vamos ver isso um dia desses", respondeu o gigante. "Em todo caso, não reclame se tiver que aguentar os próximos cem anos, ou os próximos mil. Eu aguentei um bom tempo, apesar da dor nas costas. Então, depois de mil anos, se acontecer de eu sentir vontade, podemos trocar de lugar de novo. Certamente, você é um homem muito forte e jamais terá uma oportunidade melhor para provar isso. A posteridade falará de você, garanto!"

"Não me importo com isso!", gritou Hércules, puxando novamente seus ombros. "Pode pôr o céu sobre sua cabeça só um instante? Quero fazer uma almofada com a minha pele de leão para dividir o peso. Isso realmente me irrita um pouco e vai causar inconveniências desnecessárias durante todo o tempo que eu ficar aqui."

"É mais do que justo eu fazer isso!", disse o gigante, pois ele não tinha sentimentos grosseiros em relação a Hércules, e estava agindo apenas com uma consideração egoísta de sua própria facilidade. "Vou pegar o céu de volta por cinco minutos então. Mas por apenas cinco minutos, lembre-se! Não tenho intenção de passar mais mil anos como passei os últimos. Costumo dizer que a variedade é o tempero da vida."

Ah, que gigante trapaceiro! Ele jogou as maçãs de ouro no chão e recebeu de volta o céu que estava na cabeça e nos ombros de Hércules que era seu de direito. Hércules pegou as três maçãs de ouro, que eram tão grandes ou maiores que abóboras, e imediatamente partiu de volta para casa, sem prestar a menor atenção aos berros do gigante, que pedia para que ele voltasse. Outra floresta surgiu ao redor de seus pés e ali ele envelheceu. Novamente passaram a ser vistos carvalhos de seis ou sete séculos de idade, que tinham envelhecido entre seus dedos enormes.

O gigante está lá até hoje. Ou, de qualquer forma, existe uma montanha tão alta quanto ele e ela tem o seu nome. Quando um trovão ressoa em seu cume, podemos imaginar que seja a voz do gigante Atlas gritando por Hércules!

HÉRCULES E NESSO

H.P. Maskell

Dejanira, filha de Eneu, rei de Cálidon, era a mais bela entre as donzelas da Etólia. De longe, vieram pretendentes para pedir sua mão em casamento, mas o pai prometeu dá-la apenas àquele que pudesse provar força e coragem acima de todos os outros. Que amante, por mais ardente que fosse seu desejo, se atreveria a testar suas habilidades contra Hércules? Quando o herói veio ao tribunal, só Aqueloo, o deus do rio, entraria nas listas contra ele.

Longa e feroz foi a batalha entre os dois enquanto corriam juntos, agarrando o pé um do outro, pisando nos dedos, testa com testa. Por algum tempo, eles pareciam iguais em força, mas Hércules pressionava mais e, agarrando o inimigo pelos ombros, o jogou ao chão. Em vão, Aqueloo se transformou em serpente; sua garganta foi agarrada com um aperto que o estrangularia, apesar de toda a sua agilidade e do assobio lançado por sua língua bifurcada. Em vão, também, ele procurou mudar a questão da luta sob a forma de um touro selvagem. O herói o pegou pelos chifres e o segurou no chão. Um dos chifres foi arrancado pela força. As Náiades pegaram o chifre, encheram-no de frutas e flores, e o ofereceram à deusa da Abundância.

Assim, Hércules foi o vencedor e ganhou como prêmio a bela filha do rei. Por muitos anos, o casal, feliz, morou em Cálidon, e teve filhos. Dejanira era uma esposa realizada. Sua única dor era a constante ausência do marido, pois Hércules nunca descansava de suas labutas. Em uma dessas aventuras, ele foi persuadido pela esposa a levá-la com ele. No caminho para casa, chegaram a um rio largo e com muita correnteza. Nesso, o Centauro, que morava em uma caverna próxima, se ofereceu para levar Dejanira nas costas. Ele conhecia os vaus, e era muito, muito forte. Assim, Hércules confiou sua esposa ao centauro, embora ela tivesse quase tanto medo de Nesso quanto da torrente sombria e ruidosa. Ele mesmo jogou sua clava e o arco torto para o outro lado e mergulhou corajosamente no rio.

Assim que atingiu a margem mais distante e estava pegando o arco, ele ouviu um grito, Nesso havia traído sua confiança e estava prestes a tirar Dejanira do campo de visão de seu marido. Rapidamente, uma flecha voou do arco e perfurou as costas do traidor. Ela estava carregada com o veneno da hidra, e o ferimento foi mortal. Nesso, enquanto tirava o aço farpado do corpo, murmurou para si mesmo: "Não vou morrer sem me vingar." Então, entregando sua túnica manchada de sangue para Dejanira, exclamou: "Pequei e fui punido justamente. Perdoe um homem moribundo e, em sinal de perdão, aceite de mim um presente moribundo. Guarde esta túnica como talismã. Se por acaso o amor de seu senhor esfriar, ou ele olhar para outra mulher para amá-la mais do que a você, dê a ele esta túnica encantada para usar, e ela reacenderá essa paixão." O tempo passou e as façanhas do poderoso Hércules ficaram conhecidas no mundo todo. Voltando vitorioso da batalha, ele estava no Monte Oeta, preparando um sacrifício prometido a Júpiter, quando descobriu que não tinha o traje adequado. Ele então enviou um mensageiro até Dejanira para que ela mandasse um manto. Enquanto isso, chegou aos ouvidos de Dejanira a história de que Hércules estava apaixonado por Iole, filha de Êurito, que ele havia vencido e assassinado recentemente. Como o amava, ela acreditou e, assustada com a história, explodiu em uma torrente de tristeza. Mas ela logo se confortou. "Por que essas lágrimas? Elas só vão alimentar minha rival. Devo procurar algum meio para manter meu marido comigo." Ela então se lembrou da túnica que Nesso lhe dera. E se ela entregasse a vestimenta ao mensageiro para que Hércules a vestisse e, assim, seu marido lhe fosse restituído?

O presente fatal foi enviado. Hércules, não sabendo a quem ela tinha pertencido, vestiu-a e foi para o sacrifício. Como estava derramando vinho sobre os altares, o veneno da roupa começou a fazer efeito. Ele tentou rasgar a veste, mas ela grudou em seu corpo como se fosse piche. Hércules rolou em agonia pelo chão, rasgou a própria carne, rugiu em agonia, como um touro ferido, e as cavidades de Oeta reverberaram seus gemidos. Por fim, ele caiu exausto, e seus companheiros o carregaram em uma liteira até o navio. Hércules então soube que seu fim havia chegado e, preparando-se para morrer, como um herói deveria, deu as últimas instruções ao filho.

Uma pira foi construída com árvores no topo da montanha. A seu amigo Filoctetes deu o famoso arco e a aljava. Quando o fogo foi aceso, ele estendeu a pele do leão de Nemeia e, com a cabeça apoiada na clava, se deitou sobre ela tão calmamente quanto um convidado descansando depois de um banquete.

Do céu, Júpiter viu o herói em paz, sobre a pira em chamas. "Aquele que conquistou todos os homens", ele gritou, "também vencerá todo esse fogo. Só o que é mortal e que ele recebeu de sua mãe pode perecer ali. Sua parte imortal eu receberei no reino acima." Os outros deuses concordaram. Até Juno, que perseguiu o herói com tanta crueldade durante sua vida, estava sem palavras para insistir contra a decisão. A pira em chamas estava envolta em uma névoa de fumaça escura e, enquanto o corpo mortal de Hércules caiu em cinzas, ele, o grande pai, erguendo-se entre as nuvens, elevou para as estrelas brilhantes, em sua carruagem puxada por quatro corcéis de fogo.

A BUSCA DO VELO DE OURO

M.M. Bird

O grande salão estava decorado para um banquete. Os convidados, sentados à volta da mesa, se divertiam, cantando e tomando vinho em taças de prata. Em seu trono, o rei brincava com uma taça cravejada de joias e admirava os rostos corados de seus convivas e ouvia suas risadas ressoando até o teto. No entanto, os olhos de Pélias, o rei, estavam escuros e sua testa demonstrava preocupação. O terror da vingança celeste ainda o assombrava. Ele havia organizado a festa em homenagem a Netuno, e ainda assim sabia que a ira de Júpiter não fora aplacada enquanto o Velo de Ouro continuava pendurado na floresta na Cólquida.

Pois Frixo, filho de Éolo, fugira no Carneiro Sagrado com o Velo de Ouro. Embora Frixo já estivesse morto, Eetes ainda mantinha o Velo na Cólquida, e a linha de Éolo definhou sob a ira de Júpiter até o momento em que foi devolvido à Grécia.

Este foi o assunto das meditações do rei enquanto olhava para seus convidados reunidos. De repente, seus olhos pousaram em uma figura recém-chegada de viagem que subia o longo corredor até seu trono, apesar de seu estado. Ele reconheceu seu parente real. Era Jasão, filho de Éson, seu próprio sobrinho, que, determinado a conversar com o tio, ousara atravessar o rio Anaurus, apesar da cheia provocada pelas chuvas de inverno. Ao entrar no palácio, o rapaz não sabia da festa, mas não fez cerimônia e se aproximou do trono, mesmo mal vestido. Uma de suas sandálias ficou presa na lama e foi deixada no leito do rio.

Pouco antes, o rei tinha recebido um oráculo que o avisava para tomar cuidado com um homem vindo do campo, com apenas um pé calçado. O rei Pélias ?? se encolheu ao ver o jovem inocente que estava diante dele e, nas profundezas escuras de seu coração, concebeu um plano cruel para destruí-lo, pelo qual ele poderia se livrar da ameaça e, ao mesmo tempo, restaurar a proteção de Júpiter.

Sem se intimidar com a carranca do tirano, Jasão se aproximou e apresentou sua reivindicação ao trono. "Eu, Jasão, filho de Éson, da linhagem de Éolo, vivo entre os camponeses às margens do Anaurus", ele gritou com sua voz jovem e corajosa. "Devolva o meu lugar de direito, como filho do falecido rei."

O rei não se atreveu a contestar abertamente o pedido, mas, com um sorriso fingido, respondeu: "Traga até aqui o Velo de Ouro, mantido por Eetes na Cólquida, para que, assim, você se mostre digno de se vangloriar da orgulhosa linhagem de Éolo. Livre a casa de seu pai da ira de Júpiter e depois venha reivindicar seu direito de primogenitura."

Ele inventou essa tarefa, imaginando que mesmo que Jasão pudesse vencer os cólquidas, certamente seria morto por inimigos ou se perderia no mar antes de voltar para casa. Pois era de conhecimento geral que Eetes havia pendurado o Velo de Ouro em um bosque encantado e colocado uma serpente insone para guardar o tesouro contra qualquer um que passasse por seus homens armados.

A princípio, Jasão se desesperou com a grandeza da tarefa, mas forte em sua própria inocência e determinado a reivindicar seus direitos, aceitou o desafio. "Eu vou", ele gritou, "a mando de um rei tirano e da sentença de um deus! Quem irá comigo? Quem?"

E de leste, oeste e sul os heróis de uma centena de feitos vieram correndo para se juntar a ele em sua busca, pois todos tinham ouvido falar do Velo de Ouro e de seu roubo pelos homens da Cólquida.

E a fama de sua busca se espalhou por toda parte, de modo que todos os que amavam uma empreitada ousada vieram oferecer ajuda a Jasão. Mas outros vieram, atraídos pela luxúria do ouro. E houve os que apareceram por amor à justiça e piedade pelo jovem roubado de seu direito de primogenitura por um rei perverso. Assim, vieram a Iolco o poderoso Hércules e os filhos gêmeos de Júpiter, Castor e Pólux; Orfeu com seu alaúde mágico; Idmon, o vidente; e Tífis, o timoneiro; e outros famosos por suas proezas na guerra, os filhos de deuses e heróis, que são muitos para ser citados.

Jasão então se preparou para sua grande empreitada, juntando provisões e armas e buscando avidamente informações sobre os que viajaram para longe dos cólquidas e de seu rei Eetes, e do famoso Velo de Ouro, enquanto o navio Argo crescia dia após dia sob as mãos de Argo e seus homens que, instruídos por Minerva, construíram um navio tão imponente como nunca antes havia navegado pelos mares. Diariamente, juntavam-se à companhia de Jasão guerreiros valentes e homens de renome, jovens e velhos, até que finalmente chegou o dia em que o Argo foi lançado para sua grande façanha, e os últimos sacrifícios foram pagos aos deuses protetores e o último banquete foi servido na costa. Então, os heróis se lançaram a seus postos nos remos – exceto o lugar de honra, no centro, que foi dado a Hércules e seu companheiro Anceu. Tífis, de comum acordo, foi colocado no leme, enquanto Jasão foi proclamado capitão e chefe, na paz e na guerra, de todo o grande bando.

E assim, um grupo de heróis como nunca havia sido reunido antes para uma missão, partiu de Iolco, a bordo do Argo, em busca do Velo de Ouro.

Por muitos dias, seguiram seu rumo, enfrentando tempestades naqueles mares perigosos, desembarcando em costas estranhas, onde, ora encontravam abrigo e benevolência, ora tinham que lutar pela vida e pela honra. Mas sempre que a busca gloriosa os inspirava, o Velo de Ouro iluminava seus sonhos, e eles se esforçavam lealmente para vencer todas as tentações e perigos. Só que nem todos sobreviveram para atingir seus objetivos. O grande Hércules foi deixado nas colinas da Mísia para procurar Hilas, o dono da armadura perdida; Idmon, o vidente, atravessando uma planície pantanosa, foi subitamente atacado por um javali e morreu. Por três dias inteiros, os heróis lamentaram a perda. E enquanto lamentavam, Tífis, o boi, ficou doente e acabou morrendo. Por tristeza, o grupo não iria mais longe se Anceu não tivesse reavivado sua bravura com palavras corajosas e se oferecesse como seu timoneiro. Por aclamação geral, foi escolhido e eles retomaram seu caminho com fé renovada. Finalmente o imponente Argo conquistou o mar Pontos e os terríveis penhascos, e os viajantes perceberam estar perto da Cólquida e do fim de sua viagem. Jasão, o capitão, soube que se aproximavam da ilha de Marte, onde os alados mensageiros dos deuses costumavam atacar qualquer pessoa que ousasse pousar ali. Mas, sob seu comando, os heróis se armaram e os remadores foram protegidos pelos escudos de seus companheiros dos dardos disparados pelas aves furiosas. Com tanto barulho, ficaram assustados. Os heróis então chegaram à costa onde descansaram em paz depois de enfrentar a tempestade. Enquanto estavam na costa, viram uma grande longarina nas ondas, com quatro jovens agarrados a ela, sendo jogados para lá e para cá, até serem finalmente lançados na praia. Esses quatro provaram ser os filhos de Frixo, que foram lançados da Cólquida pelo severo Eetes em um pequeno barco, frágil demais para suportar a tempestade que o Argo tinha enfrentado.

Quando ouviram falar da missão, ofereceram sua lealdade a Jasão e imploraram que ele aceitasse sua ajuda na perigosa empreitada, o que ele aceitou de bom grado. Então, em clima calmo, navegaram para a Cólquida, depois de escapar de todos os perigos e estar próximos de atingir seu objetivo.

O Velo de Ouro ficou ainda mais brilhante diante dos olhos ansiosos daqueles heróis. Coragem e lealdade inspiraram cada coração e fortaleceram cada braço. Eles estavam prontos para dar a própria vida, se necessário, para realizar a tarefa e trazer o Velo para a Grécia – e esse espírito é invencível.

Agora, Eetes, rei da Cólquida, morava em uma cidade à beira-mar. Ele tinha duas filhas. A mais velha, Calcíope, era viúva daquele Frixo que tinha vindo montado no Carneiro de Ouro, enquanto a mais nova, Medeia, era uma feiticeira. Ela era uma sacerdotisa de Hécate, e a ajudava em seus terríveis mistérios. Ela era versada em todos os venenos e filtros, e vagava por lugares selvagens fora da cidade para coletar ervas para o preparo de suas poções. Ela morava com os irmãos, os filhos de Eetes, e com a irmã Calcíope em um palácio na cidade. Ao lado desse palácio havia um templo para Hécate.

Certo dia, Medeia, como sempre, entrou no salão do templo e ali, parada, viu uma multidão se aproximando pela rua. À frente, estavam os quatros filhos de sua irmã, que tinham sido dados como perdidos. Ela gritou e, do palácio, as damas de companhia ouviram. Elas largaram seus bordados e, com Calcíope, correram para ver o que tinha acontecido. Ao ver os filhos, Calcíope os abraçou, chorando de alegria. Mas Medeia ficou olhando para os estranhos que os acompanhavam – Jasão e dois amigos: Télamon e Augias. Enquanto ela olhava, Cupido soltou uma de suas flechas ardentes, que perfurou e queimou o peito da donzela. Seus olhos estavam fixos no rosto de Jasão, e os rubores conscientes iluminaram a brancura de sua face. Ela ficou como se estivesse presa por um de seus próprios feitiços.

Ouvindo a comoção, o rei e a rainha quiseram saber o motivo. Quando viram os belos estranhos, deram-lhes as boas-vindas e os convidaram para participar do banquete. Embora olhasse com amargura para os filhos de Frixo, de quem pensava ter se livrado para sempre, Eetes foi forçado a recebê-los com seus salvadores.

No banquete, Argo, um dos filhos de Frixo, explicou ao rei todas as circunstâncias da vinda de Jasão e em busca do que ele veio. "Ele não veio para buscar o Velo à força", disse Argo. "Ele está disposto a pagar um preço justo pelo presente. Ele ouviu falar da inimizade dos Sauromates e, por você, subjugará esses rebeldes e os colocará sob seu domínio."

O rei ficou ainda mais irado, principalmente com os filhos de sua filha, pois julgou que eles haviam instigado Jasão a essa busca. "Não foi atrás do Velo que vieram!", ele gritou. "E sim para roubar meu cetro e minha honra real. Se não tivessem partido o pão na minha mesa antes de falar, certamente eu cortaria suas línguas, e arrancaria suas mãos dos pulsos, e os enviaria apenas com os pés para atravessarem a terra! Vocês deveriam desistir dessa busca."

Mas Jasão respondeu gentilmente ao zangado rei, assegurando-lhe que nenhum sonho selvagem o trouxera àquela terra, e sim o pedido implacável de um rei tirano e a destruição de um deus.

O rei então ponderou se deveria cair sobre os heróis e matá-los ou colocar o seu poder à prova. E assim resolveu ir pelo melhor caminho, pois eles eram homens poderosos e conhecidos pela bravura, e decidiu vencê-los pela sutileza. Por isso, deu a Jasão uma tarefa impossível: na planície de Marte, havia dois touros com cascos de bronze, cuspindo chamas de fogo; Jasão deveria uni-los, e por eles conduzir quatro arados pela planície, do amanhecer até a noite. Nos sulcos teria que semear os dentes de um dragão, de onde sairiam guerreiros armados, que ele feriria e conquistaria!

O herói ficou mudo em seu desespero, pois acreditava que homem nenhum seria capaz de tarefa tão terrível. Mas Argo saiu com ele e, sabendo que seu destino e o de seus irmãos dependia disso, implorou que ele consultasse a irmã de sua mãe, Medeia, a feiticeira. Por gentileza, Jasão concordou, mas com pouca esperança de resolver o problema.

Argos então voltou para sua mãe para implorar a ela que intercedesse junto a Medeia.

Medeia, dilacerada de amor por Jasão, passou a noite aos prantos pelo destino dele, a menos que ele implorasse por sua ajuda na gigantesca tarefa, e estava ansiosa, mas envergonhada, de oferecê-la. Foi portanto, para alívio de sua indecisão, que sua irmã Calcíope, veio até ela e implorou para que ela interferisse para salvar seus quatro filhos da condenação que os ameaçava. Medeia ficou feliz, pois, assim, ela seria capaz de salvar sua dignidade e, ao obedecer aos ditames de seu coração, parecia estar preocupada apenas com a segurança dos filhos de sua irmã.

Na manhã seguinte, chamou suas criadas e saiu em sua carruagem para ir ao santuário de Hécate na planície fora da cidade, lugar onde ela costumava colher ervas. Lá Jasão a conheceu e sacrificou seu orgulho para implorar por ajuda. Ela estava dividida pelo amor e por um senso de dever para com o pai; mas ainda assim o amor foi mais forte e ela prometeu ajudá-lo. Eles conversaram longamente no deserto até que as sombras da noite caíram e as criadas ficaram inquietas com a demora. Ela então lhe deu uma poção mágica que tornaria seu corpo e os braços invulneráveis contra qualquer ataque e lhe deu também instruções minuciosas para orientá-lo em deu terrível conflito. Jasão viu como ela era bonita e terna, e o amor despertou em seu coração. Ele a cortejou com palavras gentis e jurou que, se ela fosse para a Grécia ao seu lado, seria feita sua honrada esposa.

A noite chegou e Medeia voltou triste para a noite de vigília em seu palácio na cidade, enquanto Jasão se preparava para seu conflito duvidoso. À meia-noite, banhou-se sozinho no rio sagrado. E depois cavou uma cova na planície, como Medeia ordenara, e ofereceu um cordeiro, acendendo uma pira, onde queimou a carcaça. Depois derramou uma mistura de bebidas e então, chamando Hécate, recuou e deixou o local, sem olhar uma vez para trás, para a terrível rainha que ele havia invocado, nem para as formas de medo que a acompanhavam, nem se virou para o selvagem latido dos cães do inferno.

Então, ele borrifou seu corpete, seus elmo e os braços com a poção que Medeia lhe dera, e seus companheiros testaram sua armadura, com toda a força possível. Os poderosos golpes caíram inofensivos sobre ele. Depois borrifou os próprios membros com a poção e foi em frente, invencível.

Ao amanhecer, os heróis navegaram rio acima no Argo, até chegarem perto da planície de Marte, onde ancoraram. O rei Eetes deixou a cidade em um cortejo até o local das lutas. Todos os homens da Cólquida ficaram reunidos de um lado e os heróis do outro para ver o resultado do embate.

Jasão então deu início à sua tarefa. Levando consigo o elmo cheio de dentes de dragão, atravessou o campo e ali viu a canga de bronze e o arado de pedra maciça. De repente, de sua caverna os touros saíram juntos e o atacaram. Jasão, afastando os pés, pegou a carga deles em seu escudo e ele resistiu ao choque. Poderoso, ele agarrou o chifre de um dos monstros, puxando com toda a sua força e golpeando o casco com o pé, até colocá-lo de joelhos. Para espanto geral, fez o mesmo com o outro. Depois, jogando fora seu escudo, segurou-os e colocou a canga de bronze em seus pescoços. Todos ficaram maravilhados com sua força sobre-humana. A testa de Eetes ficou preta, mas os heróis se regozijaram e aplaudiram seu líder vigorosamente.

Ele então levou consigo o elmo cheio de dentes de dragão e sua lança como vara, forçando aqueles animais frenéticos a puxar o arado maciço pela planície, e semeou os dentes enquanto avançava. Durante o dia todo, ele conduziu sua equipe pela planície pedregosa.

Quando o arado de granito abriu caminho pela terra, ele lançou os dentes de dragão entre os torrões revirados.

Quando finalmente a noite caiu, e ele soltou a canga e, com golpes e gritos espantou os touros pela planície. Então, ele retornou ao Argo, mergulhou o elmo no rio e estava prestes a saciar sua enorme sede, quando se virou para ver a terra cheia de guerreiros armados, fileiras e mais fileiras de escudos, lanças e elmos. Então, as palavras de Medeia vieram à sua mente, e antes de cair sobre eles, pegou da terra uma grande pedra redonda, que quatro homens fortes de hoje não conseguiriam mover, e a lançou no meio deles.

Os cólquidas gritaram, mas um medo mudo tomou conta de seu rei quando ele viu o voo daquela rocha enorme e também os nascidos da terra matando uns aos outros. Entre eles estava Jasão, lindo como um deus, decepando-os com sua espada, até que nenhum ficou vivo.

Quando chegou a noite, Jasão dormiu, pois sabia que tinha cumprido a tarefa. Eetes e seus príncipes voltaram em silêncio para sua cidade, pois o poder sobre-humano do herói os inspirou com medos inomináveis.

No palácio, Medeia foi tomada pelo terror, pois sabia que deveria chegar aos ouvidos do rei, seu pai, que, por suas artes, Jasão tinha sido levado à vitória e ela temia sua vingança. Ela não sabia onde procurar ajuda, mas para o próprio Jasão. Então, ela se escondeu e, enfiando suas poções e venenos secretos no peito, fugiu na escuridão de seu palácio. Durante a noite, Medeia correu, chorando muito, dividida entre o amor e o dever para com seus pais e sua paixão pelo homem que ela ajudou com seus feitiços, até que viu o brilho do fogo onde os heróis festejavam às margens do rio. Entre o barulho das comemorações e o ressoar dos risos, o choro de uma mulher foi ouvido. Os filhos de Frixo, seus sobrinhos, e Jasão, seu amado, conheciam aquela voz, e eles deixaram as comemorações e remaram para o lugar onde ela estava. Jasão então saltou para onde ela estava.

Medeia agarrou-se aos joelhos dele e implorou para que ele a levasse embora para que a vingança de seu pai não caísse sobre ela. E ali, diante de todos, ele jurou levá-la para a Grécia e lá se casar com ela.

Então, ela pediu que não desperdiçassem horas preciosas nos festejos e fossem logo buscar o Velo de Ouro, antes que Eetes os perseguisse. "Rápido!", ela gritou, "Aproveitem que a escuridão cobre suas ações."

Eles então se apressaram e chegaram ao bosque encantado onde o Velo estava pendurado em um carvalho. Medeia desembarcou ali com Jasão, e juntos eles correram por entre as árvore até ver o Velo brilhando como chama através do crepúsculo, enquanto, diante dele, enrolada em espiral, com olhos abertos e vigilantes, a repugnante e terrível serpente ergueu a cabeça.

Medeia então invocou a magia do sono em seu auxílio. Ela ungiu a cabeça da serpente com suas poções e fez chover seus feitiços sobre aqueles olhos insones. A serpente afundou na terra em dobras ondulantes até finalmente dormir.

Então, Jasão jogou o grande Velo sobre o ombro, mas ele caiu, arrastando-se pelo chão. Ele o pegou novamente e apressou-se para ir embora. Os argonautas, observando ansiosos, o viram entrar em chamas por entre as árvores. Ele saudaram a conclusão de sua busca com gritos de alegria e lutaram entre si para tocar o Velo. Mas Jasão foi tomado pelo medo de que algum deus ou homem viesse arrancar o tesouro que ele levava e cobriu o brilhante Velo com um manto e o colocou na popa do Argo. Medeia ficou ao seu lado e Jasão acima, com seu escudo nas costas e a espada na mão.

Os remadores se dobraram sobre seus remos, as lâminas fortes bateram sobre as ondas e, mais rápido que uma ave, o navio acelerou.

Por isso, o rei Eetes e os cólquidas souberam do amor de Medeia e de seus atos de rebelião. Eles se aglomeraram nas margens do rio, e Eetes, em seu cavalo branco, perseguiu a nau voadora. Mas ele não conseguiu alcançar a filha desobediente, nem impedir a fuga do bando de heróis que escapou da morte que havia planejado, com a ajuda do amor. Em sua ira, o rei enviou navios atrás deles e ordenou a seus capitães: "A menos que imponham as mãos sobre a donzela e a tragam para que possa derramar a fúria que me queima sobre ela, sobre suas cabeças todas essas coisas darão a vocês a medida completa da minha ira."

Mas, através dos mares, o bom Argo voou, e embora os cólquidas o perseguissem, Medeia nunca foi pega e depois de toda essa aventura ela chegou a Iolco com Jasão, seu amor e senhor.

Por ordem dos altos deuses, o Velo de Ouro foi trazido de volta à Grécia pelo poder de Jasão e sua confraria de heróis, para que a ira de Júpiter pudesse ser aplacada. Os heróis partiram para a busca armados com a força da inocência, e o amor lutou ao seu lado para que pudessem se mostrar mais poderosos do que um rei implacável ou condenados por um deus ofendido.

COMO TESEU ENCONTROU SEU PAI

Nathaniel Hawthorne

Na antiga cidade de Trezena, no sopé de uma montanha elevada, vivia, muito tempo atrás, um garoto chamado Teseu. Seu avô, o rei Piteu, era o soberano do país e considerado um homem muito sábio; por isso, Teseu, sendo criado no palácio real, e um rapaz naturalmente brilhante, dificilmente poderia deixar de se beneficiar do conhecimento do velho rei. O nome de sua mãe era Etra. Quanto ao pai, o menino nunca tinha visto. Mas, em suas lembranças mais antigas, Teseu costumava acompanhar a mãe a uma floresta onde os dois se sentavam sobre uma rocha coberta de musgo e profundamente afundada na terra. Ali, muitas vezes Etra conversava com o filho sobre seu pai, e dizia que ele se chamava Egeu, que foi um grande rei, governava a Ática e morava em Atenas, uma cidade tão famosa quanto qualquer outra no mundo. Teseu gostava muito de ouvir as histórias sobre o rei Egeu, e muitas vezes perguntou à mãe por que o pai não veio morar com eles em Trezena.

"Ah, meu filho querido", ela respondia com um suspiro, "um monarca tem seu povo para cuidar. Os homens e mulheres sobre os quais ele governa ocupam o lugar de filhos para ele; por isso, raramente ele tem tempo para amar os próprios filhos, como fazem os outros pais. Seu pai nunca poderá deixar o reino para ver o filho."

"Mas, mãe", perguntava sempre o menino, "por que não posso ir a essa famosa cidade de Atenas para dizer ao rei Egeu que sou filho dele?"

"Isso pode acontecer aos poucos. Seja paciente, e veremos. Você ainda não é grande e forte o bastante para sair para tal missão."

"E em quanto tempo eu vou ser forte o suficiente?", Teseu continuou perguntando.

"Você ainda é um menininho", respondeu a mãe. "Veja se consegue erguer a pedra sobre a qual está sentado."

O pequeno tinha uma opinião formada sobre a própria força. Assim, agarrando-se às pontas ásperas da pedra, puxou e trabalhou pesado, e ficou sem fôlego, sem conseguir mover a pesada pedra. Ela parecia enraizada no chão. Não é de se admirar que ele não pudesse movê-la, pois teria sido necessária toda a força de um homem extremamente forte para tirá-la de seu leito na terra.

A mãe ficou olhando com uma espécie de sorriso triste nos lábios e nos olhos, ao ver toda a dedicação e os esforços ainda insignificantes do filho. Ela não podia deixar de ficar triste por vê-lo já tão impaciente para começar suas aventuras no mundo.

"Está vendo, meu querido Teseu, você precisa ter muito mais força do que agora, antes que eu possa confiar em você para ir a Atenas e dizer ao rei Egeu que você é filho dele. Mas, quando você conseguir levantar essa pedra e me mostrar o que está escondido sob ela, prometo a você que lhe darei minha permissão para partir."

Depois disso, perguntou à mãe muitas e muitas vezes se já era hora de ir para Atenas; e ela continuava apontando para a pedra e dizia a ele que nos próximos anos ainda não estaria forte o bastante para movê-la. E de novo, e de novo, o menino de bochechas rosadas e cabelos encaracolados puxava e empurrava a enorme massa de pedra, esforçando-se, criança como era, para fazer o que um gigante dificilmente poderia ter feito sem usar suas mãos enormes na tarefa. Enquanto isso, a rocha parecia afundar cada vez mais no solo. O musgo que crescia sobre ela era cada vez mais espesso, até que finalmente ficou parecido com um macio assento verde, com apenas alguns espaços cinzentos das pedras. As árvores pendentes, derramavam suas folhas marrons sobre ela, tão frequentemente quanto o outono. Em sua base cresciam samambaias e flores silvestres, algumas das quais rastejavam sobre a superfície. Ao que parece, a rocha estava tão firmemente presa quanto qualquer outra.

Mas, por mais difícil o assunto parecesse, Teseu estava crescendo e se tornando um jovem tão vigoroso que, em sua própria opinião, estava chegando a hora de vencer aquele pesado pedaço de pedra.

Teseu Encontra as Armas do Pai, por Giovanni Benedetto Castiglione.

"Mãe, acho que começou!", gritou ele após uma de suas muitas tentativas. "A terra ao redor da pedra está um pouco rachada!"

"Não, criança!", respondeu apressadamente a mãe. "Não é possível que você a tenha movido, Você ainda é um menino."

E ela não se deixava convencer, embora Teseu lhe mostrasse o lugar onde imaginou que o caule de uma flor fora parcialmente arrancado pela movimentação da pedra. Etra parecia inquieta, pois, sem dúvida, ela estava começando a ter consciência de que o filho não era mais uma criança e que, em pouco tempo, ela teria que deixá-lo ir para enfrentar os perigos e os problemas do mundo.

Não mais que um ano depois, estavam eles novamente sentados na pedra coberta de musgo. Etra lhe contara mais uma vez a tão repetida história de seu pai, que, com prazer, receberia Teseu em seu majestoso palácio e como ele o apresentaria a seus cortesãos e ao povo, dizendo-lhes que ali estava o herdeiro de seus domínios. Os olhos de Teseu brilharam de alegria, e ele mal podia ficar parado para ouvir as palavras da mãe.

"Minha mãe querida, nunca me senti tão forte como agora!", ele disse. "Não sou mais uma criança, nem um menino, nem um mero jovem! Eu me sinto um homem! Agora é hora de fazer uma tentativa para remover a pedra."

"Ah, meu querido Teseu", respondeu a mãe. "Ainda não! Ainda não!"

"Sim, mãe", ele disse resolutamente, "chegou a hora!"

Teseu então se empenhou seriamente na tarefa, e esticou cada tendão com força e determinação viris. Ele colocou todo o seu corajoso coração no esforço. E lutou contra a grande pesada pedra como se fosse um inimigo vivo. Soltou, elevou e resolveu que agora teria sucesso ou morreria por lá, deixando a pedra ser seu monumento para sempre! Etra ficou olhando e apertou as mãos do filho, em parte com orgulho de mãe e em parte com tristeza de mãe. A grande rocha se mexeu! Sim, ela saiu lentamente do musgo e da terra, arrancando arbustos e flores. E foi rolada. Teseu havia conseguido!

Enquanto respirava, olhou com alegria para a mãe, que sorriu para ele entre lágrimas.

"Sim, Teseu", ela disse. "Chegou a hora, e você não deve mais ficar ao meu lado" Veja o que o rei Egeu, seu pai, deixou para você sob a pedra, quando a ergueu em seus poderosos braços e a colocou no local de onde você a removeu."

Teseu olhou e viu que a pedra havia sido colocada sobre outra laje de pedra, com uma cavidade dentro dela. Por isso ela se assemelhava a um baú feito grosseiramente e com a pedra sobre ele, servindo de tampa. Na cavidade havia uma espada com cabo de ouro e um par de sandálias.

"Essa era a espada de seu pai", disse Etra, "e aquelas, as sandálias que ele usava. Quando se tornou rei de Atenas, ele me pediu para tratar você como uma criança até que você provasse a si mesmo ser um homem e levantasse essa pedra pesada. Cumprida essa tarefa, você deveria calçar as sandálias dele para seguir seus passos, e cingir sua espada para lutar contra gigantes e dragões, como o rei Egeu fez em sua juventude."

"Partirei para Atenas hoje mesmo!", exclamou Teseu.

Mas Etra o convenceu a ficar mais um dia ou dois, enquanto ela preparava alguns itens para sua viagem. Quando seu avô, o sábio rei Piteu, soube que Teseu pretendia se apresentar no palácio do pai, aconselhou-o a subir a bordo de um navio e ir pelo mar, porque assim poderia chegar facilmente a Atenas, sem cansaço ou perigo.

"Por terra, os caminhos são ruins", disse o venerável rei. "E eles estão infestados de ladrões e monstros. Um rapaz como Teseu, sozinho, não é digno de confiança em uma jornada tão perigosa. Não, não! Deixe-o ir por mar!"

Quando ouviu falar de ladrões e monstros, Teseu aguçou os ouvidos e ficou ainda mais ansioso para seguir o caminho ao longo do qual eles poderiam ser encontrados. No terceiro dia, despediu-se respeitosamente do avô, agradecendo a ele por toda a gentileza e depois de abraçar afetuosamente a mãe, partiu, com muitas de suas lágrimas brilhando no rosto, e algumas, se a verdade deve ser dita, jorrando de seus próprios olhos. Mas ele deixou que o sol e o vento as secassem e continuou andando com vigor, brincando com o punho de ouro de sua espada, e dando passos muito viris com as sandálias de seu pai.

Eu não posso parar para contar a você quase nenhuma das aventuras que aconteceram com Teseu no caminho para Atenas. É suficiente dizer que ele limpou completamente aquela parte do país dos ladrões sobre os quais o rei Piteu tanto se alarmara. Um desses bandidos se chamava Procrustes, e era realmente um homem terrível. Tinha um jeito feio de zombar dos pobres viajantes que, por acaso, caíam em suas garras. Em sua caverna, ele tinha uma cama, onde, com grande pretensão de hospitalidade, convidava os visitantes a se deitar. Mas, se por acaso fossem menores que a cama, o vilão os esticava à força; ou, se fossem muito altos, decepava suas cabeças ou os pés e ria do que havia feito, como se fosse uma piada, Assim, por mais cansado que pudesse estar, homem nenhum gostava de se deitar na cama de Procrustes. Outro desses ladrões, chamado Sínis, também deve ter sido um grande patife. Ele tinha o hábito de arremessar suas vítimas de um alto penhasco no mar. Para lhe dar exatamente o que merceia, Teseu fez o mesmo com ele. Mas, se você acredita em mim, o mar não se poluiria recebendo uma pessoa tão má em seu seio, nem a terra, uma vez livre dele, aceitaria levá-lo de volta, tanto que, entre a falésia e o mar, Sínis ficou preso no ar, que se viu obrigado a suportar o fardo de sua maldade.

Assim, quando sua jornada chegou ao fim, Teseu tinha vivido muitas façanhas valentes com a espada de punho de ouro de seu pai e ganhou a fama de ser um dos jovens mais corajosos da época. Sua fama viajou mais depressa que ele e chegou antes a Atenas. Ao entrar na cidade, ouviu os habitantes dizerem que Hércules era valente, Jasão também. Castor e Polidances igualmente, mas que Teseu, filho de seu próprio rei seria um grande herói, o melhor deles. Ao ouvir isso, Teseu deu passos mais largos e imaginou-se recebido magnificamente na corte de seu pai, já que ele foi para lá com Fama para tocar sua trombeta diante dele e gritar ao rei Egeu: "Eis seu filho!"

TESEU E A FEITICEIRA MEDEIA

Nathaniel Hawthorne

Teseu pouco suspeitava, jovem inocente que era, que, nessa mesma Atenas governada por seu pai, teria que enfrentar um perigo maior que qualquer outro que encontrara na estrada. Essa era a verdade. Você precisa entender que o pai de Teseu, embora não muito velho em idade, estava quase esgotado devido aos cuidados com o governo e, portanto, envelheceu antes do tempo. Seus sobrinhos, não achando que ele viveria muito tempo, pretendiam colocar todo o poder do reino em suas próprias mãos. Mas, ao serem informados de que Teseu havia chegado a Atenas e sabendo que ele era um jovem galante, viram que ele não seria de modo algum o tipo de pessoa que os deixaria roubar a coroa e o cetro do pai, que seriam seus por direito de herança. Assim, esses sobrinhos do rei Egeu, de caráter duvidoso, que eram os próprios primos de Teseu, imediatamente se tornaram seus inimigos. Mas havia um inimigo ainda mais perigoso – Medeia –, uma perversa feiticeira, que era agora a esposa do rei e queria entregar seu reino ao filho Medo, em vez de deixá-lo ser do filho de Etra, a quem ela odiava.

Aconteceu que os sobrinhos do rei encontraram Teseu e descobriram de quem se tratava assim que ele chegou à entrada do palácio real. Com tantos desígnios malignos contra ele, os primos fingiram ser seus melhores amigos e expressaram grande alegria em conhecê-lo. Propuseram que ele fosse encontrar o rei como um estranho, a fim de verificar se Egeu descobriria nas feições do jovem alguma semelhança com ele mesmo ou com a mãe Etra, e assim o reconheceria como filho. Teseu concordou pois anisava que o pai o reconhecesse imediatamente, pelo amor que havia em seu coração.

Mas, enquanto ele esperava na porta, os sobrinhos correram e disseram ao rei que um jovem havia chegado a Atenas e que, pelo que sabiam, tinha pretensões de matá-lo para assumir a coroa real.

"E ele agora está à espera de ser admitido à presença de Vossa Majestade", acrescentaram.

"Ah!', gritou o velho rei, ao ouvir isso, "Deve ser, de fato, um mau-caráter! O que acham que eu devo fazer com ele?

Em resposta, a impia Medeia colocou sua palavra. Você já deve ter ouvido falar dessa feiticeira e de todas as maldades que ela praticava com os homens. Entre mil outras coisas ruins, ela sabia preparar um veneno, instantaneamente fatal para quem o tocasse com os lábios.

Por isso, assim que o rei perguntou o que deveria fazer com Teseu, essa mulher perversa tinha uma resposta na ponta da língua.

"Majestade, deixe isso comigo, por favor", ela respondeu. "Apenas admita esse jovem mal-intencionado em sua presença, trate-o com civilidade e o convide para tomar uma taça de vinho. Vossa Majestade sabe muito bem que, às vezes, divirto-me destilando remédios poderosos. Neste frasco, está um deles. Mas, um dos meus segredos, é do que ele é feito. Deixe-me apenas colocar uma única gota na taça e ofereça-a ao jovem, e eu responderei por isso. Ele deixará de lado os maus desígnios que o trouxeram aqui."

Ao dizer isso, Medeia sorriu. Mas, apesar do rosto sorridente, ela não pretendia nada menos que envenenar o inocente Teseu diante dos olhos do pai. E o rei Egeu, como a maioria dos outros reis, considerou qualquer punição leve o suficiente para uma pessoa acusada de conspirar contra a sua vida. Ele, portanto, fez pouca ou nenhuma objeção ao plano de Medeia e, assim que o vinho envenenado ficou pronto, deu ordens para que o jovem estranho fosse trazido à sua presença. A taça foi colocada em uma mesa ao lado do trono do rei, e uma mosca, querendo apenas bebericar na borda, caiu morta imediatamente. Vendo isso, Medeia olhou para os sobrinhos e riu novamente.

Quando Teseu foi introduzido aos aposentos reais, o único objeto que ele parecia contemplar era o velho rei de barbas brancas. Lá estava ele, sentado em seu magnífico trono, com uma coroa deslumbrante na cabeça e um cetro na mão. Ele tinha o aspecto imponente e majestoso, embora os anos e as enfermidades pesassem sobre ele, como se cada ano fosse um pedaço de chumbo e cada enfermidade, uma pedra pesada, e tudo fosse empacotado e colocado sobre seus ombros cansados. As lágrimas, tanto de alegria quanto de tristeza, brotaram nos olhos do jovem, pois pensou em como era triste ver seu querido pai tão enfermo, e como seria doce sustentá-lo com sua própria força juvenil e animá-lo com a vivacidade de seu espírito amoroso. Quando um filho acolhe o pai no coração caloroso, isso renova a juventude do velho de uma forma melhor que o calor do caldeirão mágico de Medeia. E foi isso que Teseu resolveu fazer. Mal podia esperar para ver se o rei Egeu o reconheceria, tão ansioso estava para se jogar em seus braços.

Avançando até o pé do trono, ele tentou fazer um pequeno discurso, no qual *pensou enquanto subia as escadas. Mas ele foi quase sufocado por muitos sentimentos ternos que jorraram de seu coração e cresceram em sua garganta, todos lutando para encontrar, juntos, uma expressão. E, portanto, a menos que ele pudesse colocar seu coração cheio e transbordante nas mãos do rei, o pobre Teseu não sabia o que fazer ou dizer.

A astuta Medeia observou o que se passava na mente do jovem. E, naquele momento, estava ainda mais perversa; pois (e falar disso me faz tremer) ela fez o máximo possível para transformar todo esse indescritível amor que agitava Teseu em sua própria ruína e destruição.

"Vossa Majestade está vendo a confusão dele?", sussurrou ela no ouvido do rei. "Ele está tão consciente da culpa que treme e não consegue falar. O infeliz tem vida longa! Rápido! Ofereça o vinho a ele!"

O rei Egeu estava olhando com seriedade para o jovem estranho que se aproximava do trono. Havia algo, e ele não sabia o quê, ora na testa, ora na expressão de sua boca, ora em seus belos e ternos olhos, que indistintamente o fazia sentir como se já tivesse visto aquele jovem antes; como se, de fato, ele o tivesse posto em seus joelhos quando bebê, e o tivesse visto crescer e se tornar um homem forte enquanto ele mesmo havia envelhecido. Mas Medeia percebeu o que o rei estava sentindo e não permitiria que ele cedesse a essas sensibilidade naturais, embora fosse a voz do fundo do seu coração que lhe dizia, tão claramente quanto podia falar, que ali estava seu querido filho e filho de Etra, vindo para reivindicá-lo como pai. A feiticeira sussurrou novamente no ouvido do rei e o compeliu, por sua feitiçaria, a ver tudo de forma falsa.

E ele decidiu, portanto, deixar Teseu tomar o vinho envenenando. "Bem-vindo, meu jovem!", ele disse. "Estou orgulhoso de mostrar a um jovem tão heroico toda a minha hospitalidade. Por favor, tome essa taça de vinho. Ela está transbordando, como você pode ver, um vinho delicioso, que só ofereço a quem é digno dele! Ninguém é mais digno que você a beber dele!"

Assim dizendo, o rei Egeu pegou a taça de ouro da mesa e estava prestes a oferecê-la a Teseu. Mas, por sua enfermidade e, em parte, porque lhe parecia muito triste tirar a vida desse jovem, por pior que ele fosse, e em parte, sem dúvida, porque seu coração era mais sábio que sua cabeça, e tremia dentro dele ao pensar no que ia fazer – por todas essas razões a mão do rei tremia tanto que derramou uma grande quantidade de vinho.

A fim de fortalecer seu propósito, e temendo que todo o precioso veneno fosse desperdiçado, um dos sobrinhos sussurrou para ele: "Vossa Majestade tem alguma dúvida da culpa desse estranho? Ali está a espada com a qual pretendia matá-lo. Ela é afiada, brilhante e terrível! Rápido! – deixe-o provar o vinho, ou talvez ele ainda cumpra o seu propósito."

Com essas palavras, Egeu tirou todos os pensamentos e sentimentos de seu peito, exceto a única ideia de como o jovem merecia ser morto. Sentou-se então ereto em seu trono, estendeu a taça de vinho com a mão firme e dirigiu a Teseu um olhar severo real, pois, afinal, ele tinha um espírito nobre demais para matar até mesmo um inimigo traiçoeiro com um falso sorriso no rosto.

"Beba!", disse ele, no tom severo com que costumava condenar um criminoso à decapitação. "Você merece de mim um vinho como este!"

Teseu estendeu a mão para pegar o vinho. Mas, antes de tocá-lo, o rei Egeu tremeu novamente. Seus olhos caíram sobre o punho de ouro da espada pendurada no cinto do jovem. Ele puxou a taça.

"Essa espada!", ele gritou. "Como a conseguiu?"

"Era a espada de meu pai", respondeu Teseu, com a voz trêmula. "E estas eram as sandália dele. Minha querida mãe – o nome dela é Etra – me contou sua história quando eu ainda era criança. Mas faz apenas um mês que fiquei forte o suficiente para erguer a pedra pesada, tirar a espada e as sandálias que estavam sob ela, e vir a Atenas para procurar meu pai."

"Meu filho! Meu filho!", gritou o rei Egeu, arremessando para longe a taça fatal e cambaleando do trono para cair nos braços de Teseu. "Sim! Estes são os olhos de Etra! Você é meu filho."

Esqueci completamente o que aconteceu com os sobrinhos do rei. Mas, quando a perversa Medeia viu essa reviravolta, saiu da sala apressadamente e, indo para o próprio quarto, não perdeu tempo em colocar seus encantamentos em ação. Em alguns momentos, ela ouviu uma grande movimentação de cobras sibilando do lado de fora da janela; e lá estava sua carruagem de fogo e quatro enormes serpentes aladas, contorcendo-se no ar, balançando as caudas mais alto que o topo do palácio, e todas prontas para partir em uma viagem aérea.

Medeia ficou apenas o tempo suficiente para levar seu filho com ela e roubar as joias da coroa, junto com as melhores vestes do rei e quaisquer outras coisas valiosas que ela pudesse encontrar. E, entrando na carruagem, chicoteou as cobras e foi para o alto da cidade.

O rei, ouvindo o silvo das serpentes, correu até a janela tão rápido o quanto pôde e gritou para a abominável feiticeira para nunca mais voltar. Todo o povo de Atenas, que tinha corrido ao ar livre para ver esse maravilhoso espetáculo, deu um grito de alegria com a perspectiva de se livrar dela. Medeia, quase explodindo de raiva, soltou um silvo igual ao de suas próprias cobras, apenas dez vezes mais venenoso e rancoroso e, olhando ferozmente para fora das chamas da carruagem, ela sacudiu as mãos sobre a multidão, como se estivesse espalhando um milhão de maldições entre as pessoas. Ao fazer isso, no entanto, ela involuntariamente deixou cair cerca de quinhentos diamantes da primeira água, junto com mil pérolas grandes e duas mil esmeraldas, rubis, safiras, opalas e topázios, dos quais ela se serviu na fortaleza do rei. Todas essas pedras caíram como uma chuva multicolorida de granizo sobre as cabeças dos adultos e das crianças que, imediatamente, as recolheram e as levaram de volta ao palácio. Mas o rei Egeu disse a todos que eles eram bem-vindos e que lhes daria até o dobro ou mais, se os tivesse, devido ao prazer de encontrar seu filho e se livrar da perversa Medeia. De fato, se você tivesse visto o quão odioso foi seu último olhar, enquanto a carruagem flamejante voava para cima, não teria imaginado que tanto o rei quanto o povo desejaram a ela uma boa viagem.

TESEU VAI MATAR O MINOTAURO

Nathaniel Hawthorne

Teseu foi muito bem recebido pelo pai real. O velho rei não se cansava de tê-lo sentado ao seu lado no trono (que era grande o bastante para os dois) e de ouvi-lo contar sobre sua querida mãe, sua infância e os muitos esforços do menino para levantar a pesada pedra. Teseu, no entanto, era um jovem muito ativo e corajoso para ficar o tempo todo relatando coisas que já haviam acontecido. Sua ambição era realizar outros feitos mais heroicos, que deveriam valer a pena contar em prosa e verso. E nem estava em Atenas há muito tempo antes de capturar e acorrentar um terrível touro louco, e exibi-lo publicamente, para grande admiração do bom rei Egeu e seus súditos. Mas logo ele assumiu um caso que fez todas as suas aventuras anteriores parecerem mera brincadeira de criança. A ocasião foi a seguinte:

Certa manhã, quando acordou, o príncipe Teseu imaginou que devia ter tido um sonho muito doloroso, e que ainda estava passando por sua mente, mesmo agora, com os olhos abertos. Pois parecia que o ar estava cheio de lamentos melancólicos. Quando prestou mais atenção, pôde ouvir soluços, gemidos e gritos de aflição, misturados com suspiros profundos e silenciosos, que vinham do palácio do rei, e das ruas, dos templos e de todas as habitações da cidade. E todos esses ruídos tristes, saindo de milhares de corações, uniram-se ao grande som de aflição que tinha acordado Teseu. Ele se vestiu o mais rápido que pôde (sem esquecer as sandálias e a espada com punho de ouro), e se apressou para ir até o rei, perguntando o que tudo isso significava.

"Ai, meu filho!", disse o rei Egeu, soltando um longo suspiro. "Temos um assunto lastimável nas mãos! Este é o aniversário mais triste do ano todo. É o dia em que anualmente fazemos sorteios para ver qual dos jovens e donzelas de Atenas será devorado pelo terrível Minotauro!"

"Minotauro?", perguntou o príncipe Teseu. E, como corajoso que era, o jovem príncipe levou a mão ao punho da espada. "Que tipo de monstro é esse? Não é possível matá-lo já que põe em risco a vida de alguém?"

O rei Egeu balançou a venerável cabeça e, para convencer Teseu de que era um caso sem esperança, explicou tudo a ele. Parece que na ilha de Creta vivia um monstro terrível, chamado Minotauro, cuja forma em parte era um touro, e em parte um homem, e era uma espécie de criatura tão hedionda que é muito desagradável pensar nele. Se ele existisse, deveria estar em alguma ilha deserta, ou nas sombras de alguma caverna, onde ninguém jamais seria atormentado por seu aspecto abominável. Mas o rei Minos, que reinou em Creta, gastou muito dinheiro na construção de uma habitação para o Minotauro e cuidou muito de sua saúde e conforto, apenas por causa do mal. Poucos anos antes, houve uma guerra entre a cidade de Atenas e a ilha de Creta, na qual os atenienses, derrotados, foram obrigados a implorar pela paz. No entanto, jamais obteriam paz, exceto com a condição de, anualmente, enviar sete jovens e sete donzelas para serem devorados pelo monstro de estimação do cruel rei Minos. Por três anos, essa calamidade repugnante tinha sido suportada. E os soluços, gemidos e gritos que encheram a cidade foram causados pela aflição do povo, porque o dia fatal chegara novamente e as quatorze vítimas deveriam ser escolhidas por sorteio. Os velhos temiam que seus filhos ou filhas fossem levados, e os jovens e as donzelas temiam estar destinados a saciar o apetite voraz daquele detestável homem bruto.

Quando ouviu a história, Teseu esticou o corpo, de modo que parecesse mais alto que nunca. Já o rosto era indignado, ofensivo, ousado, terno e compassivo, tudo em um olhar.

E ele disse: "Este ano, deixe o povo de Atenas escolher apenas seis jovens. Eu mesmo serei o sétimo. E deixe o Minotauro me devorar, se ele puder!"

"Meu querido filho!", gritou o rei Egeu. "Por que você deveria se expor a esse destino horrível? Você é um príncipe e tem o direito de se manter acima da sina dos homens comuns."

"É porque sou um príncipe, seu filho, e o herdeiro legítimo de seu reino, que livremente assumo a aflição de seus súditos", respondeu Teseu. "E você, meu pai, sendo o rei, e responsável perante o Céu pelo bem-estar deste povo, é obrigado a sacrificar o que lhe é mais caro, para que o filho ou a filha do cidadão mais pobre não sofra dano algum."

O velho rei derramou lágrimas e implorou ao filho que não o deixasse sozinho em sua velhice, mais especialmente porque ele estava apenas começando a conhecer a felicidade de ter um filho bom e valente. Teseu, no entanto, sentiu que estava certo e que, portanto, não devia desistir de sua resolução. Mas garantiu ao pai que não pretendia ser engolido sem resistência, como uma ovelha, e que, se o Minotauro o devorasse, não seria sem uma luta por seu alimento. Como não podia evitar, o rei Egeu concordou em deixá-lo ir. Assim, um navio foi preparado e equipado com velas pretas. Teseu, com outros seis jovens e sete lindas e doces donzelas, desceu até o porto para embarcar. Uma multidão triste os acompanhou até a praia. O velho rei foi também, apoiando-se no braço do filho, com a sensação de que seu coração continha toda a dor de Atenas. Quando o príncipe Teseu estava embarcando, o rei pensou em lhe dizer uma última palavra.

"Meu filho amado", disse ele, agarrando a mão do príncipe, "você deve ter notado que as velas do navio são negras, como, de fato, deveriam ser, pois é uma viagem de tristeza e desespero. Agora, sobrecarregado pelas enfermidades, não sei se vou sobreviver até o retorno do navio. Mas, enquanto eu viver, vou me arrastar diariamente até o topo do penhasco, para ver se há uma vela no mar. Se, por um feliz acaso, você escapar das garras do Minotauro, derrube essas velas escuras e ice outras, que brilhem à luz do sol. Vendo-as no horizonte, eu e todo o povo saberemos que você está voltando e o receberemos com uma festa jamais vista em Atenas."

Teseu prometeu que o faria. Subindo a bordo, os marinheiros içaram as velas negras da embarcação ao vento, que soprava fraco na costa, acompanhadas pelos suspiros dos que participavam dessa ocasião melancólica. Pouco a pouco, quando chegaram ao alto-mar, uma forte brisa de noroeste os levou sobre as ondas de crista branca, como se estivessem numa agradável viagem. Embora tenha sido um momento bastante triste, questiono se os quatorze jovens, sem a companhia de um idoso para manter a ordem, poderiam passar a viagem toda na miséria. Houve umas poucas danças no convés, eu suspeito, algumas gargalhadas e outras alegrias fora de época entre as vítimas, antes que as altas montanhas azuis de Creta começassem a se mostrar entre as nuvens distantes. Essa visão, com certeza, os levou a ficar sérios novamente.

Assim que entraram no porto, um grupo de guardas do rei Minos desceu à beira-mar e se encarregou dos quatorze jovens e donzelas. Cercado pelos guerreiros armados, o príncipe Teseu e seus companheiros foram levados ao palácio e conduzidos à presença de Minos, agora um rei severo e impiedoso. Ele curvou as grossas sobrancelhas sobre as vítimas atenienses. Qualquer outro mortal, observando a beleza pura e terna e seus olhares inocentes, teria se imaginado sobre espinhos até que ele fizesse feliz cada uma das almas, ordenando que fossem livres como o quente vento do verão. Imbatível, Minos se preocupava apenas em examinar se eles gordos o suficiente para satisfazer o apetite do Minotauro. Da minha parte, gostaria que ele mesmo tivesse sido a única vítima; e o monstro o teria achado bem forte.

Um a um, o rei Minos chamou os pálidos e assustados jovens e donzelas e, dando-lhes uma estocada nas costelas com seu cetro (para ver se tinham carne ou não), os dispensou com um aceno para seus guardas. Mas, quando os olhos repousaram sobre Teseu, o rei ficou mais atento, porque seu rosto estava sério e calmo.

"Meu jovem", disse ele, com sua voz severa, "você não está chocado com a certeza de ser devorado pelo terrível Minotauro?"

"Ofereci minha vida por uma boa causa", respondeu Teseu, "e, portanto, eu me entrego espontânea e alegremente. Mas o senhor, rei Minos, não se espanta de, ano após ano, cometer esse terrível mal, entregando sete jovens e sete donzelas para serem devoradas por um monstro? O senhor, rei perverso, não é capaz de voltar seus olhos para dentro do próprio coração? Mesmo sentado em seu trono de ouro, com suas vestes de majestade, digo na sua cara que o senhor é um monstro mais hediondo que o próprio Minotauro!"

"Acha mesmo que sou assim?", perguntou o rei, rindo de maneira cruel. "Amanhã cedo, você terá a oportunidade de julgar quem é o monstro maior, o Minotauro ou o rei" Levem-no, guardas! E deixem esse jovem de fala livre ser o primeiro pedaço do Minotauro."

TESEU E ARIADNE

Nathaniel Hawthorne

Perto do trono do rei, estava sua filha Ariadne. Era uma donzela linda e delicada e olhava pelos pobres prisioneiros condenados com sentimentos bem diferentes dos do rei Minos. Ela chorava com a ideia da felicidade humana desnecessariamente desperdiçada ao jogar tantos jovens, na flor da idade, para serem comidos por uma criatura que, sem dúvida, teria preferido um boi gordo ou até um porco grande, ao mais gordo deles. E, quando ela viu a figura corajosa do príncipe Teseu indo calmamente de encontro à sua sorte, ficou ainda mais consternada que antes. Enquanto os guardas o acompanhavam, ela se atirou aos pés do rei e implorou que ele libertasse todos os cativos, especialmente aquele jovem.

"Paz, menina tola!", respondeu o rei Minos. "O que tem você a ver com um caso como este? Trata-se de um problema de política estatal e, portanto, algo distante de sua fraca compreensão. Vá cuidar de suas flores e não pense mais nesses covardes atenienses que o Minotauro certamente comerá no café da manhã assim como eu vou comer uma perdiz no meu jantar."

Falando assim, o rei parecia cruel o bastante para devorar, ele mesmo, Teseu e todos os outros presos, se não houvesse o Minotauro para livrá-lo do problema. Como ele não queria ouvir mais uma palavra sobre o assunto, os prisioneiros foram então conduzidos para uma masmorra, onde o carcereiro os aconselhou a dormir o mais rápido possível, porque o Minotauro costumava pedir cedo o café da manhã. As sete donzelas e os seis jovens então soluçaram até dormir. Mas Teseu não era como eles. Ele tinha consciência de que era mais sábio, mais corajoso e mais forte que seus companheiros, e que, portanto, tinha responsabilidade sobre todas aquelas vidas e precisava considerar a possibilidade de salvá-los, já quase no limite. Por isso, ele se manteve acordado, andando de um lado para o outro na escuridão do calabouço em que foram trancados.

Pouco antes da meia-noite, a porta foi suavemente destrancada e a gentil Ariadne apareceu com uma tocha na mão.

"Está acordado, príncipe Teseu?", ela sussurrou.

"Sim", respondeu o rapaz." Com meu pouco tempo de vida, não quero desperdiçá-lo dormindo."

"Então me siga", disse Ariadne, "e ande sem fazer barulho."

O que aconteceu com o carcereiro e os guardas Teseu nunca soube. De qualquer maneira, Ariadne abriu todas as portas e o levou da prisão sombria para um luar encantador.

"Teseu, agora você pode ir para o seu navio e navegar para Atenas", ela disse.

"Não!, respondeu o rapaz. "Jamais deixarei Creta sem, antes, matar o Minotauro, salvar meus pobres companheiros e livrar Atenas deste cruel destino."

"Eu sabia que seria essa a sua resolução", disse Ariadne. "Venha comigo, bravo Teseu!

Aqui está a espada da qual os guardas o privaram. Você vai precisar dela. Rezo para que você possa usá-la bem."

Ela então levou Teseu pela mão até chegarem a um bosque escuro e sombrio, onde a luz da lua se dissipava no topo das árvores, sem deixar cair um único raio de luz em seu caminho. Depois de andarem um bom tempo pela escuridão, chegaram a um alto muro de mármore, coberto de vegetação. A parede parecia não ter porta nem janela, mas se erguia alta, maciça e misteriosa, e não devia ser escalada nem, pelo que Teseu pôde perceber, atravessada. Ariadne, no entanto, apenas pressionou seus dedos macios contra um determinado bloco de mármore que, embora parecesse tão sólido quanto qualquer outro, cedeu, revelando uma entrada larga o bastante para permitir sua passagem. Eles rastejaram, e a pedra de mármore voltou para seu lugar.

"Agora estamos no famoso labirinto que Dédalo construiu antes de fazer um par de asas e voar para longe da nossa ilha, como um passarinho" disse Ariadne. "Esse Dédalo foi um trabalhador astuto, mas de todos os seus artifícios engenhosos, esse labirinto é o mais maravilhoso. Se déssemos só alguns passos, poderíamos vagar por toda a nossa vida e nunca mais encontrá-lo. No entanto, bem no centro do labirinto está o Minotauro e você, Teseu, deve ir até lá para procurá-lo.

"Mas como vou encontrá-lo", perguntou Teseu, "se o labirinto me confunde tanto, como você diz?"

Ele mal acabou de falar e os dois ouviram um rugido áspero e desagradável, que mais se assemelhava ao mugido de um touro feroz, embora tivesse algum tipo de som semelhante a uma voz humana. Teseu até imaginou uma articulação grosseira, como se a criatura que o proferiu estivesse tentando adaptar a respiração rouca a algumas palavras. Foi a uma certa distância, no entanto, e ele não sabia dizer se soava mais como o rugido de um touro ou uma voz humana áspera.

"Esse barulho é do Minotauro", sussurrou Ariadne, segurando a mão de Teseu com força e pressionando uma de suas próprias mãos contra o coração, tremendo. "Você deve seguir esse som pelas curvas do labirinto e irá encontrá-lo. Espere! Pegue a ponta deste fio de seda. E eu vou ficar segurando a outra ponta. Se você vencer, ele o trará a este ponto outra vez. Adeus, bravo Teseu!"

O jovem então pegou a ponta do fio de seda com a mão esquerda e a espada com cabo de ouro, já desembainhada, com a outra, e pisou no labirinto inescrutável. Como esse labirinto foi construído, é mais do que posso lhe dizer, mas um labirinto tão engenhosamente planejado jamais foi visto no mundo, nem antes, nem depois. Mal deu cinco passos e Teseu perdeu Ariadne de vista. Em mais cinco começou a ficar tonto. Mas continuou, ora rastejando por um arco baixo, ora subindo escadas, ora por uma passagem torta ou por uma porta se abrindo à sua frente e outra batendo atrás, até que realmente pareceu que as paredes giravam e o giravam junto com elas. E o tempo todo, por esse caminho oco, mais longe ou mais perto, ressoava o grito do Minotauro. O som era feroz, cruel, repulsivo, muito parecido com o mugido de um touro e, no entanto, tão similar à voz humana, mas nem assim o coração de Teseu ficou mais duro ou mais irritado a cada passo, pois ele achava um insulto à lua e ao céu, e à nossa afetuosa e simples Mãe Terra, que o monstro tivesse a audácia de existir.

À medida que ele avançava, as nuvens foram se acumulando sobre a lua e o labirinto ficou tão escuro que Teseu não conseguia mais discernir a desorientação por que passava. Ele teria se sentido totalmente perdido e sem esperança de voltar a andar em linha reta, se, de vez em quando, não tivesse a consciência de uma suave contração do fio de seda. Então, ele teve a certeza de que Ariadne, a jovem de coração terno, continuava segurando a outra ponta e estava temendo e esperando por ele, demonstrando estar ao seu lado. Mas ainda assim ele seguiu o terrível rugido do Minotauro, que ficava mais alto a cada passo e, de tão alto, Teseu imaginou estar chegando perto dele. Até que, em um espaço aberto, bem no centro do labirinto, ele viu a hedionda criatura. Que o monstro era feio, ele teve certeza! Só sua cabeça com chifres pertencia a um touro; e, de uma forma ou de outra, ele parecia um touro, sacudindo as patas traseiras. Mas, se aconteceu de você vê-lo de outra maneira, ele parecia ser totalmente homem e, por isso, ainda mais monstruoso. E lá estava ele, o miserável, solitário, sem nenhum tipo de companhia ao seu lado, vivendo apenas para fazer estragos, incapaz de saber o significado do afeto. Teseu o odiava e estremeceu ao vê-lo, mas não pôde deixar de sentir algum tipo de pena, por mais feia e detestável que fosse a criatura. Ela andava de um lado para o outro, totalmente enfurecida, rugindo e emitindo o som de algumas palavras continuamente. Depois de algum tempo, Teseu entendeu que o Minotauro dizia a si mesmo que era um ser infeliz, cheio de fome, e que, como odiava a todos, ansiava por devorar a raça humana viva.

Teseu estava com medo? De jeito nenhum, meu caro. O quê?! Um herói como Teseu com medo? O Minotauro não tinha vinte cabeças de touro no lugar de uma. Atrevido como era, porém, imagino que seu coração valente tenha se fortalecido ao sentir, justo neste momento, um puxão no fio de seda, que continuava segurando na mão esquerda. Era como se Ariadne estivesse dando a ele toda força e coragem, aumentando ainda mais a sua própria força. E, para dizer a verdade, ele precisava mesmo, pois o Minotauro, virando-se de repente, avistou Teseu e, de imediato, baixou os chifres terrivelmente afiados, exatamente como um touro louco faz quando pretende se lançar contra um inimigo. Ao mesmo tempo, ele soltou um rugido ensurdecedor, no qual havia algo como palavras humanas, totalmente desconexas, atravessando a garganta de um animal enfurecido.

Teseu só podia adivinhar o que a criatura pretendia dizer, e isso mais pelos gestos que por suas palavras, pois os chifres do Minotauro eram mais afiados que sua inteligência, e muito mais úteis que sua língua. Mas provavelmente foi este o sentido do que ele disse: "Ah, ser humano desgraçado! Vou enfiar meus chifres em você, jogá-lo a quinze metros de altura e devorá-lo assim que descer."

"Vamos, experimente!", foi tudo o que Teseu se dignou a responder, pois era magnânimo demais para atacar um inimigo com linguagem insolente.

Sem mais palavras de ambos os lados, seguiu-se a mais terrível luta entre Teseu e o Minotauro que já aconteceu sob o sol ou a lua. Eu realmente não sei o que poderia ter acontecido se o monstro, em sua primeira investida contra Teseu, não o tivesse perdido por um fio de cabelo e quebrado um dos chifres contra a parede de pedra. Nesse acidente, ele gritou de tal forma que uma parte do labirinto caiu, e todos os habitantes de Creta confundiram o barulho com uma tempestade singularmente forte. Cheio de dor, ele galopou de forma tão ridícula que Teseu riu disso não exatamente naquele momento, mas muito tempo depois. E os dois ainda se enfrentaram bravamente, lutando espada contra chifre por um longo período. Por fim, o Minotauro investiu contra Teseu e atingiu seu lado esquerdo com o chifre, atirando-o ao chão. Pensando ter perfurado o coração, o Minotauro deu um salto no ar, abriu sua boca de touro de orelha a orelha, e se preparou para arrancar sua cabeça. Mas, a essa altura, Teseu deu um pulo e pegou o monstro desprevenido. Com um forte golpe de espada, Teseu o acertou no pescoço, fazendo sua cabeça de touro saltar longe do seu corpo e cair no chão.

Com o final da luta, imediatamente a lua brilhou tanto, como se todos os problemas do mundo, e a maldade e a feiura que infestam a vida humana, tivessem desaparecido para sempre. E Teseu, apoiado em sua espada e respirando fundo, sentiu outro puxão no fio de seda, pois durante todo o terrível embate ele o segurara firme em sua mão esquerda. Ansioso para fazer Ariadne saber de seu sucesso, ele seguiu a orientação do fio e logo se viu na entrada do labirinto.

"Você matou o monstro", gritou Ariadne. Esfregando as mãos.

"Graças a você, Ariadne querida", respondeu Teseu, "retorno vitorioso."

Ela então disse: "Devemos convocar seus amigos o mais rapidamente possível e levá-los a bordo do navio antes do amanhecer. Se pela manhã meu pai o encontrar aqui, vingará o Minotauro."

Para encurtar minha história, os pobres cativos foram acordados e, sem saber se o sonho foi alegre, eles foram informados do que Teseu havia feito e que teriam que zarpar para Atenas antes do amanhecer. Correndo para o navio, subiram a bordo, exceto Teseu, que ficou atrás deles, na praia, segurando a mão de Ariadne.

"Minha donzela querida", disse ele, "certamente você irá conosco. Você ainda é jovem e tem o coração muito doce e gentil para um pai de coração de ferro como o rei Minos. Ele não se importa com você mais do que um pedaço de granito se importa com uma florzinha que cresce em uma de suas fendas. Mas meu pai, Egeu, e minha querida mãe, Etra, e todos os pais e mães em Atenas, e todos os filhos e filhas também, vão amar e honrar você como sua benfeitora. Venha conosco então, antes que o rei Minos fique zangado ao saber o que você fez.

Agora, pessoas mal-intencionadas, que fingem contar a história de Teseu e Ariadne, têm a cara de dizer que essa honrada donzela realmente fugiu, na calada da noite, com o jovem estranho cuja vida ela havia preservado. Dizem também que o príncipe Teseu (que teria morrido antes de injuriar a criatura mais vil do mundo) ingratamente abandonou Ariadne em uma ilha solitária, onde o navio aportou em sua viagem para Atenas, Mas, se o nobre Teseu tivesse ouvido essas falsidades, teria feito com seus autores caluniosos o mesmo que fez com o Minotauro! Quando o bravo príncipe ateniense pediu que Ariadne o acompanhasse, ela respondeu:

"Não, Teseu", e, apertando a mão dele recuou um ou dois passos. "Não posso ir com você. Meu pai é velho e não tem ninguém além de mim para amá-lo. Por mais duro que você ache que seja o coração dele, ele morreria se me perdesse. Inicialmente o rei Minos ficará zangado, mas logo perdoará sua única filha e, aos poucos, vai se alegrar, eu sei, pois jovens e donzelas não precisarão vir de Atenas para ser devorados pelo Minotauro. Eu o salvei, Teseu, tanto por amor ao meu pai quanto por você. Até a próxima! Que o céu o abençoe."

Tudo o que a donzela disse era tão verdadeiro e foi falado de forma tão doce que Teseu teria enrubescido se insistisse com ela por mais tempo. Não lhe restava mais nada a não ser oferecer a Ariadne uma despedida afetuosa, subir a bordo do navio e zarpar.

Momentos depois a espuma branca se dissipava diante de sua proa, enquanto o príncipe Teseu e seus companheiros navegavam para fora do porto, com uma brisa assobiando atrás deles.

Durante a viagem, os quatorze jovens e donzelas estavam com excelente humor, como você deve imaginar. Eles passavam a maior parte do tempo dançando, a não ser quando a brisa lateral fazia o convés se inclinar demais. No tempo devido, avistaram a costa da Ática, seu país natal. Mas aqui, lamento dizer, aconteceu um infortúnio.

Você vai se lembrar (o que Teseu infelizmente esqueceu) que seu pai, o rei Egeu, havia ordenado a ele para içar as velas brancas em lugar das pretas caso vencesse o Minotauro e voltasse vitorioso. No entanto, na alegria por seu sucesso, e em meio aos esportes, danças e outros divertimentos usados pelos jovens para passar o tempo, eles nem se lembraram se suas velas eram pretas, brancas ou coloridas e, de fato, deixaram a tarefa a cargo dos marinheiros. Assim, a embarcação retornou, como um corvo, com as mesmas asas negras que a levaram embora. Mas o rei Egeu, dia após dia, enfermo que estava, foi até o cume de um penhasco que pendia sobre o mar, e lá ficou sentado à espera do príncipe Teseu que voltava para casa. Assim que viu a escuridão total das velas, ele concluiu que seu amado filho, de quem tanto se orgulhava, tinha sido engolido pelo Minotauro. Não suportando mais a ideia de viver, e jogando primeiro ao mar sua coroa e seu cetro (enfeites inúteis para ele agora!), o rei simplesmente se inclinou para frente e caiu de cabeça sobre o penhasco, e se afogou, pobre alma, nas ondas que espumavam em sua base!

Essa foi uma notícia melancólica para o príncipe Teseu que, quando desembarcou, se viu rei de todo o país, querendo ou não. E tal reviravolta foi suficiente para desanimar qualquer jovem. No entanto, ele mandou chamar sua querida mãe a Atenas e, seguindo os conselhos dela nas questões de estado, tornou-se um excelente monarca, muito amado por seu povo.

PÁRIS E ENONE

V.C. Turnbull

Aqui veio ao meio-dia
A triste Enone, vagando desamparada
De Páris, outrora seu companheiro de brincadeiras nas colinas.

Alfred, Lord Tennyson (1809–1892): "Enone"

A rainha Hécuba, esposa de Príamo, rei de Troia, teve um pesadelo. Durante o sono, achou que alguém veio até ela e disse: "Você trará uma tocha que incendiará seu palácio."

Dias depois, quando a rainha deu à luz um filho, Príamo, a quem a rainha havia contado o sonho, ordenou que seus escravos dessem um fim à criança. Mas antes que essa ordem cruel pudesse ser cumprida, Hécuba conseguiu roubar o bebê, entregando-o a alguns pastores – gente simples, que cuidava da criança como se fosse o próprio filho – no monte Ida, em frente à cidade de Troia. Eles deram ao pequeno o nome de Páris.

Páris, embora criado entre pastores rudes, logo mostrou que o sangue real corria em suas veias, e foi muito elogiado pelos pastores por sua habilidade em cuidar das ovelhas na montanha e pela ousadia com que perseguiu e matou feras que procuravam devorá-las.

Assim, Páris chegou à idade adulta e em toda a terra não havia ninguém mais justo que ele, nem mais atencioso. Não é de se admirar que a donzela Enone, que vivia no vale do Ida, tenha ficado encantada com sua beleza. E ele a amava da mesma forma. Os dois se casaram e viveram naquela terra aprazível com a felicidade de gente simples.

Juntos, eles compartilhavam os prazeres da caça, e Enone não era menos habilidosa que Páris em aplaudir os cães e espalhar as redes. Dependendo do ânimo, eles vagavam juntos pelo rio ou nos bosques, e Páris esculpia seus nomes nos troncos cinzentos das faias. Em um choupo que crescia às margens do rio Xanto, assim ele gravou:

"De volta à sua origem, o regato deve fluir, de Pária para Enone."

Mas mesmo assim os deuses estavam preparando um sofrimento amargo para Páris, para Enone e para incontáveis gerações de mortais em outros lugares.

Do outro lado do mar, na Tessália, realizava-se uma grande festa para celebrar o casamento de Peleu e Tétis. Como a noiva não era uma donzela nascida de uma mulher, mas uma imortal Nereida, todos os deuses e deusas foram convidados para o banquete. Todos, exceto uma, de nome Éris, a deusa do conflito, a mais odiosa entre os imortais. Ela então, cheia de raiva, atirou uma maçã de ouro na mesa em que os convidados festejavam, com a legenda "À mais bela".

Seguiu-se então, como Éris pretendia, um grande conflito entre as deusas e, em especial, Juno, Minerva e Vênus reivindicaram cada uma o fruto de ouro. Assim, não querendo resolver a disputa, os deuses ordenaram às três deusas que fossem ao monte Ida, buscar o julgamento de Páris e cumprir sua decisão.

Um dia antes, no humilde caramanchão de Páris e Enone, estavam as três deusas. Vieram nuas, vestidas do esplendor celestial como que uma roupa e, a seus pés, violetas e açafrões, empurrados pela grama, e pairando ao redor estavam o pavão de Juno, a coruja de Minerva, e as pombas de Vênus.

Quando Páris vacilou, sem saber qual escolher já que todas eram justas, Juno, a Rainha do Céu, disse: "Escolha-me e eu lhe darei os reinos do mundo."

Minerva então, a sábia deusa virgem, disse: "Escolha-me e eu lhe darei sabedoria."

A última, Vênus, a Deusa do Amor nascida no mar, sussurrou: "Escolha-me e eu lhe darei a mais bela mulher da Grécia como esposa."

Páris e Enone em "As Heroínas Gregas", por Georg Pencz.

Sorrindo, ela estendeu a mão e a maçã de ouro era dela. As três deusas desapareceram em uma nuvem e, com elas, toda a felicidade do coração de Enone.

Não muito tempo depois, Príamo, rei de Troia, propôs uma disputa de armas entre seus filhos e outros príncipes, prometendo ao vencedor o melhor touro das pastagens do monte Ida. E Páris, aflito por ver o touro afugentado pelos mensageiros de Príamo, decidiu que também lutaria com os filhos do rei, que ainda não conhecia como seus irmãos.

Assim, no dia marcado para as disputas, Páris lutou com os filhos de Príamo — Polites, Heleno e Dêifobo — e com outros príncipes, e derrotou todos eles. Sim, e ele lutou também com o mais forte dos filhos do rei, o grande Heitor, que também não foi páreo para ele. Mas Heitor, furioso, perseguiu Páris como se quisesse matá-lo, obrigando Páris a fugir para o templo de Júpiter em busca de refúgio. No templo, foi recebido por Cassandra, filha de Príamo, a quem Apolo tinha concedido o conhecimento das coisas que viriam. E notando em Páris os próprios traços e feições de seus irmãos, extraiu dele tudo o que sabia de sua história. Então, juntando a isso o seu conhecimento, Cassandra soube que ele era, de fato, o irmão que foi posto de lado quando bebê. Pegando-o pela mão, ela o levou de volta à casa de Príamo e Hécuba, pedindo a todos que abraçassem seu irmão e filho. Então, Príamo e Hécuba, e todos os filhos receberam Páris com muita alegria em seus corações, pois esqueceram a triste profecia de seu nascimento, notando apenas sua modesta cortesia, a beleza e a força.

Por isso, Páris permaneceu por algum tempo na casa real, muito animado. Mas ele não estava totalmente feliz no palácio do pai. Infelizmente não, pois seus pensamentos muitas vezes se voltavam para Enone, que ele havia deixado no monte Ida. E, em seus ouvidos, soava sempre o sussurro de Vênus, dizendo: "Eu lhe darei a mulher mais bela da Grécia como esposa."

E Páris disse a si mesmo: "Helena, esposa de Menelau, rei de Esparta, é a mais bela de todas as filhas dos homens. Todos os príncipes gregos pediram sua mão em casamento e, quando aqueles que a viram tentaram falar de sua beleza, a voz falhou, pois ela era realmente a mais bela que um homem podia achar ou o poeta cantar."

Então, seguindo com seu pensamento, ponderou: "Não sou mais eu, Páris, um pastor no monte Ida, e sim um príncipe em um palácio real e filho do rei de Troia?" Certamente a palavra de Vênus ainda será cumprida!"

Só que a irmã do rei, Hesione, tinha sido levada e se casou contra a sua vontade, o que era uma amargura para Príamo. Percebendo isso, Páris e seus companheiros se puseram a construir e tripular uma frota, declarando que trariam Hesione de volta, mas, em seu coração, pensando não em Hesione, mas em Helena. Para conseguir a madeira para fazer seus navios, ele voltou ao monte Ida para cortar os pinheiros mais altos que coroavam as margens escarpadas onde os ventos do mar suspiravam por entre os ramos, como se fossem, de fato, o murmúrio de outro mar através das melancólicas copas das árvores.

Enone o recebeu com muita alegria, mas, quando soube que seu pensamento era apenas construir navios para uma viagem, o espírito da profecia caiu sobre ela, e ela gritou: "Uma coisa amarga, é isso que você faz, Páris, meu marido! Você irá para a Grécia para trazer para cá a ruína de seu país e de seus parentes. Sim, e a mim virá por último, ferido até a morte, suplicar a ajuda da minha arte de cura." Neste lugar, o dom falhou tão repentinamente quanto veio, e ela caiu em prantos.

Mas Páris, beijando-a, pediu que ela deixasse seus medos de lado e olhasse para o mar quando ele se fosse. Quando terminou seus navios, ele os equipou com mastros altos, selou-os com piche e partiu, deixando Enone para vigiar suas velas na volta para casa.

Por muitos dias ela ficou sentada em um penhasco com os olhos voltados para as águas azuis, esperando o retorno do navio. Uma noite, como em uma visão, ela viu ou parecer ver, uma vela branca na costa, que acelerou com o vento e passou perto do penhasco onde ela estava. E, quando ela olhou para baixo, seu coração ficou partido pois, no convés, havia uma mulher. Parecia ser uma filha dos deuses, divinamente bela, e seus braços envolviam o pescoço de Páris, enquanto sua cabeça repousava no peito dele. E Enone viu Páris saltar na praia, carregando a mulher nos braços. Viu também que quando ele a conduziu à cidade de Troia, os portões se abriram e o povo todo saiu para encontrar o casal. Ela sabia que aquela era Helena, a mais bela das mulheres, que fugira com Páris do marido, Menelau. E sabia também que ela, Enone, seria deixada sozinha até morrer.

Seguiu-se então aquele grande cerco a Troia, que os poetas cantarão até o fim dos tempos. Pois Menelau, o marido de Helena, e o irmão dele, Agamenon, o grande general, incitaram todos os príncipes gregos que tinham sido pretendentes de Helena e, em seu casamento com Menelau, se uniram para protegê-la de todo tipo de violência. Então, todos os príncipes e capitães da Grécia vieram com um grande exército e muitos navios, e cercaram Troia. Muitas batalhas foram travadas nas planícies fora dos muros da cidade. Para Enone, que vagava abandonada no monte Ida, o som da guerra chegou e, de longe, ela notou a luta entre bigas, cavalos e homens. Mas ela ouvia e via essa movimentação como se não a notasse, pois era como se seu coração tivesse morrido e sua vida, acabado.

A guerra durou alguns anos e Páris, constantemente protegido pela deusa Vênus, foi ferido por Filoctetes por uma flecha envenenada. Em seu sofrimento, lembrou-se de sua abandonada Enone e suas habilidades de cura e disse aos assistentes. "Levem-me para fora da cidade, até o monte Ida, para que eu possa ver mais uma vez o rosto de minha esposa Enone. Quero pedir perdão a ela pelo grande mal que lhe causei. Felizmente, quando ela vir meu estado, seu piedoso coração se comoverá e ela me curará com suas sanguessugas, pois nada mais pode fazer efeito."

E eles carregaram Páris em uma liteira pelas encostas do monte Ida. Ao vê-los chegando, Enone desceu rapidamente para encontrá-los. Quando a viu, Páris esticou um pouco os braços e os deixou cair, pois estavam muito fracos. Soltando um grito de lamento, como um pássaro que vê seu filhote morto, voou para abraçá-lo. Naquele momento, Páris deu seu último suspiro. Os olhos, outrora tão brilhantes, estavam fixos, como um olhar de pedra e o orvalho da morte brilhava na testa marmórea. Enone então, esqueceu todas as injustiças que sofrera, lembrou-se apenas da luz da manhã de um casamento feliz e, sentindo que finalmente voltara para ela, deitou-se sobre seu peito, abraçando-o e banhando-o com suas lágrimas, Depois, clamando em voz alta, arrancou uma adaga que carregava em seu cinto e cravou-a em seu coração, caindo morta sobre o peito em que havia descansado por tantas vezes. Assim morreu Enone, fiel aos infiéis, a mais inocente de todos os que morreram pelo pecado de Páris, filho de Príamo.

IFIGÊNIA

Guy E. Lloyd

Menelau, irmão do rei de Micenas, era casado com a mulher mais bonita do mundo, cujo nome era Helena, mas ela foi levada pelo traiçoeiro convidado Páris, o filho de Príamo, rei de Troia, para sua casa, do outro lado do mar.

Menelau então, em toda sua raiva e tristeza, pediu a todos os amigos que o ajudassem a trazer sua esposa de volta e a punir o hóspede traiçoeiro. Todos os chefes da Grécia vieram em seu auxílio, pois Troia era uma cidade incrivelmente forte, e seus muros tinham sido construídos por Netuno, o deus do mar.

O mais importante de todos os chefes foi Agamenon, rei de Micenas, o irmão mais velho de Menelau. Ele foi escolhido para ser o líder de todas as forças militares e, sob suas ordens estavam Ulisses, o sábio rei de Ítaca, e Aquiles, chefe dos mirmidões, a quem nenhuma arma poderia ferir a não ser no calcanhar; e muitos outros com fama no mundo todo.

O grupo se reuniu em Áulis, na terra da Beócia. Estavam todos prontos e ansiosos para atravessar o mar e lutar contra Troia. Ver os navios com seus bravos guerreiros amontoados sobre eles foi muito agradável.

Mas os dias foram passando e a frota ficou parada no porto, pois não havia vento suficiente para encher as velas. Todos os chefes ficaram surpresos, pois toda a sua bravura foi inútil; seus corações ficaram pesados, pois não sabiam por que os navios estavam parados, e temiam que os deuses imortais não quisessem que Troia caísse.

Por fim, chamaram o sábio vidente Calcas e perguntaram se ele podia lhes contar a vontade dos deuses.

E Calcas respondeu: "Os ventos foram negados a vocês, ó chefes, pela vontade de Diana, a caçadora dos bosques. Uma vez por dia, o rei Agamenon mata um cervo dentro do bosque sagrado, e ela passou a odiá-lo cada vez mais. Por isso, ela não o deixará navegar até que sua ira seja aplacada com ricas oferendas."

O rei Agamenon então disse: "Já que a culpa é minha, que a expiação seja minha também. Diga, Calcas: que oferenda contentará a deusa, para que os ventos sejam libertados e nossos navios abram suas velas e viajem pelo mar até Troia?"

Como o rosto de Calcas estava sombrio, todos aguardavam ansiosamente, pois temiam ouvir sua resposta.

"A deusa lhe pede o que de melhor e mais belo você tem", disse o severo vidente, "ela pede a vida de sua filha Ifigênia."

Todos estremeceram ao ouvir tais palavras. Menelau, com um grito de tristeza e terror, aproximou-se do irmão e pôs a mão em seu braço. O rei Agamenon, na maior agonia, ficou sem dizer uma palavra por algum tempo.

Por fim, o rei olhou para seus camaradas e disse: "Um difícil destino está sobre mim, ó líderes dos gregos. Devo derramar sangue do que é mais caro para mim que o meu mesmo, ou então nossa formação ficará aqui, ociosa, até que os navios apodreçam ou que os capitães desistam e nos deixem encalhados."

Menelau então disse a Calcas: "Não há outra solução? A grande deusa não pode ser acalmada sem essa vítima inocente?"

Calcas respondeu: "Não há outro jeito."

Com a cabeça baixa, Agamenon subiu lentamente para sua tenda, na encosta da montanha e a notícia de que a ira de Diana só seria aplacada com a morte da bela e inocente Ifigênia se espalhou pelo acampamento.

Assim, Agamenon mandou uma mensagem ardilosa para sua esposa Clitemnestra, pedindo que ela mandasse sua filha Ifigênia para Áulis imediatamente, pois Aquiles, o nobre chefe dos mirmidões, tinha pedido permissão para se casar com a donzela e isso teria que acontecer rapidamente, pois a frota estava pronta para zarpar.

Quando ouviu a mensagem do marido, Clitemnestra ficou feliz porque era grande a fama de Aquiles e ele um jovem valente, forte e belo, como os deuses imortais.

Rapidamente a donzela foi enfeitada para seu casamento e levada com os mensageiros de Agamenon para o acampamento de Áulis.

Lá chegando, Ifigênia estranhou, pois todos olhavam para ela cheios de piedade, e o medo tomou conta do coração da donzela enquanto ela passava pela hoste silenciosa e triste. Os guerreiros ficaram comovidos ao ver sua juventude e sua inocência, mas ninguém se esforçou para salvá-la de seu destino, pois sem sua morte tudo seria em vão. Dentro da tenda de Agamenon, o austero vidente Calcas esperava a vítima predestinada. Estava tudo pronto para o sacrifício, e Agamenon e Menelau aguardavam junto ao altar. Na pressa, a donzela foi enfeitada não para o noivado, mas para sua morte.

Mais uma vez eles a levaram para o sol. A donzela olhou à sua volta, para a encosta da colina e para o mar azul onde os navios estavam parados. Ao ver seu pai junto ao altar, ela teria clamado e implorado por misericórdia, mas os que a conduziam colocaram as mãos sobre sua boca. A jovem tentou arrancar do pai um olhar de pena, mas Agamenon escondeu o rosto sob o manto. Ele não conseguia olhar para o rosto da filha que iria morrer para expiar seu pecado. Assim, não houve ajuda para a bela e inocente donzela, e ela foi levada à morte. Mas tão grande foi a fé dos gregos que nenhum homem, exceto o severo Calcas, ousou testemunhar o ato terrível; e, como eles se recusavam a acreditar que a donzela realmente tinha morrido, correu a história de que, no último instante, Diana colocou um cervo sobre o altar e levou a donzela em segurança para Táuris.

Mas, na verdade, o cruel sacrifício foi concluído, e mesmo quando a chama subiu no altar as copas das árvores balançaram, as ondas varreram a superfície vítrea do mar; o vento pelo qual o exército esperava há tanto tempo foi liberado e os guerreiros içaram alegremente suas velas e saíram do porto de Áulis a caminho do cerco de Troia.

Diana agora estava vingada pela profanação de seu bosque por Agamenon. Pois, do sangue inocente de Ifigênia, surgiu um vingador, destinado a seguir o rei Agamenon e toda a sua família até que o ato sombrio fosse expiado.

Longa e dolorosa foi a guerra diante das muralhas de Troia; e não foi até o décimo ano depois de sua partida que vieram as notícias de que o rei Agamenon estava a caminho de casa. Durante todos aqueles anos, sua esposa alimentara a esperança de vingança no coração, tanto pela morte de Ifigênia quanto pela falsidade que a fizera mandar a filha para o acampamento. Então, o rei voltou para casa apenas para o seu túmulo. E foi recebido pela esposa com palavras amáveis e com todos os sinais de alegria. Mas, antes que a noite caísse, Agamenon estava morto em seu banho, onde o punhal de Clitemnestra o ferira.

Depois, o Vingador do Sangue colocou no coração de Orestes, filho de Agamenon e Clitemnestra, um grande ódio pela mãe por ter matado seu pai. Ele estava longe de casa quando se deu o ato cruel, e demorou muito para voltar. Quando finalmente ele chegou, feriu a própria mãe e a matou.

Após esse ato de admiração e terror, o Vingador do Sangue perseguiu Orestes, um fora da lei marcado, e o levou de terra em terra. Por fim, ele fugiu para o santuário da grande deusa Minerva, e finalmente foi autorizado a expiar sua culpa.

Ele teve que buscar um pedaço de terra que não existia quando matou sua mãe e foi para a foz de um rio onde um solo novo estava sendo formado pela areia que foi trazida pela enchente. Ali ele foi autorizado a se purificar, e o Vingador do Sangue finalmente o deixou em paz.

PROTESILAU

Guy E. Lloyd

Protesilau, rei da Tessália, era um homem feliz e afortunado. Um reino bonito e fértil fora deixado por seu pai, o veloz Íficles, e sua esposa Laodâmia, uma bela e graciosa rainha, muito querida pelo bom coração. Mas veio o chamado de honra, e toda a Grécia se armou para vingar a falsidade de Páris, pelo mal que ele fizera a seu anfitrião Menelau quando levou sua esposa, a bela Helena. Protesilau então vestiu sua armadura e quarenta grandes embarcações deixaram a costa da Tessália para se juntar à frota grega em Áulis, na Beócia.

Triste foi a despedida da bela rainha Laodâmia, e muitas lágrimas amargas ela chorou quando os navios de seu marido partiram e ela foi deixada sozinha. Toda a sua vida era ligada a ele e, com sua partida, tudo o que restou para ela parecia vazio e sem valor. Às vezes, ela escalava as rochas e olhava as águas iluminadas pelo sol, por horas e horas, sonhando com o dia em que Protesilau voltaria para reinar sobre seu povo em paz e segurança.

Por muitos dias, os navios gregos ficaram presos ao vento em Áulis, porque seu líder, o rei Agamenon, ofendera a grande deusa Diana. Por fim (como conta a história anterior), ele foi forçado a expiar sua culpa pelo sacrifício de sua inocente filha Ifigênia. Assim que se deu a oferenda, a deusa, satisfeita, soltou os ventos aprisionados, e a grande frota partiu para Troia.

A maior parte dos guerreiros naqueles navios estava ansiosa e feliz. Sua espera havia terminado e o deleite da batalha se aproximava.

Mas Protesilau estava calado e pensativo. Ele passava horas no convés de seu navio olhando as linhas de espuma que ficavam para trás, e seus pensamentos eram sempre os mesmos.

PROTESILAU

Ele não estava desolado pela amada esposa, nem pelo lar feliz que havia deixado. E também não estava triste por pensar em todos os perigos e dificuldades que aguardavam os gregos em Troia. Ele só pensava nas palavras ditas pelo oráculo de Apolo em Delfos. O primeiro homem a pisar a praia, dissera o oráculo, deveria morrer. Nem mesmo quando ouviu a severa sentença pela primeira vez, o coração de Protesilau bateu mais forte, com a determinação de que ele mesmo seria aquele homem. Ele agruparia todas as velas em seu navio veloz e, esperando na proa, saltaria na praia e cumpriria a vontade dos deuses.

Durante toda a viagem, este pensamento encheu a mente de Protesilau. Ele lamentou, é verdade, que nunca mais veria sua amada esposa, Laodâmia, nem o belo palácio que estavam construindo para si mesmos, onde esperavam ser felizes por muitos anos, depois que a guerra acabasse. Às vezes, um arrependimento apaixonado tomava conta do guerreiro quando ele se lembrava de que a guerra deveria ser travada sem que ele participasse das grandes batalhas que estavam diante de seus companheiros. Seu irmão levaria os homens da Tessália à luta e voltaria com eles em triunfo para suas casas quando, como Calcas predissera, no décimo ano, a cidade do rei Príamo deveria cair.

Assim, destemido, firme na resolução, embora triste no coração, Protesilau navegou para o destino escolhido, e até mesmo os deuses imortais ficaram admirados quando viram seu navio disparar à frente de todos os outros assim que a terra de Troia surgiu ao longe. Alto e imponente na proa estava Protesilau, vestido com uma armadura brilhante, com espada, lança e escudo, pronto para o combate. O timoneiro foi direto para uma pequena ponta de areia que se erguia na orla e Protesilau saltou muito antes que o resto da formação grega se aproximasse da costa de Troia. Então, as palavras do oráculo se cumpriram. Alguns dizem que foi a lança de Heitor, outros a de Eneias, que derrubou o herói. À frente do poderoso exército do rei Agamenon, ele caiu honrado e lamentando por todos os seus companheiros.

A rainha Laodâmia esperou impaciente na pacífica Tessália, ansiando por notícias de seu amado. Ela tinha ouvido falar da longa espera em Áulis, e estremeceu quando as palavras de Calcas lhe foram repetidas. À vista de todo o exército uma serpente devorou primeiro nove crias e depois a mãe porca. Ao ver isso, Calcas disse que isso era um sinal de que no décimo ano a cidade de Príamo deveria cair diante dos ataques dos gregos.

Dez anos pareciam muito, muito tempo para a ansiosa rainha antes que ela pudesse rever seu amado em casa outra vez. Ela acordava repentinamente no meio da noite e olhava para a escuridão, pensando aterrorizada nos meses e meses de espera que estavam à sua frente.

Então, chegou à Tessália, a notícia da partida da frota e, enquanto contavam os nomes dos poderosos heróis que haviam saído para lutar com Agamenon, os homens esqueceram as palavras do sábio vidente Calcas, e esperavam que o grupo retornasse triunfante em breve.

Poucas semanas depois, Laodâmia estava sentada no tear trabalhando em um manto para o amado usar em seu retorno vitorioso quando veio até ela, branca e trêmula, sua criada favorita.

Assustada, a rainha olhou para cima: "O que a aflige?", ela perguntou. "Por que está tão pálida? Há algo errado?"

A donzela tentou em vão encontrar palavras para responder. Cobrindo o rosto com as mãos, ela caiu de joelhos e começou a chorar.

E a rainha, com o coração aterrorizado, saiu pelo palácio por entre lágrimas e lamentações, pois a notícia da morte do nobre Protesilau havia chegado pelo mar.

Laodâmia então voltou para seu quarto e, cobrindo a cabeça, jogou-se de bruços no chão e ficou ali o dia todo, enquanto suas criadas choravam e se lamentavam do lado de fora da porta. Ninguém ousava entrar ou tentar consolá-la.

Mas, ao cair da noite, a rainha se levantou e, passando do quarto para o templo, implorou ao sacerdote que a instruísse sobre que sacrifício ela deveria oferecer aos deuses do mundo dos espíritos, para que permitissem que ela olhasse mais uma vez para o seu amado.

O sacerdote então preparou, às pressas, a oferenda sétupla devida aos grandes deuses do mundo inferior e disse que votos e orações ela deveria oferecer. Depois a deixou sozinha no templo.

Então, de pé, e estendendo as mãos na direção do céu, a rainha lançou toda a sua alma na súplica apaixonada para que pudesse ver seu querido marido uma vez mais.

Nenhuma porta se abriu, nenhuma cortina foi levantada, mas de repente duas formas apareceram diante da assustada suplicante. A primeira ela viu imediatamente, através do elmo alado e da vara cercada por cobras, devia ser o veloz mensageiro dos deuses, Mercúrio. A outra ela reconheceu com um misto de terror e alegria: era seu marido, por quem ela acabara de orar tão fervorosamente.

Mercúrio tocou Laodâmia com sua vara e, ao toque, todo o medo dela caiu por terra.

"O grande Júpiter ouviu sua oração", disse Mercúrio. "Eis que seu marido está ao seu lado mais uma vez, e aí ficará em um espaço de três horas."

Ao terminar de falar, Mercúrio desapareceu, deixando Protesilau e Laodâmia sozinhos.

Então, a rainha saltou, tentando jogar seus braços ao redor do amado. Mas, embora ele estivesse ali, à sua frente, em forma e feição inalteradas, era apenas o fantasma do marido morto. Três vezes ela tentou abraçá-lo e três vezes seus braços não apertaram nada além do vazio.

Ela gritou angustiada: "Afinal, os deuses estão zombando de mim? Então não é Protesilau que está diante de mim?

Nesse momento, a sombra do guerreiro respondeu: "Os deuses não estão zombando de você, minha amada esposa. E sou eu, Protesilau, que estou diante dos seus olhos, mas não sou um homem vivo, pois o oráculo havia predito que o primeiro grego a saltar em terra seria morto. Portanto, vendo que os deuses imortais pediram uma vida, eu lhes dei a minha. Seguindo à frente de todos os outros navios, saltei em terra antes dos meus homens e caí morto, atingido pela lança do inimigo."

A rainha então respondeu: "O mais nobre e o melhor dos guerreiros!

Até os deuses têm muita admiração por sua coragem, pois permitiram que voltasse para sua esposa e sua casa. Certamente, continuarão a lhe dar um presente ainda maior. Ao olhar para você, não vejo mudança alguma. Está tão jovem e belo como quando nos despedimos. Sem dúvida, os deuses vão me devolver você inteiro, e nada mais nos vai nos separar."

Enquanto ainda falava, a rainha se encolheu de pavor, pois o rosto de sua visão tinha mudado e se tornado o de um homem morto, e Protesilau respondeu: "Curta é minha permanência na terra. Em breve, devo deixa-la novamente. Mas seja corajosa e sábia, minha querida. Não entregue toda a sua vida ao luto. Seja paciente. Embora eu deva ir agora, um dia nos encontraremos mais uma vez. Ainda que nosso amor terreno tenha terminado, poderemos nos alegrar para sempre na fiel companhia um do outro."

"Por que precisa me deixar?", perguntou a rainha. "Os deuses já fizeram maravilhas, por que não devolveriam sua vida? Se me deixar outra vez, eu o seguirei, pois não posso ficar sozinha."

Protesilau então tentou acalmar a esposa, para que ela desistisse da vã esperança de viver ao seu lado como antes e, em vez disso, pudesse olhar para uma vida pura e feliz fora do túmulo. E disse a ela que os deuses já tinham lhe dado muito, que ela deveria se esforçar para ser digna de sua misericórdia e, por sua coragem e autocontrole, ganhar a paz eterna.

Enquanto o marido falava, seu rosto perdeu o aspecto lívido. Ele parecia estar ainda mais bonito e gracioso do que quando estava vivo. Ao observá-lo, Laodâmia se acalmou e se alegrou com a visão. Ela mal se atentou para suas palavras, tão certa estava de que os deuses cederiam quando as três horas chegassem ao fim e permitiriam que ele ficasse ao seu lado, mais uma vez um homem vivo.

Mesmo enquanto o herói exortava a esposa a ser paciente e corajosa, e ela esperasse que os deuses o devolvessem a ela, eis que as três horam haviam se passado e Mercúrio estava outra vez dentro do templo.

Só então Laodâmia entendeu que suas esperanças eram vãs e que Protesilau estava condenado a deixá-la. Ela bem que tentou segurar rapidamente aquela forma querida, mas agarrou uma sombra. Seus dedos vazios se fecharam impotentes enquanto Protesilau despareceu de sua vista.

Com um grito, ela caiu de bruços no chão do templo e os sacerdotes que correram em socorro de sua rainha levantaram um corpo sem vida.

Fiel ao amado, como esposa, ela o seguiu até as Sombras. Mas, infelizmente, na morte eles não se reuniram. Os deuses são justos e Laodâmia ainda não havia aprendido a lição de Protesilau, de que até existe uma coisa mais elevada e nobre que o amor humano: abnegação e dever. Portanto, ela está condenada por um determinado tempo a vagar nos Campos de Luta à parte de fantasmas felizes, até que seu espírito elevado e solenizado pelo sofrimento seja digno de encontrar seu amado que caminha com os antigos heróis na morada dos bem-aventurados.

A MORTE DE HEITOR

V.C. Turnbull

De todos os guerreiros troianos, nenhum pode ser comparado ao seu líder, Heitor, filho de Príamo. Ele era terrível em batalha, como os gregos bem o sabiam; mas dentro dos muros de Troia ninguém era mais amado que ele, já que era amável para todos. Para Príamo e Hécuba, um filho obediente; até mesmo para Páris e Helena, apesar das aflições causadas, ele mostrou ter espírito fraterno. Mas ninguém conhecia a profundidade de seu amor e ternura como sua esposa, Andrômaca e, e seu filho, o pequeno Astíanax. Nas pausas das lutas ao redor das muralhas de Troia, ele procurava confortar a esposa com palavras doces e embalar o filho com mãos fortes. Assim era Heitor, o maior dos troianos.

Dos gregos, o maior em força e terrível poder de batalha foi Aquiles, filho de Peleu e da divina Tétis. Ele era um guerreiro mais poderoso que o próprio Heitor, e homem nenhum sem a ajuda dos deuses podia lutar contra ele e continuar vivo.

Quando Troia foi sitiada por nove longos anos, e inúmeros bravos guerreiros caíram de ambos os lados, esses dois campeões das hostes gregas e troianas ficaram frente a frente. Assim vieram para lutar e assim saíram.

Aquiles, muito irritado com o rei Agamenon sobre o que ele julgava uma divisão injusta dos despojos, retirou-se repentinamente de sua tenda e deixou que os outros lutassem sem sua ajuda. Mas um companheiro de armas e amigo querido, Pátroclo, filho de Menécio, ele permitiu que voltasse à luta e colocando no jovem a própria armadura. Mas ele Heitor matou, tirando de seu corpo a armadura de Aquiles e vestindo-a ele mesmo.

Ao saber da morte de Pátroclo, a dor de Aquiles foi tão terrível que ele mal pôde ser impedido de impor as mãos sobre si mesmo. Mas sua

A MORTE DE HEITOR

ira foi ainda mais forte que sua dor, e ele jurou matar o assassino de seu amigo. Esquecendo-se de sua antiga rixa, Aquiles se apressou em fazer as pazes com Agamenon. Como sua armadura havia sido tomada por Heitor, sua mãe, Tétis, convenceu Vulcano, o deus-ferreiro, a fazer um corselete, um elmo, e um escudo poderoso, todos forjados com materiais estranhos. Armado com essa panóplia do deus, e elevando-se sobre as cabeças de todos os gregos, ele entrou na briga gritando.

Os gregos, de fato, precisavam de toda a ajuda que ele pudesse trazer, pois Heitor os tinha levado até seus próprios navios e mal conseguiram resgatar o corpo de Pátroclo. Ao ver Aquiles, Heitor teria corrido ao seu encontro se Apolo não tivesse impedido. Mas o mais jovem e mais querido dos cinquenta filhos de Príamo, morrendo de vontade de carregar sua espada sem uso (pois o pai o proibira de lutar), pulou na frente, no lugar do irmão, e caiu paralisado no primeiro embate: não foi páreo para o divino Aquiles. Diante dessa visão, nem o próprio Apolo foi capaz de conter a ira de Heitor, que saltou na planície e, de cima do corpo do irmão, arremessou sua lança. Embora sua mira fosse certeira, Minerva desviou a lança e, quando Aquiles atacou, Heitor, foi agarrado por seu guardião Apolo.

Mas Aquiles caiu com fúria sobre os outros troianos. Muitos ele levou para o rio Escamandro, que corria pelas muralhas de Troia, e os matou, como um grande golfinho devoraria pequenos peixes no mar. Doze troianos ele pegou vivos para sacrificar no funeral de Pátroclo. Ninguém, de fato, conseguiu ficar diante dele, e os que escaparam de sua fúria voltaram para a cidade, onde Príamo ordenou que o portão fosse aberto para receber os fugitivos.

Por fim, todos ficaram dentro dos muros, exceto Heitor, que permaneceu sozinho junto ao portão. Na planície ao longe, Aquiles perseguia ferozmente aquele que ele acreditava ser o troiano Agenor, cuja forma Apolo tinha assumido, para tirar Aquiles das muralhas. Mas o filho de Peleu descobriu seu erro e, virando-se, em sua armadura brilhante, veio furioso pela planície na direção do portão, onde Heitor ficou esperando por ele.

Enquanto esperava, o rei Príamo, seu velho pai, que teve muitos de seus filhos mortos por Aquiles, saiu pediu que ele entrasse na

Hector's last visit, before his death, with his wife, Andromache, and his infant son, Astyanax, from *Iliad Stories Retold for Boys and Girls* by Agnes Spofford Cook Gale.

cidade. E Hécuba, sua mãe, implorou, invocando os próprios cabelos brancos, que ele não lutasse contra Aquiles, mas entrasse enquanto ainda era tempo.

Heitor, porém, ignorou todos os pedidos. Foi imprudência não ordenar a retirada que acabou trazendo miséria aos troianos. Deveria ele entrar na cidade para enfrentar a reprovação de todos? Não! Melhor ficar lá sozinho, fosse para matar Aquiles ou ser morto por ele com muita honra.

Enquanto ponderava, Aquiles ficou sobre ele, brandindo uma grande lança, com sua armadilha que brilhava como fogo. E tão terrível era o aspecto desse guerreiro, maior que o mortal e vestido com a cota de malha de Vulcano, que, pela primeira vez, até mesmo o coração de Heitor falhou. Ele se virou e fugiu. Rapidamente, como um falcão que persegue uma pomba, Aquiles o perseguiu. Passaram pela torre de vigia, sobre a estrada de carroças ao redor das muralhas e pela nascente dupla do Escamandro. Por três vezes, correram ao redor da cidade. Do Olimpo, os altos deuses olharam para baixo, e o coração do próprio Júpiter, compadecido, gritou para os outros: "Devemos salvar Heitor ou deixá-lo cair pela mão de Aquiles?"

Minerva então respondeu: "Ó grande senhor, está querendo resgatar um homem que o Destino escolheu para morrer? Isso em nada agrada aos nossos olhos."

Júpiter então retrucou: "Gostaria que fosse de outra forma, mas será como você quiser."

Rapidamente, Minerva desceu do Olimpo para ajudar Aquiles. Apolo, no entanto, já estava com os dois, colocando força e rapidez nos membros de Heitor, que sempre buscou o abrigo das torres, esperando que aqueles que estavam sobre elas pudessem defendê-lo com suas lanças; mas Aquiles constantemente o forçava para fora, levando-o para a planície.

Agora, pela quarta vez, Aquiles, o perseguidor, e Heitor, o perseguido, chegaram às nascentes do Escamandro, e Júpiter ofereceu a balança da sentença, pesando o destino dos dois homens. Heitor afundou e Apolo o deixou.

Minerva então, enganadora cruel, pensou nela com uma astúcia maligna para pôr fim à briga, e assumiu a forma do irmão de Heitor, Dêifobo, dizendo: "Venha, meu irmão, vamos resistir a Aquiles. Não fujamos mais dele."

E Heitor, sem suspeitar da artimanha, respondeu com gratidão: "Ó querido de todos os meus irmãos, ainda mais querido você é agora para mim, pois apenas você ousou ficar ao meu lado nesta hora perigosa."

Quando Aquiles os encontrou, Heitor gritou com a voz firme:

"Grande Aquiles, agora não o temo mais. E que isso seja acordado apenas entre nós: aquele que cair não terá o corpo desonrado, mas será devolvido para os ritos funerários."

Fazendo careta, Aquiles respondeu: "Não há aliança entre nós. Lute! Pois chegou a hora de pagar a pena por todos os meus camaradas que você matou."

Assim falando, ele arremessou sua lança, mas Heitor baixou a cabeça e a arma passou sem tocá-lo. E Heitor não sabia que Minerva o pegou enquanto voava e o devolveu nas mãos de Aquiles. Confiante na vitória, ele arremessou a lança, acertando o meio do escudo de Aquiles. Mas a obra de Vulcano era à prova até mesmo contra a lança de Heitor. E Heitor, percebendo isso, virou-se para Dêifobo para outra lança. Mas Dêifobo não estava lá. Então, de fato, Heitor soube que Minerva o enganara e que ele estava ali, abandonado por Deus, um homem condenado. Ele sabia que deveria morrer, e resolveu morrer gloriosamente.

Desembainhando sua grande espada, lançou-se sobre Aquiles. Mas antes que pudesse desferir um golpe, a lança de Aquiles o perfurou no ponto em que o pescoço se junta ao ombro, e Heitor caiu.

E Aquiles, triunfando sobre ele, gritou: "Assassino de Pátroclo, espoliador de suas armas, os cães e abutres devorarão sua carcaça!"

Mas o moribundo Heitor respondeu: "Não, grande Aquiles, não seja essa vergonha, Aceite antes o resgate que os meus pais trarão a você e me deixe ser sepultado em Troia."

Ele sabia que enquanto seu corpo permanecesse insepulto, seu espírito não conheceria descanso no mundo inferior.

A MORTE DE HEITOR

Mas Aquiles, selvagem como uma fera, clamou: "Nenhum resgate comprará de volta o seu corpo. Não, nem seu peso em ouro salvará sua carne dos cães."

Heitor respondeu como um último suspiro. "Ó, coração de ferro! Sobre sua cabeça também cairá a vingança no dia em que Páris e Apolo o matarem no portão."

Com essa maldição moribunda, o espírito de Heitor fugiu.

Aquiles então, despindo a armadura de Pátroclo, perfurou os ossos do tornozelo do morto, amarrando-os com as rédeas da carruagem e deixando a cabeça que antes era tão bela arrastar-se na poeira. Assim arrastou Heitor para os navios, E Andrômaca, vendo isso da muralha da cidade, desmaiou como que morta.

E em cada dia seguinte Aquiles arrastou o corpo de Heitor ao redor do esquife de Pátroclo. No entanto, ele não foi de forma alguma maculado, pois Vênus e Apolo o preservaram em toda a sua beleza como quando Heitor estava vivo.

Por fim, Príamo se levantou e, levando consigo um grande resgate, dirigiu-se ileso ao acampamento grego (pois Mercúrio era seu guia) e, caindo de joelhos e beijando as mãos assassinas de Aquiles, suplicou que ele restaurasse o corpo de Heitor. E Aquiles, tocado com piedade pelas lágrimas e orações do velho, concordou, e ele mesmo ergueu o corpo na liteira.

Então, Príamo devolveu seu filho morto a Troia. E aqueles que tantas vezes saíram para saudar Heitor, que voltava vitorioso do campo, agora se aglomeravam para saudá-lo com lágrimas. A primeira a chorar por ele foi Andrômaca, sua esposa. Depois veio Hécuba, sua mãe. E por último veio Helena, que gritou: "Nunca ouvi você proferir uma palavra amarga. E se falassem comigo de maneira áspera, você confrontaria com seus modos e palavras gentis. Portanto, choro por você, eu, sem amigos agora em toda Troia."

Dez dias depois, os troianos queimaram o corpo de Heitor em uma grande pira, apagando as brasas com vinho. Suas cinzas, eles as colocaram em um baú de ouro e o envolveram em mantos púrpuros e o colocaram na mãe terra. Sobre ele ergueram um poderoso marco.

Assim, os homens enterraram Heitor, capitão das hostes de Troia.

O CAVALO DE MADEIRA

F. Storr

Três vezes três anos se passaram e os líderes gregos acreditavam estar ainda mais distantes da captura de Troia do que quando desembarcaram na Trôade uma companhia imponente, cheia de esperança e a promessa de uma vitória fácil. Desde então, a maré da batalha baixou e fluiu com a sorte se alternando. Muitos chefes troianos haviam caído, mas nenhuma brecha foi feita nas muralhas e eles pareciam não ter ganhado um único e doloroso centímetro. Houve um motim na hoste grega, e eles imploraram para ser levados de volta para casa.

Mas o astuto Ulisses convocou os amotinados para uma assembleia e se dirigiu a eles com palavras doces: "Meus amigos", ele disse, "todos nós passamos por dificuldades, e eu não menos que vocês. Tenham um pouco mais de paciência. Trabalhamos por nada nestes nove cansativos anos? Vocês deixarão sua presa quando ela estiver no último suspiro? Não conhecem a profecia de Calcas que diz que, no décimo ano, e não antes, Troia está destinada a cair? Confiem em mim, pois os deuses me revelaram um estratagema astucioso pelo qual, com certeza, vocês tomarão e saquearão a cidade." Assim, Ulisses os convenceu a ficar, pois ele não era apenas o orador mais persuasivo, mas ninguém jamais teve conhecimento de sua falta de sabedoria.

Tampouco tiveram que esperar pelo cumprimento de sua promessa. Já no dia seguinte veio uma ordem para que todos desmontassem suas tendas e embarcassem imediatamente. Antes do anoitecer, todo o exército estava reunido na praia; os navios encalhados foram arrastados e partiram para longe. Foram para o oeste, mas não para a Grécia. Assim que chegaram a uma pequena ilha rochosa, viraram e ancoraram em uma enseada arenosa bem escondida do continente por penhascos salientes.

Com sua partida, grande foi a alegria na cidade de Troia. Os portões foram escancarados, e os habitantes, por tanto tempo enclausurados por trás dos muros, saíram, como se estivessem de férias, para visitar o campo de batalha e ver os locais onde aconteceram tantas incursões e combates individuais. Mas, de todos os pontos turísticos que atraíram a multidão, o mais popular foi um objeto estranho que ninguém havia observado antes. Era um Cavalo de Madeira, sobre rodas, de constituição e formato não muito diferentes de um daqueles brinquedos que as crianças costumam arrastar com um barbante. Mas o cavalo era enorme, da altura de uma montanha, e todo nervurado com sólidas vigas de abeto. Eles debateram longa e ansiosamente sobre a razão de sua existência e o porquê de ter sido deixado para trás pelos gregos. Alguns acreditaram que queimá-lo como uma coisa estranha poderia não ser um bom presságio para eles. Outros gritavam: "É uma oferenda votiva a Minerva. Vamos arrastá-lo para dentro das paredes, colocando-o na cidade como um memorial de nossa libertação."

Enquanto a disputa seguia acalorada, Laocoonte, em suas vestes sacerdotais, correu para a multidão. "Tolos, vocês se deixarão enganar? Vocês são tão lentos de coração que não percebem a sutileza grega ou a astúcia de Ulisses? Pois eu lhes digo, os gregos não foram. Ou esse cavalo é uma máquina de guerra para ultrapassar nossas ameias, ou os guerreiros gregos estão escondidos em seu ventre", ele gritou. E, enquanto falava, arremessou uma poderosa lança contra o cavalo, que tremeu com o choque. Lá de dentro veio o barulho de armas em choque. Mas a multidão não atendeu ao aviso, pois o destino já havia selado seus ouvidos.

Enquanto isso acontecia fora dos muros, pouca coisa acontecia na cidade. Alguns pastores surpreenderam um jovem grego e estavam levando um prisioneiro até o rei Príamo, com uma multidão vaiando e zombando deles. "Ai de mim!", gritou o jovem ao chegar à presença do rei. "Escapei dos gregos, meus amargos inimigos, que estavam atrás de mim, para cair entre os troianos de quem não posso esperar misericórdia?" Mas o rei disse a ele que não temesse nada e contasse sua história.

Era uma narrativa ardilosa, inventada para ele por Ulisses, de como um oráculo havia chegado para os gregos, desejosos de voltar para casa e detidos pelos ventos contrários – "Para trazer você aqui, uma donzela virgem foi morta. Sangue deve ser derramado para levá-lo de volta para sua casa" – e como ele foi apontado como vítima por Calcas e escapou mesmo quando estava sendo levado para o sacrifício.

A roupa esfarrapada e os pulsos sangrando confirmaram essa história plausível. O rei ordenou que seus captores o libertassem de suas algemas e, assegurando ao prisioneiro que não precisava ter medo de nada, implorou que ele lhes dissesse qual era o projeto dos gregos ao construir e deixar para trás o cavalo de madeira.

Sinon (esse era o nome que o pretenso desertor usava) primeiro invocou sobre sua cabeça as mais terríveis maldições se não revelasse toda a verdade a seus libertadores, e depois repetiu a lição que seu astuto mestre Ulisses lhe ensinara. "Vocês precisam saber", disse ele, "que todas as esperanças da Grécia estavam no favor e na proteção de sua padroeira, Minerva. Mas a ira da deusa se acendeu contra a hoste, pois o filho de Tydeus, a pedido de Ulisses – aquele patife sem deus, que não se prende a crime algum – invadiu seu santuário, matou seus guardiões e arrebatou dela o Palladium, a sagrada imagem da deusa, julgando-a um amuleto que lhe traria a certeza da vitória. E a deusa mostrou seu desagrado com sinais visíveis. Em cada encontro nossas forças foram derrotadas. Ao redor da imagem esculpida, agora montada no acampamento, raios caíam; e três vezes, entre relâmpagos e trovões, a própria deusa foi vista com a lança em repouso e o alvo brilhando. E Calcas, de quem procuramos conselho em nosso terror, mandou que navegássemos de volta a Argos e, quando em seu grande templo nos preservamos, com profecias mais felizes, renovamos o combate. Mas em sua honra deveríamos construir um cavalo de madeira grande o bastante para não passar por seus portões ou ser trazido para dentro de seus muros. Além disso, Calcas nos disse que se algum homem fosse suficientemente imprudente e colocasse as mãos sacrílegas no cavalo votivo, ele seria ferido pela deusa vingativa!"

Mesmo enquanto ele falava um estranho presságio confirmou suas palavras. Laocoonte, o sumo sacerdote de Netuno – aquele que arremessou sua lança no cavalo de madeira – estava no altar sacrificando um poderoso touro ao deus do mar quando, ao longe, dois leviatãs das profundezas foram vistos se aproximando de Tenedos. Enquanto sulcavam as ondas, pareciam navios de guerra, mas, à medida que se aproximavam dava para notar a cabeleira ensanguentada e as famintas mandíbulas da serpente do mar, enquanto por trás se enrolavam muitas e muitas espirais, como as de uma grande jiboia.

A multidão fugiu aterrorizada, mas as serpentes marinhas passaram e foram direto para o altar de Netuno. Primeiro, elas se enrolaram em volta dos dois filhos de Laocoonte, que estavam ajudando o pai enquanto ele oferecia o sacrifício e comprimiram a vidas dos pobres meninos. Assim, quando Laocoonte correu para libertar seus filhos e procurou perfurar os monstros escamosos com sua faca, eles o feriram duas vezes no meio do corpo e duas vezes em volta do pescoço. Bem acima de sua cabeça eles se erguiam com os olhos injetados de sangue as línguas triplamente bifurcadas. Assim como o touro imolado no altar, Laocoonte gritou em sua agonia moribunda. Mas, lentamente, as serpentes marinhas se desenrolaram e deslizaram para longe da vista sob o frontão da estátua de Diana.

A todos isso pareceu um sinal do céu para confirmar o que Sinon dissera. Não havia mais dúvida. Um clamor universal se ergueu: "Ao cavalo! Ao cavalo!" A multidão saiu correndo; cordas foram amarradas em seu pescoço e pernas. Imediatamente, metade da cidade os puxava com força, enquanto os sapadores abriam uma brecha nas paredes para deixá-lo entrar. Com a ajuda de alavancas e roldanas, ele subiu a exagerada escarpa e, ao passar pela rua, uma alegre tropa de meninos e meninas o seguiu, lutando para segurar as cordas esticadas e cantando trechos de hinos e canções de vitória.

Assim, os deuses enviaram aos troianos uma forte ilusão de que eles deviam acreditar em uma história mentirosa. O que dez longas campanhas e mil navios, o que todo o poder de Agamenon, rei dos homens, e a destreza de Aquiles, nascido na estranheza, não conseguiram realizar, foi efetuado pela esperteza de um homem.

O SAQUE DE TROIA

F. Storr

O cavalo de madeira foi montado na cidade. Após uma noite de muitas comemorações, os guerreiros troianos saíram para descansar e um sono profundo selou seus olhos cansados, porque agora já não temiam alarmes noturnos e toques de alvorada antes do raiar do dia.

Só que, com o cair da noite, a frota grega em Tenedos tinha soltado suas amarras e zarpava para a costa de Troia.

Assim que todos dormiram, o traidor Sinon escapou da torre do palácio onde o rei o alojara e, agachado na sombra, subiu a colina da cidadela. Lá estava o cavalo de madeira, estranho e fantasmagórico ao luar, sem sentinela para guardá-lo. Apoiando-se no parapeito, observou as velas brancas da frota que avançava para terra firme, e logo viu o sinal preestabelecido – uma tocha acesa no mastro do navio-almirante. Então, pelas cordas ainda penduradas, ele invadiu o pescoço do cavalo e abriu um painel secreto na lateral. Um a um, os guerreiros de cota de malha foram se entregando: primeiro Ulisses, o conspirador; depois Pirro, filho de Aquiles; Menelau, Epeu, o arquiteto do cavalo, e muitos outros chefes para citar. Eles foram direto para os portões da cidade e, despachando os sentinelas antes que tivessem tempo de dar o alarme, deixaram entrar os batalhões que esperavam do lado de fora.

Como os demais guerreiros troianos, Eneias dormiu, mas seu sono foi perturbado por uma visão da noite. Ao lado de sua cama havia uma forma fantasmagórica. Seu rosto estava manchado, os cabelos e a barba cheios de gotas de sangue coagulado, o peito cortado e cheio de cicatrizes, e seus pés estavam perfurados e pálidos com as marcas de cordas. Entretanto, apesar de desfigurado e mutilado, Eneias reconheceu imediatamente o divino Heitor e gritou para ele: "Luz de Troia, a esperança e a permanência de nosso país, você é muito procurado. Onde se demorou tanto? Por que seu rosto está manchado dessa maneira? O que significam essas cicatrizes horríveis?"

O fantasma não respondeu, mas olhou para Eneias com tristeza e sem brilho nos olhos. Só falou quando desapareceu. "Voe, nascido da deusa. Salve-se das chamas. O inimigo está dentro dos portões. Troia caminha para sua queda. Se a fé e a coragem tivessem valido, esta mão direita a salvaria. Troia agora elogia seus deuses domésticos. Leve-os com você em sua fuga e, com eles para guiar e guardar, você encontrou além dos mares uma nova e mais poderosa Troia."

O fantasma havia desaparecido. Mas, quando acordou, Eneias encontrou ao lado de sua cama os deuses da casa e as faixas de Vesta e seu fogo que nunca é apagado.

De fora, veio um som confuso de passos apressados, o andar de homens armados, o choque de armas e gritos e gemidos misturados. Ele foi ao telhado para ver o que significava tudo aquilo. Como uma torrente, volumes de fumaça rolavam sobre a cidade e, na escuridão, saltavam línguas de fogo. Com uma pressa desesperada, ele vestiu os braços e saiu sem saber para que lado se virar. Na soleira, ele encontrou Panthus, sumo sacerdote de Apolo e guardião da cidadela, e perguntou o que estava acontecendo.

"Acabou tudo", gritou o sacerdote. "Os deuses nos abandonaram. A Grécia triunfou. Troia não existe mais... um nome, uma cidade do passado."

Horrorizado, mas implacável, Eneias correu para onde a briga parecia mais acirrada e, reunindo alguns de seus homens de confiança, ele lhes disse: "Amigos e irmãos de armas, nem tudo está perdido. Vamos tirar coragem do desespero e, na pior das hipóteses, morrer como homens, com nossos peitos voltados para o inimigo."

Todos correram para o conflito e, inicialmente, a sorte favoreceu os corajosos. Androgeu, o capitão de um corpo de gregos, os saudou; e, na escuridão, confundindo-os com compatriotas, repreendeu-os sobre seu atraso e ordenou que se apressassem para compartilhar o saque. Tarde demais ele percebeu seu erro.

Antes que tivessem tempo de desembainhar uma espada ou desafivelar um escudo, Eneias e seus companheiros estavam sobre eles e nenhum escapou.

Empolgado com seu primeiro sucesso, Corebo, uma das esperanças desamparadas, gritou: "Ouçam, camaradas! Pensei em um estratagema glorioso: vamos trocar armas e brasões com nossos inimigos mortos. Na guerra, vale tudo." Dito e feito. Grande foi o estrago que inicialmente causaram com o disfarce, mas, no final, custou-lhes caro.

Ao passarem pelo templo de Minerva, foram surpreendidos por um triste espetáculo. Cassandra, a empregada profética, estava sendo arrastada do altar pelos rudes soldados, descabelada, com os braços presos e os olhos voltados para o céu. O espírito elevado de Corebo não suportou a visão e ele se atirou sobre os rufiões, sendo seguido pelos demais. Embora em menor número, eles se mantiveram, até que, dos pináculos do templo, choveu uma bateria inteira de rochas e projéteis sobre suas cabeças. Seu disfarce enganou muito bem os defensores do templo, e logo os assaltantes ganharam o reforço do principal corpo dos gregos, com Ajax e os dois Átridas à frente, que logo perceberam o disfarce. Corebo foi o primeiro a cair. Depois Rifeu, o mais justo governante em toda Troia; nem os cabelos grisalhos e as faixas de Apolo que usava salvaram Panthus do destino.

Eneias e dois companheiros feridos, tudo o que restava do devotado bando, dirigiram-se ao palácio de Príamo, onde parecia estar reunida toda a força grega. Parte trabalhava com aríetes contra a alvenaria sólida, outros colocavam escadas contra as paredes, pelas quais os mais ousados, com escudos erguidos acima de suas cabeças, fervilhavam, enquanto a guarnição atirava sobre eles pedras, telhas e o que mais encontrassem; até as vigas douradas dos aposentos reais.

Na parte de trás, havia um portão que levava a uma passagem que ligava a casa de Heitor e Andrômaca ao palácio. Por isso Eneias entrou e subiu a uma torre de vigia de onde se controlava toda a cidade, a planície com os acampamentos gregos, e o mar, agora guarnecido de navios. A seu pedido, os guardas começaram a trabalhar e, com machados e pés-de-cabra, destruíram as fundações da torre. Ela cambaleou, tombou e caiu, provocando um estrondo enorme e enterrando centenas de sitiantes sob as ruínas. Mas o que eram eles entre tantos?

Na entrada principal do palácio estava Pirro em sua armadura brilhante, como uma cobra que perdeu suas provisões de inverno e, pegando um machado de duas pontas de um soldado, ele bateu nos painéis e arrancou a porta maciça de suas dobradiças de bronze. Pelos longos corredores e antecâmaras douradas, como um rio que rompeu uma represa, passou uma enxurrada de gregos armados e, das câmaras internas, veio um longo lamento de vozes femininas que estremeceram ao som das estrelas douradas. Pirro veio varrendo diante de si os fracos guardas do palácio. As portas de cedro cederam como palitos de fósforo e ali, amontoados no chão ou agarrados às colunas, ele viu, como ovelhas levadas ao matadouro, a rainha e as princesas, as cinquentas filhas e cinquenta noras do rei Príamo. Mas onde estava Príamo naquele momento?

No palácio, havia um pátio a céu aberto e, no centro do pátio, um grande altar sombreado por um loureiro antiquíssimo. Hécuba e suas parentes haviam fugido para cá, para se refugiar quando a ralé de soldados irrompeu sobre eles. Na corte, ela avistou o velho marido cingido de uma armadura que mal cabia em seus membros encolhidos e gritou: "Que loucura se apoderou de você para correr assim para a morte certa? O próprio Hector não poderia nos salvar agora; de que valem teus braços fracos. Leve o santuário conosco. Ou este altar nos protegerá, ou todos aqui vão morrer juntos."

O velho e fraco rei cedeu às súplicas da esposa, mas mal chegou ao altar e viu Polites, a criança de sua velhice, a quem ele mais amava, agora que Hector estava morto, mancando em direção a eles como uma lebre ferida, e logo atrás dele, em perseguição a Pirro com uma lança estendida; pouco depois o filho caiu paralisado aos pés do pai. "Miserável", ele gritou, fora de si, irado, "caiu mais que o terrível Aquiles! Ele me devolveu o cadáver do meu filho, mas você manchou meus cabelos grisalhos e o altar do deus com o sangue de um filho."

Ele falou e arremessou em Pirro, com o braço inerte, uma lança que mal tinha força para perfurar a área externa do alvo.

Com uma risada de desdém, Pirro se virou para ele e o arrastou do altar pela longa barba branca. "Morra, velho caduco", ele gritou, "e nas sombras não deixe de dizer ao meu pai Aquiles como o filho dele é degenerado." Logo depois, ele dirigiu sua espada ao coração do velho rei.

"Tal foi o fim de Príamo, tal o seu destino,
Para ver na morte sua casa toda desolada,
E Troia, a quem antes obedeciam cem estados,
Um amontoado de pedras enegrecidas em ruínas foi colocado.
Um corpo sem cabeça lavado pela maré salgada,
Nem uma pedra para mostrar onde Príamo morreu."

A MORTE DE AJAX

F. Storr

De todos os cavaleiros gregos que lutaram contra Troia, o mais corajoso e mais nobre foi Ajax, filho de Télamon. Mas seu temperamento impetuoso frequentemente provava sua maldição e, no final, o levou à ruína e à morte.

Quando morreu, Aquiles deixou suas armas para serem entregues pelos capitães da hoste a quem eles deveriam declarar o mais valente dos gregos. O prêmio coube a Ulisses.

Ajax recebeu esse prêmio com grande indignação e, achando-se o melhor homem, afirmou que o julgamento só poderia ter sido obtido por fraude e corrupção e jurou que seria vingado de seu astuto rival. Ele desafiou o inimigo para um combate individual, mas Ulisses estava muito cauteloso para arriscar sua vida contra tal espadachim, e os chefes que souberam da briga interferiram, dizendo que grego não deveria tomar sangue de grego. Relutante, Ajax se enfureceu e jurou que, se Ulisses não lutasse, ele o mataria em sua tenda.

Ulisses, temendo por sua vida, apelou à sua deusa padroeira para defendê-lo. Minerva ouviu suas preces e prometeu a seu guerreiro favorito que ele não sofreria nenhum dano. Ela manteve sua palavra enviando a Ajax uma forte decepção em que, em seu frenesi, ele confundiu animais com homens.

À noite, os gregos encontraram, esquartejados, os rebanhos que tinham sido capturados em ataques e mantidos em currais como estoque para alimentar o exército, como se um leão os tivesse devastado. Eles suspeitaram de Ajax, cujo comportamento estranho ninguém deixaria de notar, como o criminoso, mas não tinham provas concretas, e Ulisses, um homem muito ardiloso, foi de comum acordo encarregado de investigar o assunto.

Assim, na noite seguinte, ele saiu furtivamente do acampamento sozinho e, ao amanhecer, avistou uma figura solitária, correndo pela planície. Como um cão de caça, ele seguiu a trilha até chegar à tenda de Ajax.

Ele fez uma pausa, pois não ousava se aventurar mais longe, e estava prestes a voltar e relatar aos comandantes o que tinha visto, quando ouviu uma voz: "Ulisses, o que faz aqui?" E percebeu então que se tratava da voz da própria deusa Minerva.

Ele lhe contou o caso e, em sua perplexidade, suplicou por ajuda. Gentilmente, a deusa o repreendeu. "Ulisses, você não era uma alma covarde quando o escolhi como meu cavaleiro favorito, e agora você teme um único homem desarmado, e um por mim desprovido de juízo?" Ulisses então respondeu: "Deusa, eu não sou covarde, mas os mais corajosos podem vacilar diante de um louco delirante." Porém Minerva lhe disse: "Tenha bom coração e confie sempre em mim. Eis que você terá uma visão que poderá encher seus olhos." Ela abriu a aba da tenda e lá dentro encontrou Ajax, selvagem e abatido, as mãos gotejando sangue. Ao seu redor, ovelhas e bois, alguns decapitados. Rasgados ou horrivelmente mutilados – uma grande confusão. E ele espancava um carneiro enorme que ele tinha amarrado a um dos pilares da tenda. A cada golpe com a dupla correia, ele gritava: "Tome isso, Ulisses! Por sua desonestidade, por sua vilania, por suas mentiras... trapaceiro, covarde!" Ulisses não pôde deixar de sorrir ao se ver flagelado e amaldiçoado em efígie, mas foi tocado por um pensamento de fraqueza humana e a ruína de uma alma nobre, e rezou para que a deusa o afastasse de tal calamidade.

Na tenda das mulheres estava Tecmessa, a esposa aprisionada de Ajax, chorando e torcendo as mãos. Seu terno amor a fez esquecer o lar desolado e seus irmãos massacrados, e ela lhe deu um filho, o orgulho e a alegria dos pais. Mas, desde que ele perdeu o prêmio pela bravura, ela notou um afastamento crescente. Ajax a evitou, enfrentando seus avanços com olhares frios e, na noite anterior, quando ela lhe perguntou por que ele estava colocando a armadura àquela hora, ele respondeu: "Silêncio, mulher. As mulheres devem ser vistas, não ouvidas." E então saiu e voltou com essas vacas e ovelhas que agora ele despedaçava como um louco. A mulher havia mandado o filho deles junto com uma babá para longe do perigo, e ela estava encolhida em um canto da tenda.

Enquanto estava sentada, meio atordoada pela dor e observando, ela ouviu seu nome ser chamado. Tremendo, ela se levantou e encontrou seu senhor à porta da tenda. Ele a chamou mais uma vez, mas agora com a voz terna e suave, e dirigiu a ela um olhar que misturava pena e amor. Seu coração se alegrou, pois percebeu que a loucura havia passado, que seu antigo Ajax tinha sido devolvido a ela. "Tecmessa, onde está nosso menino?", ele perguntou. Tecmessa se apressou e trouxe de volta seu filho Eurysaces. Ajax o tirou dos braços da babá, beijou a testa inocente e disse: "Meu menino, que sua vida seja mais feliz que a de seu pai, mas em tudo seja semelhante a mim e você provará não ser um homem vil." Ele então passou para a tenda de Tecmessa, jogou-se na cama e lá ficou como um doente que mal havia conseguido se recuperar de uma doença grave. Ela gostaria de ajudá-lo, mas ele recusou comida e bebida e, por longas horas, ficou segurando sua mão. De vez em quando, ele perguntava: "Onde está Teucro? Teucro não foi devolvido? Queria falar com meu irmão."

Quando o sol estava se pondo, ele se levantou da cama e pegou sua espada, dizendo à esposa que iria deixá-la por um tempo, mas que logo voltaria. Ela, temendo outro ataque de loucura, procurou detê-lo aos prantos, mas ele a colocou de lado e lhe explicou qual era sua missão. Ele teria que tomar banhos de mar e lavar suas manchas para se limpar. Depois, gentilmente, desenrolou seus braços grudados, fechou seus lábios com um beijo e seguiu seu caminho.

Quando chegou ao rio, ele tirou sua espada da bainha e a plantou na terra. "Lâmina fatal", ele gritou, "primeiro a espada de Hector, depois um presente de inimigo para seu arqui-inimigo, a ruína para cada um que a teve. Mas para mim, seu último mestre, um amigo em necessidade. Já tive meu dia, e para mim não há vida. Minha espada, vá comigo para as sombras." Em seguida, ele se lançou sobre o aço desnudo e abandonou o fantasma. Ao amanhecer, pescadores arrastando suas redes encontraram o corpo e o trouxeram de volta para o acampamento. Teucro, avisado pelo vidente Calcas que, a menos que seu irmão pudesse ser mantido dentro de casa naquele dia, uma calamidade pavorosa o aguardava, apressou-se para alertá-lo e salvá-lo da condenação; Mas, ao chegar à tenda, foi recebido pelos carregadores que traziam o cadáver de seu irmão.

O acampamento grego ficou de luto. Naquele dia, um grande homem havia caído. Por sua breve loucura, apenas os deuses foram culpados, e só seus longos anos de serviço, os feitos nobres, a coragem e a generosidade foram lembrados. Assim, foi decretado um funeral público com toda pompa e cerimônia que convinha a um grande chefe.

Já tinham começado a erguer uma imensa pira funerária e a enfeitar o altar de sacrifícios, quando Menelau, que partilhava a chefia do comando com Agamenon, subiu correndo para proibir o enterro público. "Nenhum homem", ele declarou, "que tenha desafiado sua autoridade e provocado tal dano à causa comum deve ser honrado." Mas Ulisses, com uma resposta suave, desviou sua ira: "É verdade, ele pecou contra você, ó rei, e em vida me odiava, mas a morte é a grande expiação. Honre o cavaleiro destemido. Deixe suas cinzas descansar em paz."

O VOO DE ENEIAS DE TROIA

F. Storr

Eneias, de pé nas ameias do palácio, tinha visto a cena comovente da destruição de Troia, horrorizado e incapaz de ajudar. Todos os seus companheiros estavam mortos ou tinham fugido. Só ele ficou. Ao olhar para o corpo ensanguentado de Príamo, o rosto de seu próprio pai, Anquises, velho e indefeso, brilhou em sua imaginação e ele teve uma visão de sua casa desolada, sua esposa Creusa e Iulo agarrado aos joelhos da mãe.

Ele saiu do palácio pelo mesmo caminho que o deixara entrar, e estava correndo para casa quando passou pelo santuário de Vesta e, agachado atrás do altar, sob o clarão do conflito que ainda imperava, ele avistou Helena, a causa principal de todas as suas desgraças. Sua alma ardia com justa indignação. "Será que essa mulher amaldiçoada, a ruína tanto da Grécia quanto de Troia, sozinha, vai escapar impune? Será que ela voltará à Grécia, coroada, com nossos filhos e filhas cativos em seu séquito?", disse a si mesmo. "Não", ele gritou desembainhando sua espada. "Matar uma mulher não é um ato nobre, mas os homens vão me aprovar como ministro da vingança de Deus."

De repente, radiante nos céus como sua própria estrela, ele viu sua deusa-mãe. Ela pôs a mão em seu braço estendido, prestes a golpear, e sussurrou em seu ouvido: "Meu filho, por que tanta raiva? Você se esquece de sua mãe e de todo o cuidado que ela tem com você e com os seus? Pense no seu velho pai, em sua amada esposa e em seu filho. Mas, para mim, todos morreram pela espada e pelas chamas. Não é Páris nem aquela mulher espartana que causou essa ruína, mas os deuses que se aliaram contra Troia. Vou tirar a venda de seus olhos e, por um momento, você verá os imortais trabalhando. Olhe para lá, onde as paredes e as torres de vigia estão caindo, como se tivessem sido arrastadas por um terremoto. Netuno, com seu pavoroso tridente, está valorizando as paredes que ajudou a construir. Juno está nos portões de Scæan, em cota de malha, gritando Destruição! e perseguindo os gregos retardatários. Olhe para trás na cidadela. Acima está Minerva, envolta em uma nuvem de tempestade e fazendo brilhar seu escudo de Górgona. E tem mais, no distante Olimpo (isso você não pode ver), o Pai Todo-Poderoso está animando aqueles deuses que estão unidos para a ruína de Troia. Salve-se enquanto ainda dá tempo, meu filho, Deixe os deuses adversos se enfurecerem. Eu, sua mãe, nunca o deixarei, nem abandonarei."

A deusa desapareceu e, como por um relâmpago, ele contemplou as sombrias fisionomias dos Poderes das Trevas.

Sob a proteção de Vênus, Eneias chegou à sua casa sem aventura e encontrou tudo seguro, como ela havia prometido. Ele estava se preparando para fugir para as colinas próximas quando surgiu um imprevisto. Nada iria induzir Anquises a acompanhá-lo. "Vocês são jovens e fortes", gritou seu pai. "Voem por suas vidas e deixem este pobre cambaleante à beira da sepultura. Tudo o que peço é que repita sobre mim o ritual para os mortos. Quando me encontrarem, os gregos irão me conceder a sepultura."

Nenhuma prece ou discussão tirava o velho de sua obstinada resolução. Desesperado, Eneias estava cingindo sua armadura novamente, escolhendo morrer com a esposa e o filho em uma luta solitária, em vez abandonar o pai idoso, quando recebeu um sinal do céu que, inicialmente, o surpreendeu e depois encheu de alegria todos os corações. Na cabeça do menino Iulo apareceu uma língua de fogo que se espalhou entre os cachos de seu cabelo e brincou em sua testa lisa, coroando-o como a auréola de um santo. Horrorizada, sua mãe tentou apagar as chamas, mas a água que ela derramou fez com que as chamas ficassem ainda mais brilhantes. Mas Anquises conhecia o sinal celeste e, erguendo as palmas das mãos, rezou para que Júpiter confirmasse sua boa vontade por alguma profecia. Imediatamente, ouviu-se um trovão à esquerda (o lado da sorte) e, do zênite, caiu um meteoro que deixou um longo rastro de luz ao tocar a terra nas encostas cobertas por pinheiros do Monte Ida.

Então, finalmente, Anquises cedeu e Eneias, abaixando-se ergueu o velho em seu ombro. Ao seu lado estava Iulo, segurando-lhe a mão direita e tentando acompanhar os passos largos do pai. Atrás vinha Creusa e um séquito de escravos domésticos. Para o caso de se separarem na multidão ou na confusão, seguiram a sugestão de Eneias e escolheram como ponto de encontro um santuário deserto de Vesta, perto de um cipreste solitário que lhes serviria de marco. Eles estavam a caminho, depois de escapar dos piores perigos, quando Anquises gritou: "Ouço o andar de homens armados e vejo o brilho de suas armaduras." Eneias, que nunca tinha se abalado na tempestade da batalha, agora tremia como uma folha de álamo. E, agarrando o menino, correu por sua vida e não respirou até chegar ao santuário deserto. Então, ele olhou para trás e, para seu horror, não viu Creusa em lugar nenhum.

Teria ela se perdido na estrada ou desmaiado no caminho? Ele questionou a família que já havia chegado, mas ninguém a vira desde que deixaram a cidade. E ele correu de volta fazendo o mesmo caminho da vinda. Não encontrou nem um rastro de sua esposa. Voltou a entrar na cidade pelo mesmo portão e percorreu os mesmos becos escuros. Quando procurou sua casa, viu apenas uma massa de ruínas fumegantes. Numa última esperança desesperada, ele a procurou na Casa do Tesouro Real para ver se, por acaso, ela tinha encontrado um esconderijo. Mas, na entrada, estavam Fênix e Ulisses, os capitães que mandavam guardar o saque. Ali, numa pilha confusa, estava toda a riqueza de Troia que as chamas não tinham consumido – mantos roxos, colchas e tapeçarias, braceletes e tornozeleiras de ouro forjado, bebedouros e os vasos sagrados dos templos.

Indiferente aos riscos que corria, Eneias ia gritando de rua em rua: "Creusa! Creusa!", quando, de repente, uma voz familiar respondeu. Ele viu à sua frente não Creusa, e sim seu fantasma, maior que o humano, olhando para ele com olhos de infinita piedade. "Por que", sussurrou, "essa dor selvagem? Ninguém está aqui para chorar, senhor. Não era a vontade do céu que eu compartilhasse

Gravura do século XVI, por Agostino Carracci, após uma pintura de Federico Barocci mostrando Eneias e sua família fugindo às pressas das chamas de Troia.

suas andanças e labutas. No extremo oeste, ordena o destino, onde o Tibre rola com sua maré amarela, você fundará um novo império e desposará uma princesa da terra. Não precisa ter pena da minha sorte menos afortunada. Conheci todas as alegrias da felicidade conjugal, e meu corpo descansará no solo que me deu à luz. Nenhum grego orgulhoso vai se gabar de levar para casa em seu séquito cativo aquela que era a esposa de Eneias, a nora de Vênus; E agora, passe bem. Não se esqueça do nosso doce filho e daquela que o deu à luz."

"Três vezes ele tentou com os braços esticados prontos para apertar
Sua sombra, e três vezes escorregou de seu aperto afetuoso,
Como ares travessos que brincam sobre um lago calmo,
Ou sonhos que desaparecem ao raiar do dia."

ENEIAS E DIDO

V.C. Turnbull

Pouco menos célebres que as peregrinações do astuto Ulisses, após a queda de Troia, são as do piedoso Eneias, o troiano. Foram muitas as suas aventuras e pesadas as suas perdas, pois ele era perseguido pelo ódio crescente de Juno, que detestava todos os troianos. Não fosse a proteção e o cuidado de sua mãe Vênus, ele teria morrido.

Na costa da Sicília, ele havia perdido o pai, Anquises. E lamentou a morte de seu bom e velho pai, que ele tinha carregado nos ombros durante o incêndio de Troia.

Dali partiu com seu filho Iulo para a Itália. Quando estavam no mar, Juno os castigou com uma chuva torrencial. Eneias perdeu tudo, exceto sete navios de sua frota e não foram poucos os companheiros que morreram. Ele mesmo, junto com o filho Iulo e o amigo Achates, foi expulso de sua rota e levado para a costa da Líbia, onde os troianos desembarcaram e felizmente descansaram na praia o corpo salgado pela água do mar. E, quando se banquetearam com os grãos trazidos nos navios, e a carne de veado conseguida pelo arco do capitão, Eneias, levando apenas Achates, partiu para avaliar esse país até então inexplorado.

Em seu caminho pela floresta, eles encontraram uma linda donzela vestida de caçadora e dela souberam que terra era aquela e quem a habitava. Ela lhes disse que tinham vindo para a terra de Cartago, sobre a qual governava a rainha de Tiro, Dido. E disse também que anteriormente a terra fora governada pelo marido de Dido, Siqueu, um príncipe fenício. E que, quando ele foi assassinado por seu cruel irmão, Pigmalião, ela fugiu para a Líbia, onde estava erguendo a majestosa cidade de Cartago. Ela pediu aos dois que procurassem a rainha e se jogassem sob sua proteção. Eneias olhou com espanto e admiração para a donzela, imaginando ser ela alguma das ninfas do séquito de Diana, e ele estava de joelhos, prestes a agradecer, quando ela lançou um olhar de despedida em sua direção. A deusa se revelou, radiante em beleza celestial. Quando Eneias reconheceu sua mãe, ela desapareceu.

Animados por essa visão, Eneias e Achates foram em frente e, para que ninguém os molestasse, Vênus os envolveu em uma névoa espessa. Saindo da floresta, os dois subiram uma colina com vista para a cidade de Cartago, onde havia operários por toda parte, ocupados com a construção de edifícios majestosos. No centro da cidade, com um lance de escadas de mármore e cercado por um bosque, havia um templo dedicado a Juno. Seus portões de bronze brilhavam ao sol da manhã. Eneias se aproximou e ficou maravilhado ao encontrar as paredes do templo pintadas com imagens da Guerra de Troia – sim, e ele se viu retratado na luta contra os líderes gregos.

Enquanto Eneias e Achates ainda olhavam, a rainha Dido se aproximou com um séquito de donzelas e jovens. Ela se sentou em um trono sob a cúpula do templo, pois era ali que ela costumava fazer justiça e dividir o trabalho com seus súditos, usando palavras alegres para animar a construção da cidade. Entre os primeiros a se apresentar diante da rainha, Eneias e Achates viram com espanto alguns de seus próprios amigos – Ilioneus, Anteu, Sergesto, e Cloanthus, que eles supunham terem se afogado durante a tempestade. Estes, ao se aproximarem do trono, contaram a Dido seus sofrimentos e imploraram por sua proteção naquele país estranho.

"Tínhamos Eneias como nosso rei", disse o porta-voz Ilioneus. "Não existia ninguém mais piedoso e corajoso que ele. Se ainda está vivo, não devemos nos desesperar. Nem mesmo a rainha vai se arrepender de sua hospitalidade."

A rainha Dido então respondeu atenciosamente aos troianos prometendo a eles tudo o que haviam pedido e muito mais.

"Eu gostaria", ela acrescentou, "que seu príncipe Eneias também estivesse aqui! Meus mensageiros vão vasculhar a costa da Líbia e, se ele tiver sido lançado em terra, será encontrado."

Enquanto ela falava, a névoa que escondia Eneias e Achates se dissipou e Eneias surgiu no brilho da luz como um deus; e, abraçando seus amigos, expressou toda a sua gratidão a Dido.

A voz da rainha era ainda mais suave do que antes, quando ela respondeu: "Eu também fui jogada em alto-mar pelo destino e também vim para essas praias como uma estranha. Eu conheci a tristeza e aprendi a me comover com a infelicidade dos outros."

Dido então convidou Eneias e Achates para uma festa em seu palácio e, para seus seguidores na praia, ela mandou touros, cordeiros e vinho para que se banqueteassem. Eneias também mandou Achates à praia para buscar o jovem Iulo, além de presentes para a rainha: um grosso manto de ouro, um cetro, um colar de pérolas e uma coroa decorada com pedras preciosas e ouro.

Com os presentes e abraçado ao filho, Eneias foi levado ao grande salão do palácio, onde os convidados estavam recostados em sofás roxos. Ao centro estava a rainha Dido recostada em um sofá dourado sob um rico dossel e, a seu lado, o menino Iulo. Eles festejaram, se divertiram e, após o banquete, Dido ofereceu a seu homenageado uma grande taça e o convidou a contar tudo o que tinha acontecido com ele desde a queda de Troia.

E ele contou a longa história dos perigos que correu em terra e no mar, e do naufrágio que o levou às hospitaleiras praias de Cartago.

Enquanto a rainha Dido ouvia, a memória de seu falecido marido Siqueu não era mais a primeira em seus pensamentos, pois nasceu um grande amor por esse príncipe estranho que tanto sofreu e seguiu sua estrela, fiel à sua pátria e aos seus deuses. Noite adentro, a rainha ficou sentada ouvindo a história e, à noite, a imagem do herói assombrou seu sono febril. Logo ao amanhecer, ela procurou sua irmã Anna e despejou a angústia de seu coração, confessando envergonhada o medo de não ser fiel à memória do marido morto.

Mas Anna pediu que ela não chorasse mais pelo morto negligente, desperdiçando sua beleza e sua juventude.

"Certamente foi Juno que trouxe os troianos a esta costa", disse ela. "Pense em como sua cidade vai florescer, como seu reino crescerá com tal aliança! Como a glória cartaginesa progredirá com as armas troianas!"

Naquele dia, ela levou seu convidado para conhecer todas as maravilhas de Cartago. Mostrou cais e fortes, seu palácio e seus tesouros. Mas enquanto conversavam, sua voz falhava e seu silêncio e o rubor eram reveladores e traíam seu amor crescente. À noite, quando a festa terminou, ela pediu para ouvir mais uma vez a história de Troia.

No dia seguinte, para distrair o convidado, a rainha programou uma grande caçada e um exército de batedores foi mandado para explorar as montanhas e conduzir a atividade. Ao amanhecer, todos os orgulhosos senhores de Cartago e os companheiros de Eneias se reuniram nos portões do palácio e esperaram pela rainha. Por fim, ela desceu, vestida de ouro e púrpura, e a longa cavalgada partiu, encabeçada por Dido e Eneias. Ao chegarem às montanhas, espalharam-se por toda parte na ânsia pela caçada e o par real se viu sozinho. De repente, o céu escureceu e a chuva caiu torrencialmente. Dido e Eneias se abrigaram em uma caverna. Assim planejara Juno, pois ela odiava os troianos e teria mantido Eneias em Cartago. Ali, na caverna escura, o troiano jurou fidelidade à rainha cartaginesa. Naquele dia, começou a maré da morte. Os céus retumbaram e as ninfas da montanha se lamentaram pela noiva.

Mas o triunfo de Juno durou pouco, pois, de seu trono no Olimpo, Júpiter viu o fundador da raça romana esquecido de seu destino e mergulhado em um caso amoroso. Ele chamou seu filho Mercúrio, ordenou que ele amarrasse suas sandálias aladas e levasse a Cartago esta severa reprovação: "Que vergonha, herói degenerado, falso com sua mãe e com seu filho, afundando-se em luxo e facilidades! Embarque e deixe esta costa fatal."

Ao ouvir a mensagem, o coração do herói ficou dilacerado. Como poderia desobedecer à voz de seu deus? Como poderia abandonar a rainha cujo coração ele havia conquistado e quebrar seu juramento de fidelidade.

Mas quais eram os laços humanos mais próximos quando o deus falou? Ele então chamou seus companheiros e ordenou que, em segredo, preparassem os navios para a partida. Mas os ouvidos dos amantes são aguçados e os rumores da preparação da viagem chegaram ao palácio. A rainha delirou como uma louca e lançou maldições sobre o traidor perjurado. Quando se acalmou, ela procurou Eneias e, com reprovações e apelos à sua piedade, suplicou a ele que pelo menos atrasasse sua partida. O coração do amante foi tocado, mas ele não se comoveu e, com as palavras mais gentis que conseguiu conceber, disse à rainha que não tinha escolha a não ser seguir as ordens dos céus. Ele jamais poderia esquecer sua bondade e a teria na memória até o dia de sua morte. Ao saber que fora traída, as doces e lisonjeiras palavras serviram apenas para reacender sua raiva. Ela então ordenou que o perjurado fosse embora e amaldiçoou seus falsos deuses e sua mensagem mentirosa, e jurou que o perseguiria com chamas negras, e que após a morte seu fantasma o acompanharia por toda parte. Dito isso, ela se virou, deixou-o partir e nunca mais o viu.

Eneias gostaria de ter ficado para acalmar a dor e a raiva da amada, mas o dever falou mais alto e ele incitou seus homens a equipar a frota para partirem. Eles, nada relutantes, puseram-se em marcha, deixando o porto parecido com um formigueiro, com os marinheiros moldando novos remos e carregando os navios encalhados. Não demorou para que as quilhas negras encarassem as águas ao longo da costa. Percebendo isso de sua torre, Dido mandou sua irmã Anna levar uma mensagem a Eneias, pedindo que ele adiasse um pouco a partida. Mas Eneias, firme como uma rocha, fez-se de surdo, e no coração infeliz de Dido surgiram desespero e pensamentos de morte.

Para a morte, de fato, pressentimentos tenebrosos alteraram sua mente, pois, quando ofereceu o sacrifício, o vinho por ela derramado sobre o incenso fumegante transformou-se em sangue. À noite, ao se ajoelhar diante do santuário de seu falecido marido, Dido ouviu a voz dele pedindo que ela se levantasse e fosse até ele.

A rainha então, Interpretando esses sinais sombrios como seu coração doente ordenava, preparou-se para morrer.

Chamando sua irmã Anna, ela declarou que agora faria uso do feitiço dado a ela por uma sacerdotisa para trazer de volta amantes desleais ou curar os doentes de amor. Para executar esse feitiço era necessário coletar e queimar todos os sinais da luz do amor.

"Anna, reúna as armas e as roupas que Eneias, na pressa de partir, deixou para trás e coloque-as sobre a pira funerária que eu imploro que você erga secretamente a céu aberto no pátio interno do palácio", disse Dido.

Enquanto falava, uma palidez mortal cobriu seu rosto. Mas Anna, sem suspeitar de nada, apressou-se em obedecer à rainha. A grande pira foi erguida rapidamente com tochas e feixes de carvalho, e coroada com ramos funerários. Nela foram colocadas as armas e as roupas de Eneias, enquanto a rainha oferecia sacrifícios e ervas cortadas ao luar com foices de bronze.

Na manhã seguinte, antes do raiar do dia, Eneias convocou seus companheiros para zarpar. E cortou as amarras com a própria espada. Seus homens, empurrando, golpearam as ondas retumbantes com seus remos e o vento, enchendo as velas desfraldadas, lançaram-se ao mar aberto enquanto o sol se levantava.

Da torre do palácio, Dido os viu partir. E, levantando a voz, ela lançou uma maldição sobre eles, profetizando que, por eras vindouras, uma terrível hostilidade se alastraria entre a raça de Eneias e o povo cartaginês.

Pálida, ela chegou ao pátio interno e subiu na pira. Ela parou por uns instantes, meditando e derramando suas últimas lágrimas.

Sem demora, ela se despediu da luz do sol: "Eu vivi minha vida e terminei o curso que me foi ordenado pelo destino. Ergui uma cidade gloriosa. Agora, respeitosamente, desço para o mundo das sombras.

Ela fez uma pausa e sua voz se transformou em um lamento baixinho quando acrescentou: "Eu teria sido feliz demais se os navios troianos nunca tivessem tocado minhas costas!"

Em seguida, desembainhou a espada, cravou-a em seu peito e caiu sobre a pira.

Suas criadas, vendo-a cair, encheram o ar com seus gritos. Rapidamente, Anna correu, levantou a irmã moribunda em seus braços, lutando em vão para estancar o sangue que fluía, e chorou: "Oh, irmã, foi para isso que você me mandou erguer a pira? Ah, se você me deixasse ser sua companheira na morte!"

Mas as últimas palavras de Dido, rainha de Cartago já tinham sido ditas.

No mar, Eneias viu uma grande fumaça subindo de Cartago, como se fosse de uma pira funerária. Uma pontada dolorida o atingiu, e amargamente ele adivinhou o que havia se passado. Mas ele manteve seu caminho e não olhou para trás novamente, mas voltou seu olhar para a terra prometida do Lácio.

ENEIAS NO HADES

V.C. Turnbull

A jornada até o abismo
É próspera e leve.
Os portões do palácio do sombrio Dis
Ficam abertos dia e noite.
Mas, para cima, para refazer o caminho,
E passar para a luz do dia –
Aí vem a pressão do trabalho – isso
Pode desafiar o poder de um herói.

Virgílio (tradução de Conington)

Eneias, em suas andanças, desembarcou nas costa de Cumas, na Itália. Ali ele procurou a Sibila, a inspirada profetisa que viveu em uma caverna atrás do templo de Apolo, e deu à luz as respostas do deus aos inquiridores. Ela prometeu altos destinos a Eneias, mas não sem muitas outras tentativas.

Eneias implorou à Sibila que o guiasse em seu caminho: "Ó sacerdotisa, foi dito que estão aqui os portões do mundo. Abra esse portal para mim, eu lhe peço, pois anseio muito por falar mais uma vez com meu querido pai. Eu o tirei da Troia flamejante sobre os meus ombros e ele me acompanhou em todas as minhas viagens, enfrentando, apesar de enfermo, os terrores do mar e do céu. E foi por ordem dele que eu vim suplicante ao seu templo. Tenha piedade de nós dois, ó Sibila, e permita que nos encontremos mais uma vez."

Em resposta, a Sibila advertiu Eneias que, embora muitos tivessem descido facilmente à Morada dos Mortos, poucos – muito poucos, e eles os especialmente favorecidos pelos deuses – retornaram de lá. "Mas", ela continuou, "se você está determinado a se arriscar em uma missão desesperada, procure nesta floresta escura uma árvore que tenha um galho inteiramente dourado. Esse galho é sagrado para Proserpina, Rainha do Mundo Inferior, e para ela você deve levá-lo como presente. Sem ele, nenhum ser vivo pode entrar no Mundo Inferior. Arranque-o e, se o destino assim o desejar, ele cederá com um toque. Caso contrário, nenhuma força mortal poderá arrancá-lo de seu tronco original."

Assim, Eneias e Achates mergulharam na floresta primitiva perto de onde a Sibila morava. Não tinham ido longe quando duas pombas pousaram na grama. Eneias ficou feliz pois sabia que eram as aves de sua mãe, Vênus, e ele implorou a ela que suas mensageiras o guiassem. As pombas então voaram diante deles até pousarem em uma árvore alta no meio da qual Eneias percebeu o brilho do ouro. Era o galho dourado, crescendo como parasita do carvalho, e houve um tilintar no ar quando a brisa movimentou as folhas. Extremamente feliz, Eneias o partiu e o levou para a morada da Sibila.

A sacerdotisa então liderou o caminho de volta para a floresta sombria, parando diante de uma caverna enorme e muito feia, com sua boca escura e escancarada, que exalava um hálito tão venenoso que pássaro nenhum poderia atravessá-lo ileso. Ali Eneias e a Sibila ofereceram sacrifício aos deuses do Mundo Inferior. Quando o sol nasceu, o chão começou a tremer sob seus pés, e um latido de cães infernais rolou do abismo.

"Vamos, profano!", gritou a sacerdotisa. "Tire sua espada da bainha e vá em frente. Agora é hora de provar sua coragem."

Assim dizendo, ela imergiu na caverna escura, e Eneias a seguiu, entrando no Mundo dos Mortos.

Em um país desolado, nos arredores do mundo espiritual, eles viram as formas da Dor e dos Cuidados vingativos. Ali moravam a triste Velhice, o Medo, a Fome, a Morte e a Fadiga. Estavam aqui a Guerra Assassina e a frenética Discórdia, cujas mechas viperinas tinham sido amarradas com ataduras sangrentas.

Todos passaram e chegaram ao turvo Aqueronte, onde o barqueiro Caronte, um velho horrível, descabelado e com olhos de fogo, navegava para lá e para cá.

Nas margens do rio havia um grande grupo de fantasmas, matronas e homens, meninos e donzelas, como numerosas andorinhas voando para o sul, ou folhas ao vento de outono. Eles ficaram rezando para serem levados para o barco e estendendo as mãos para a margem mais distante. Mas o barqueiro mal-humorado levaria só alguns, escolhendo quem ele quisesse. Então, em resposta às suas perguntas, a sacerdotisa disse a Eneias que os corpos daqueles que o barqueiro recusou tinham sido deixados insepultos na terra, por isso os fantasmas estavam condenados a voar por cem anos ao longo das margens do Aqueronte antes que Caronte concordasse em transportá-los.

A essa altura, já tinham chegado ao cais, e a sacerdotisa acenou para Caronte. Ele se recusou a levar um mortal por aquele rio até que ela lhe mostrou o galho dourado. Ao vê-lo, Caronte veio rapidamente, expulsando os fantasmas que estavam sentados em seu barco para dar lugar a Eneias. Gemendo sob o peso de um mortal, o barco estava quase inundado. Ali a sacerdotisa e o herói foram desembarcados em segurança na margem mais distante.

Mas no portão estava Cérbero, o cão de três cabeças, fazendo aqueles reinos retumbarem com seus latidos. Para ele, a sacerdotisa jogou um opiáceo de bolos de mel, e ele, agarrando-o com suas três bocas, se deitou e adormeceu, deixando assim que eles passassem.

Agora chegavam a seus ouvidos os lamentos das crianças, fantasmas dos que tinham sido privados da doce vida até mesmo no seio da mãe. Depois vieram os que tinham sido condenados à morte sem ser ouvidos ou por terem sido falsamente acusados. Agora estavam recebendo Justiça completa. O juiz Minos deu a cada um a sua própria sentença.

Em seguida, Eneias encontrou o grupo dos infelizes que destruíram suas vidas com as próprias mãos. Agora, de bom grado, eles suportariam a pobreza e o trabalho se pudessem rever a suave luz do sol!

Nesse momento, Eneias entrou em uma região chamada Campos da Tristeza, habitada pelos fantasmas dos que morreram por amor. Entre eles, numa floresta, Eneias viu, ou julgou ter visto, escura como a lua nova em um céu nublado, a forma de Dido, ainda pálida por sua ferida de morte. Com lágrimas nos olhos, ele foi até o fantasma de Dido com palavras amorosas como as que dizia antigamente: "Então, como eu temia, era verdadeira a mensagem daqueles incêndios funerários. E fui eu, infelizmente, a causa da sua morte, ó rainha! Acredite, foi contra a minha vontade deixar a sua costa! Sem querer, eu juro, por ordem dos deuses, eu a deixei; assim como agora, pelo mesmo motivo, estou pisando a terra das trevas e do desespero. Ah, fique mais um pouco! É nosso último adeus!"

Assim ele falou, procurando acalmar a sombra ferida. Mas ela, desviando o olhar, ficou imóvel como uma estátua de pedra. Em silencioso desprezo, ela fugiu para procurar seu primeiro marido, Siqueu, que respondeu à tristeza com tristeza.

Dali para os campos mais distantes, eles passaram pelos fantasmas dos heróis mortos em batalhas, onde Eneias cumprimentou vários companheiros dos primeiros tempos. Mas, quando viram o poderoso herói e seus braços brilhando através das sombras, os fantasmas do exército grego de Agamenon estremeceram, e muitos fugiram, como antes, para seus navios, enquanto outros, tentando levantar o grito de guerra, só conseguiram dizer: "o estridente morcego dos mortos."

Uma sombra deplorável, com rosto desfigurado e o corpo mutilado, se aproximou deles e Eneias reconheceu o fantasma de Dêifobo, filho de Príamo e perguntou sobre seu destino cruel. Dêifobo então derramou o longo conto da traição de sua esposa, e como ele tinha sido maldosamente massacrado em seu sono. Eles conversaram por muito tempo, mas a Sibila puxou Eneias pelo manto e o advertiu: "A noite cai rapidamente. É hora de ir. Você chegou à encruzilhada dos caminhos. Aqui jazem os Campos Elíseos e os campos abençoados, e lá, à esquerda, o Tártaro e as torturas dos condenados." E mesmo vendo as vastas prisões fechadas com uma parede tripla, em torno da qual o rio Flegetonte deslizava suas triplas torrentes de chamas, enquanto rochas rolavam, rugindo rio abaixo.

Em frente ao rio havia um pesado portão, cujas colunas de magnetita desafiavam todas as forças de homens ou deuses, e acima do portão havia uma torre de ferro. Ali ficava o erínia Tisífone, observando quem entrava. Do lado de dentro vinham gemidos e assobios dos flagelos e o tinir das correntes.

Eneias perguntou o que significava esse lamento, e a Sibila respondeu:

"Nenhum inocente pode cruzar essa entrada. Lá, Radamanto julga os mortos, e vingar Tisífone flagela os culpados. Por trás do portão se enfurece a Hidra, com cinquenta bocas escancaradas. Para baixo, o poço, duas vezes mais profundo do que os céus são altos. Lá gemem os Titãs, arremessados com raios, e os gigantes Oto e Efialtes, que lutaram para derrubar o trono do próprio Júpiter. Lá jaz Tício, sobre nove varas estendidas, com um abutre rasgando seu fígado eternamente. Sobre alguns, há uma pedra pendurada que ameaça cair o tempo todo; diante de outros é oferecido continuamente um banquete farto, mas as mãos que eles estendem para pegar a comida são sempre repelidas pelas Fúrias. Alguns rolam uma pedra enorme, outros estão presos à roda giratória. Jazem também os que acumularam riquezas para si, uma multidão incontável. E também os que odiavam seus irmãos ou levantavam mãos cruéis contra seus pais. Tome cuidado com o destino deles e não faça perguntas sobre sua terrível condenação."

Depois do aviso, Eneias avançou em silêncio e, dirigindo-se a Sibila, ofereceu o galho dourado no portão.

E, por fim, eles chegaram às regiões da alegria: abrigos verdes e os felizes bosques dos Campos Elíseos. Um éter mais amplo e uma luz mais pura revestem esses campos, pois os bem-aventurados têm sol e estrelas próprios. Em torneios e corridas, em danças e música, eles fogem das horas douradas, uma companhia abençoada de bardos e patriotas, paladinos e vitoriosos nas corridas. Entre eles, Eneias viu Ilus, ex-rei de Troia, e Dárdano, o fundador da cidade. Suas carruagens estavam vazias, as lanças fincadas no chão, seus cavalos alimentados e soltos pela planície, pois o propósito dominante da vida sobrevive à sepultura.

Lá, em um vale isolado, estava Anquises, examinando as almas que deveriam revisitar a terra mais uma vez, entre elas sua própria descendência ainda não nascida. Mas, quando ele viu Eneias vindo em sua direção com os braços estendidos e os olhos cheios de lágrimas, ele gritou: "Meu filho, meu querido filho, você realmente veio a mim? Posso ver seu rosto e ouvir sua voz mais uma vez? E Eneias, chorando, respondeu: "Dê-me sua mão, meu pai, e me leve ao seu peito." Três vezes ele tentou colocar o braço em volta do pai, três vezes o fantasma escorregou de seu abraço, tênue como a brisa ou como o sonho da noite. Olhando à sua volta, ele viu em uma clareira incontáveis povos e tribos suspensos sobre a mata, como abelhas no verão, e ele perguntou ao pai o que poderia ser.

Anquises então ensinou a Eneias muitas coisas maravilhosas sobre o estado da almas que partiram e sobre o futuro da raça troiana. Sobre o primeiro, ele disse que depois de sofrerem muitas coisas, a maldade da natureza delas foi lavada ou queimada, e elas passaram para os Campos Elíseos, para lá ficarem por mil anos. "Todas essas", ele continuou, "foram levadas pelos deuses em um grande corpo para o rio Lete, onde deixam a memória do passado e se mostram dispostas a retornar aos corpos mortais outra vez."

Ao dizer isso, ele levou Eneias ao cume de uma montanha de onde os que podiam ser vistos passavam diante deles em uma fila interminável.

"Está vendo aquele jovem apoiado em uma lança sem ponta?", perguntou. "Ele será Silvio, o filho da sua velhice, e reinará sobre Alba Longa. De lá, Rômulo, o fundador de Roma, a cidade das sete colinas, governará o mundo. O de barba branca atrás dele é Numa, o legislador, e em seguida vem Tulo, o guerreiro. Os que se seguem são os orgulhosos Tarquínios. Lá está também Brutus, o homem infeliz que dará a liberdade a Roma, e o pai infeliz, cuja justiça inflexível condenará à morte seus filhos culpados."

Esses e muitos outros que surgiram das costas de Eneias, apontou Anquises, gritando: "A vós, ó romanos, foi dado governar as nações, ditar termos de paz, poupar os humildes e esmagar os orgulhosos."

Por último, viram o grande Marcelo, o terror dos gauleses, conquistador de Cartago.

Eneias então quis saber: "Quem é aquele, pai, que caminha ao seu lado, com uma armadura brilhante, embora esteja com o semblante triste e com os olhos fixos no chão? É um filho ou talvez um neto?"

Ao responder, Anquises chorou: "Pelo sofrimento de seus parentes! Querido filho da piedade, não poderia ser outro a romper a barreira odiosa do seu destino senão o nosso próprio Marcelo! Ah! Triste será o dia da morte dele. Ele poderia, mas ninguém resistiu a seus ataques. Traga lírios – muitos lírios. Deixe-me amontoar flores claras na sombra ainda não nascida, e pague pelo menos esse tributo vazio."[1]

Os dois passaram pelos Campos Elíseos com Anquises mostrando e explicando tudo ao filho, incendiando-o com os pensamentos da fama futura e instruindo-o como agir durante as lutas do restante de sua vida. Então, quando tudo foi mostrado e dito, Anquises mandou seu filho Eneias e a Sibila de volta ao mundo mortal por aquela brilhante Porta de Marfim, por onde passam os sonhos que visitam o sono dos homens.

---

1 É uma referência a Marcelo, sobrinho e genro de Augusto, e seu herdeiro. Ele morreu com dezoito anos de idade.

NISO E EURÍALO

F. Storr

Eneias estava fora do acampamento. Avisado por Tiberino, ele foi com um grupo de seguidores fazer uma aliança com um parente, o rei Evandro que, com seus arcadianos, se estabeleceu nas sete colinas que hoje formam Roma.

Enquanto ele viajava, o acampamento ficou sob a responsabilidade de seu filho Iulo e, como ajudante e conselheiro do jovem príncipe, ele nomeou seu general mais experiente, o velho Aletes.

Mas Juno, o implacável inimigo de Troia, despachou para Turno, o príncipe dos rútulos, sua mensageira Íris para lhe contar sobre a ausência de Eneias e ordenou que ele aproveitasse a ocasião para invadir o acampamento troiano. Assim, durante o dia, a guarnição, reduzida em número e sem seu grande capitão, viu a quantidade de cavalos e de pessoas a pé, latinos, rútulos e etruscos, se reunindo na planície e avançando para dominá-los, como o Nilo em plena enchente. Como Eneias tinha ordenado, eles se retiraram para dentro das trincheiras, fortes demais para serem carregados ao primeiro ataque.

Quando a noite caiu, o inimigo se retirou e os cansados defensores se deitaram para dormir, mas, com medo de um ataque noturno, não tiraram suas armaduras e deixaram em cada portão do acampamento um homem forte como sentinela.

Facilmente notado entre os capitães da guarda estava Niso, a quem sua mãe, Ida, a caçadora mundialmente famosa, mandara como escudeiro para Eneias, ninguém menos habilidoso com dardo ou arco que sua mãe. Com ele, como seu tenente, estava Euríalo, o mais belo dos jovens, e em toda a hoste troiana apenas Iulo, com a penugem da masculinidade começando a aparecer em suas bochechas, redondas e suaves como as de uma menina.

Os dois eram mais que irmãos de armas, inseparáveis como cerejas gêmeas em um único caule; um seguia o outro como sua sombra. E o amor deles era maior que o amor do homem e da mulher.

E, enquanto vigiavam juntos, conversavam:

NISO: Não sei o que me aflige, irmão, mas esta noite sinto uma agitação selvagem, um impulso estranho para me levantar e fazer algo corajoso. O que você acha? Será que é uma inspiração do céu ou apenas o meu próprio espírito de fogo, reprimido dentro dessas paredes e ansioso pela briga? Note, irmão. O acampamento inimigo é silencioso como um túmulo. Ninguém se move, nem um sentinela, e os raros fogos das vigias queimam baixo. É claro para mim que os capitães, tendo nos levado de volta às nossas trincheiras, estavam comemorando sua vitória e agora estão ocultos, como se estivessem embriagados. Vou expor a você o plano que está movimentando o meu cérebro. Em todos os perigos, Eneias deve ser chamado de volta à cidade de Evander, nossos generais e homens estão todos de acordo. Se apenas minha proposta for aceita, acho que descobri uma maneira de levar a mensagem e trabalhar nossa libertação.

EURÍALO: De fato, é uma aventura gloriosa e vale a pena o risco, mas você fala como se o empreendimento fosse seu. Eu ouvi bem? É verdade que o plano é seu, irmão, mas a execução é nossa. Você está pensando em colocar sua cabeça na boca do leão sozinho, irmão? Devo compartilhar seu triunfo ou sua morte? Na vida, fomos um e na morte não seremos divididos.

NISO: Não, irmão. Nunca duvidei da sua coragem ou do seu amor. Esse pensamento sozinho, talvez um pensamento egoísta, era meu: se por acaso eu caísse – e otimista de sucesso como sou, sei que é arriscado –, gostaria que um amigo confiante sobrevivesse para colocar meu corpo na mãe terra ou, se essa graça fosse negada, pelo menos para realizar os devidos ritos no meu mausoléu. Além disso, pensei em você, que é o mais novo e o único filho de sua mãe.

Niso Matando Volscos, por Wenceslaus Hollar. Essa gravura do século XVII é uma ilustração que acompanha a *Eneida*, de Virgílio.

EURÍALO: Chega de desculpas vãs! Só vou perdoá-los se me levar com você. Minha mente está definida. Vamos trabalhar.

Eles então chamaram os sentinelas mais próximos para aliviá-los de sua guarda e correram para procurar Iulo. Eles o encontraram em sua tenda, presidindo um conselho de guerra, mas os sentinelas os deixaram passar em negócios que não esperavam. Só que naquele momento os capitães estavam debatendo como transmitir uma mensagem a Eneias, informando-o de sua necessidade premente. Quando Niso expôs seus planos a eles, assegurando-lhes que, como jovem caçador, ele já tinha explorado cada centímetro do terreno e conhecia um caminho secreto na floresta que os levaria para a retaguarda do acampamento inimigo, ele foi recebido como um mensageiro enviado pelo céu. O velho Aletes pôs as mãos sobre suas cabeças e, com os olhos marejados, abençoou os deuses por enviar tais libertadores. "Jovens heróis!", ele exclamou. "Sua virtude é sua própria recompensa, mas Eneias, quando voltar, saberá como recompensá-los." Iulo, com sua generosidade juvenil, prometeu a eles os mais seletos tesouros, canecas em relevo e dois talentos de Iulo. Sim, e o carregador e as armas de Turno, cuja queda foi certeira quando Eneias voltou. E ele colocou os braços em volta do pescoço de Euríalo (o jovem era pouco mais velho que ele) e o chamou de irmão de armas.

Encorajado por esse sinal favorável do príncipe, Euríalo, ajoelhado, implorou uma benção de despedida. "Príncipe, tenho uma mãe idosa que, por minha causa, deixou sua terra natal e a corte do rei Acestes para me acompanhar nas guerras", ele disse. "Não posso ficar para me despedir dela e receber a sua bênção, nem ousar confiar a ela nossa arriscada missão. Você se dignou a me chamar de irmão: ó príncipe, seja um filho para ela. Saber que você estará aqui para consolá-la e animá-la vai me dar mais confiança." O príncipe jurou cuidar dela e amá-la tanto quanto sua própria mãe desaparecida, Creusa, e, desejando-lhe boa sorte, ele colocou em seu ombro a espada com punho de ouro e bainha de marfim, do famoso espadachim cretense, Licaonte. A Niso, Achates deu o próprio capacete, que tinha suportado o peso de duros golpes.

Armados e carregados de mensagens de Iulo para o pai, eles deixaram o acampamento, e os capitães mandaram atrás deles uma saudação de despedida.

A noite estava escura, mas Niso quase poderia ter encontrado seu caminho pela floresta familiar com os olhos vendados. Em uma hora, chegaram despercebidos ao acampamento e, como Niso havia antecipado, encontraram uma cena de bárbara orgia. Entre carros de guerra inclinados, cavalos acorrentados e jarros de vinho vazios, homens bêbados estendidos no chão.

"Siga-me", sussurrou Niso, "e mantenha os olhos abertos para que ninguém me ataque por trás. Vou abrir um caminho de sangue pelo qual nós dois poderemos atingir nosso objetivo."

Com a espada desembainhada, ele avançou sobre Rhamnes, que roncava sobre uma pilha colchas bordadas: ele era um adivinho de sangue real, mas seu dom pouco lhe valeu naquele dia. Seus três assistentes logo seguiram seu mestre até as sombras. Como um lobo voraz que saltou dentro de um redil, ele fez estragos à direita e à esquerda, e tudo o que Niso poupou a espada de Euríalo liquidou.

"Chega!", gritou Niso, saciado com a carnificina. "Nosso caminho através do inimigo está livre, e a manhã reveladora, próxima." Eles deixaram rico espólio para trás – jarras de ouro e prata, taças de pedras preciosas e bordados; mas Euríalo lançou olhos ansiosos para um enorme talabarte com adornos de ouro, uma herança do adivinho morto, e o amarrou ao redor de seu ombro; e não poderia resistir (jovem orgulhoso) à tentação de experimentar um capacete brilhante, com a crista flamejante de Messapus, o Domador de Corcéis. Com todo esse para atestar o gloriosos ataque, a dupla deixou o acampamento e ganhou segurança em campo aberto.

Sua tarefa parecia quase cumprida, mas um tropa de trezentos cavalos, despachada da capital latina como guarda avançada para Turno, estava se aproximando do acampamento pela direção oposta e, vendo no crepúsculo o brilho do capacete, eles desafiaram o par. Não houve resposta, mas Niso, que estava à frente, apressou o passo para ganhar o abrigo da floresta. Os cavaleiros deram meia-volta e tentaram impedir a retirada, mas era tarde demais, e Niso já corria por um caminho sinuoso que ele conhecia muito bem, mas, quando olhou para trás, para seu horror, percebeu que Euríalo não o seguia. "Euríalo!", ele gritou, mas não houve resposta. Ele se virou e dolorosamente refez seus passos. Logo ele ouviu o tropel dos cavalos e o barulho de galhos caindo. Guiado pelo som em uma clareira da floresta, ele viu Euríalo, de costas contra um carvalho, como um animal acuado por um círculo de cavaleiros. O que ele deveria fazer? Salvar-se, fugindo, era impensável, mas deveria ele correr imediatamente para a morte certa? Desesperado, ele fez uma oração para sua deusa padroeira, Diana. "Rainha dos bosques", ele gritou, "pelos presentes que ofereci em seu altar, pelos votos que paguei diariamente, ajude-me agora em minha maior necessidade e guie meu objetivo!" Orando, ele arremessou com toda sua força uma lança que, em linha reta e muito veloz, atravessou as costas de Sulmo. Uma segunda lança se enterrou na cabeça de Tagus, e ele também engoliu poeira. Volscens, o capitão da tropa, viu seus dois companheiros serem atingidos por um raio e, com a espada desembainhada, virou-se para Euríalo gritando: "Se eu não puder alcançar o demônio que arremessou aquelas lanças, seu sangue expiará esse ato sangrento."

Nesse momento, Niso não pôde mais se conter e, saltando do esconderijo, gritou: "Eu, ninguém além de mim, sou o culpado. Poupe esse menino inocente e vire suas espadas contra mim. Amar seu amigo foi seu único crime!" Mas foram palavras em vão. Enquanto ele ainda falava, a espada de Volscens já havia perfurado o coração do menino e manchado de sangue seu lado branco e ele baixou a cabeça como uma papoula encharcada pela chuva, ou uma campainha virada pelo arado.

Diante dessa visão, Niso se lançou no meio de seus inimigos, pondo-os em fuga para a direita e para a esquerda com os movimentos de seu gládio, até que ele forçou seu caminho em direção a Volscens e, com um esforço mortal, feriu o assassino de seu doce amigo. Com mais de cem ferimentos, ele caiu sobre o cadáver prostrado de Euríalo, com sorriso nos lábios, pois na morte eles não estavam divididos.

Tal foi a história que Virgílio cantou, e sua profecia feita há quase dois mil anos foi cumprida:

"Ó casal feliz, se qualquer verso valer,
Sua memória através dos tempos não falhará;
Enquanto na bandeira do Congresso Romano é vista
Domina Roma, Rainha Imperatriz da Itália."

ULISSES NO HADES

M.M. Bird

Antes de partir da bela ilha de Circe, Ulisses lembrou à deusa a promessa que ela havia feito de acelerar o caminho dele e de seus homens de volta para casa. Isso, ela lhe assegurou, não ela, mas as Parcas recusaram. E eles não podiam sequer respirar o ar nativo até que uma longa e penosa jornada fosse feita, uma jornada que os levaria até os terríveis reinos da Morte. "Mas lá", disse ela, "você deve procurar o cego Tirésias, o bardo tebano. Embora os olhos sejam cegos, a mente dele é cheia de luz profética. Ele vai contar tudo o que você procura saber sobre seu futuro e o destino daqueles que você ama."

Corajoso como era, Ulisses estremeceu com o terrível caminho que teve que trilhar e apelou a Circe por mais ajuda nesta aventura. Então, ela lhe deu os pontos de referência para guiá-lo em seu caminho, e o instruiu sobre o que fazer quando chegasse aos reinos do Tártaro. E, quando amanheceu, ele chamou seus companheiros para partir. Eles vieram com pressa e alegria.

Mas faltou um, Elpenor, o caçula do bando, um jovem selvagem e insensato, tinha subido no telhado para respirar o ar frio depois de uma orgia que durou a noite toda. Com o súbito tumulto da partida, ele foi acordado e, descendo apressado, errou a escada e caiu de cabeça, quebrando o pescoço.

Ignorando o destino, os demais se amontoaram ansiosamente em torno de seu líder, até que suas poucas e sóbrias palavras lhes disseram que ainda não eram as alegrias da volta para casa que os aguardavam, mas decretou-se que, primeiro, eles teriam que procurar a terrível sombra de Tirésias nos tristes e sombrios reinos da Morte. Infelizmente, naquela praia eles fizeram seus sacrifício para os deuses imortais, embarcaram tristes no navio que os esperava e abriram suas velas ao vento.

À medida que o sol se pôs, e todos os caminhos ficaram escuros, eles alcançaram os limites extremos do oceano, um terra solitária, onde o sol nunca brilhava, e a escuridão pairava perpetuamente sobre penhascos nus e rochosos, a morada dos cimérios. Ao largo de costa desolada, Ulisses lançou a âncora e, descendo do navio, avistou o terrível abismo que leva aos reinos dos mortos.

Seus dois companheiros levaram consigo a ovelha negra como Circe havia ordenado, e Ulisses desembainhou sua espada brilhante e abriu uma grande trincheira na terra negra, com mais ou menos um antebraço de largura e profundidade. A trincheira estava cheia de vinho, leite e mel, e o sangue dos sacrifícios recém-oferecidos. Assim, com ritos solenes e votos sagrados, eles invocaram as nações dos mortos. E, entre as cavernas e ao longo de toda a costa escura, surgiram as formas de fantasmas imateriais. Velhos e jovens, guerreiros horríveis, feridos, matronas e donzelas, ricos e pobres, eles de amontoavam ao redor da trincheira cheia do fétido sangue do sacrifício. Aterrorizado, Ulisses brandiu sua espada sobre o sangue que corria e a multidão pálida recuou e ficou em silêncio.

Então, ele viu Elpenor, novo no reino da Morte. Espantado, quis saber da sombra como foi que ele tinha ultrapassado sua vela veloz, e foi encontrado vagando com os mortos. Ao que o jovem respondeu que seus pés, instáveis pelo excesso de vinho, o tinham traído e lançado de cabeça do alto da torre e, ao cair, seu pescoço se quebrou e sua alma mergulhou no inferno.

Mas ele implorou a Ulisses, por tudo o que lhe fosse mais caro, que desse aos seus membros insepultos uma sepultura pacífica e nela plantasse seus remo para mostrar que ele tinha sido um dos tripulantes de Ulisses. E Ulisses atendeu ao seu pedido, deixando o espírito de Elpenor partir contente.

Então, enquanto estava sentado observando a trincheira, Ulisses viu a sombra de sua mãe, Anticleia, se aproximar. Embora as lágrimas tenham inundado seu rosto, a sombra pálida permaneceu indiferente ao filho.

Depois, veio o poderoso tebano, Tirésias, carregando um cetro de ouro. Ele o reconheceu e disse: "Por que, filho de Laertes, você vaga desde o dia em que pisou alegre neste caminho? Que deuses furiosos o levaram, vivo, a ser companheiro dos mortos? Se embainhar sua espada, vou lhe contar seu futuro e os altos propósitos que o Céu tem para você."

Ulisses embainhou a lâmina brilhante, e o vidente se abaixou e bebeu o sangue escuro. Então, ele previu todos os estranhos desastres que ameaçariam e deteriam Ulisses em seu caminho de volta para casa. Por fim, contou como só ele, de toda a tripulação, sobreviveria para chegar ao seu país – para encontrar lá o trabalho ainda não concluído, com inimigos no poder em sua corte, pretendentes nobres cercando sua esposa e desperdiçando seus bens em confusão e orgias. Mas um final pacífico para sua vida longa e penosa chegaria para vê-lo afundar na sepultura abençoada por todo o seu povo. "Esta é a sua vida que está por vir, e este é o seu Destino", disse o vidente.

A quem Ulisses, impassível, respondeu: "Tudo o que os deuses ordenam aos sábios perdura."

Então, o profeta seguiu seu caminho e Ulisse ficou esperando a chegada de sua mãe. Logo Anticleia chegou, se abaixou, bebeu o sangue escuro e imediatamente a alma dela acordou e ela se dirigiu ao filho, perguntando de onde ele veio e por quê.

"Procurar Tirésias e saber do meu destino", respondeu Ulisses, "pois tenho vagado e estou fora de casa desde a queda de Troia." Então ele quis saber como a morte dela tinha acontecido, se seu bom pai Laertes ainda vivia, se seu filho Telêmaco governava Ítaca, e se Penélope ainda esperava e vigiava seu senhor ausente, ou se ela tinha arranjado um novo companheiro.

A todas as suas perguntas, Anticleia respondeu piedosamente. Penélope, sua fiel esposam ainda chorava por ele, desolada; Telêmaco, agora quase adulto, governava seu reino; e o velho Laertes, curvado pela dor, só esperou, com tristeza a liberação do túmulo, pois seu filho Ulisses não voltou mais. Ela mesma, sua mãe, morrera de coração partido. Pelo filho ela tinha vivido, e quando ele não voltou, por amor ela morreu.

Ulisses, profundamente comovido, esforçou-se para agarrá-la três vezes, e três vezes ela escapou do seu abraço, como uma sombra ou um sonho.

Em vão, ele implorou para que seus braços envolvessem carinhosamente a mãe, tão amada, para que ele pudesse saber que se tratava dela mesma e não uma imagem vazia enviada pela rainha do inferno para zombar de sua tristeza. Mas o fantasma pensativo o advertiu de que eram assim todos os espíritos quando deixavam seus corpos mortais. Não restava nenhuma substância do homem. Tudo havia sido devorado pelas chamas fúnebres e espalhado pelos ventos. Foi apenas a alma que voou, como um sonho, para as regiões infernais. "Mas vá", ela o conjurou. "Apresse-se para subir escarpa íngreme; recupere o dia e procure sua noiva, para lhe contar os horrores e as leis do inferno."

E, enquanto ela desaparecia, uma nuvem de fantasmas, esposas e filhas de reis e heróis, esvoaçavam ao redor do visitante da terra. Destemido, ele acenou com a espada. A tripulação fantasmagórica se encolheu e não ousou beber o vinho na trincheira a seus pés. Eles passaram e Ulisses e os ouviu contar seus nomes e suas necessidades. Lá ele viu Alcmena, mãe de Alcides; Mégara, esposa se Hércules, que foi morta por ele em sua loucura; as belas Clóris, Antíope e Leda, mãe dos imortais gêmeos Castor e Pólux, que vivem e morrem alternadamente, um no céu e outro no inferno, os filhos prediletos de Júpiter.

Lá caminhava Fedra, derramando incessantes lágrimas de remorso pelo amor morto, e perto de sua triste Ariadne. Tudo isso, e muito mais, Ulisses reconheceu naquele pálido cortejo de espíritos que partiram. Quando foram convocados de volta aos salões negros de Proserpina, apareceram as formas dos heróis mortos pelo imundo Egisto. Bem acima de todos eles erguia-se o grande Agamenon. Ele tomou o vinho e conheceu seu amigo. Em lágrimas, Ulisses o saudou e perguntou que destino implacável, que destino de guerra, ou infortúnio sobre o oceano, havia empurrado seu espírito para o inferno? E Agamenon lhe contou toda a história de seu retorno de Troia e a traição de sua esposa Clitemnestra e seu amante, que o mataram enquanto ele festejava, e com ele todos os seus amigos; e a mais lamentável de todas, a voz da moribunda Cassandra, morta ao seu lado enquanto ele próprio estava morrendo, ainda soava em seus ouvidos.

E Ulisses então respondeu: "Que males Júpiter causou à casa de Atreu aconselhado pelas mulheres!"

"Fique atento", respondeu Agamenon, "e não conte a mulher nenhuma tudo o que está em seu coração; nem mesmo a Penélope, ainda que ela seja discreta e verdadeira acima de todas as outras mulheres e não tramará sua morte." E ele chorou pelo próprio filho, Orestes, para quem ele nunca olhou, invejando o amigo, um herdeiro tão sábio e corajoso quanto o jovem Telêmaco.

Então, ele viu Aquiles e Pátroclo se aproximando na escuridão. Aquiles conhecia o amigo e correu até ele. "Ó mortal, como ousou descer, vivendo no mundo dos mortos? Ulisses então contou como veio, embora vivo, buscar conselhos junto ao mortos?"

Mas Aquiles respondeu:

"Quem me dera, no calor do sol divino,

Sofrendo como um vilão, que arrasta seus dias de tristeza,

Que o domínio dos mortos fosse de minha propriedade."

Então, como Agamenon, exigiu notícias do filho, e Ulisses encantou o coração do pai ao contar os feitos corajosos de Neoptólemo na cidade de Troia e como ele escapou ileso da luta.

Aquiles se encheu de orgulho e alegria. E, ao juntar-se às sombras ilustres dos guerreiros ao seu redor, Ulisses procurou se aproximar de Ajax, que ele percebeu estar distante, triste e de mau humor. Sua honra perdida para sempre feriu sua mente, embora a luta tenha sido justa e Ulisses tenha sido julgado pelos troianos como vencedor. Ulisses, vendo-o tão tristemente distante, dirigiu-se a ele de forma delicada. "Ainda com raiva? Almas corajosas são capazes de suportar maldade mesmo depois da morte?, perguntou. Mas, apesar de todos os seus apelos, a sombra ressentida se afastou silenciosamente. Tocado nas profundezas de um coração corajoso, Ulisses começou a persegui-lo pelos caminhos escuros e sinuosos da Morte, para encontrá-lo e forçá-lo a responder ao seu questionamento sincero, mas, no caminho, cenas muito estranhas e terríveis encontraram seus olhos surpresos que o levaram a parar e virar de lado.

Lá estava o enorme Órion, girando sua pesada maça de bronze para esmagar sua presa selvagem.

Era Tício, o filho da Terra, que, por oferecer violência à deusa Latona, foi morto a tiros por seus filhos, e ficou para sempre em grilhões no inferno enquanto os abutres roíam seu fígado.

Novamente ele olhou e viu Tântalo, cujos gemidos horríveis ecoavam pelas cavernas. Quando encostou os lábios ressecados no riacho que corria ao seu lado, fugiu antes que pudesse sentir o sabor. Frutas de todos os tipos pendiam à sua volta – romãs, figos e maçãs maduras – mas, se ele se esforçasse para pegar um fruto, o vento desconcertante jogaria o galho para longe de seu alcance.

Quando Ulisses, horrorizado com a visão desses tormentos se virou para o lado, viu a figura laboriosa de Sísifo, que, com passos cansados, subia a colina levando uma enorme pedra redonda. Quando, com muito esforço, ele finalmente chegou ao cume, a pedra, equilibrando-se apenas por um instante, desceu a montanha com um ímpeto selvagem, levando Sísifo para as profundezas da caverna.

De lá, mais uma vez, com suor e agonia, ele deve retomar seu pesado trabalho e rastejar colina acima empurrando a pedra. Este é o castigo para uma vida de ganância e avareza, dedicada a uma luxúria impiedosa e insaciável por ouro e poder.

E mais adiante foi visto o grande Hércules, um imponente espectro de forma gigantesca. Sombrio como a noite, ele se levantou, pronto para atirar uma flecha com seu arco monstruoso. Com um semblante ameaçador, ele lamentou seus erros e aflições, virou-se abruptamente e se afastou.

Quando Ulisses, curioso para ver os reis dos tempos antigos e todas as infindáveis fileiras de poderosos mortos, se manteve firme em sua determinação de observá-los, uma grande quantidade de espectros se ergueu das profundezas do Inferno. Com gritos horríveis, voaram em sua direção e ficaram boquiabertos, balbuciando em tons tão ameaçadores que o sangue congelou em suas veias. Temendo que a Górgona, surgindo das profundezas do lago infernal com sua coroa de serpentes sibilantes na testa, o transfixasse, ele se virou e fugiu.

Ele enfrentou a subida íngreme e se juntou aos companheiros de navio que o esperavam. Então zarparam imediatamente, com pressa para deixar a costa da Ciméria, e um vento bom acelerou seu caminho.

O PALÁCIO DE CIRCE

Nathaniel Hawthorne

Depois de escapar dos Ciclopes, e enfrentar muitos outros perigos por terra e por mar, durante sua cansativa viagem a Ítaca, Ulisses chegou a uma ilha verde, cujo nome ele não conhecia, e ficou feliz por atracar seu barco castigado pela tempestade em uma enseada tranquila. Mas ele havia corrido tantos riscos com gigantes, Ciclopes de um olho só e monstros do mar e da terra, que não podia deixar de temer algum mal mesmo em um local agradável e aparentemente solitário. Assim, por dois dias, os desgastados viajantes ficaram quietos, a bordo do navio ou em terra, depois de rastejar ao longo dos penhascos que margeavam a costa. E, para se manterem vivos, cavavam mariscos na areia e procuravam qualquer pequeno curso de água doce que pudesse estar correndo em direção ao mar.

Os dois dias nem haviam terminado e os seguidores de Ulisses já estavam cansados desse tipo de vida. Eles tinham um apetite terrivelmente voraz e, com certeza, não gostariam de perder as refeições regulares, e as irregulares também. O estoque de provisões estava praticamente esgotado e até os mariscos começaram a escassear. Por isso, eles teriam que escolher entre morrer de fome ou se aventurar no interior da ilha, onde talvez encontrassem algum enorme dragão de três cabeças ou qualquer outro monstro assustador.

Mas o rei Ulisses era um homem corajoso, além de prudente. Na terceira manhã, ele decidiu descobrir que tipo de lugar era aquele e se era possível conseguir algum alimento para as bocas famintas de seus companheiros. Com uma lança na mão, ele chegou ao cume de um penhasco e olhou à sua volta. Ao longe, na direção do centro da ilha, ele viu, por trás de um bosque de árvores altas, imponentes torres, que pareciam ser de um palácio de mármore branco como a neve. Os galhos das árvores se estendiam pela frente do palácio e ocultavam mais da metade, embora, pelo que conseguiu ver, Ulisses o julgou espaçoso e extremamente bonito. E imaginou ser a residência de algum nobre ou príncipe. Para Ulisses, uma fumaça azul saindo de uma chaminé foi quase a parte mais agradável do espetáculo. Pela quantidade de fumaça, foi razoável concluir que havia um bom fogo na cozinha e que, à noite, um farto banquete seria servido aos moradores do palácio e a todos os convidados que aparecessem.

Com essa agradável perspectiva, Ulisses imaginou que o melhor a fazer seria ir direto ao portão do palácio e dizer ao proprietário que não longe dali havia um grupo de náufragos que estava sem comer há um ou dois dias, economizando mariscos e ostras, e que, portanto, ficariam extremamente agradecidos por um prato de comida. Mas o príncipe ou o nobre poderia ser alguém rabugento e mesquinho que, mesmo quando seu próprio alimento acabasse, ele não lhes daria as boas-vindas.

Satisfeito com essa ideia, o rei Ulisses deu alguns passos em direção ao palácio quando houve um grande gorjeio vindo do galho de uma árvore próxima. Momentos depois, um pássaro voou em sua direção e pairou no ar, quase roçando o seu rosto com as asas. Era um pássaro bonito, com as asas e o corpo roxos, pernas amarelas, um círculo de penas douradas em volta do pescoço e, na cabeça, um tufo dourado que mais parecia uma coroa real. Ulisses tentou pegá-lo, mas ele voou rapidamente para fora de seu alcance, ainda gorjeando em um tom triste, como se quisesse contar uma história lastimável se fosse dotado de linguagem humana. E, quando ele tentou afastá-lo, o pássaro não foi além do galho da árvore seguinte e novamente voou sobre sua cabeça com o gorjeio sombrio, assim que ele mostrou o propósito de seguir em frente.

"Você quer me dizer algo, passarinho?", perguntou Ulisses.

"Piu!", disse a ave. "Piu, piu, piiiu!" E nada mais além de "Piu, piu, piiiu!", em uma cadência melancólica, e de novo, de novo e de novo. No entanto, sempre que Ulisses avançava, o pássaro se manifestava mais alto e fazia o possível para empurrá-lo para trás com o bater ansioso de suas asas roxas. Esse comportamento inexplicável o fez concluir que o pássaro sabia de algum perigo que o aguardava, e que devia ser algo terrível, já que havia levado até uma pequena ave a sentir compaixão por um ser humano. Ele então resolveu voltar ao navio e contar aos companheiros o que tinha visto.

Isso pareceu satisfazer o pássaro. Assim que Ulisses se afastou, ele subiu pelo tronco de uma árvore e começou a pegar insetos da casca com seu bico longo e afiado, pois era uma espécie de pica-pau, você precisa saber, e tinha que viver como as outras aves daquela espécie. Mas, de vez em quando, enquanto bicava a casca da árvore, o pássaro roxo pensava em algo triste e repetia sua nota melancólica "Piu, piu, piiiu!"

A caminho da praia, Ulisses teve a sorte de matar um grande cervo. Levando-o nos ombros, ele o jogou no chão diante dos famintos companheiros.

Mas, na manhã seguinte, os apetites estavam ainda mais aguçados. Os homens olharam para Ulisses como se esperassem que ele subisse o penhasco novamente e voltasse com outro cervo nos ombros. Em vez de partir, ele convocou toda a tripulação e disse que seria muito difícil matar um cervo todo dia e que, portanto, era aconselhável pensar em outra maneira de saciar a fome.

"Quando eu estava no penhasco ontem, descobri que a ilha é habitada", ele disse. "A uma considerável distância da costa há um palácio de mármore, aparentemente muito espaçoso, e tinha muita fumaça saindo de uma de suas chaminés.

"Ah!", exclamaram alguns dos companheiros estalando os lábios. "Essa fumaça deve vir do fogo da cozinha, o que significa que temos a possibilidade de conseguir um bom jantar. E, sem dúvida, será hoje."

"Mas", continuou o sábio Ulisses, "vocês devem se lembrar de nossa desventura na caverna do Ciclope Polifemo! Para ser sincero, se formos ao palácio, não há dúvida de que faremos nossa aparição à mesa de jantar. Mas, se sentados como convidados ou servidos como comida, é um ponto a ser seriamente considerado."

"De qualquer forma", murmuraram alguns dos mais famintos tripulantes, "será melhor do que a fome, especialmente se alguém pudesse ter certeza de ser bem engordado de antemão e delicadamente cozido depois."

"Isso é uma questão de gosto", disse o rei Ulisses, "e, da minha parte, nem a mais cuidadosa engorda, nem a mais delicada cozinha me reconciliariam com o fato de ser servido. Minha proposta é que nos dividamos em dois grupos iguais e determinemos, por sorteio, qual dos dois vai ao palácio suplicar por comida e assistência. Se conseguirem isso, está tudo bem. Caso contrário, se os habitantes se mostrarem tão rudes quanto Polifemo ou os lestrigões, apenas metade de nós morrerá e os demais podem zarpar e escapar."

Como ninguém se opôs a esse esquema, o rei passou a contar com todo o bando e descobriu que havia quarenta e seis homens, contando com ele. Ulisses então contou vinte e dois de seus companheiros e colocou Euríloco (que era um dos principais oficiais, e perdendo apenas para ele mesmo em sagacidade) à frente deles. Ulisses assumiu pessoalmente o comando dos vinte e dois homens restantes. Então, tirando o capacete, ele colocou duas conchas nele, em uma das quais estava escrito "Vá" e, na outra, "Fique". Agora, outra pessoa segurava o elmo, enquanto Ulisses e Euríloco tiravam cada um uma concha, e a palavra "Vá" foi encontrada naquilo que Euríloco havia desenhado. Assim, foi decidido que Ulisses e seus vinte e dois homens deveriam permanecer à beira-mar até que a outra parte descobrisse que tipo de tratamento eles poderiam esperar no misterioso palácio. Como não havia ajuda para isso, Euríloco partiu imediatamente à frente de seus vinte e dois homens, que se foram com um estado de espírito melancólico, deixando os amigos com os espíritos pouco melhores que os deles.

Assim que escalaram o penhasco, eles vislumbraram as altas torres de mármore, brancas como a neve, por entre as folhas das árvores que o cercavam. Um jato de fumaça saiu pela chaminé, na parte de trás da edificação. O vapor subiu alto e, encontrando um brisa, foi levado em direção ao mar e passou sobre as cabeças dos homens famintos. Quando as pessoas estão com fome, seu olfato é rapidamente aguçado por qualquer coisa.

"Aquela fumaça vem da cozinha!", gritou um deles, levantando o nariz o mais alto que pôde e farejando avidamente. E tão certo quanto eu sou um vagabundo faminto, sinto cheiro de carne assada."

"É porco! Porco assado!", disse outro. "Um porquinho saboroso... Estou com água na boca."

"Vamos nos apressar", gritaram os outros, "ou chegaremos tarde demais para matar nossa fome!"

Mas mal tinham dado meia dúzia de passos na beira do penhasco, e um pássaro veio ao encontros deles. Era o mesmo pássaro, com as asas e o corpo roxos, as penas amarelas, o colar dourado no pescoço e o tufo em forma de coroa na cabeça, cujo comportamento tanto surpreendera Ulisses. Ela parou sobre Euríloco, e quase roçou seu rosto.

"Piu, piu, piiiu!", cantou a ave.

Tão triste era o canto, que parecia que a pequena criatura ia partir seu coração com algum segredo poderoso que ela tinha para contar, e só se ouvia essa nota pobre.

"Meu lindo pássaro", disse Euríloco – pois ele era uma pessoa cautelosa, e nada escapava de sua atenção – "quem o mandou aqui? Qual é a mensagem que você traz?"

"Piu, piu, piiiu!", respondeu o pássaro ainda mais triste.

Ele então voou em direção à beira do penhasco e olhou à sua volta, como se estivesse extremamente ansioso para que eles voltassem de onde tinham vindo. Euríloco e alguns outros queriam voltar. Eles não podiam deixar de suspeitar que o pássaro roxo devia estar sabendo de alguma coisa que aconteceria no palácio, e cujo conhecimento tinha afetado seu espírito aéreo com simpatia e tristeza humanas. Mas os outros viajantes, quando a fumaça da cozinha do palácio se dissipou, ridicularizaram a ideia de voltar ao navio. Um deles (mais bruto que seus companheiros e notoriamente o mais comilão de toda a tripulação) disse uma coisa tão cruel que me pergunto por que sua forma de pensar não o transformou em um animal selvagem, na forma, pois ele já o era por natureza.

"Esse passarinho impertinente", ele disse, "daria um excelente tira-gosto antes do jantar. Só um pedacinho gordo, derretendo entre os meus dentes. Se eu conseguir pegá-lo, vou dar ao cozinheiro do palácio para que seja assado no espeto.

As palavras mal saíram de sua boca e o pássaro roxo voou, gritando "Piu, piu, piiiu!", mais dolorosamente do que nunca.

"Aquele pássaro sabe mais que nós sobre o que nos espera no palácio", observou Euríloco.

"Então vamos", gritaram seus companheiros, "e logo saberemos tanto quanto ele."

O grupo prosseguiu pela mata. De vez em quando, vislumbravam o palácio de mármore, que parecia cada vez mais bonito à medida que se aproximavam.

No caminho, eles chegaram a uma fonte de cristal, e pararam para beber nela por falta do licor de que mais gostavam. Olhando em seu interior, viram seus próprios rostos refletidos tão exageradamente distorcidos pelo jorro e pelo movimento da água que cada um parecia estar rindo de si mesmo e de todos os companheiros. As imagens eram de tal modo ridículas que eles riram alto e não conseguiam mais ficar sérios, mesmo que quisessem. Depois de ter bebido, ficaram mais alegres que antes.

"Ela tem o som de um barril cheio de vinho", disse um deles, estalando os lábios.

"Apresse-se!", gritaram seus companheiros. "Vamos encontrar o barril de vinho no palácio. Será bem melhor que cem fontes de cristal."

Eles então aceleraram o passo e pularam de alegria só de pensar no saboroso banquete para o qual esperavam ser convidados. Mas Euríloco disse a eles que se sentia como se estivesse andando em um sonho.

"Se estou realmente acordado", continuou, "acho que estamos a ponto de nos deparar com uma aventura mais estranha que qualquer outra que nos aconteceu na caverna de Polifemo, ou entre os enormes lestrigões devoradores de homens, ou no palácio do rei Éolo, que fica em uma ilha com muralhas de bronze. Esse tipo de sentimento sonhador sempre me invade antes de qualquer acontecimento maravilhoso. Se seguirem meu conselho, vocês vão voltar."

"Não, não", responderam seus companheiros, sentindo no ar o cheiro que vinha da cozinha do palácio. "Nós não voltaríamos, embora tivéssemos certeza de que o rei dos lestrigões, tão grande quanto uma montanha, estaria sentado à cabeceira da mesa, e o enorme Ciclope Polifemo, aos seus pés."

Por fim, chegaram aos portões do palácio, que se mostrou enorme e imponente, com um grande número de pináculos sobre seu telhado. Embora já fosse meio-dia e o sol brilhasse intensamente sobre a fachada de mármore, sua brancura e seu fantástico estilo de arquitetura faziam com que ele parecesse irreal, como o trabalho de gelo em uma janela, ou como as formas de castelos que são vistos entre as nuvens ao luar. Nesse momento, uma rajada de vento trouxe a fumaça da chaminé da cozinha até eles, fazendo com que cada homem sentisse o cheiro do prato de que mais gostava e, depois de senti-lo, eles acharam que todo o resto era luar, e nada real, exceto o palácio e o banquete que, evidentemente estava pronto para ser servido.

Eles então apressaram seus passos na direção do portal, mas só chegaram à metade do amplo gramado, pois uma matilha de lobos, leões e tigres veio correndo ao seu encontro. Aterrorizados, os marinheiros começaram a voltar, esperando um destino melhor que ser devorados. Entretanto, para sua surpresa e alegria, as feras simplesmente saltaram ao redor deles, abanando o rabo e oferecendo suas cabeças para serem acariciadas, e se comportando com cãezinhos bem-educados que ficam felizes quando veem o dono. O maior dos leões lambeu os pés de Euríloco; e todos os outros leões, lobos e tigres escolheram um de seus vinte e dois seguidores, a quem a fera afagou como se o amasse mais do que um osso de boi.

Mas, por tudo isso, Euríloco imaginou ter visto algo feroz e selvagem nos olhos deles; e ele nem ficaria surpreso em momento algum se sentisse as garras terríveis do grande leão, ou visse cada tigre dar um salto mortal, ou cada lobo ir direto à garganta do homem que ele afagava. A suavidade deles parecia irreal e estranha, mas sua natureza selvagem era tão verdadeira quanto seus dentes e garras.

No entanto, os homens atravessaram o gramado em segurança, com as feras dando cambalhotas, sem lhes causar qualquer dano. Mas, enquanto subiam os degraus do palácio, era possível ouvir um baixo rosnado, principalmente dos lobos, como se estivessem achando uma pena deixar os estranhos passar sem sequer provar do que eram feitos.

Euríloco e seus seguidores passaram então sob um portal elevado e olharam pela porta aberta para o interior do palácio. A primeira coisa que viram foi um salão espaçoso com uma fonte no centro, em uma bacia de mármore, esguichando a água que caía de volta com um barulho contínuo. A água dessa fonte, enquanto subia, tomava formas não muito distintas o tempo todo, embora elas fossem claras o suficiente para uma imaginação ágil reconhecer o que eram. Ora era a forma de um homem com uma túnica longa, cuja brancura era feita do jato da fonte; depois um leão, ou um tigre, ou um lobo, ou um asno, ou, quase sempre, um porco chafurdando na bacia de mármore como se ali fosse seu chiqueiro. Mas antes que os estranhos tivessem tempo de admirar de perto essa visão maravilhosa, sua atenção se voltou para um som muito doce e agradável. A voz melodiosa de uma mulher vinha de outra sala do palácio e se misturava com o barulho de um tear, onde ela provavelmente estava sentada, tecendo e entrelaçando a doçura de sua voz em um rico tecido de harmonia.

Aos poucos, a música foi chegando ao fim ao mesmo tempo em que várias vozes femininas surgiram animadas, entrecortando a conversa com uma gargalhada alegre, como sempre se ouve quando três ou quatro mulheres trabalham juntas.

"Que música incrível aquela!", exclamou um dos viajantes.

"De fato, muito doce", respondeu Euríloco, balançando a cabeça. "No entanto, não era tão doce quanto o canto das sereias. Aquelas donzelas eram parecidas com pássaros que queriam atrair nossa atenção para que nosso navio naufragasse e nossos ossos fossem ficando brancos ao longo da costa."

"Ouçam apenas as vozes daquelas donzelas e o som do tear enquanto o navio vai e vem", disse outro viajante. "É um som familiar, caseiro! Ah, antes daquele cansativo ataque a Troia, eu costumava ouvir o zumbido do tear e as vozes das mulheres sob meu próprio teto. Será que nunca mais vou ouvi-los? Nem comer aqueles salgados gostosos que minha amada esposa sabia como servir?

"Ora, vamos passar bem aqui", disse outro. "Essas mulheres estão tagarelando juntas sem imaginar que nós as estamos ouvindo. Observem que há uma voz mais rica que as outras; ela é agradável e familiar, e ainda parece ter a autoridade da dona da casa. Vamos nos mostrar de uma vez. Que mal a dona do palácio e suas donzelas podem fazer a marinheiros e guerreiros como nós?"

"Lembre-se de que foi uma jovem donzela que enganou três dos nossos amigos até o palácio do rei dos lestrigões e que comeu um deles num piscar de olhos."

No entanto, nenhum aviso ou persuasão teve qualquer efeito sobre seus companheiros.

Eles foram até um par de portas no final do corredor e, escancarando-as, entraram na sala ao lado. Enquanto isso, Euríloco havia passado atrás de um pilar. Por alguns instantes, enquanto as portas abriam e fechavam, ele vislumbrou uma mulher muito bonita saindo do tear e vindo ao encontro dos andarilhos derrotados pelo mau tempo, com um sorriso hospitaleiro e a mão estendida para dar as boas-vindas. Havia outras quatro jovens com as mãos dadas, dançando alegremente e fazendo gestos de reverência aos estranhos. Elas eram apenas menos bonitas que a mulher que parecia ser sua líder. Euríloco, no entanto, imaginou que uma delas tinha o cabelo verde, que o corpete justo de uma outra parecia a casca de uma árvore, e que as outras duas tinham um aspecto estranho, embora ele não conseguisse determinar o que era, e tudo isso no pouco tempo que ele teve para examiná-las.

As portas se abriram rapidamente e o deixaram parado atrás do pilar, na solidão da área externa. Euríloco esperou até se cansar e ficou ouvindo atentamente cada som, mas sem ouvir nada que pudesse ajudá-lo a adivinhar o que tinha acontecido com seus amigos. Mas ele notou passos que iam e vinham em outras partes do palácio. De repente, um barulho de pratos de ouro ou prata, o que o fez imaginar um rico banquete servido em um grande salão. Mas, aos poucos, ele ouviu um grunhido, um guincho e um salto súbito, como o de cascos pequenos e duros sobre um piso de mármore, enquanto as vozes da dona do palácio e suas quatro acompanhantes se misturavam: elas gritavam juntas, em tons de raiva e escárnio. Euríloco não entendeu o que estava acontecendo a menos que uma vara de porcos tivesse invadido o palácio, atraído pelo cheiro da festa. Ao olhar para a fonte, percebeu que ela não mudava de forma como antes, nem havia um homem com uma longa túnica, um leão, um tigre, um lobo ou um asno. Parecia um porco chafurdando na bacia de mármore, enchendo-a de ponta a ponta.

Mas vamos deixar o prudente Euríloco esperando do lado de fora e seguir seus amigos até os segredos do interior do palácio. Assim que os viu, a bela mulher se levantou do tear, como contei antes, e se aproximou sorrindo e estendendo a mão. Ela pegou a mão do homem que se destacava e deu as boas-vindas a ele e ao grupo todo.

"Vocês são esperados há muito tempo, meus bons amigos", disse ela. "Eu e minhas donzelas o conhecemos bem, embora você pareça não nos reconhecer. Olhe para essa tapeçaria e julgue se seus rostos não devem ser familiares para nós.

Os viajantes então examinaram a bela peça que a mulher estava tecendo em seu tear e, para seu grande espanto, viram as próprias figuras perfeitamente representadas nos diferentes fios coloridos. Era uma imagem realista de suas aventuras recentes, mostrando-os na caverna de Polifemo, e como eles tinham arrancado seu grande olho, enquanto em outro ponto da tapeçaria desamarravam as bolsas de couro, infladas pelo ventos contrários. Mais adiante, eles se viram correndo para longe do gigantesco rei dos lestrigões que tinha capturado um deles pela perna. Por fim, estavam sentados na costa deserta desta mesma ilha, famintos e abatidos, e olhando com tristeza para os ossos nus do cervo que tinham devorado ontem. O trabalho tinha sido interrompido nesse ponto; mas, quando a bela mulher voltasse ao seu tear, provavelmente faria um retrato do que acontecera com os estranhos e do que ainda iria acontecer. "Como pode ver", ela disse, "eu sei tudo sobre seus problemas; e você não pode duvidar que desejo fazê-lo feliz pelo tempo que ficar aqui. Para isso, meus ilustres convidados, mandei preparar um banquete. Peixes, aves e carnes, assados ou ensopados, e temperados. Espero que tudo esteja ao gosto de vocês. Estão prontos para serem servidos? Se seu apetite estiver dizendo que é hora do jantar, venham comigo.

Diante do amável convite, os marinheiros famintos ficaram muito felizes. Um deles, assumindo-se porta-voz, assegurou à hospitaleira anfitriã que qualquer hora do dia era hora do jantar para eles, desde que conseguissem carne para pôr na panela e fogo para cozinhá-la. A bela mulher então liderou o caminho e as quatro donzelas (uma delas tinha o cabelo verde, outra um corpete de casca de carvalho, uma terceira aspergia gotas d'água das pontas dos dedos, e a quarta tinha alguma outra estranheza, que esqueci) a seguiram, apressando os convidados até que todos entraram em um magnífico salão. Ele foi construído em um oval perfeito e iluminado por um cúpula de cristal. Em volta das paredes havia vinte e dois tronos, encimados por dosséis vermelhos e dourados, e providos das mais macias almofadas, com borlas e franjas de cordões de ouro. Cada um dos estranhos foi convidado a se sentar. E lá estavam eles: vinte e dois marinheiros castigados pela tempestade, em trajes gastos e esfarrapados, sentados em vinte e dois tronos acolchoados e cobertos, tão ricos e bonitos que o monarca mais orgulhoso não tinha nada mais esplêndido em seu imponente salão.

Os convidados então balançaram a cabeça, piscando com um olho e inclinando-se de um trono para outro, para comunicar sua satisfação em sussurros roucos.

"Nossa anfitriã nos fez reis", disse um. "Ah! Sente o cheiro de banquete? Vou enfrentá-lo para ser colocado diante de vinte e dois reis?"

Mas a bela mulher então bater palmas. Imediatamente entrou um cortejo de vinte e dois criados, trazendo pratos da mais rica comida, todos quentes, direto do fogo da cozinha, e enviando um vapor tão grande que pairou como uma nuvem sob a cúpula de cristal do salão. Um número igual de criados trouxe grandes jarros de vários tipos de vinho, alguns dos quais brilhavam ao serem servidos e borbulhavam garganta abaixo; enquanto de outros tipos o licor roxo era tão claro que era possível ver as figuras forjadas no fundo do cálice. Enquanto os vinte e dois convidados eram servidos de comida e bebida, a anfitriã e suas quatro criadas foram de trono em trono, exortando-os a comer até se fartar e beber em abundância e assim se recompensar com este banquete, pelos muitos dias que ficaram sem comer. Mas, sempre que os marinheiros não estavam olhando para elas (o que era bastante frequente, pois não conseguiam tirar os olhos travessas), a bela mulher e suas donzelas de viravam de lado e riam. Até os criados, enquanto se ajoelhavam para apresentar os pratos, podiam ser vistos rindo e zombando enquanto os convidados se serviam das iguarias oferecidas.

De vez em quando, os estranhos pareciam provar algo de que não gostavam.

"Esse prato tem um tempero estranho", disse um. "Não posso dizer que que agrada ao meu paladar. Entretanto, ele desce."

"Mande um bom gole de vinho goela abaixo", respondeu o companheiro do trono ao lado. "Essa é a substância necessária para fazer esse tipo de culinária cair bem. Embora eu precise dizer que o vinho também tem um gosto estranho. Mas, quanto mais bebo, mais gosto do sabor."

Mesmo achando pequenos defeitos nos pratos, eles ficaram sentados por um tempo prodigiosamente longo. Esqueceram-se de suas casas, de suas esposas e filhos, de Ulisses e de todo o resto, menos do banquete que queriam festejar para sempre. Até que, finalmente, começaram a ceder, por mera incapacidade de aguentar mais.

"Esse último pedacinho de gordura é demais para mim", disse um deles.

"Eu não tenho espaço para mais nada", disse o vizinho de trono, soltando um suspiro. "Que pena! Meu apetite está mais aguçado que nunca."

Em resumo, todos pararam de comer e se recostaram em seus tronos, com uma aparência tão boba e desamparada que os deixou ridículos. Quando viu a cena, a anfitriã riu alto. E foi seguida pelas quatro donzelas. O mesmo fizeram os vinte e dois servos que carregaram os pratos e os vinte e dois companheiros que serviram o vinho. Quanto mais alto riam, mais bobos e desamparados pareciam os glutões. Foi então que a bela mulher se posicionou no meio do salão e, estendendo uma vara fininha (estava o tempo todo em suas mãos e até aquele momento eles não tinham notado), ela a passou de um convidado para o outro, até que cada um sentiu que apontava para si mesmo. Seu rosto era bonito, mas havia um sorriso nele, um sorriso tão perverso e travesso quanto a serpente mais feia que já foi vista; e, por mais estúpidos que fossem os viajantes, eles começaram a suspeitar de que tinham caído no poder de uma feiticeira mal-intencionada.

"Miseráveis!", exclamou ela. "Vocês abusaram da hospitalidade de uma dama. E, neste salão principesco, tiveram o comportamento adequado a um chiqueiro. Vocês são porcos em tudo, exceto pela forma humana, que desonram, e da qual eu mesma deveria me envergonhar de manter por mais um instante se a compartilhasse comigo. Mas será necessário apenas um pequeno exercício de magia para fazer com que o exterior se adapte a essa condição de porco. Assumam suas formas características e vão para o chiqueiro."

Depois de proferir essas últimas palavras, ela acenou com a varinha; e batendo o pé de forma imperiosa, cada um dos convidados ficou horrorizado ao ver, em vez de seus companheiros na forma humana, vinte e um porcos sentados no mesmo número de tronos de ouro. Cada homem (como ainda supunha ser) tentou dar um grito de surpresa, mas descobriu que podia apenas grunhir e que, em uma palavra, ele era exatamente um outro animal como seus companheiros. Parecia tão intoleravelmente absurdo ver porcos em tronos acolchoados, que eles se apressaram a chafurdar de quatro como os outros suínos. Eles tentaram gemer e implorar por misericórdia, mas imediatamente emitiram os grunhidos e guinchos mais terríveis que já saíram das gargantas de porcos. E teriam torcido as mãos em desespero, mas, tentando fazê-lo, ficaram ainda mais desesperados por se verem acocorados e batendo as patas no ar. Que orelhas pendentes eles tinham! Olhinhos vermelhos, meios enterrados na gordura! E focinhos compridos em vez de narizes gregos!

"Para o chiqueiro, vamos!", gritou a feiticeira, dando alguns golpes com sua varinha. Depois ela se virou para os servos: "Expulsem esses porcos e joguem algumas bolotas para eles comerem."

Enquanto isso, Euríloco esperou, esperou, e esperou na entrada do palácio, sem ser capaz de entender o que tinha acontecido com seus amigos. Por fim, quando a barulheira dos porcos soou pelo palácio, e ele viu a imagem de um porco na bacia de mármore, achou melhor voltar correndo para o navio e informar o sábio Ulisses desses fatos estranhos. Ele então correu o mais rápido que pôde pelos degraus e não parou para respirar até chegar à praia.

"Por que você veio sozinho?", perguntou o rei Ulisses assim que o viu. "Onde estão seus vinte e dois companheiros?"

Diante das perguntas, Euríloco irrompeu em lágrimas.

"Ai!", ele gritou. "Temo nunca mais ver seus rostos outra vez."

Depois ele contou a Ulisses tudo o que tinha acontecido, até onde ele sabia. Depois disse que acreditava que a bela mulher fosse uma vil feiticeira, e que o que parecia ser um magnífico palácio de mármore era apenas uma caverna sombria. Quanto aos companheiros, não podia imaginar o que aconteceu com eles, a menos que tivessem sido entregues para que o porco os devorasse vivos. Ao ouvir isso, todos os viajantes ficaram muito assustados. Mas Ulisses não perdeu tempo em cingir sua espada e pendurar o arco e a aljava sobre os ombros, e pegar uma lança na mão direita. Quando seus seguidores viram o sábio líder fazendo os preparativos, perguntaram aonde ele estava indo e imploraram para que ele não os deixasse.

"Você é o nosso rei", eles gritaram. "E mais, você é o mais sábio de todos os homens, e nada além da sua sabedoria e coragem pode nos tirar desse perigo. Se você nos abandonar, e for para o palácio encantado, sofrerá o mesmo destino que nossos pobres companheiros. E, por isso, nenhum de nós verá nossa querida Ítaca outra vez.

"Como eu sou seu rei", respondeu Ulisses, "e mais sábio que qualquer um de vocês, é, portanto, meu dever saber o que aconteceu com nossos homens, e se algo pode ser feito para resgatá-los. Esperem-me aqui até amanhã. Se eu não voltar, icem as velas e tentem encontrar o caminho para nossa terra natal. De minha parte, sou responsável pelos destinos desses pobres marinheiros, que lutaram ao meu lado, e tantas vezes encharcaram a pele comigo nas mesmas ondas tempestuosas. Ou vou trazê-los de volta, ou morrerei."

Se fossem ousados, seus seguidores o teriam detido à força. Mas Ulisses franziu o cenho, sacudiu sua lança e ordenou que o detivessem por sua conta e risco. Vendo-o tão determinado, deixaram que ele partisse e se sentaram na areia esperando e rezando por seu retorno.

Depois de dar alguns passos à beira do precipício, como antes, o pássaro roxo veio na direção de Ulisses gritando: "Piu, piu, piiiu!", e fazendo o possível para convencê-lo a não ir mais longe.

"O que está querendo me dizer, passarinho?", perguntou Ulisses. "Você está vestido como um rei, em púrpura e ouro, e usa uma coroa antiga sobre a cabeça. É porque sou rei que você deseja tanto falar comigo? Se puder falar em linguagem humana, diga-me o que quer que eu faça."

"Piu!", respondeu o pássaro, muito dolorosamente. "Piu, piu, piiiu!"

Certamente havia muita angústia no coração do pássaro. E devia ser uma situação tão dolorosa que ele não tinha o consolo de contar o que era. Mas Ulisses não tinha tempo a perder na tentativa de descobrir o mistério. Ele então apressou o passo e já tinha percorrido um bom caminho pela floresta quando foi abordado por um jovem com o aspecto ativo e inteligente, vestido de forma bastante peculiar. Ele usava um manto curto e espécie de capuz que parecia guarnecido de um par de asas; e, pela leveza de seus passos, era de se supor que poderia haver asas em seus pés. Para que ele pudesse andar ainda melhor (pois estava sempre em uma viagem ou outra), carregava um cajado alado, em torno do qual se contorciam duas serpentes. Em resumo, eu disse o suficiente para você adivinhar que era Mercúrio2; e Ulisses (que o conhecia havia tempos e com ele apreendera muito de sua sabedoria) o reconheceu rapidamente.

"Aonde vai com essa pressa, sábio Ulisses?", perguntou Mercúrio. "Você não sabe que esta ilha é encantada? A perversa feiticeira (cujo nome era Circe, a irmã do rei Eetes) mora no palácio de mármore que você vê entre as árvores. Por sua magia, ela transforma todo ser humano na besta bruta ou na ave com quem ele mais se parece.

"Aquele passarinho que me encontrou na beira do penhasco", começou Ulisses, "já foi um ser humano?"

"Sim!", respondeu Mercúrio. "Ele já foi um rei chamado Picus, e um tipo muito bom de rei, a não ser pelo fato de ter muito orgulho de seu manto púrpura, de sua coroa, e da corrente de ouro em seu pescoço. Por isso ele foi forçado a assumir a forma de um pássaro de penas vistosas. Os leões, lobos e tigres que viram correndo ao seu encontro, na frente do palácio, anteriormente eram homens ferozes e cruéis, assemelhando-se aos animais selvagens cujas formas eles agora vestem por direito."

"E meus pobres companheiros", perguntou Ulisses, "passaram por uma mudança semelhantes através das artes da perversa Circe?"

"Você sabe muito bem o quão glutões eles eram", respondeu Mercúrio e, trapaceiro que era, não pôde deixar de rir da piada. "Por isso, você não ficará surpreso ao descobrir que todos eles assumiram a forma de porcos! Se Circe nunca tivesse feito nada pior, eu realmente não deveria considerá-la tão culpada.

"Mas eu não posso fazer nada para ajudá-los?, perguntou Ulisses.

"Vai exigir toda a sua sabedoria ", disse Mercúrio, "e um pouco de mim mesmo, para evitar que seu eu sagaz e real se transforme em uma raposa. Mas faça o que eu ordeno, e o assunto pode terminar melhor do que começou."

Enquanto falava, Mercúrio parecia estar em busca de algo. Ele se agachou e logo tocou uma plantinha com uma flor branca como a neve, que ele colheu e cheirou. Ulisses tinha olhado para aquele mesmo lugar pouco antes; e pareceu-lhe que a planta explodiu em plena floração no instante em que Mercúrio a tocou com os dedos.

"Pegue esta flor, rei Ulisses", disse ele. "Guarde-a como cuida da sua visão, pois posso lhe assegurar que ela é extremamente rara e preciosa, e você pode procurar por toda a terra sem nunca encontrar outra igual. Mantenha-a na mão e cheire-a frequentemente depois de entrar no palácio e enquanto estiver conversando com a feiticeira. Especialmente se ela lhe oferecer algo para comer ou um gole de vinho de sua taça. Tome cuidado para não encher suas narinas com o perfume da flor. Siga essas instruções e você pode desafiar a magia dela para transformá-lo em uma raposa."

Quando Ulisses chegou ao jardim do palácio, os leões e os outros animais selvagens vieram correndo ao seu encontro, bajularam-no e lamberam seus pés. Mas o sábio rei os atacou com sua longa lança e ordenou, com rigor, que eles saíssem de seu caminho, pois sabia que eles já tinham sido homens sanguinários e agora iriam despedaçá-lo membro por membro, em vez de bajulá-lo, se eles pudessem fazer o mal que estava em seus corações. Os animais uivaram e olharam para ele, afastando-se enquanto ele subia os degraus do palácio.

Ao entrar no salão, Ulisses viu a fonte mágica ao centro. A água que jorrava agora tinha novamente a forma de um homem que usava um manto longo, branco e felpudo, e parecia estar fazendo gestos de boas-vindas. O rei também ouviu o barulho da lançadeira no tear e a doce melodia da canção da bela mulher; na sequência, ouviu sua voz agradável e as das quatro donzelas, que conversavam e riam. Mas Ulisses não perdeu tempo ouvindo o riso ou a canção. Ele apoiou a lança em uma das pilastras do salão e, então, depois de desembainhar deu um ousado passo para a frente escancarou as portas. Assim que viu sua majestosa figura parada na porta, a bela mulher se levantou do tear e correu para encontrá-lo, com um sorriso feliz e as mãos estendidas.

"Seja bem-vindo, bravo estranho!", ela exclamou. "Estávamos à sua espera. Seus companheiros já foram recebidos em meu palácio, onde tiveram um tratamento hospitaleiro compatível com seu comportamento. Se for do seu agrado, tome primeiro um refresco e depois se junte a eles nos belos apartamentos que eles estão ocupando. Veja, eu e minhas donzelas estamos tecendo suas figuras nessa peça de tapeçaria. Ela apontou para o tecido no tear. Circe e as quatro ninfas deviam estar trabalhando diligentemente desde a chegada dos marinheiros, pois havia muitos metros da tapeçaria já prontos. Nessa parte nova, Ulisses viu seus vinte e dois amigos representados em seus tronos acolchoados, devorando as guloseimas e sorvendo grandes goles de vinho. O trabalho não tinha ido muito mais longe. Não mesmo. A feiticeira era muito esperta para deixar Ulisses perceber o mal que sua magia havia causado aos comilões.

"Quanto à sua pessoa, valente senhor", disse Circe, "a julgar pela dignidade de seu aspecto, considero-o nada menos que um rei. Digne-se a me seguir, e você será tratado de acordo com a sua posição."

Então, Ulisses a seguiu até o salão oval onde seus vinte e dois companheiros tinham devorado o banquete que terminou tão desastrosamente para eles, embora continuasse segurando a flor branca como a neve em sua mão, e constantemente a cheirasse enquanto Circe estava falando. Quando cruzou a soleira da porta do salão, ele procurou fazer profundas inalações do perfume da flor. E, no lugar dos vinte e dois tronos, que antes estavam dispostos em volta da parede, agora havia um único trono, no centro do aposento. Esse foi certamente o assento mais bonito em que um rei ou imperador já sentou, todo feito de ouro cinzelado; cravejado de pedras preciosas; com uma almofada macia de rosas vivas, pendurada por um dossel de luz do sol, que Circe sabia tecer. A feiticeira tomou Ulisses pelas mãos e o fez sentar nesse trono deslumbrante. Batendo palmas, ela chamou o mordomo-chefe.

"Traga o cálice separado para os reis beberem. Encha-o com o mesmo vinho delicioso que meu irmão, o rei Eetes, elogiou muito quando me visitou pela última vez com minha bela filha Medeia. Essa criança boa e amável... se estivesse aqui agora, ficaria feliz em me ver oferecendo este vinho ao meu convidado de honra."

Mas Ulisses, enquanto o mordomo foi buscar o vinho, segurou a flor branca como a neve no nariz.

"O vinho é forte?", ele perguntou.

Com isso, as quatro donzelas riram. A feiticeira então olhou para elas com um ar severo.

"É o suco mais saudável já espremido de uma uva", ela disse. "Pois, em vez de disfarçar um homem, como outras bebidas costumam fazer, ele o traz ao seu eu verdadeiro e mostra como ele deveria ser."

O mordomo gostava mais de ver os homens transformados em porcos, ou transformando-se em qualquer outro animal e, por isso, apressou-se em trazer o cálice real, cheio de um líquido tão brilhante quanto ouro, e que continuava brilhando e espirrando para cima gotículas reluzentes. Mas, por melhor que fosse, o vinho estava misturado com os encantamentos mais poderosos que Circe sabia inventar. Para cada gota de suco de uva puro havia duas gotas do puro mal; e o perigo era que isso deixava o suco ainda mais saboroso. O simples cheiro das bolhas que efervesciam na borda era suficiente para transformar a barba de um homem em pelos de porco, ou fazer as garras de um leão brotar de seus dedos, ou a cauda de uma raposa em seu corpo.

"Beba, meu nobre convidado", disse Circe, sorrindo enquanto lhe entregava a taça. "Você encontrará nesse gole consolo para todos os seus problemas."

O rei Ulisses pegou o cálice com a mão direita, enquanto que, com a esquerda, ele levou a flor branca como a neve às narinas e aspirou longamente para que seus pulmões se enchessem com sua fragrância pura e simples. Bebendo todo o vinho, ele olhou calmamente no rosto da feiticeira.

"Desgraçado", exclamou Circe, tocando-o com sua varinha. "Como ousa continuar mantendo sua forma humana? Assuma a forma do bruto com quem você mais se parece. Se for um porco, vá se juntar aos seus companheiros suínos no chiqueiro; se for um leão, um lobo ou um tigre, vai uivar com as feras no gramado; se for uma raposa, exercite sua arte de roubar aves. Você bebeu do meu vinho e não podia mais ser homem."

Mas tal era a virtude da flor branca como a neve que, em vez de chafurdar no trono, em forma de porco, ou assumir qualquer outra forma, Ulisses parecia ainda mais viril e rei do que antes. Ele agitou o cálice mágico e o jogou no chão de mármore até a extremidade mais distante do salão. Em seguida, esticando sua espada, ele agarrou a feiticeira por seus belos cachos e fez um gesto como se pretendesse arrancar a cabeça dela com um golpe só.

"Circe malvada", ele gritou com uma voz terrível, "esta espada porá fim aos seus encantamentos. Você morrerá, miserável, e não mais fará maldades no mundo, seduzindo os seres humanos e levando-os a vícios que os tornam animais."

O tom e o semblante de Ulisses eram terríveis e sua espada, intensamente brilhante, parecia ter a lâmina tão intoleravelmente afiada que Circe quase morreu pelo susto, sem esperar por um golpe. O mordomo deixou o salão, pegando a taça de ouro enquanto saía; e a feiticeira e as quatro donzelas caíram de joelhos, torcendo as mãos e implorando por misericórdia.

"Poupe-me!", gritou Circe. "Poupe-me, nobre e sábio Ulisses. Agora eu sei que você é aquele de quem Mercúrio me avisou, o mais ponderado dos mortais, contra quem nenhum encantamento pode prevalecer. Você só poderia ter conquistado Circe. Poupe-me, ó sábio homem. Eu lhe mostrarei a verdadeira hospitalidade e me entregarei para ser sua escrava; e este palácio fantástico será seu lar daqui em diante."

Enquanto isso, as quatro ninfas, faziam muito barulho; e especialmente a ninfa do oceano, com o cabelo verde, chorou muita água salgada, e a ninfa da fonte, além de espalhar gotas de orvalho das pontas de seus dedos, quase se desmanchou em lágrimas. Mas Ulisses não se acalmaria até Circe fazer um juramento solene de trazer de volta seus companheiros e tantos outros quantos ele pudesse indicar, fazendo-os trocar as formas animais por suas formas humanas.

"Nessas condições", ele disse, "consinto em poupar sua vida. Caso contrário, você deve morrer no lugar deles."

Com a espada desembainhada pairando sobre ela, a feiticeira teria prontamente concordado em fazer tanto bem quanto tinha feito mal, por menos que gostasse da ocupação. Assim, ela levou Ulisses para fora da entrada dos fundos do palácio e mostrando-lhe os porcos em seu chiqueiro. Havia cinquenta desses animais impuros em todo o rebanho; e embora muitos deles fossem porcos por nascimento, havia uma diferença maravilhosamente pequena entre eles e seus novos irmãos que tão recentemente tinham vivido sob a forma humana.

No entanto, os camaradas de Ulisses não tinham perdido a lembrança de terem estado eretos anteriormente. Quando ele se aproximou do chiqueiro, vinte e dois porcos enormes se separaram do rebanho e correram em sua direção com guinchos horríveis, fazendo-o levar as duas mãos aos ouvidos. Entretanto, eles pareciam não saber o que queriam, nem se estavam apenas com fome ou infelizes por uma outra causa. Em meio à sua angústia, era curioso observá-los enfiando o nariz na lama em busca de algo para comer. A ninfa com o corpete de casca de carvalho (ela era a hamadríade de um carvalho) jogou um punhado de bolotas no chão; e os vinte e dois porcos mexeram-se e lutaram por elas, como se não tivessem provado nada além de leite azedo por doze meses.

"Estes com certeza devem ser meus companheiros", disse Ulisses. Reconheço suas disposições. Dificilmente eles valem o trabalho de trazê-los de volta para a forma humana outra vez. No entanto, vamos fazê-lo para que seu mau exemplo não corrompa os outros porcos. Deixe-os assumir suas formas originais, portanto, Circe, se sua habilidade for igual à tarefa. Imagino que vá exigir mais magia do que para transformá-los em porcos."

Circe então acenou com a varinha e repetiu algumas palavras mágicas, ao som das quais os vinte e dois porcos levantaram suas orelhas. Foi uma maravilha ver como seus focinhos foram ficando cada vez mais curtos; e suas bocas (que pareciam lamentar, por não poder comer tão depressa) cada vez menores, e como um e outro começassem a ficar de pé sobre as patas traseiras, e coçar o nariz com as dianteiras. Inicialmente, os espectadores mal sabiam se deviam chamá-los de porcos ou homens, mas, aos poucos, chegaram à conclusão de que se pareciam bastante com os últimos. Até que, por fim, lá estavam os vinte dois homens de Ulisses, parecendo praticamente os mesmos de quando deixaram o navio.

No entanto, você talvez não imagine que a qualidade suína tenha desaparecido completamente deles. Quando ela se fixa no caráter de uma pessoa, é muito difícil livrar-se dela. Isso foi provado pela hamadríade que, gostando muito do estrago, jogou outro punhado de bolotas diante das vinte e duas pessoas recém-restauradas. Elas então chafurdaram por um momento, e os engoliram de uma maneira muito vergonhosa. Recuperando-se, eles se levantaram e pareciam mais tolos do que antes.

"Obrigado, nobre Ulisses!", eles gritaram. "De bestas brutas você nos trouxe de volta à condição de humanos."

"Não se deem ao trabalho de me agradecer", disse o sábio rei. "Temo ter feito pouco por vocês."

Para dizer a verdade, existia um tipo suspeito de grunhido em suas vozes, e por muito tempo ainda falaram com a voz rouca, propensos a soltar guinchos.

"Deve depender de seu próprio comportamento", acrescentou Ulisses, "se não encontrarem o caminho de volta para o chiqueiro."

Nesse momento, o canto de um pássaro ecoou do galho de uma árvore vizinha.

"Piu, piu, piiiu!"

Era o pássaro roxo que, durante todo esse tempo, estivera sentado sobre suas cabeças, observando os acontecimentos e esperando que Ulisses se lembrasse de que tinha feito o máximo para manter-se e a seus seguidores fora do perigo. Ulisses ordenou que Circe instantaneamente fizesse rei o bom pássaro e que o deixasse exatamente como o encontrou. Mal as palavras acabaram de ser ditas, e antes que o pássaro tivesse tempo de soltar um pio, o rei Picus saltou do galho da árvore, um soberano tão majestoso como qualquer outro no mundo, vestido com uma longa túnica roxa e lindas meias amarelas, com um colar esplendidamente trabalhado no pescoço e uma coroa de ouro na cabeça. Ele e o rei Ulisses trocaram as cortesias de sua elevada posição. Mas, a partir daquele momento, o rei Picus deixou de se orgulhar de sua coroa e de seus ornamentos de realeza, e do fato de ser rei. Ele se sentia apenas o servo superior de seu povo, e que deveria ser seu trabalho, ao longo da vida, torná-los melhores e mais felizes.

Quanto aos leões, tigres e lobos (embora Circe os tivesse restituído às suas formas anteriores), Ulisses achou melhor que permanecessem como estavam agora e, assim, alertassem sobre suas cruéis disposições, em vez de andar sob o disfarce de homens e fingindo simpatias humanas, enquanto seus corações tinham a sede de sangue dos animais selvagens. Então ele os deixou uivar o quanto quisessem, mas nunca se preocupou com eles. E, quando finalmente tudo foi resolvido de acordo com seu prazer, ele mandou chamar o restante dos companheiros que haviam ficado na praia. Assim que eles chegaram, tendo o prudente Euríloco à sua frente, todos se acomodaram no palácio encantado de Circe até descansarem e se recuperarem das armadilhas e dificuldades de sua viagem.

---

2   Os romanos o chamavam de Mercúrio, e os gregos, de Hermes.

ULISSES E OS CICLOPES

Hope Moncrieff

Por muitos anos, o resistente Ulisses navegou por mares desconhecidos em sua jornada de volta de Troia para Ítaca, sua ilha natal. Manteve-se ocupado com tantos percalços e feitiços que, por muito tempo, pareceu pouco disposto a rever sua fiel esposa Penélope e o filho Telêmaco, e escapou de aventuras perigosas, uma após a outra, mas nada mais assustador do que sua chegada à terra fumegante dos Ciclopes. Assim era chamada uma raça cruel de gigantes de um olho só, selvagens como as rochosas montanhas em que alimentavam seus rebanhos de ovelhas e cabras, sem saber plantar milho ou frutas, e não comerciando com homens bondosos, nem reverenciando os senhores do céu. O próprio perigo de se aventurar em tal terra foi muito atraente para esse herói quando, de seu navio, ele avistou uma caverna enorme que se abria acima da praia, com a entrada meio escondida por um emaranhado de madeira escura. Ali vivia sozinho um desses monstros, de nome Polifemo, uma criatura grosseira por natureza, que se mantinha distante até mesmo de seus ferozes companheiros. Ansioso para explorar aquele covil sombrio, Ulisses escolheu doze de seus homens mais ousados, com quem desembarcou, deixando o navio ancorado na costa para aguardar o retorno. Ao chegar à caverna, encontraram o dono ausente, mas puderam imaginar que logo voltaria pelos rebanhos de cordeiros e cabritos encurralados lá dentro, junto a grandes pilhas de queijo, tonéis de coalhada e fileiras de reservatórios de ordenha. Com o coração gelado por suas sombras, os marinheiros não tinham vontade de permanecer muito tempo neste vale profundo.

Eles então pediram a seu líder: "Vamos voltar ao navio levando um carregamento de queijos e um rebanho de cordeiros e cabritos para nos alimentar. Seria melhor nos garantir nas costas do tal anfitrião que, em breve, pode chegar e nos pegar em sua toca."

Mas Ulisses deixou a curiosidade se apoderar da prudência. Ele estava disposto a saber que tipo de criatura era aquela que vivia em uma casa tão estranha; e manteve seus companheiros na caverna, com uma ousadia que lhes custou caro. Eles até se atreveram a acender uma fogueira e se aproveitaram do estoque de leite e queijos do gigante. E descansando, foram apanhados quando Polifemo voltou à noite para casa conduzindo seu rebanho de úberes cheios.

Acima de seus balidos e correrias, ouviu-se o passo pesado do monstro, e a terra tremeu quando de seus ombros ele jogou no chão uma pilha de lenha partida, reunida nas florestas de onde ele espreitava como uma montanha em movimento. Com o rebanho todo já na caverna, ele fechou a entrada, arrastando uma pedra enorme que teria enchido vinte vagões de um trem. Dessa maneira, o local ficou escuro e ele se ajoelhou para ordenhar as cabras e as ovelhas, sem saber ainda que convidados indesejados estavam forçando os olhos para ver seu corpanzil, encolhidos na parte mais profunda e escura da caverna. Quando ele foi acender uma fogueira, as chamas tremulantes expuseram o rosto hediondo com seu grande olho vermelho, que brilhou com uma raiva repentina ao notar a presença dos estranhos. Pelas abóbodas esfumaçadas, ecoou um rugido de gelar o sangue com o qual ele os cumprimentou.

"Quem e de onde vocês são?" ele grunhiu. "Piratas, sem dúvida, que arriscam suas próprias vidas para roubar outros homens!"

"Não!", respondeu Ulisses, o único que, de todo o bando apavorado, encontrou voz para falar. "Somos homens de raça famosa, os gregos que finalmente venceram Troia e que agora, navegando para casa, foram trazidos pelos ventos e pelas ondas até esta costa. Como suplicantes desamparados, caímos à sua frente, em busca de hospitalidade, diante do infortúnio de todos os que temem os deuses."

"Ah, ah, ah!", gargalhou Polifemo. "Estranho... Você é, de fato, estranho a esta terra, e ainda por cima um tolo se acha que um

A cegueira dos Ciclopes. Detalhe de uma ânfora Proto-Ática, de cerca de 650 a.C., atualmente parte do acervo do Museu Arqueológico de Elêusis.

Ciclope possui qualquer lei que não seja a sua própria vontade. Não nos importamos com os deuses nem com os homens, por mais que se vangloriem. Mas me diga, de onde você é e como você chegou à nossa costa?"

Ele perguntou sutilmente, esperando fazer do navio deles um prêmio se estivesse ancorado nas imediações; mas Ulisses não era menos astuto do que ousado, e teve o cuidado de não dizer a verdade.

"Nossa embarcação, infelizmente, foi despedaçada no penhasco e, de toda a tripulação, não salvamos nada além de nossas vidas."

Os homens então viram o tipo desumano de monstro que iriam enfrentar. O gigante selvagem, não querendo perder tempo na negociação, pegou os dois primeiros que estavam à sua frente, bateu suas cabeças contra o chão pedregoso e avidamente devorou sua carne diante dos olhos dos sobreviventes, que estremeceram só de pensar em quanto tempo eles teriam o mesmo destino. Ulisses sozinho, destemido e indignado, colocou as mãos sobre sua espada para desembainhá-la. Depois de terminar sua horrível refeição e se limpar com leite, Polifemo se deitou descuidadamente entre seus rebanhos, mas o herói viu que, se atacasse, poderia matar seu adversário, e ele sabia que nem a força de todos os seus homens seria suficiente para afastar aquele barreira da entrada da caverna. Não havia nada a fazer, a não ser esperar pacientemente pela chance de superar o gigante pela astúcia e não pela força.

Durante a noite, os pobres marinheiros descansaram da forma que puderam, e a madrugada trouxe um clima de terror. Assim que acordou e esticou os primeiros membros, o gigante devolveu os cordeiros para as ovelhas e depois pegou aleatoriamente mais dois infelizes homens para saciar seu desejo pelo sangue. Após colocar o rebanho para pastar, ele não rolou a grande rocha que fechava a caverna e transformou-a numa prisão que logo seria a tumba desses estranhos.

Durante o dia, o astuto capitão se pôs a pensar numa forma de escapar. Por sorte, tinham trazido uma bolsa de couro cheia de vinho forte e agora poderiam servi-lo para entorpecer os sentidos do gigante. Na caverna, eles encontraram o tronco de uma árvore que tinha sido arrancada pela raiz para fazer um porrete que só um monstro tão grande seria capaz de empunhar, pois era mais comprido que o mastro do navio do herói. Ulisses afinou a ponta e a endureceu no fogo antes de esconder o porrete em meio a sujeira que havia na caverna. Ele explicou a seus companheiros como pretendia usar a enorme arma e fez um sorteio entre os que deveriam ajudá-lo na tentativa. Para sua satisfação, os sorteados foram os homens que ele realmente escolheria para ato tão ousado.

Ao cair da noite, Polifemo retornou e, ao fechar novamente a entrada da caverna depois de recolher todo o rebanho, pegou mais dois gregos para cear. Metade dos doze homens da tripulação foi assim devorada. Ulisses então trouxe para o monstro sujo de sangue um balde de leite cheio do vinho que viera na bolsa.

"Digne-se, ó Ciclope", pediu de joelhos, "a provar este precioso sangue da uva que coroa corretamente um banquete grego. Foi o que conseguimos salvar no naufrágio para lhe oferecer. Ele pode acalmar seu coração enviando-nos ilesos à nossa terra e não sem algum benefício amigável. Mas a sua sede de sangue humano assustará e afastará todos os homens desta costa e nunca mais você tomará bebida tão nobre. Prove!"

O gigante pegou o balde e sorveu avidamente cada gota do vinho. Estalando os lábios, pediu que lhe dessem mais.

"É realmente uma bebida nobre, jamais vista em nossa terra! Diga, estranho, quem é você que trouxe o néctar dos deuses? Qual o seu nome?"

"Meu nome é Ninguém", respondeu o astuto Ulisses, enquanto completava o balde.

"Então, Ninguém, eu lhe concedo um benefício," soluçou o gigante numa euforia violenta, com o aroma do vinho subindo à sua cabeça. "Para recompensá-lo pela bebida, vou comer todos os seus companheiros primeiro. E você, Ninguém, será o último a morrer. Encha o balde mais uma vez!"

E novamente o vinho foi servido. Depois de tomar os três baldes cheios, o cérebro de Polifemo começou a girar enquanto seus membros falhavam assim como a voz, com a qual ele teria rugido brincadeiras brutais misturadas com elogios à bebida mágica. Cambaleando, ele tropeçou e se esparramou impotente no chão. Logo seu ronco ecoou pela caverna como um trovão retumbando, enquanto ele dormia mais e mais profundamente.

Quando tudo se acalmou, Ulisses fez sinais para sua equipe, que arrastou o enorme porrete que ele havia preparado. Assoprando o fogo, ele aqueceu a ponta até que a madeira verde quase explodiu em chamas. Foi tudo o que puderam fazer para levar a arma até o gigante adormecido. Quando Ulisses deu o sinal, eles enfiaram a ponta incandescente no olho do Ciclope e o giraram, abrindo um buraco tão profundo e tão largo que uma torrente de sangue jorrou para apagar o fogo.

O gigante beberrão se levantou com um rugido que fez com que todos recuassem. Quando ele arrancou a estaca da testa, só o que conseguiu fazer foi tatear tudo às cegas, batendo e uivando de dor e raiva daqueles inimigos insignificantes que à luz fraca do fogo poderiam ter cuidado para se manter fora do seu alcance. A fúria foi tanta que ele acordou os gigantes vizinhos que vieram correndo até a entrada da caverna e gritaram para ele:

"O que aconteceu, Polifemo, para interromper nosso descanso? Quem interrompeu seu sono? Alguém encontrou meios para feri-lo? Ou tem alguém roubando você?"

"Ninguém me machucou!", gritou o gigante cego. "Ninguém está roubando meu rebanho! Ninguém, insisto, me pregou uma peça cruel!"

"Então, se ninguém lhe fez mal, por que tanta gritaria?", resmungaram os vizinhos, enquanto Ulisses ria de sua esperteza, ouvindo o gigante perambular pelo próprio covil, e uma palavra de despedida para a vítima de um pesadelo, como eles achavam que fosse. "Se os deuses enviam dor, reze e não nos acorde mais para não ajudarmos nenhum homem mortal!"

Assim, entregue a si mesmo, o monstro cego, derramando sua raiva em lágrimas de sangue, achou inútil pôr as mãos no exultante silêncio dos inimigos, que durante toda a noite permaneceram trancados com ele na caverna. Sua mente escura estava ainda mais ferozmente empenhada em vingança contra aquele insolente

Ninguém e o resto de sua tripulação. Tateando até tocar a pedra que bloqueava a entrada, ele a arrastou para longe. Depois, sentou-se com as mãos estendidas à frente para se certificar de que nenhum dos homens passaria por seu rebanho quando a aurora rósea chamou os animais para o pasto.

Mas novamente Ulisses usou de astúcia contra o gigante de cabeça grande. Durante a noite ele estivera ocupado amarrando os maiores carneiros, três a três; e cada animal médio carregava um homem preso a ele por galhos de vime. O maior de todos ele guardou para si mesmo, rastejando sob ele, e agarrando-se ao velo grosso de sua barriga. Nesse estranho "cavalo" ele sairia por último.

Assim, quando as ovelhas e carneiros se espalharam pelas terras orvalhadas, o Ciclope, tocando cada um dos animais enquanto passavam por ele, não sentiu nada além de seus pelos. Cego como estava, ele conhecia o passo daquele grande carneiro, o orgulho do rebanho, sob o qual estava Ulisses, prendendo a respiração, quando seu dono fez o animal parar de rosnar.

"Por que ficou por último se é sempre o que lidera o caminho, como um chefe entre seus companheiros? Será que uma criatura muda lamenta o que Ninguém e seu odioso bando fizeram com seu senhor? Ah! Você poderia falar para me dizer em que lugar aquele desgraçado está escondido lá dentro, tremendo pelo momento em que finalmente vou arrancar seus miolos e aquecer meu coração com seu sangue!"

Com isso ele soltou o carneiro ainda sentado na entrada, vigilante, barrado por suas mãos enormes. Mas enquanto ele murmurava suas ameaças, em seus ouvidos cansados surgiu um grito zombeteiro vindo de fora, onde agora Ulisses tinha desamarrado um de seus homens, e todo o bando descia correndo para o navio, levando à sua frente, o rebanho do gigante.

A tripulação saudou com entusiasmo o retorno de seu capitão e ansiosos esperavam saber como ele havia se saído. Mas não era hora para palavras. Ulisses ordenou que partissem apressadamente, pegando nos remos assim que puseram os animais a bordo. Mal tinham se lançado ao mar quando o gigante tropeçou e, gritando, apareceu no topo das montanhas.

"Anfitrião ingrato!", exclamou Ulisses. "Achou que ia se empanturrar com o sangue daquele que os deuses fizeram um instrumento para punir seus modos grosseiros?"

Incapaz de ver seus inimigos exultantes, o furioso Ciclope arrancou um pedra enorme para atirar atrás deles, guiado pelo som da zombaria. Ela caiu tão perto que quase quebrou o leme, levantando uma onda que teria levado o navio de volta à praia se Ulisses não o tivesse empurrado novamente com toda sua força, enquanto os remadores dobravam as costas como se fossem suas vidas. Embora implorassem por seu silêncio, o ousado capitão não pôde deixar de levantar a voz mais uma vez, provocando arrogantemente o monstro perplexo.

"Ouça, Ciclope! Se os homens perguntarem quem o cegou e deixou seu rosto ainda mais hediondo que antes, não diga que foi Ninguém, e sim Ulisses de Ítaca, vencedor das muralhas de Troia!"

Mais uma vez o gigante arremessou um pedra imensa que, se tivesse acertado, teria esmagado o navio como uma casca de ovo. Encharcados pelos respingos da água, remaram com força e logo ficaram fora de seu alcance; mas enquanto pudessem ouvir sua voz, as maldições do gigante furioso os levaram adiante, por mares agitados. Assim, com suas artimanhas, Ulisses venceu a força bruta do Ciclope, para Minerva, deusa da Sabedoria, que o inspirou e guiou. Logo, com o coração desejoso de mais aventuras, ele navegou para outras terras maravilhosas e reuniu novos conhecimentos ano após ano.

AS SEREIAS

V.C. Turnbull

Quando o feitiço de Circe foi quebrado e ela não pôde mais manter Ulisses sob seu jugo, arrependeu-se do mal que havia feito aos companheiros dele e, em um súbito ataque de generosidade (embora inconstante e de difícil trato, ela não era totalmente ruim ou sem coração), tratou de acelerar a despedida de seu convidado. Ela não só tinha o conhecimento das ervas capazes de transformar homens em feras, mas, como deusa, podia ver o futuro e definir o que aconteceria.

Então, no dia da partida de Ulisses, Circe ofereceu um grande banquete e despediu-se dele e de sua tripulação. Eles comeram e beberam sem medo do destino que poderiam ter. Mas ela chamou Ulisses de lado, revelando tudo o que deveria acontecer durante sua viagem para casa e instruindo-o como evitar os perigos que atravessariam seu caminho. O primeiro alerta foi para que tomasse cuidado com as donzelas dos mar – as Sereias – cujas canções eram mais melodiosas que o alaúde de Apolo. Nenhum mortal era capaz de resistir ao seu encanto e quem as ouvisse estaria perdido.

Mas Ulisses, cuja alma ainda tinha sede de aventuras, disse: "Para ouvir tal música, um homem pode muito bem escolher morrer. Deixe-me correr o risco de ouvir o canto das Sereias!"

A deusa então o instruiu como, se ele seguisse seus preceitos, ele poderia ouvir as Sereias ainda vivo. Desnecessário dizer que Ulisse fez tudo o que a deusa havia proibido, e tudo o que ela previu veio a acontecer.

No dia seguinte, a tripulação embarcou e Circe enviou um vento justo que os levou rapidamente ao seu destino. Mas o coração de

Ulisses ficou pesado quando ele ponderou sobre os conselhos da deusa, pensando nas Sereias que tinham atraído tantos homens para a morte. Ele então se levantou e disse a todos os seus nomes:

"Amigos, sinto que devo contar a vocês sobre os oráculos de Circe, cujo conhecimento prévio pode evitar a nossa morte – ela me disse para evitarmos o som das vozes das Sereias e que só eu poderia ouvir o canto. Amarrem-me a algo firme, para que eu permaneça impassível em meu lugar, de pé no mastro e, no mastro, deixem as pontas das cordas amarradas. Se eu suplicar para que vocês me libertem, amarrem-me ainda mais firmemente."

Atentos, os homens prometeram obedecer a todas as ordens de seu sábio líder.

Enquanto isso, avistaram a terra e o vento de Circe continuou a acelerar o navio, transportando-o rapidamente para a costa. De repente, o vento cessou e houve uma calmaria mortal. Nenhuma ave marinha gritou, e as próprias ondas do mar pareciam estar enfeitiçadas. Ulisses então percebeu que estavam se aproximando da perigosa Ilha das Sereias. Assim, enquanto seus homens recolhiam as velas e voltavam a remar, ele desembainhou sua espada afiada e cortou em pedaços um grande bloco de cera, amassando-a com suas mãos fortes. Quando a cera amoleceu, ele a colocou nas orelhas de seus homens sentados aos remos para que não ouvissem as vozes das Sereias. E os homens, por sua vez, amarraram as mãos e os pés do líder ao mastro, na posição vertical e, do mastro, amarraram as extremidades das cordas. Depois, voltaram a seus remos e alisaram as águas.

Rapidamente, o navio acelerou pela baía; agora eles estavam próximos da costa. E ali, nas margens, estavam as Sereias, encantadoras como deusas, cantando e tocando suas liras douradas. À sua volta, havia um prado verde, muito doce aos olhos daqueles guerreiros do mar, pois os ossos brancos espalhados pareciam mais com os lírios dos quais eles se lembravam de ver nos jardins de suas casas.

O navio acelerou ainda mais e as Sereias, agora, vendo o famoso Ulisses a bordo, cantaram ainda mais docemente:

"Ó... aqui! Venha até aqui e desfralde suas velas,
Venha até aqui por mim e para mim;
Aqui, venha até aqui, saltite e brinque;
Aqui é apenas o miado que lamenta;
Vamos cantar para você o dia inteiro:
Marinheiro, marinheiro, desfralde suas velas,
Pois aqui há colinas e vales felizes
E com alegria, muita alegria, cantam os vendavais,
E o brilho dança em golfos e baías
E o arco-íris se forma e voa sobre a terra
Livre sobre as ilhas
E o arco-íris vive na curva da areia;
Aqui, venha até aqui e veja;
E o arco-íris paira sobre a onda e se equilibra.
Doce é a cor da enseada e da caverna,
E doce devem ser as boas-vindas.
Ó... aqui! Venham até aqui e sejam nossos senhores
Pois nós somos noivas alegres.
Vamos beijar doces beijos e falar palavras doces:
Ouçam, ouçam, seus olhos devem brilhar
Com prazer, amor e júbilo.
Ouçam, ouçam, seus olhos devem brilhar
Quando o claro toque dos acordes
dourados subirem o mar de cristais.
Quem pode iluminar uma costa tão feliz
No mundo todo, no mundo todo?
Para onde foram? Ouçam e fiquem: marinheiro, marinheiro, não voe mais."[3]

Então elas cantaram balançando seus braços brancos, acenando com sorrisos e girando suas liras douradas. E a voz a flutuar sobre as águas era tão doce aos ouvidos de Ulisses – doce mesmo – que, esquecendo os sábios conselhos de Circe, chamou sua tripulação para desamarrá-lo. Mas eles, com os ouvidos tampados com cera, não podiam ouvir nem ele, nem as Sereias, e remaram ainda mais rápido que antes.s velas foram içadas e o navio empurrado para o mar. A ilha das Sereias tornou-se apenas uma mancha no horizonte até sumir de vista.

Assim, seguindo os sábios conselhos da Circe de cabelos trançados, o muito experiente Ulisses e todos os seus camaradas escaparam das artimanhas das Sereias que tinham seduzido muitos até a morte.

Quando as Sereias se viram finalmente derrotadas, seu canto foi transformado em um lamento e suas vestes brancas pareciam espuma varrida pelo vento enquanto elas mergulhavam sob as ondas. Mas as Sereias são imortais, e embora nenhum homem possa agora contemplar seus seios brancos pressionando harpas douradas, suas vozes ainda são ouvidas e elas ainda cantam a mesma canção ouvida por Ulisses.

"É certo que o sono é mais doce que o trabalho na praia
Do que o trabalho no meio do oceano profundo, vento, ondas e remo;
Descansem, irmãos marinheiros, não vamos mais vagar."[4]

---

3   Alfred, Lord Tennyson, "As Fadas do Mar".
4   Alfred, Lord Tennyson, "Os Comedores de Lótus".

A HISTÓRIA DE NAUSICAA

M.M. Bird

Certa noite, Nausicaa, filha única de Alcino, o rei feácio, sonhou que a filha de Dimas, sua companheira favorita, estava ao lado de sua cama e a repreendia gentilmente. "Que vergonha, dorminhoca", ela gritou, "perdendo as horas mais brilhantes. O dia do seu casamento se aproxima e o manto nupcial e as vestes de suas damas ainda têm que ser lavados e branqueados. Levante-se e peça a seu pai que mande a carroça puxada pelas mulas. Vamos tomar banho, nós e nossos parceiros, naquela límpida lagoa, onde o rio para antes de mergulhar no mar."

Ao amanhecer, Nausicaa acordou, mas a luz do dia não dissipou seu sonho, pois foi a própria Minerva que o enviou. Ela atacou de surpresa o pai, que estava a caminho do Conselho de Anciãos, e lhe disse: "Pai querido, posso ficar com a carroça e as mulas hoje? Tem muita roupa suja a ser lavada, minhas, suas e as dos meus três irmãos que moram comigo no palácio." Mas da noiva do sonho ela não disse nada, pois era uma donzela tímida.

O pai, sorrindo diante da estranha vontade, disse: "Minha criança, leve a carroça; o que quer que nossa filha peça, nós damos."

Rapidamente, os criados prepararam a carroça e atrelaram as mulas. Eles a carregaram com os mantos e roupas sujas que a donzela trouxe de seu quarto, e a boa mãe colocou por cima uma cesta cheia de guloseimas, um odre de vinho e uma garrafa de óleo de oliva para ungir as donzelas depois do banho.

Nausicaa subiu na carroça, e o bando de donzelas correu rindo e cantando. Quando chegaram ao local onde todos os rios jogavam suas águas, desatrelaram as mulas e as soltaram para que pastassem, enquanto as garotas se entregavam alegremente às suas tarefas.

Por fim, quando toda a roupa tinha sido batida, enxaguada e posta para secar na areia quente, que brilhava à luz do sol, as donzelas se despiram e brincaram nas águas cristalinas. Cansadas do trabalho e das brincadeiras, ungiram o corpo molhado e se sentaram para descansar à sombra. Nausicaa abriu a cesta e elas beberam e comeram todas as delícias que a rainha havia preparado. Isso feito e, enquanto as roupas ainda secavam, elas resolveram jogar bola na pradaria. O tempo todo Nausicaa guiava seus movimentos, marcando o compasso de uma balada rústica.

Enquanto isso, o que as donzelas desconheciam é que, no abrigo de uma árvore de galhos baixos, Ulisses estava dormindo. Uma tempestade tinha afundado seu navio, roubando-lhe todos os companheiros, e só no dia anterior, com muita dificuldade e com a ajuda da deusa Leucoteia, ele foi salvo do mar devorador. Agarrado a um mastro, ele foi lançado na praia dos feácios depois de muitas horas sob a tempestade. Desgastado e machucado por lutar contra ondas, ele procurou abrigo sob os galhos caídos de duas velhas oliveiras. No abrigo, ele fez uma cama de folhas e logo caiu em um sono profundo, enviado em misericórdia pela sempre vigilante Minerva.

Aconteceu que durante a brincadeira das donzelas, uma delas perdeu a bola que Nausicaa atirou, caiu na corrente, e se perdeu. Todas as outras puseram-se a gritar e o barulho acordou o adormecido Ulisses.

"Ai!", ele se lamentou, "Em que costa inóspita eu vim parar? Será que é habitada por bárbaros ferozes que vão matar ou por homens que inspiram piedade? Ouço vozes de ninfas, dríades ou são donzelas humanas?"

O herói se levantou imediatamente de sua cama de folhas e, arrancando um galho verde para esconder sua nudez, deu um passo adiante para descobrir seu destino. Quando viram aquele homem primitivo e selvagem avançando, as donzelas fugiram e se esconderam entre as rochas e cavernas da costa. Menos Nausicaa. Inspirada por Minerva, com uma ousadia que não era sua, ela se levantou e observou o estranho. Estavam próximos agora, mas ele não ousou apertar os joelhos da moça, como costumam fazer os suplicantes, com medo de assustá-la, mas, mantendo distância, contou-lhe sobre os perigos que enfrentou no mar. Durante vinte noites, ele lutou contra as ondas e mal havia chegado a este refúgio. Agora, faminto e exausto, estava ansioso para saber que lugar era aquele, e o único pedido foi por alguma roupa para vestir sua nudez.

"Senhora", ele disse, com lisonja e astúcia. "Não sei se é mortal ou divina, tão bela donzela que agora vejo. Só uma vez em Delos vi alguém tão formoso: o rebento de uma palmeira que brotou no altar de Apolo."

A bela Nausicaa foi tocada por seu porte e por palavras tão cortesas, e, manchado como estava pela espuma salgada do mar, ela marcou sua feições nobres. E respondeu a suas perguntas com muita doçura, contando com quem ele havia encontrado refúgio e assegurando-lhe sua hospitalidade. Ela chamou as donzelas e as culpou por seus medos inúteis. Obedecendo às suas instruções, elas levaram Ulisses ao tanque secreto onde ele poderia se banhar, deram-lhe óleo para que se ungisse e o ofereceram uma das vestes brilhantes que tinham acabado de lavar e secar ao sol.

As donzelas contemplaram admiradas a majestosa figura do estranho quando ele voltou, banhado, ungido e vestido com a pompa da vestimenta real. Perplexa, Nausicaa olhou para ele e sussurrou uma oração ao céu para que uma esposa nobre pudesse cair em seu feliz destino.

Apressaram-se então a servi-lo, dando-lhe comida e vinho, que ele comeu e bebeu avidamente, pois estava faminto. Como a noite se aproximava, Nausicaa se preparou para voltar ao palácio de seu pai. As mulas foram atreladas à carroça. Ela então se virou para o estranho e lhe deu instruções de como chegar ao palácio. Por medo de línguas caluniosas, não permitiu que ele seguisse em sua comitiva, mas fez com que viesse atrás a uma distância conveniente. Ela prometeu ir ao pai interceder pelo estranho e o orientou que a segui-la com uma certa presteza. Aconselhou-o também a procurar a rainha Arete que, àquela hora, se encontraria ocupada com sua tecelagem. Se revelasse sua triste história ao complacente ouvido dela, poderia ter certeza da assistência e, sem dúvida, continuaria vivo para ver sua terra natal mais uma vez.

Ela pôs suas mulas em movimento, tendo o cuidado de mantê-las a uma velocidade que Ulisses pudesse acompanhá-las. Mas, quando se aproximaram da cidade, ele permaneceu durante algum tempo em um bosque sagrado enquanto a princesa Nausicaa seguia seu caminho pelas ruas lotadas, onde todos se viravam para vê-la, achando que ela nunca estivera tão bonita. Nos portões do palácio, seus irmãos se reuniram para receber de suas mãos as vestes que ela e as donzelas tinham lavado. Então, ela se apressou para chegar ao quarto da mãe. Ulisses se aproximou lentamente da famosa cidade dos feácios. Para que a aparência nobre e as vestes régias do estranho não atraíssem a atenção da multidão humilde, Minerva espalhou uma névoa sobre seu herói, onde ele poderia andar sem ser notado ou molestado. Quando ultrapassou as muralhas da cidade, ele viu uma donzela carregando um cântaro (era sua deusa disfarçada). Ele a abordou e implorou para que ela lhe mostrasse o palácio de Alcino. Isso ela fez, e só o deixou nos portões, dizendo-lhe que Arete era uma rainha graciosa e que, se ele ganhasse seu favor, ela poderia apressá-lo em seu caminho de volta para casa. Depois, ela desapareceu, deixando o herói admirar a beleza dos portões reais. Eram de latão maciço; uma cornija alta foi erguida logo acima, e ricas placas de ouro cobriam as portas dobráveis. Os pilares eram de prata. Duas fileiras de cães esculpidos em ouro e prata, formados por Vulcano com arte divina, guardavam o portão de Alcino. Dentro havia um jardim entrelaçado, plantado com árvores frutíferas de todos os tipos, cujos frutos não falhavam, tanto no inverno quanto no verão. Pera amadurecia em pereira, maçã em macieira, figo em figueira, e uvas novas avermelhavam na videira, enquanto as uvas velhas seriam pisadas no lagar.

Por muito tempo Ulisses ficou olhando e se perguntando. Depois cruzou a soleira, passando despercebido pelo salão de banquetes, e procurou a câmara interna onde estaria sentado o par real. Ele colocou as mãos sobre os joelhos de Arete e implorou por sua piedade, e sobre os do rei, por um exílio desventurado, desgastado com tristezas e muito trabalho. E então se sentou entre as cinzas da lareira.

O rei foi tomado por compaixão. Levantou o suplicante, sentando-o ao seu lado e pediu que compartilhasse de seu banquete.

Depois de fazer o devido brinde a Júpiter, o deus dos suplicantes, Alcino convocou seus capitães e príncipes para se reunirem em conselho no dia seguinte para debater a causa do estrangeiro e planejar os meios para transportá-lo em segurança para a costa distante que ele pretendia alcançar.

Quando todos partiram e Ulisses ficou sozinho com o rei e a rainha, Arete perguntou quem ele era e de onde tinha vindo, e quem havia lhe dado aquele manto. Pois ela bem conhecia as roupas que suas próprias mãos tinham feito.

Ulisses respondeu com a história de seu naufrágio e os cuidados gentis de sua bela filha. Mas seu nome ele não revelou. Alcino porém respondeu: "Minha filha teve muita culpa por não trazê-lo à nossa casa. De bom grado eu a daria a um homem tão bom quanto você, e lhe daria terras e riquezas se você ficasse. Mas não vou deter homem algum contra sua vontade. Se você partir, eu lhe darei navios e uma escolta para apressar seu caminho."

No dia seguinte, houve festa no salão para entreter o convidado, e Demódoco, o famoso menestrel estava lá, e cantou a Canção de Troia, de Agamenon e Heitor, sim, e da rixa entre Aquiles e Ulisses. Enquanto ouvia, Ulisses puxou o manto sobre a cabeça para esconder suas lágrimas.

Depois do banquete, houve jogos – corrida, luta livre e lançamento de disco. E, quando foi convidado a testar sua força, o estranho arremessou uma pedra enorme que voou duas vezes mais longe que a malha mais distante. Até hoje os ilhéus apontam para os viajantes a pedra de Ulisses.

À noite, novamente houve festa no salão. E Ulisses, ao sair do banho, ungido com óleo e vestido com o manto real que Alcino lhe dera, a caminho da festa, encontrou Nausicaa, com os braços brancos, parada na porta. "Adeus, estranho", ela sussurrou. "Parta em paz, e em sua casa distante pense às vezes na pequena donzela que o salvou do mar."

E Ulisses respondeu: "Nausicaa, devo minha vida a você. E, se Deus permitir que eu chegue à minha casa, vou passar todos os meus dias adorando você, como a um deus."

Então ele se juntou aos outros convidados e se sentou no lugar que lhe fora designado, à direita de Alcino. Vendo que Demódoco, o doce menestrel, estava parado junto a um pilar, chamou um capanga e disse: "Tire de mim essa bagunça de javali e, depois que ele tiver comido e bebido, peça que ele cante para mim, como quiser, a canção do Cavalo de Madeira." E o menestrel inspirado lhe trouxe de volta, de forma muito vívida, a história do fogo e da carnificina, levando Ulisses às lágrimas. Alcino perguntou se ele tinha perdido algum parente na briga ou algum amigo mais querido que um irmão. Foi então que Ulisses revelou seu nome, e contou ao rei a história completa e verdadeira de todas as suas andanças desde a queda de Troia até o naufrágio que o levou àquela costa.

Quando a longa história terminou, Alcino se dirigiu ao nobre convidado. "Vamos apressar as despedidas ao mais corajoso e nobre homem que já visitou a nossa terra. Eu mesmo lhe dei vestes e ouro, mas cada um de vocês dará a ele um tripé ou um caldeirão como lembrança."

As ordens reais foram cumpridas e o próprio Alcino viu todos os presentes guardados com segurança no navio que ele tinha providenciado. Depois eles brindaram e Ulisses se despediu de seus generosos e bondosos anfitriões. Desgastado com as emoções de todas aquelas horas, ele se enrolou em seu manto e se deitou na popa para dormir, enquanto as velas estendidas pegaram o frescor da brisa, levando a galera para o alto-mar.

Quando a estrela da manhã brilhou no céu, as colinas de Ítaca apareceram como uma nuvem no horizonte e, ao romper do dia, o navio atracou em uma pequena baía e encalhou na areia. Vendo que Ulisses ainda dormia profundamente, os marinheiros o levaram gentilmente ao seu leito e o colocaram na costa rochosa de sua própria Ítaca. Os presentes reais de Alcino foram deixados ao seu lado, à sombra de uma oliveira selvagem. Em seguida, com seu próprio chamamento, correram de volta.

Assim, mais uma vez, Ulisses chegou à sua terra natal, mas não ao fim dos perigos que ainda teria que enfrentar.

A VOLTA DE ULISSES

M.M. Bird

Depois de dez longos anos de luta, Troia caiu e os reis e capitães partiram, levando para a Grécia os despojos da cidade saqueada. Entre os chefes estava Ulisses, senhor da pequena ilha rochosa de Ítaca, e ninguém mais famoso que ele pela destreza com as armas pelo espírito de sabedoria que a deusa Minerva colocou no coração de seu guerreiro preferido.

Mas enquanto os outros líderes procuraram imediatamente suas casas, Ulisses vagou pelos mares por mais dez anos. A deusa Juno não o amava e o tirou de seu curso várias vezes. Ele, sempre ansioso por ganhar conhecimento sobre as terras e os homens, encontrou as mais estranhas aventuras em suas andanças, algumas das quais você ficou sabendo. Porém, é sobre a volta dele à própria casa que vou lhe contar.

Mas os perigos e aventuras dele ainda não tinham terminado e, sem a ajuda de Minerva, ele certamente morreria.

Quando chegou à costa rochosa de Ítaca, ele se viu como um ser totalmente estranho em sua própria terra depois de vinte anos de ausência. Aconselhado por Minerva, ele se disfarçou como um mendigo para descobrir algo sobre seu reino antes de fazer-se conhecido. A rainha Penélope passou por grandes problemas e complicações durante todos esses anos. Ela havia cuidado de todas as terras e dos vastos rebanhos responsáveis por toda a riqueza do reino. Muitos de seus servos se mostraram tanto desonestos quanto rebeldes, e vários príncipes dos reinos vizinhos vieram em busca de sua mão para um eventual casamento. Todos esses homens imaginaram que Ulisses devia ter morrido ou já teria aparecido para retomar suas terras. Telêmaco, seu jovem filho, tinha acabado de chegar à idade adulta, mas ainda não era forte o suficiente para expulsar os ousados pretendentes de sua mãe e restabelecer a ordem no reino. Assim, vários pretendentes continuaram morando no palácio, festejando diariamente e desperdiçando os bens e o gado com suas extravagâncias, enquanto insistiam com Penélope para que se casasse com um deles e lhe desse o direito de governar o reino em seu lugar. Ela não concordava e jamais permitiria, pois amava Ulisses e chorou sua ausência em segredo, ansiando por sua volta, embora ela já não esperasse por isso depois de tantos anos sem notícias.

Por fim, Telêmaco foi estimulado por Minerva a partir para procurar o pai. A deusa o acompanhou sob o disfarce de um velho sábio chamado Mentor, para ajudá-lo na busca. Após uma peregrinação perigosa, ele chegou a Esparta, governada pelo rei Menelau, que lhe deu notícias de Ulisses e o aconselhou a voltar de uma vez para Ítaca, já que seu pai estava a caminho de lá. Telêmaco se apressou e, chegando antes do esperado, foi em segredo para a casa de Eumeu, um fiel servo do rei, que por muitos anos ocupou o posto de pastor-chefe e guardião do rebanho. Era um cargo de confiança, pois grande parte da riqueza do reino se concentrava no rebanho de suínos, necessários para os sacrifícios aos deuses, além de fazer parte da alimentação humana.

A essa altura, Ulisses já havia chegado à casa de Eumeu, que o recebera e alimentara gentilmente, embora não tivesse reconhecido o rei no velho mendigo que encontrou à sua porta. Para esse mendigo ele se queixou da substância desperdiçada do rei e do comportamento insuportável dos pretendentes da rainha. Os contos de seus feitos fizeram ferver o sangue de Ulisses. Ele mal podia controlar sua indignação para sustentar o caráter de um mendigo errante a quem essas coisas não diziam respeito. Mas foi tão bem-sucedido que Eumeu não suspeitou quem poderia ser seu estranho convidado.

Quando Telêmaco apareceu, Eumeu o cumprimentou com a ternura de um pai, pois o amava demais, e logo se apressou a anunciar a alegre notícia de seu retorno para sua mãe Penélope. Quando ficou sozinho, Ulisses jogou fora seu disfarce e se declarou ao filho. Por muito tempo, eles discutiram a melhor forma de se vingar desses príncipes insolentes e perversos, que conspiravam para privá-los de seu reino. E acabaram decidindo que, como eram muitos e poderosos, seria necessário ter cautela para superá-los com astúcia. Por isso, Telêmaco partiu para o palácio e não contou a ninguém sobre o retorno de Ulisses, nem mesmo para sua mãe, a rainha.

Os pretendentes planejaram uma emboscada para matar o jovem príncipe enquanto ele voltava para casa, depois de sua jornada em busca do pai. Mas, graças à sua chegada secreta e inesperada, ele escapou.

De acordo com o costume diário, eles se sentaram para um banquete no salão do palácio, onde Telêmaco, dando a impressão de grande amizade, juntou-se a eles. Ali, Eumeu convenceu seu hóspede idoso a acompanhá-lo. Com seus trapos esvoaçantes e apoiado em seu cajado, como se estivesse sobrecarregado pela idade e pela fraqueza, Ulisses passou pela entrada do palácio que era seu. Do lado de fora do portão, foram recebidos por Melanto, o mordomo infiel, cujas más ações o fizeram mostrar despeito e ciúmes ao inocente Eumeu. Ele avaliou profundamente o velho mendigo e o mandou embora. Quando ele protestou, amaldiçoou-o e murmurou uma oração para que a espada de algum pretendente perfurasse o coração de Telêmaco, para livrá-los de um filho não melhor que seu pai morto. Ulisses ficou mudo em um momento de fúria, duvidando se conseguiria derrubar o miserável com um golpe de seu braço poderoso. Mas prevaleceram os conselhos mais sábios e ele refreou sua raiva, suportando todas as afrontas e insultos com uma força nobre, aguardando o momento certo para atacar.

Passando pelo insolente Melanto com desdém, aproximaram-se da porta. Deitado sobre um monte de esterco ao longo do caminho, Ulisses viu seu velho cão, Argos, o herói de muitas perseguições, Agora negligenciado, faminto e abandonado, ele rastejou para morrer. Porém, ao ouvir a voz de seu mestre, ele se esforçou em vão para erguer o corpo, fraco demais, para sair do lugar em que estava. E, com a cauda, as orelhas e os olhos, ele proclamou sua alegria. Uma lágrima desceu despercebida pelo rosto de Ulisses. Ele questionou Eumeu sobre o cachorro e, ao fazer uma pausa, a nobre criatura, a quem o destino havia concedido uma visão de seu mestre após vinte anos de paciente espera, deu uma última olhada e morreu.

Quando Eumeu introduziu o velho mendigo no salão de banquetes, fiel à figura que havia assumido, Ulisses foi até cada comensal, implorando por comida. Alguns, descuidadamente, atiraram-lhe uns poucos pedaços, entregando prontamente o que não era deles, mas Antínoo, o mais sem lei e violento de todos os pretendentes insultou-o e jogou uma banqueta, que atingiu seu ombro. Telêmaco protestou indignado contra esse ato de violência, e Ulisses foi autorizado a se sentar à porta, com o alforje cheio de sobras da farta mesa dos príncipes.

Logo entrou outro mendigo, um rabugento de grande estatura, chamado Irus, bem conhecido na mesa dos ricos, que ficou furioso ao saber que outro mendigo havia estado lá antes dele, e atacou o velho, aos gritos, desafiando-o para uma luta, achando-o fraco demais para se defender.

Os príncipes o aplaudiram e insistiram na luta entre os dois mendigos. Ulisses fingiu temer, mas, quando tirou os trapos, exibiu seus membros compactos e os grandes músculos. Todos olharam atônitos para ele e Irus tentou escapar, mas foi pego e arrastado até Ulisses, e forçado a se envolver no embate que havia provocado. Ulisses, ciente que sua própria força era invencível, não atacou com mais da metade de sua força, mas o primeiro golpe quebrou a vigorosa mandíbula do mendigo, levando-o ao chão, de onde foi incapaz de sair. A Ulisses, pela vitória, foi dado como prêmio um saboroso ensopado de carne.

Quando todos os comensais estavam mergulhados em seus copos, Ulisses e seu filho Telêmaco saíram furtivamente do salão e conversaram em segredo. Depois, reuniram as melhores armas no arsenal e esconderam em uma câmara conveniente, para tê-las à mão em caso de necessidade.

Telêmaco então levou Ulisses aos aposentos de sua mãe, Penélope, que não conseguiu perceber o disfarce, mas ouviu com avidez o relato do mendigo sobre suas andanças e aventuras. O homem alegou ter recebido o marido dela em Creta, descreveu com exatidão sua aparência e declarou, para a alegria dela, que seu retorno dentro de um mês era certo. Penélope então o mandou para o banho e pediu a Euricleia que o servisse. Euricleia tinha sido sua criada quando ele era criança, e seu coração se compadeceu do estranho, pois no olhar e na voz dele havia algo que a fazia lembrar de seu senhor ausente. Alegremente, ela foi buscar água para refrescá-lo e ajoelhou-se diante dele para lavar seus pés. Ele se lembrou da longa cicatriz na coxa, feita pela presa de um javali que, quando jovem, caçara no Monte Parnaso, e se esforçou para mantê-la escondida. Mas os olhos amorosos de sua fiel camareira atravessaram as vestes esfarrapadas que ele usava, e ela o reconheceu como seu senhor e mestre. "Meu filho – meu rei!", gritou. Ele colocou a mão sobre seus lábios para conter o grito de alegria e a advertiu para não trair sua volta.

Quando saiu do banho, a rainha ainda mais impressionada com sua nobre presença, embora ainda não o conhecesse, confidenciou-lhe um desígnio que havia planejado para ajudá-la na escolha de um dos pretendentes que lhe eram desagradáveis. Ela imaginou impor a eles uma tarefa sobre-humana: curvar o grande arco de Ulisses e realizar a proeza na qual ele costumava se destacar. Duas fileiras de barras, seis em cada linha, deviam ser colocadas a distâncias iguais, para suportar doze anéis de machado de prata e, através de cada linha de seis anéis, o arqueiro tinha que lançar sua flecha reta e certeira. O nobre arqueiro que realizasse o feito seria recompensado com sua mão.

Ulisses aplaudiu a ideia, exortando-a a não temer nomear ela mesma o prêmio, já que o próprio Ulisses entraria nas listas antes do fim do julgamento, ganharia o prêmio e a reivindicaria para si.

No dia seguinte, outra grande festa foi organizada e os príncipes se sentaram para se regalar. A essa altura, Ulisses tinha observado o comportamento de seu povo, e agora entendia quem era fiel a ele e quem não merecia sua confiança. Nesse cenário, Penélope entrou com suas donzelas, trazendo o grande arco e as flechas de Ulisses, e desafiou os príncipes a curvar esse arco e atirar a flecha através dos anéis de prata, como seu senhor Ulisses estava acostumado a fazer, prometendo que aquele que conseguisse seria seu marido.

As barras já estavam no lugar, e Telêmaco reivindicou o direito de ser o primeiro entre os pretendentes a testar sua habilidade, já que a vitória significava para ele a salvaguarda de um reino já seu por direito de descendência. Ele pôs os machados em linha sobre as barras, com os anéis prontos para o voo de sua flecha. Três vezes seu braço jovem tentou curvar o arco, três vezes ele falhou.

Então, todos os príncipes, em ordem, da direita para a esquerda, pegaram o arco e testaram sua habilidade. Em vão, todos esticaram seus músculos, passaram gordura no arco, aqueceram-no para deixá-lo flexível e tentaram curvá-lo. O arco resistente não se moveu em suas mãos impias!

Enquanto os homens se empenhavam, Ulisses tirou do grupo Eumeu e Fileto, um vaqueiro que lhe tinha permanecido fiel, e revelou-se a eles. Depois deu ordens para que todas as portas do palácio fossem guardadas por uma matrona de sua confiança, e o portão principal protegido por uma corrente. E ordenou também que o atendessem no salão. Telêmaco havia mandado a mãe e as criadas para seus próprios aposentos e, reafirmando sua autoridade, mandou Eumeu levar o arco para o mendigo disfarçado, para que ele também pudesse testar sua força e habilidade. Todos os pretendentes ficaram furiosos diante desse favor concedido a um mendigo. Em meio a uma cena de tumulto e confusão, Ulisses, sem se levantar de seu assento, curvou o arco e enviou sua flecha em linha reta através dos anéis de prata. Um espantoso silêncio tomou conta do lugar. Telêmaco se apressou para cingir sua espada e, com o arco na mão, ficou ao lado de seu pai. Ulisses anunciou para os pretendentes que tinha vencido a primeira partida do dia e estava pronto para disputar mais uma série. E outra flecha voou direto para a garganta de Antínoo, que estava tomando vinho. A flecha perfurou seu pescoço. Ele soltou a taça e caiu sem vida sobre o chão de mármore.

Houve pânico no corredor. Os príncipes procuraram armas ou uma maneira de escapar da desgraça que os ameaçava. "Está mirando nos príncipes?", gritaram para Ulisses aterrorizados.

"Cachorros! Vocês tiveram o seu dia!", ele gritou, dizendo seu nome e quem ele era. Alguns desembainharam a espada e avançaram sobre ele. Mas as flechas voadoras e o dardo do jovem Telêmaco os atingiram e eles caíram mortos, uns sobre os outros. Todos morreram. O salão ficou totalmente destruído.

Os servos infiéis foram obrigados a limpar o palácio e depois pagaram seus crimes com suas vidas, enquanto os que tinham sido fiéis a seu senhor comemoram alegremente ao seu lado.

Euricléa voou para chamar Penélope, que dormia. Ela foi incapaz de acreditar nas boas novas. "Ulisses voltou! Os pretendentes não existem mais!" Incrédula, ficou trêmula diante de seu senhor, ainda com medo de acreditar que era ele. A idade e o tempo pareceram tê-lo tornado um estranho aos seus olhos.

Minerva então coroou o cuidado vigilante do herói e lhe devolveu a beleza de sua juventude. Mas ainda assim a rainha hesitou. Por isso, Ulisses descreveu as maravilhas do leito nupcial que havia planejado para ela sob a enorme oliveira que crescia no pátio.

Só então Penélope viu que era realmente o rei, o único que conhecia o segredo a respeito da cama. Em um arrebatamento de alegria, ela caiu desmaiada nos braços do amado, e Ulisses retomou mais uma vez seu domínio sobre o reino.

BAUCIS E FILÊMON

H.P. Maskell

Nas encostas das colinas frígias, morava um velho e piedoso casal, Baucis e seu marido Filêmon. Apesar da pobreza, passaram a vida toda em uma casinha de varas, coberta de palha, muito felizes. Os servos nunca os incomodavam pois eles cuidavam de si mesmos, sem ter que considerar os caprichos de outras pessoas, pois eram seus próprios senhores.

Certa noite no final de outono, o digno casal de velhos cochilava ao lado da lareira, quando dois estranhos vieram implorar por um abrigo para passar a noite. E precisaram se curvar para passar sob a porta, sendo calorosamente recebidos pelo velho que lhes mostrou o banco onde poderiam descansar as pernas. Enquanto isso, Baucis agitou as brasas, soprando-as em uma chama de folhas secas e cortando a lenha para que a panela fervesse. Pendurado nas vigas enegrecidas havia um pedaço de toucinho embolorado. Filêmon pôs uma fatia para assar. Enquanto seus convidados se refrescavam num cocho, ele recolheu potes com as ervas que havia em seu jardim. A velha, com as mãos trêmulas pela idade, pôs a mesa. Era um móvel velho e frágil. Uma das pernas era muito curta e teve que ser apoiada sobre cacos de cerâmica.

Foi apenas uma refeição frugal, mas os estranhos, famintos, puderam se fartar. O primeiro prato foi uma espécie de omelete feita com leite coalhado e ovos, guarnecida por rabanetes e espigas de milho cristalizadas, servidas em travessas de carvalho. As taças de faia estavam cheias de vinho caseiro, servido em uma jarra de barro. No segundo prato, havia nozes, figos secos e tâmaras – ameixas também, e maçãs perfumadas, uvas e um pedaço de favo de mel branco e transparente. O que deixou os viajantes ainda mais agradecidos foi o espírito cordial com que tudo foi oferecido. Os anfitriões deram tudo o que podiam sem restrições ou hesitação.

Mas, de repente, aconteceu algo que deixou Baucis e Filêmon surpresos e espantados. Eles serviam vinho para seus convidados e... a cada vez, o jarro se enchia novamente até a borda! Eles então se ajoelharam e pediram perdão aos visitantes, porque agora viam que eles não eram meros mortais. De fato, eram ninguém menos que Júpiter e Mercúrio, que desceram à Terra disfarçados. O velho casal pediu desculpas. Devido à sua pobreza e falta de tempo, eles não foram capazes de lhes proporcionar uma hospedagem melhor. E Filêmon apressou-se e perseguiu seu único ganso, que lhe servia de cão de guarda, com a intenção de matá-lo e assá-lo para os convidados. Mas estes o proibiram, dizendo: "Viemos de cima e descemos para punir os ímpios habitantes das planícies. Descemos na forma mortal e pedimos hospedagem e descanso em cem casas. Como resposta, cem portas foram batidas e trancadas na nossa cara. Só vocês, os mais pobres de todos, nos receberam com alegria e nos deram o que tinham de melhor. Agora cabe a nós punir aqueles que tratam estranhos com tanta grosseria, mas vocês serão poupados. Apenas saiam de sua casa e sigam-nos até o topo da montanha."

As divindades então lideraram o caminho até a colina, e o casal coxeou atrás deles com suas muletas. Logo pararam para descansar e, olhando à sua volta, viram toda a região se afundando em um pântano, deixando sua casinha de pé. E, enquanto olhavam, diante de seus olhos ela foi transformada em um templo. As estacas do alpendre se transformaram em colunas de mármore, e a porta se expandiu em um grande portão de bronze esculpido. A palha ficou amarela até que se tornou uma cobertura de telhas douradas. Júpiter então, olhando-os com olhos bondosos, perguntou: "Digam-nos, bons velhinhos, que bênçãos desejariam de nós?"

Filêmon sussurrou por um momento e Baucis lhe deu sua aprovação. "Desejamos ser seus servos e cuidar desse templo. E um outro favor que só nós poderíamos pedir. Desde a infância, amei apenas Baucis, e ela viveu só para mim: que a mesma hora nos leve embora juntos. Que eu nunca veja o túmulo de minha esposa, nem que ela sofra a miséria de lamentar a minha morte."

Voluntariamente, os deuses concederam ambos os pedidos e os dotaram de juventude e força. Enquanto suas vidas duraram, Baucis e Filêmon foram os guardiões do templo. E, quando mais uma vez a velhice e a fraqueza os atingiram, eles estavam diante do pórtico sagrado, contando aos visitantes a história do templo. Baucis voltou seu olhar para o marido e o viu se transformando lentamente em um carvalho retorcido. E Filêmon, ao se sentir enraizado no chão, viu Baucis ao mesmo tempo se tornar uma tília frondosa. E, enquanto seus rostos desapareciam atrás da folhagem verde, um gritava para o outro: "Adeus, querido amor"; e de novo: "Querido amor, adeus". E os troncos e galhos tomaram o lugar de suas formas humanas.

Por longos anos, essas duas árvores foram apontadas por todos os que vinham adorar o templo. Muitos gostavam de trazer guirlandas e pendurá-las nas árvores, em homenagem às duas almas cuja virtude os deuses tão claramente tinham recompensado.

Ainda hoje, se você visitar o local, poderá ver um carvalho e uma tília com os galhos entrelaçados. Que outras provas você poderia ter de que essa história é verdadeira?

Júpiter e Mercúrio com Filêmon e Baucis, por Peter Paul Rubens.

HIPERMNESTRA

V.C. Turnbull

Danaus e seu irmão gêmeo Egisto governaram juntos o Egito. De Danaus nasceram cinquenta filhas, enquanto Egisto gerou cinquenta filhos. No entanto, Danaus não era feliz e passava todos os seus dias com medo, pois a misteriosa voz do Oráculo de Tebas havia soado terrivelmente em seus ouvidos:

QUANDO SUA FILHA SE CASAR, DANAUS,
VOCÊ SERÁ CONDENADO À MORTE!

Danaus jamais conseguiu tirar essas palavras da cabeça. Caminhando sozinho pelos jardins de seu palácio, assustou-se, achando que tinha alguém sussurrando em seu ouvido. No banquete, elas soaram como trovões sobre o canto dos menestréis. E, à noite, ele tremeu em sua cama, ouvindo a sentença do oráculo em voz baixa na escuridão. Por isso, a vida de Danaus mostrou-se sombria e amarga. E seu coração, pelo medo, tornou-se duro e cruel.

Agora os filhos de Egisto, já crescidos, tinham se tornado jovens graciosos. Para o pai, parecia apropriado que eles se casassem com suas primas, as filhas de Danaus, todas elas lindas donzelas. Quando falou sobre isso com o irmão, um grande terror caiu sobre Danaus. Por lançar o olhar sobre os jovens enquanto eles disputavam seus esportes, ele pensou com amargura: "Sim, e se um deles for meu assassino?" Com medo e raiva, ele se virou para o irmão e, rosnando como um lobo, gritou: "Filho meu não se casa com filha sua!" Egisto então se enfureceu, jurando cumprir seu propósito, de modo que Danaus, sempre mais astuto que valente, corrigiu suas palavras precipitadas e prometeu contar às filhas sobre a vontade de seu tio.

Mesmo assim, naquela noite, Danaus reuniu suas filhas, seus escravos e seus bens e deixou secretamente o palácio, indo para o norte, para a costa do Grande Mar, onde embarcou rumo a Argos, na Grécia. Gelanor, rei dos Argos, recebeu Danaus e suas filhas com muita gentileza e lhes ofereceu um grande banquete. Mas o coração de Danaus não conhecia gratidão e, tendo deixado o trono do Egito, procurou tomar o de Argos. Nem foi difícil, pois Gelanor estava em conflito com seu povo, que estava pronto para buscar um novo governante. Assim, quando Danaus disse belas palavras, prometendo muitas coisas, o povo, satisfeito, lhe deu atenção e antes que se passassem muitos dias Gelanor foi expulso e Danaus governou Argos em seu lugar.

Mas ele não ficou em paz por muito tempo, pois seu irmão Egisto, louco para encontrá-lo, e ciente de sua sorte em Argos, reuniu seus filhos e disse: "Meus filhos, vocês se deixarão enganar? Esse homem roubará de vocês suas noivas e governará em paz em um trono que ele roubou? Não. Se vocês são meus filhos, vão, reúnam um exército poderoso e tomem dele suas filhas e sua terra, e os deuses protegerão seus direitos e os farão prosperar."

Inflamados pelas palavras do pai, os jovens se reuniram rapidamente em uma hoste e partiram em uma frota rumo a Argos, eles atormentaram o país antes que Danaus soubesse de seu desembarque. Quando correram para avisá-lo de sua chegada, um grande temor invadiu seu coração, pois no Egito, mais alto que nunca, soou em seu ouvido:

QUANDO SUA FILHA SE CASAR,
DANAUS, VOCÊ SERÁ CONDENADO À MORTE!

Assim, com o coração cheio de medo e ódio, mas com palavras suaves nos lábios, ele foi ao encontro dos jovens e seus seguidores, que estavam nos portões do palácio. Tudo o que exigiram, ele prometeu.

"Casem-se com minhas filhas!", ele gritou. "Governem Argos no meu lugar, pois estou velho e cansado de cuidar de um povo estranho!"

Assim, os jovens foram admitidos no palácio, e as donzelas receberam os primos com alegria e festas. E o dia de seus casamentos foi marcado.

Mas antes que o dia chegasse, o astuto Danaus chamou suas filhas e advertiu-as do perigo que corriam e sugeriu que matassem seus maridos assim que se casassem. E, para cada uma, ele deu um punhal afiado que deveria ser escondido sob o vestido de noiva. As jovens concordaram e se propuseram a obedecer ao pai. Muitas eram cruéis como ele, enquanto outras não se preocupavam com seus maridos, mas temiam desobedecer ao pai. Por isso, assim que o pai saiu e que elas se reuniram na câmara das mulheres, só se ouviu uma voz que falava sobre a sabedoria de obedecer à sua palavra.

Mas a mais nova delas, Hipermnestra, ficou em silêncio. Seu coração era terno e piedoso, e Linceu, seu noivo, o mais novo e justo dos filhos de Egisto. Os dois então mudaram seu coração para amarem e serem ternos. Como suas irmãs, ela temia o pai e jamais tinha desobedecido a ele. Mas o amor dominou o medo e a piedade foi mais forte que o amor filial.

O dia dos casamentos chegou e, à noite, uma grande festa se espalhou. Lâmpadas douradas derramaram seu brilho por todo o palácio, e nuvens de incenso subiram do altar de Himeneu, o deus do casamento feliz. Mas Hipermnestra, com o coração ferido, não gostou do que foi servido e a fumaça dos incensos parecia sufocá-la.

A festa acabou e os jovens noivos, com coroas de flores frescas, e usando vestes nupciais, tinham tomado vinhos adulterados e estavam entorpecidos quando chegaram aos seus aposentos – pareciam cordeiros indo para o abate!

Hipermnestra sentou-se em seu sofá, esforçando-se muito para ouvir o que parecia ser um gemido. Suas irmãs estavam obedecendo às ordens do pai e só ela se atreveu a não cumpri-las? Ao seu lado dormia Linceu, banhado pelo vinho, com a cabeça jogada para trás e o peito nu. Mais perto e mais alto soaram os gemidos e ela sabia que Danaus viria rapidamente para contar os mortos. Aterrorizada, ela levantou sua arma e teria atingido primeiro o marido e depois ela mesma.

"Na Terra", ela chorou, "não há fuga. Vou morrer com meu amor, e juntos vamos para o reino do Tártaro, eu, a noiva, e ele, o noivo da Morte."

Mas, como ela se inclinou sobre o adormecido Linceu, suas lágrimas quentes o acordaram, e ele esticou os braços para abraçá-la. Culpada, ela escondeu seu punhal e chorou pelo marido. "Levante-se! Voe daqui! Do contrário, para você, esta noite será eterna!"

"O que está dizendo?", ele murmurou, meio acordado. "Está zombando de mim? Isso na sua mão esquerda é um punhal?"

"Levante e voe enquanto ainda há tempo!" E chorou mais uma vez. "Seus irmãos já estão mortos, traiçoeiramente mortos por suas esposas. O amanhecer está próximo. Logo será tarde demais. Deixe-me! Vá embora! Não vou suportar ver você morto!"

Linceu então se levantou e fugiu. Mas havia saído quando Danaus, regozijando-se com suas vítimas, entrou para ver se Hipermnestra tinha sido obediente como as irmãs. Mas ela, já não tão temerosa, levantou-se e encarou o pai, segurando o punhal limpo.

"Tome sua arma de volta, pai cruel!", ela gritou. "E, se quiser me ferir com ela, mate-me com a morte que seria do meu marido. Mas nem pela morte em si você me ouvirá dizer: 'Eu me arrependo'."

Forte e bonita ela ficou, com os olhos brilhantes por seu triunfo. Mas o pai, enfurecido com a fuga de uma vítima, atirou-a ao chão, ordenando que os escravos a arrastassem pelo cabelo até a masmorra do palácio. E não muitos dias depois, sentados na corte, ele mandou que a trouxessem para ser condenada por sua desobediência.

Os escravos então arrastaram Hipermnestra, e ela ficou ali, diante de uma multidão, com correntes nos pés e nas mãos, o vestido branco sujo pela masmorra, mas com a luz do triunfo ainda brilhando em seus olhos. Ao vê-la, o povo gritou a uma só voz:

"Poupe-a, rei cruel!" Mas Danaus, lembrando-se do oráculo, rangeu os dentes, e se levantou como se fosse ferir Hipermnestra com as próprias mãos. Nesse momento, como um trovão, uma voz atingiu seus ouvidos:

"Espere, rei amaldiçoado!" A multidão imediatamente abriu caminho para um jovem guerreiro passar. Como um jovem deus, Linceu atacou Danaus e o matou. O povo todo o aclamou como rei de Argos, e sua esposa Hipermnestra como rainha.

Mas as culpadas irmãs de Hipermnestra, vendo o que tinha acontecido, fugiram de Argos, para onde não se soube. Os poetas contam que depois da morte, suas sombras no Tártaro foram condenadas a tirar cada vez mais água de urnas sem fundo, um aviso a todas as falsas esposas e traidores. Mas Hipermnestra ganhou para si um nome que viverá para sempre como uma donzela terna e verdadeira, que amou e ousou muito.

ÉDIPO EM COLONO

Guy E. Lloyd

Não muito longe da bela cidade de Atenas, e diante da cidadela coroada pelo templo, a Acrópole, fica a vila de Colono.

A encosta da colina foi, um dia, um sagrado bosque de louros, cujos galhos sempre verdes adornam o cabelo de Apolo; de olivas, plantadas pela deusa de olhos cinzas, Minerva, protetora de Atenas; e de videiras, presente de Baco.

A esse bosque, um dia, veio um velho cego e mesquinho, mas com todo aquele aspecto venerável e nobre, o infeliz rei Édipo, levado por sua filha Antígona, único amparo e conforto de sua velhice.

Triste, de fato, tinha sido o destino de Édipo. Foi decretado pelos deuses imortais que ele deveria matar seu pai, o rei Laio. E, enquanto Édipo ainda era um bebê, Laio ordenou a seus servos que pegassem a criança e a deixassem entre as rochas nuas do monte Citerão. Ali, a criança abandonada foi encontrada por um pastor que o levou para longe de Tebas, sua própria cidade, para Corinto. A rainha Mérope por acaso viu o menino e, impressionada pela semelhança com o filho que acabara de perder, o adotou, e ele foi criado em seu palácio, acreditando ser verdadeiramente filho daqueles com quem morava. Mas tendo aprendido no Oráculo de Delfos que estava condenado a matar o próprio pai, ele deixou Corinto para escapar da desgraça, que caiu sobre ele no caminho sem que percebesse. Pois Édipo encontrou um velho enfurecido em uma carruagem, que tentou tirá-lo do caminho. Para se defender do aguilhão do velho, feriu-o com seu cajado e o matou, sem saber de quem se tratava. O velho era seu pai, Laio, o rei de Tebas.

Édipo, viajando, sem pensar em se afastar de Corinto para evitar toda a possibilidade de parricídio, chegou por acaso à sua própria cidade desconhecida, Tebas. Ali, ele livrou o povo de uma praga monstruosa, a Esfinge, e eles o escolheram por aclamação como seu rei. Depois disso, ele os governou bem até que a ira dos deuses caiu sobre eles pelo assassinato não vingado de seu rei. Édipo então decidiu procurar o matador de Laio. Depois de uma busca diligente, descobriu, no final, que ele mesmo havia matado o rei, e que o rei era seu próprio pai. Na dor e no horror por seu crime involuntário, ele furou e dilacerou os próprios olhos. Para coroar seu cálice de dores, foi expulso de casa por seus filhos perversos e ambiciosos, e vagou pelo mundo como um mendigo cego, guiado e ajudado por sua fiel filha Antígona.

Depois de muito vagar, estavam desgastados e com fome quando entraram no bosque sagrado de Colono para descansar. Antígona adivinhou que a colina coroada de torres que ela viu diante de si guardava Atenas, mas ela não sabia onde seria o local em que o pai descansaria, e estava prestes a procurar alguém a quem perguntar, quando, por acaso, um homem passou pela estrada. Édipo começou a pedir ao estranho que lhes contasse um pouco sobre o lugar para onde suas andanças o tinham trazido, mas o homem interrompeu, ordenando que ele se levantasse imediatamente, pois aquele bosque era o lar do pavor e das deusas poderosas, e nenhum homem fora autorizado a pisar dentro do recinto, ou mesmo aproximar-se dele. Então, Édipo perguntou o nome das deusas. O próprio viajante as chamou de Eumênides, as Benevolentes. Em Atenas, elas eram conhecidas como as Semnai, ou Deusas Veneradas; mas seu nome era Erínias, ou Vingadoras do Sangue.

Ao ouvir isso, Édipo ficou feliz, pois o Oráculo havia prometido que o fim de todas as suas aflições viria quando ele chegasse ao santuário das Deusas Veneradas, e que, como um sinal de que seus problemas haviam terminado, viria um trovão de um céu sem nuvens. Além disso, o Oráculo pressagiou que a terra que lhe deu enterro seria abençoada. Por isso, Édipo implorou ao estrangeiro que fosse imediatamente chamar Teseu, o grande e justo rei de Atenas. Enquanto isso, os tebanos também ouviram do Oráculo que a paz e a prosperidade deveriam ser o último lugar de descanso do Édipo, desgastado pelo trabalho, e mandaram procurá-lo e trazê-lo de volta para sua própria cidade.

Foi perto do bosque das Deusas Veneradas que os tebanos encontraram seu rei sem coroa. Mas ele se recusou a voltar a uma terra que o expulsara de suas fronteiras, preferindo morrer onde estava, na terra que o adotou, o hospitaleiro estado de Atenas. Mas os tebanos ficaram irritados com a recusa e aprisionaram e levaram sua fiel filha Antígona.

O velho rei estava em grande aflição; mas, quando apelou a Teseu para ajudá-lo, este ficou com o amigo e perseguiu o bando que estava levando Antígona, trazendo-a para o pai, sã e salva.

Então, um outro veio a Édipo, implorando pela benção do rei sem coroa, nunca tão poderoso como nas últimas horas. Era Polinices, o filho mais velho de Édipo, que tinha sido expulso de Tebas pelo irmão caçula, que agora ocupava o trono. Polinices então resolveu reunir um exército para voltar e expulsar seu irmão e se tornar rei novamente.

Édipo não quis ajudar o filho perverso e o amaldiçoou, prevendo como os dois irmãos, os últimos de uma casa amaldiçoada, deveriam cair pela mão um do outro, e nenhum deles jamais desfrutaria do reino pelo qual lutavam.

Antígona suplicou ao irmão que desistisse da rixa fatal, que não beneficiaria nenhum deles, mas Polinices disse que não poderia voltar atrás e abandonar seus aliados, e partiu muito triste para encontrar seu destino.

Quando ele se afastou, do céu claro veio o súbito estrondo de um trovão. Édipo então mandou chamar Teseu às pressas, pois sabia que o prometido sinal estava à sua frente e que sua vida conturbada, quase acabada.

Teseu veio rapidamente ver o que estava errado com o velho amigo e o encontrou esperando ansiosamente, enquanto o trovão rugia ainda mais alto e o raio bifurcado trazia terror a quem o via.

Então Édipo disse: "Os deuses estão mostrando que chegou a hora da minha condenação. Posso ser cego, mas eu mesmo guiarei meus próprios passos até o local onde estou condenado a morrer, e só você, Teseu, vai saber onde é o meu lugar de descanso e não contará a ninguém na terra, exceto quando chegar a hora da sua morte. Aí você o revelará ao seu primogênito. Da mesma maneira, ele entregará o segredo, e assim a paz e a prosperidade habitarão esta terra para sempre. Não me toque. Deixe-me encontrar meu túmulo sagrado. Pense em mim às vezes, quando eu me for, e você e todo o seu estado forem prósperos."

O velho então permitiu que suas filhas, aos prantos, lavassem seus membros e colocassem nele vestes dignas de sepultura.

Quando isso foi feito, e com Antígona ainda agarrada ao pai, chorando, veio primeiro um trovão, e depois uma voz que gritou: "Por que está demorando, Édipo?"

O velho se levantou, chamou Teseu e implorou a ele que cuidasse de suas filhas, e Teseu jurou ser um verdadeiro amigos das donzelas desoladas. Édipo beijou as filhas e as mandou embora chorando, e só Teseu viu o fim abençoado de um homem em vida mais contra o pecado do que pecando, ou conheceu o lugar de descanso do corpo do rei Édipo.

Antígona pediu licença para visitar o sepulcro do pai, mas nem mesmo ela teve permissão para saber onde ficava esse local secreto. Quando ficou sabendo que seu pai tinha desejado que nenhum mortal, exceto Teseu, conhecesse o local, ela se rendeu, pedindo apenas a permissão para voltar a Tebas e tentar salvar seus irmãos da condenação. Mas o esforço da gentil donzela para levar a paz aonde não havia nada além de ódio foi em vão. Em um duelo, seus dois irmãos mataram-se um ao outro, e porque Polinices havia trazido um grande exército para lutar contra sua própria cidade, os tebanos lançaram seu corpo para fora dos muros e proibiram qualquer homem de espalhar terra sobre ele, para que sua alma jamais encontrasse descanso, sendo punido assim por todos os seus crimes. Mas Antígona não deixaria o corpo do irmão insepulto. Já Ismênia, a outra irmã, não se atreveu a ajudar em tal ato; por isso, a heroica donzela foi sozinha e derramou as três libações devidas aos mortos e espalhou terra sobre o corpo do irmão, dando descanso à sua alma.

Então, Creonte, o rei dos tebanos, ficou indignado e ordenou que a donzela fosse levada para uma caverna que ficaria com a entrada fechada com pedras. Ela deveria receber comida e água suficientes para evitar que a culpa por sua morte recaísse sobre a cidade e, assim, definharia em sua masmorra rochosa. Os guardas a levaram embora, cumprindo as ordens do rei. Mas, quando o único filho de Creonte soube do acontecido, forçou-se a entrar naquela tumba dos vivos, pois amava Antígona e a libertaria ao preço de sua própria vida. Para isso, ele chegou tarde demais: a princesa não esperou morrer lentamente de fome dentro da caverna fechada, ela se enforcou. Em desespero, o jovem príncipe se feriu com a própria espada e caiu morto ao lado do corpo de Antígona. E assim foi realizada a vingança das Erínias, pondo fim ao trabalho dos Vingadores de Sangue.

MIDAS

H.P. Maskell

Era uma vez um rei, Górdio, da Frígia, que teve um filho ao qual deu o nome de Midas. Quando esse filho ainda era um bebê, em seu berço foram vistas formigas que iam e vinham e colocavam grãos de trigo dourado em sua boquinha. A partir daí, os sábios predisseram que ele seria extremamente rico, mas avarento e sufocado pela riqueza.

Quando Midas cresceu e assumiu o trono do pai, logo ficou provado que os videntes eram verdadeiros profetas. Ele amava a opulência e as riquezas por si mesmas. Os mercadores eram enviados por toda parte para comercializar os mais diferentes tipos de produtos e traziam o ganho de volta, enchendo seus cofres. Ele fazia com que minas fossem escavadas em busca de pedras preciosas. Assim que o dinheiro chegava, ele o investia em novos empreendimentos e tudo o que ele fazia dava certo. Foi então que surgiu o ditado: "Tudo o que Midas toca se transforma em ouro."

Aconteceu que Sileno, o pai adotivo de Baco, perambulou pela Frígia e, sendo um homem velho e vencido pelo vinho – era um tremendo bêbado –, foi tratado com grosseria pelos camponeses. Quando estava sóbrio, eles o amarraram com cordas e o levaram preso para Midas. O rei tinha aprendido os rituais de Baco e, assim que reconheceu Sileno, repreendeu os camponeses ignorantes, e o tratou com grande honra, organizando um festival especial de dez dias e dez noites para celebrar a visita de seu convidado. Enquanto isso, Baco estava de luto pela perda de seu tutor. Grato a Midas por recuperar seu pai adotivo, livrando-o dos insultos, ele permitiu que o rei escolhesse o favor que desejasse.

"Tudo o que eu desejo", replicou Midas, "é ser o rei mais rico da terra. Faça disso a verdade que os homens dizem sobre mim, que tudo o que eu tocar se transformará em ouro."

"Você poderia ter pedido algo melhor", murmurou o deus com um suspiro. "Mas como você deseja, assim será."

Mal acreditando que pudesse ser verdade, Midas correu para testar a realidade de sua boa sorte. Havia um carvalho crescendo na beira da estrada. Ele pegou um pequeno galho: era um galho de ouro. Pegou então um torrão de terra: não era mais barro, e sim uma enorme pepita. Passando por uma plantação de milho, todas as espigas que roçaram suas mãos tornaram-se espigas de ouro. Quando arrancou uma maçã de sua árvore, imediatamente ela se transformou em ouro, como a maçã de ouro que Páris deu a Vênus.

Ao chegar ao seu palácio, colocou a mão no batente da porta. A madeira ficou amarela e brilhou ao seu toque. A bacia em que ele lavava as mãos se tornou uma tigela de ouro, cheia de pó de ouro até a borda.

"De fato, agora", ele disse exultante, "a riqueza e o poder são meus. Minha riqueza será infinita. Graças sejam dadas aos deuses pelo mais maravilhoso e precioso de todos os presentes. O que no mundo é melhor que ouro?"

Enquanto ele se regozijava, seus servos entraram e puseram a mesa para um banquete. Ele se sentou e pegou um pedaço de pão. Já não era mais pão: era ouro duro e maciço. Depois, pegou uma taça de vinho sem propósito algum; mas não poderia saciar sua sede com um gole de ouro! Tarde demais ele viu sua loucura. O homem mais rico da terra estava condenado a morrer de sede e fome. Nada na terra era tão inútil para ele quanto o seu ouro!

Erguendo as mãos para o céu, implorou o perdão dos deuses. "Tenham piedade de mim, pois estou arrependido da minha ganância. Tenham piedade e me livrem dessa terrível maldição!"

Vendo que ele estava curado de sua sórdida loucura, Baco teve pena dele e lhe mostrou como se livrar do presente funesto. "Vá para Sardes", disse ele, "e acompanhe o rio até sua nascente. Mergulhe a cabeça na fonte borbulhante e expie a maldição." Imediatamente, o rei foi se banhar na fonte e, ao se livrar da cobertura dourada, obteve alívio. Até hoje as areias do rio Pactolo brilham com grãos de pó de ouro.

Depois dessa dura lição, Midas não se importou mais em acumular riquezas, e voltou sua atenção para os esportes rurais e para a música. No entanto, é triste dizer que sua tolice e presunção o levaram a problemas até mesmo nisso, pois ele era apenas um músico triste e ainda assim se tornou um virtuose. Algumas ninfas ouviram com prazer Pã tocando sua flauta de juncos e persuadiram o menestrel a desafiar Apolo, o deus da Música, para um concurso. O velho Tmolus, governante da montanha, concordou em atuar como juiz. A música de Pã era rude e grosseira. Mas, quando Apolo tocou as cordas da lira, sua própria postura mostrou a habilidade do mestre. Tão doces eram as notas que todos os presentes concordaram com a decisão de que o prêmio deveria ser dado a Apolo. Apenas Midas protestou, achando que o julgamento tinha sido injusto, e que a música de Pã fora superior. Como uma punição adequada por sua estupidez crassa, Apolo fez com que suas orelhas crescessem cada vez mais, com cabelos grisalhos por toda parte, e se contraindo como as orelhas de um burro. Midas fugiu em meio ao riso das divindades e ninfas, e o mais rápido possível escondeu sua desgraça sob um turbante grosso.

Ninguém da Frígia compareceu ao concurso musical e, por muito tempo, Midas conseguiu esconder a vergonhosa deformidade de seus súditos. No entanto, o barbeiro que cortava seu cabelo era obrigado a saber disso. Ele não ousou contar a ninguém o que tinha visto, achava cada dia mais difícil manter esse segredo até de si mesmo. Por fim, como a única maneira de aliviar sua mente do fardo, ele foi para um campo distante, cavou um buraco no chão e sussurrou para ele: "Midas tem orelhas de burro." Ele então se entregou e, como achava, enterrou o segredo com muita segurança.

Um ano se passou. Uma moita de juncos tinha crescido no local onde o segredo fatal estava enterrado. Os juncos farfalhavam suavemente os galhos ao serem agitados pelo vento sul, e os pastores que passeavam com seu rebanho eram atraídos para o local pelos sons estranhos que surgiam. Os juncos pareciam sussurrar a história de boca em boca: "Midas tem orelhas de burro."

E o vento espalhou a notícia para os juncos nos galpões de palha da fazenda de forma que eles logo se agitaram para contar sua história – quando o fazendeiro entrou para jantar, sua mulher o chamou: "Um ditado divertido passou o dia todo na minha cabeça – de onde ele vem é um mistério: Midas tem orelhas de burro."

As flores repassaram a história às árvores que a contaram aos pássaros. Homens e mulheres aprenderam sem saber como, mas todos os que ouviram se viram forçados por algum impulso misterioso a repeti-la para seus vizinhos, até que, por toda a Frígia, notícias estranhas se espalharam: "Midas tem orelhas de burro!"

A fome de ouro pode ser curada se saciada a tempo; mas nem mesmo um deus pode curar quem tem orelhas de burro e revela o segredo.

PERSEU E ANDRÔMEDA

V.C. Turnbull

Na costa do Grande Mar, nos tempos antigos, viveu um povo simples, pastores e lavradores que se autodenominavam Etíopes Inocentes. Eles eram uma raça piedosa e, particularmente, adoravam Atergatis, a rainha dos Peixes. Ano após ano, viviam em paz entre seus rebanhos e manadas, seus campos de cevada e linho e suas videiras que produziam uvas roxas nas encostas ensolaradas.

Mas um grande problema se abateu sobre este povo feliz. Pois a terra se ergueu e se abriu, caíram as habitações desse povo e o mar invadiu a terra, inundando e devastando os campos dourados. Depois, seguiu-se um terror ainda maior. Do mar, surgiu um monstro enorme e terrível, como jamais se vira. Andando sobre as águas, rolando sobre as pessoas apavoradas e, com sua boca, deu fim às ovelhas e vacas mais gordas, e também, AI!, seus filhos e filhas. E dessa forma ele apareceu, noite após noite, até os corações do povo falharem com ele. Na miséria total, buscaram conselhos de seu rei. E o rei Cefeu lhes disse: "Certamente, meu povo, pecamos e ofendemos o grande deus do mar. Vamos até o seu templo oferecer presentes e saber de seus sacerdotes quem entre vocês pecou."

Eles então acompanharam o rei Cefeu na consulta aos deuses do mar a quem adoraram. Depois de muito sacrifícios oferecidos, elencaram vários para descobrir quem tinha irritado os deuses e provocado a praga na terra. E o destino caiu sobre Cassiopeia, a rainha.

Cassiopeia então se levantou antes de todas as pessoas, os cabelos negros caindo a seus pés e os olhos brilhando, cheios de lágrimas, enquanto ela gritava:

"Meus amigos, pequei em meu orgulho e trouxe o mal às suas casas. Não por muitos dias desde que meu coração se levantou e eu me vangloriei de ser mais leal que todas as Nereidas. E elas, ao ouvirem, surgiram em sua ira para se vingar do insulto. Perdoem-me, amigos, pois por isso a desolação caiu sobre a nossa terra."

As pessoas então se calaram, mas os sacerdotes deram seu parecer: "A majestade realmente falou e seguramente sua jactância foi nossa maldição. Portanto, pegue sua filha Andrômeda e prenda-a a uma rocha à beira-mar, para que o monstro, quando vier novamente, veja que lhe demos o que temos de melhor, até mesmo a filha do nosso rei. Talvez ele tenha misericórdia e poupe-a quando vir nosso arrependimento, mas, de qualquer maneira, ele volte de onde veio e não nos incomode mais."

Então, o rei Cefeu e a rainha Cassiopeia, muito tristes, foram até o palácio chorando muito. E pegaram sua única filha, Andrômeda, a mais linda donzela da terra, e, além disso, a mais delicada e verdadeira, e a levaram até a praia. Todo o povo os seguiu, chorando amargamente, pois a muitas dessas pessoas Andrômeda havia dito palavras amáveis e tido gestos amáveis. Mesmo assim, alguns pensaram em suas casas destruídas, onde já não havia crianças brincando, e disseram que a jovem princesa deveria morrer pelas pessoas.

E eles levaram Andrômeda à base de um penhasco lavado pelo mar onde prenderam seus braços brancos a correntes de latão. Beijando-a, Cassiopeia chorou: "Filha, perdoe sua mãe infeliz!"

A princesa então respondeu: "Não foi você, mãe, e sim o deus do mar que me trouxe até a morte."

A rainha a beijou novamente e partiu chorando. Todo o povo a seguiu. A noite caiu e ela ficou sozinha.

Do céu, por trás das nuvens, a lua branca olhava para baixo e não era mais bela que a donzela ali em pé sobre a rocha negra, como uma estátua escondida pelos cachos esvoaçantes que ondulavam até o joelho.

E assim, a noite toda, ela se manteve em pé, esperando por sua sentença de morte, na maior parte do tempo emudecida pelo terror. Às vezes, lamentava e clamava aos deuses por piedade. Mas não houve resposta, a não ser o estrondo do mar sobre as rochas e o grito das aves marinhas voando entre a terra e o céu.

A manhã chegou, lançando rosas e espalhando ouro pelas águas. Enquanto aqueles que com a mais amarga dor no coração notavam o que acontecia, os olhos de Andrômeda, opacos e desesperados, observavam o movimento das aves marinhas. Entre elas surgiu uma mais rápida e maior que a águia-pescadora ou a águia marinha, e as gaivotas mergulharam à sua aproximação. À medida que a forma alada foi chegando mais perto, Andrômeda percebeu que não era uma ave marinha e ela logo notou que se tratava de um jovem divino e forte, cujas sandálias emplumadas o carregavam pelas profundezas de forma tão leve como se ele fosse realmente um pássaro. Azuis como o mar eram seus olhos, e seu cabelo brilhava ao sol como o ouro. De seus ombros flutuava uma pele de cabra, em seu braço havia um escudo de bronze e de sua coxa pendia uma espada como se fosse um diamante. Ele voou diretamente até Andrômeda e, colocando para trás os cabelos que cobriam seu rosto, olhou nos olhos dela com amor e piedade, enquanto gritava: "Ó bela donzela, que crueldade a trouxe a essa situação?"

Mas Andrômeda, pálida e fraca depois dos terrores da noite, mantinha a cabeça baixa e chorava. Perseu então, com sua espada, bateu forte nas correntes que a prendiam e a puxou, libertando-a. E ali, no pouco espaço, Andrômeda chorou e empurrou Perseu com um grito agudo.

"Deixe-me!", ela pediu. "Sou amaldiçoada, a vítima oferecida aos deuses irados. Não fique entre mim e meu destino, pois sofro no lugar das pessoas."

"Nunca a deixarei", respondeu Perseu, "e você nunca sofrerá enquanto eu tiver forças para desembainhar minha espada em sua defesa."

Mas Andrômeda chorou ainda mais e implorou novamente para que ele fosse embora. Perseu, tentando acalmá-la, implorou para ouvir a história de sua triste situação. E Andrômeda lhe contou por que estava sendo oferecida ao monstro. Quando ela terminou de falar, seus olhos, vagando na direção do mar, arregalaram-se cheios de horror, e ela soltou um grito penetrante: "Ele está vindo! Ó jovem bondoso e divino, voe antes que seja tarde demais! Deixe-me! Não quero que seus olhos contemplem meu vergonhoso fim!"

Mas Perseu, beijando as lágrimas que corriam no rosto de Andrômeda, riu alto e zombou do enorme peixe que mesmo agora, como um leviatã das profundezas, podia ser visto abrindo seu caminho no mar, na direção dos dois.

"Devo fugir de uma fera das profundezas?", ele perguntou. "Donzela, meu pai era Júpiter, rei dos deuses, e a grande deusa Minerva me tem sob sua proteção. Dela recebi este escudo, e de Mercúrio, o mais veloz dos deuses, uma capa da escuridão, estas sandálias e esta espada. Então, por ordem de Minerva, acelerei para o norte, por regiões onde nem homens, nem animais pisaram. Lá encontrei as Greias e delas roubei o único olho, guardando-o até que me indicassem o caminho para o jardim das Hespérides. Com as donzelas daquele jardim descobri a morada secreta da górgona Medusa, a própria visão de cujo rosto transforma todos os homens em pedra.

Ela, por ordem de Minerva, eu matei, usando o escudo como um espelho e não olhando para o rosto da górgona enquanto segurava sua cabeça cheia de cobras. Sete anos essas aventuras preencheram. Longe eu viajei e conheci muitos perigos, devo voltar agora?"

Ele riu outra vez, e sua risada ecoou tão alegremente pelo ar da manhã que roubou algum conforto, mesmo no triste coração de Andrômeda. Mas ainda assim ela implorou para que ele se fosse.

"Muitos mataram a fera do mar", ela declarou. "Por que ela deveria matar você? Devem morrer dois em vez de um? Você é corajoso e tem membros fortes. Que mortal resistirá a essa força? Nunca conheci homem mais belo ou mais gentil que você. Por que você deveria morrer? Sete anos sua mãe esperou a sua volta para casa. Os olhos dela nunca mais o verão?"

E, quando disse isso, Andrômeda escondeu o rosto nos cabelos, soluçando amargamente: "Certamente alguma donzela de longe anseia por você, e ela irá com saudades para o túmulo?"

Antes que Perseu pudesse responder, veio um rugido do mar. Olhando para baixo, eles viram que o monstro estava à mão. Seu grande focinho jorrava fontes de água do mar, o vasto corpo escamoso jazia sobre as rochas, com conchas agarradas às escamas e algas escorrendo pelas laterais rolavam como um casco encharcado; sua cauda se enrolando em espiral, para o horizonte, açoitou as águas até elas ficarem brancas de espuma. As aves marinhas gritaram, enquanto diante dele os peixes fugiram saltando.

Perseu então, sem parar por um instante, tirou de debaixo de sua pele de cabra a cabeça fatal da Medusa, cuja visão é a morte, e, agarrando-a pelos cabelos de cobras, mergulhou como um falcão sobre o monstro que se esforçava para chegar à praia. E os grandes olhos do monstro rolaram para cima, piscando e perversos; mas, quando viram a Medusa, ficaram fixos em um olhar sinistro. Um grande espasmo percorreu o corpo da besta marinha, do focinho à cauda – um arrepio, e então nenhum movimento, respiração ou sinal de vida, pois o que havia sido um monstro agora não era nada além de um longa rocha negra.

Foi aí que Perseu voltou para Andrômeda e mostrou a ela que seu inimigo estava realmente morto. Andrômeda, depois de todas as suas tristezas, era agora a donzela mais feliz da terra. E o povo todo, ouvindo o que tinha acontecido, desceu à praia, com risos, danças e músicas, e levou Andrômeda e Perseu ao palácio, onde o rei e a rainha choravam pela filha, considerando-a já morta. E, quando ouviram as boas-novas, os dois se levantaram e abraçaram a filha, que havia voltado para eles, da sepultura por assim dizer, e deram sua mão a Perseu, implorando para que ele ficasse ali por um tempo antes de levar a noiva para casa.

E assim Perseu ficou um ano com Cefeu e Cassiopeia e seus etíopes de cabelos negros, ensinando-lhes muitas coisas. Depois, construiu para si um navio de cedro, e nele navegou com Andrômeda até Serifos, entre as ilhas da Grécia, onde sua mãe o esperava havia sete anos. Algum tempo depois, Perseu se tornou rei de Argos no lugar de seu avô Acrísio. Seu reinado foi longo e glorioso, e a bela Andrômeda lhe deu quatro filhos e três filhas. Muitos dias depois da morte de Perseu, os deuses o levaram para o céu. Quem, em uma noite estrelada, não viu Cassiopeia sentada em seu trono de ouro? Lá também está Perseu, ainda segurando a cabeça da Medusa, e ao lado dele está Andrômeda, que continua estendendo seus braços entrelaçados para abraçar seu libertador fascinado.

MELÉAGRO E ATALANTA

H.P. Maskell

Quando Meléagro, filho de Eneu, rei de Cálidon, nasceu, sua mãe Alteia sonhou que havia gerado um tronco em chamas. As três Moiras estavam presentes no momento do nascimento e predisseram seu futuro. Clotho prometeu que ele deveria ser bravo e corajoso. Láquesis, que teria força incomum. E Átropos, que ele deveria viver enquanto o tronco na lareira permanecesse inteiro e não queimado. Quando ouviu isso, Alteia pegou o tronco e o apagou com água. E ela o manteve em um local seguro, cercado de cuidados, pois sabia que a vida de seu querido filho dependia dela.

Adulto, Meléagro se tornou famoso por suas proezas como cavaleiro. Navegou com Jasão em busca do Velo de Ouro e, quando tribos rebeldes enfrentaram seu pai, ele lutou contra seus exércitos e as dispersou.

E veio um ano que ficou famoso como o ano das colheitas. Nunca na memória dos homens houve colheitas tão abundantes nas terras da Cálidon, e Eneu, o rei, fez oferendas aos deuses: milho para Ceres, vinho para Baco e azeite oliva para Minerva. Todos os deuses receberam seu tributo, exceto Diana. Ela foi esquecida e ficou enciumada. E se ressentiu do insulto a seus altares. Para se vingar, enviou um javali para devastar o reino. O javali era enorme como um boi adulto, seus olhos estavam em chamas e cheios de sangue, e os pelos de seu pescoço e do corpo se levantaram como espinhos. Era terrível ver suas mandíbulas espumantes e as grandes presas – como as de um elefante. Quando ele rugia, sua respiração parecia queimar o pasto. Aonde quer que fosse, destruía as esperanças do agricultor, pisoteando os rebentos, devorando o milho ainda na espiga, quebrando as videiras e tirando as cascas das oliveiras. Nem os cães, nem os pastores conseguiam proteger suas ovelhas de serem feridas por suas presas cruéis. O povo do campo teve que fugir para viver em cidades muradas.

Meléagro então convidou um grupo de heróis para se juntar a ele e ajudar a destruir o monstro. Quase todos os que se juntaram na busca ao Velo de Ouro trouxeram outros com eles. Mas quem se destacou aos olhos de Meléagro foi a bela caçadora Atalanta, filha de Íaso. Suas vestes fluíam até o joelho, unidas no ombro esquerdo por um broche de ouro, e os cabelos presos com um nó. Ela carregava uma aljava de marfim. Difícil dizer se ela era uma adolescente ou uma donzela, tão fortes e desenvolvidos eram seus membros e tão suave o seu rosto. Meléagro a viu e a amou à primeira vista. "Aqui", gritou, "ela é a única donzela para mim!" Mas não era hora nem lugar para fazer amor. A poderosa caçada estava prestes a começar. O monstro havia rastejado para uma densa floresta e os heróis preparam suas redes e soltaram os cães. Mas a matilha se cansou e os caçadores deram um grito quando o javali surgiu correndo pela floresta, espantando os cães. Alguns latiam, outros sangravam. A lança de Equionte apenas roçou um bordo. Jasão foi o segundo a lançar sua espada rápida, mas ultrapassou o alvo. O objetivo de Alastus foi o mais verdadeiro, mas a cabeça de ferro se partiu quando atingiu uma da poderosas presas e a flecha não conseguiu ferir o bruto.

Como a pedra de uma catapulta, o javali furioso avançou loucamente sobre os jovens; relâmpagos saíram de seus olhos e sua respiração era uma fornalha. Dois dos caçadores foram derrubados, e um terceiro foi ferido mortalmente. Nestor salvou sua vida pegando o galho de um carvalho em cima da hora. Tendo afiado as presas no tronco, o monstro avançou novamente e feriu outro herói na coxa. Castor e Pólux, em seus cavalos brancos, avançaram com as lanças prontas para executá-los, mas foi tarde demais, pois o javali tinha encontrado abrigo seguro na selva, onde nem cavalo, nem alma poderiam alcançá-lo.

Em sua perseguição, Télamon tropeçou em uma raiz. Enquanto Pelus o ajudava a se erguer, Atalanta encaixou uma flecha em seu arco e a deixou voar. Diana, que amava a donzela, guiou sua mira. O eixo roçou a orelha da fera, deixando os pelos sujos de sangue. Meléagro ficou tão satisfeito quanto ela com seu sucesso em tirar o primeiro sangue. Apontando para os companheiros, exclamou: "A donzela é inigualável tanto no tiro com arco como na beleza! Ela nos deixa cheios de vergonha!"

Levados à ação pela provocação, os heróis se agitaram e gritaram para encorajar uns aos outros, mas o grande número confundiu seu objetivo. Anteu, sacudindo seu machado de batalha, correu loucamente até seu destino, clamando: "Abra caminho para mim e vou mostrar a você como a arma do homem é melhor do que a flecha de uma donzela. Embora ele tenha uma vida encantada, minha mão direita acabará com a fera!" Enquanto ele se gabava, o javali o agarrou e o feriu, de modo que a terra à sua volta ficou encharcada de sangue. Teseu ficou com seu amigo, Pirítoo, filho de Íxion, que estava indo precipitadamente na direção do inimigo. Avisando-o de que era melhor ser valente a distância, ele arremessou sua lança com ponta de latão. Ele estava bem posicionado, mas preso a uma faia. Jasão também arremessou seu dardo novamente, mas, por acaso, atingiu um cachorro inocente e o prendeu ao chão.

Chegou a vez de Meléagro, e ele aproveitou sua oportunidade com bons resultados. De suas duas lanças, a primeira apenas roçou o corpo do javali e a segunda atingiu a fera no meio das costas. Enquanto ele agonizava e se contorcia, coberto de espuma e sangue, o conquistador não perdeu tempo. E rapidamente enterrou sua lâmina reluzente atrás do ombro. Os companheiros se aglomeraram à sua volta com gritos de alegria. E ficaram maravilhados com o tamanho do javali enquanto a carcaça estava sendo estendida, mal acreditando que já era seguro tocá-lo, mas cada um mergulhou sua arma no sangue. O próprio Meléagro, colocando o pé sobre a cabeça do monstro, exclamou: "Ninfa Arcádia, receba os despojos a que você tem direito, pois você tirou o primeiro sangue! Apenas deixe-me compartilhar sua glória!" Assim dizendo, ele colocou a seus pés a pele grossa com os pelos endurecidos, a cabeça e as presas do monstro. A donzela ficou extremamente satisfeita em aceitar a oferta, e sorriu para o doador, que se sentiu recompensado por todas as suas dores e perigos.

Mas seus companheiros ficaram com ciúme do favor concedido ao jovem caçador e reclamaram entre si: "Quem é esse jovem arrogante que, sem pedir licença, deu à amada os despojos que pertencem a todos nós?" E levaram embora o troféu.

Isso foi demais para o príncipe guerreiro. Louco de raiva e indignação, ele cravou a espada no peito de seu tio Plexippus (que tinha sido o espírito que moveu o protesto), gritando: "Isso vai ensiná-lo a não roubar as honras de outro." Em pouco tempo sua espada estava com o mau cheiro do sangue de Toxeu, que parecia disposto a vingar a morte de seu irmão.

Enquanto isso, a rainha Alteia tinha ouvido falar da vitória de seu filho sobre o monstro, e estava a caminho dos templos dos deuses com as oferendas de agradecimento quando viu os corpos mortos de seus irmãos sendo retirados do campo. Toda a sua alegria se transformou em tristeza. Com um grito de horror, voltou rapidamente para casa para vestir luto. Mas, ao saber quem tinha sido o autor da morte, a dor desapareceu e deu lugar a uma sede de vingança.

Ela se lembrou da marca que o destino lhe dera e que ela guardava cuidadosamente, sabendo que a vida de seu filho dependia disso. Agora aquele tronco seria o meio de punir o filho pelo assassinato de seus irmãos.

A seu pedido, um fogo foi aceso. Segurando o tronco de madeira fatal com sua mão implacável, ela gemeu: "Sim, Moiras, eu me vingo e cometo um crime. Com a morte, a morte deve ser paga. Ele merece morrer. No entanto, a ideia da morte dele me apavora. "Oh, filho desnaturado, se você tivesse sido queimado quando criança naquele primeiro incêndio!" Ao dizer isso, com as mãos trêmulas, ela jogou o tronco no meio do fogo. Ao ser pego pelas chamas, o tronco pareceu emitir um gemido moribundo.

Longe, Meléagro foi tomado por uma dor súbita. Ele sentiu suas entranhas chamuscadas pelo fogo secreto e corajosamente suportou a tortura. Seu único arrependimento foi saber que estava condenado a ter uma morte inglória e invejou o destino de Anceu. Com seu último suspiro, ele invocou uma benção sobre seu pai idoso, seu irmãos e as Irmás queridas – sim, e sobre sua mãe cruel. Enquanto a chama acesa por Alteia subia e descia, seus tormentos aumentavam e diminuíam. Ambas as vidas se apagaram, e seu espírito desapareceu no ar.

Na Calidônia, jovens e velhos, nobres e servos, todos choraram. As matronas arrancaram os cabelos enquanto lamentavam o fim prematuro do jovem príncipe. O envelhecido Eneu se deitou no chão, com poeira nos cabelos brancos e na testa enrugada chorando por ter vivido aquele dia. Para a mãe angustiada, o arrependimento também veio tardiamente. A afeição natural agora havia conquistado o domínio sobre a raiva e a vingança. "Como estou infeliz"", ela exclamou. "À perda de meus queridos irmãos, por minha própria ação implacável, adicionei a perda de meu amado filho." Horrorizada com seu ato, ela não suportou mais ver o sol e, com uma espada, pôs fim à sua miséria e vergonha.

A HISTÓRIA DE DÉDALO E ÍCARO

M.M. Bird

Atenas é o olho da Grécia, a mãe da ciência e das artes, e de todos os seus artistas nenhum é mais famoso que Dédalo: escultor, arquiteto, o primeiro dos homens do ar. Foi ele quem ensinou os homens a esculpir em madeira a forma humana divina, pois as imagens provam que os gregos a nomearam em homenagem a ele. Foi ele que planejou para Minos o labirinto sobre o qual você leu em outro lugar; e foi ele quem primeiro fez asas para que os homens pudessem voar como pássaros. É sobre essa, sua maior e melhor invenção, como ele a planejou e como desastrosamente terminou, que você ouvirá agora.

Quando Teseu assassinou o Minotauro, o rei Minos estava extremamente irado com o arquiteto por revelar o segredo do labirinto – um segredo que ninguém além do rei e seu inventor sabiam. Então, Dédalo, e com ele seu jovem filho Ícaro, foram atirados na prisão, e lá ficaram muito tempo. Mas Pasífae, a rainha que não amava seu soberano, e sim seu artista favorito, inventou sua fuga e os escondeu em uma caverna marinha. Ainda assim, a caverna era um pouco melhor que uma prisão. Era escura e úmida, e eles ousaram apenas se aventurar à noite por temer que seu esconderijo fosse descoberto.

Mas, embora as mãos do artista estivessem ociosas, seu cérebro ocupado estava sempre planejando. Um dia, sentado na boca da caverna, observando as gaivotas que passavam equilibradas em suas asas ou montadas nas ondas com um toque da ponta de suas asas, brilhou sobre seu cérebro o esplendor de um repentino pensamento – com asas de um pássaro, eu também poderia voar.

Imediatamente, pai e filho começaram a trabalhar para fazer asas. Em armadilhas astutas, o pai prendia a águia-pescadora e a águia-marinha, cujos ninhos ficavam nas alturas rochosas, ao mesmo tempo em que o filho juntava a cera dos favos das abelhas selvagens na encosta. Então, com dores infinitas, e após intermináveis fracassos, finalmente foi feito um par de asas. A linha superior das penas foi unida por fortes fios de barbante em uma estrutura de osso e as penas inferiores foram unidas com cera de abelha. Como todos os grandes inventores, Dédalo conquistou a natureza imitando-a.

No começo, o jovem Ícaro viu seu pai com uma ansiosa curiosidade, mas, como garoto, ele logo ficou impaciente e, como Dédalo ainda perseverou, ele o olhava como um lunático inofensivo. E qual não foi sua surpresa quando, certa manhã, ele acordou e viu o pai flutuando no ar na frente da boca da caverna.

"Pai!", ele gritou, abraçando-o. "Que arrebatamento! Deixe-me tentar se eu puder voar. Faça um par de asas para mim e, juntos, vamos escapar desta ilha que nos aprisiona."

"Meu menino", respondeu o pai em tom solene, "você certamente vai tentar, mas o voo não é fácil. E você, primeiro, deve aprender a lição. Grave bem as minhas palavras. Mantenha um voo intermediário. Só nele há segurança. Se você voar baixo, gotas da água do mar vão molhar suas penas de sinalização. Já se voar alto, o sol derreterá a cera. Fique olhando para mim e não desvie para o norte ou para o sul."

Ícaro prometeu obedecer, mas, ao se lançar, só pensando em voar, ouviu apenas uma parte da instruções de seu pai.

Um segundo par de asas foi feito e amarrado com muito cuidado às costas do filho. E, como o papai pássaro que observa seus filhotes quando os ensina a voar, Dédalo, enquanto o garoto subia, muitas vezes observou e repetiu seus avisos.

As pessoas estavam se agitando nas cidades, os camponeses correndo atrás de seus animais no campo, e o povo todo se ocupando das tarefas matinais para ver as duas estranhas criaturas flutuando no alto. "É Dédalo e seu filho", gritavam. "Eles se tornaram deuses."

Em seu palácio, Minos foi avisado do estranho espetáculo e, de seu terraço, viu indignado as duas manchas escuras sobrevoando o mar e assim escapando dele.

Dédalo e Ícaro por A.G.L. Desnoyers, segundo C.P. Landon. As asas foram feitas com as penas de águias-pescadoras e águias marinhas, presas a uma estrutura de osso com barbante e cera de abelha.

Inicialmente, Ícaro se manteve perto do pai, mas logo perdeu todo o senso de perigo e, com a imprudência juvenil, resolveu seguir seu próprio caminho. Ele se divertiu com as fortes pancadas de suas asas, e subiu cada vez mais alto, até que o mar se espalhou abaixo dele como uma planície azul; e as ilhas arenosas se mostraram como panos de ouro.

Dédalo seguia seu caminho voando com cuidado, sob as nuvens dispersas, pouco acima das ilhotas douradas, e gritou para o filho voltar. Mas Ícaro, extasiado pelas belezas do voo, foi cada vez mais alto, até os ferozes raios de Febo, o deus do sol, que estendeu seus braços ardentes para a juventude aventureira, chamando-o para correr pelos céus.

Horrorizado, o pai, flutuando de asas abertas sobre o Mar Egeu, olhou para cima para ver seu filho como uma pequena mancha nos raios do sol. Ele conhecia o calor daqueles raios. E sabia que as asas só estavam presas por cera e, por isso, não resistiriam àquele calor escaldante. E eis que, enquanto olhava, a mancha foi ficando cada vez maior e, de cabeça para baixo no céu, ele viu Ícaro caindo... caindo... com as asas amolecidas sobre os ombros, os braços se debatendo e em queda permanente. As asas não podiam defendê-lo. Ele veio girando pelo ar sibilante, e o pai, em agonia, viu seu garoto desamparado cair nas ondas azuis. Por um momento, ele o viu lutar quase sem forças e depois, como uma bolha, afundar e as águas se tornarem tranquilas, sorrindo como antes.

Pela triste margem do Mar Egeu, onde desembarcou após o voo desastroso, Dédalo levantou um mausoléu para o filho perdido e colocou as asas, uma vez o orgulho do artista, e agora a desgraça do pai. "Ícaro, ó meu Ícaro!", ele chorou. E essas águas ainda ecoam o nome de Ícaro.

SCYLLA, A FILHA DE NISO

Guy E. Lloyd

Em Creta, a maior e mais poderosa das ilhas gregas, e berço de Júpiter, existiu um palácio grandioso onde viveu o rico rei Minos. A esse palácio, um dia, vieram como convidados Niso, rei de Mégara, e sua bela filha Scylla, e lá permaneceram por muitos dias, com todas as delícias proporcionadas pelo rei Minos, para lhes agradar. Scylla, como uma donzela carinhosa e tola, ficou deslumbrada com a pompa e a bajulação do rei Minos e, a seus olhos, ele lhe pareceu o maior e o mais sábio dos homens, e ela gostaria de ter ficado lá para sempre, ouvindo suas palavras e admirando suas riquezas.

Mas o rei Niso não quis ficar por mais tempo e eles partiram, levando consigo os ricos presentes do generoso rei, e voltaram para seu castelo em Mégara. Para Scylla, agora, sua casa parecia muito pequena e desprezível. Muitas vezes ela subia ao alto de uma torre que dava para o mar e de lá olhava para o sul, deixando seus pensamentos voarem para a ilha de Creta, com suas cidades e seus palácios, e seu rei forte e nobre. Ela chegava a invejar os pássaros que passavam próximos à sua torre – eles, sim, podiam voar para Creta sempre que quisessem e pousar nos beirais do palácio. Mas a princesa tinha que permanecer em sua torre e esconder até mesmo seus mais íntimos desejos.

Passaram-se dias e Niso não foi mais a Creta, mas Androgeu, filho do rei Minos, veio a Mégara, onde ficou por algum tempo. O rei e a princesa o acolheram amavelmente por causa de seu pai. Após sua visita, Androgeu não voltaria diretamente ao palácio do pai. Ele pensou primeiro em visitar a grande cidade de Atenas. O rei

Niso o advertiu que a estrada pelas montanhas era difícil e perigosa e que muitos ladrões se escondiam na região, mas o príncipe não seria avisado. Ele seguiu seu caminho e a última notícia que se teve dele foi a de que tinha sido atacado e assassinado por bandidos.

"Ele deveria ter ouvido o conselho dos homens mais velhos e mais sábios", disse o rei Niso. "Lamento, mas foi ele mesmo que provocou."

Porém, quando soube que seu filho Androgeu havia morrido, o rei Minos foi tomado por uma grande dor e enviou ao rei Niso um pedido de indenização já que o príncipe tinha morrido nas terras dos megarianos. Mas Niso se recusou a pagar.

"Não foi culpa minha", ele disse. "E não farei nenhuma reparação pela morte de alguém cujo sangue está em sua própria cabeça."

O rei Minos ficou furioso e ameaçou fazer valer pessoalmente o seu pedido.

Mas, um dia, a princesa Scylla olhou para fora de sua torre, como de costume, e viu grandes navios, com velas brancas infladas, aproximando-se pelo sul. E, quando eles se ergueram sobre as ondas agitadas, os raios do sol brilharam em muitos escudos e lanças, pois os navios carregavam os guerreiros de cota de malha do rei Minos. Eles vinham cobrar do rei Niso a indenização pela morte de Androgeu em suas terras.

De um dos navios, saiu o arauto do rei Minos. Ele entrou no palácio de Mégara e proclamou a vontade de seu senhor a todos os que estavam lá.

O rei Niso franziu o cenho para o arauto. "Não vou pagar nenhuma dívida de sangue", disse ele. "Vá até seu senhor e diga isso a ele. Seria melhor que ele aceitasse minha resposta. Pouco adianta os mortais lutarem contra aqueles que são protegidos pelos deuses imortais. Não me importo com a ira do rei Minos. As lanças de seus guerreiros não têm mais poder para ferir meu povo do que os juncos que as crianças colhem no campo e se quebram facilmente."

"O senhor fala em forma de enigma, rei Niso", respondeu o arauto. "Mas o meu rei é parente dos imortais e não acredito que ele se acovarde diante de um rei mesquinho como o senhor."

O arauto virou-se e voltou para o navio. Quando soube que o rei Niso tinha se recusado a pagar a dívida de sangue, o rei Minos se preparou para a batalha.

Então, os homens de Creta lutaram bravamente contra os homens de Mégara e, dia após dia, a maré da batalha se ergueu ao redor das muralhas da cidade. Mas, por mais que tivessem se esforçado, os homens de Creta não ganharam um centímetro de terra, e os homens de Mégara empurraram os inimigos como um rebanho de ovelhas.

Por fim, os guerreiros do rei Minos começaram a murmurar entre si e a repetir as palavras que o rei Niso tinha dito ao arauto.

"Se a cidade de Mégara é, de fato, defendida pelos deuses imortais", disseram eles, "de que adianta lutar?"

Minos sabia o que seus homens diziam e estava com o coração dolorido.

Um dia, a princesa Scylla olhou para o exército que sitiava sua cidade e, por acaso, viu o rei Minos passar perto de sua janela. E ele estava tão perto que era possível ver claramente o seu rosto pálido e triste pela morte do filho e desapontado com o fracasso de seu ataque. Por um instante, ele ficou parado, em desespero, olhando para as fortes muralhas da cidade inimiga, procurando sempre, e em vão, encontrar uma maneira de seus guerreiros ganharem passagem na cidade. Por fim, ele seguiu seu caminho, triste e abatido, pois não encontrou nenhuma maneira de dominar a luta.

Mas o coração da princesa batia forte, de amor e tristeza. "Ai!", disse a si mesma. "O rei Minos está travando uma batalha sem esperança, pois ninguém pode obter qualquer vantagem sobre meu pai, desde que ele mantenha a salvo a mecha roxa de cabelo que os deuses colocaram sobre sua cabeça como um feitiço contra todos os males. Vã é a força dos guerreiros cretenses; vã é a sabedoria de seu rei. O cadeado brilhante do rei Niso manterá ele e seu povo a salvo em qualquer ataque."

A princesa cobriu o rosto com as mãos e se sentou em um pequeno espaço silencioso e miserável. De repente, ela levantou a cabeça e uma nova luz brilhou em seus olhos. Ela era a única filha do rei Niso e, quando ele morresse, a cidade e o palácio seriam dela. O único homem com quem ela desejou se casar foi o majestoso rei Minos. Se eles se casassem, estaria tudo bem, ele reinaria como seu marido sobre a cidade contra a qual ele liderou, em vão, os seus guerreiros. E certamente o rei Minos se casaria com ela de bom grado, como recompensa, se ela colocasse em seu poder a vitória pela qual ele havia lutado para arrancar dos homens de Mégara.

Naquela noite houve festa nos salões do rei Niso, e a própria princesa serviu o vinho de seu pai, que ficou muito feliz por isso, pois ultimamente ela andava deprimida, em seu quarto, e se recusava a participar dos banquetes do pai. Ao final, uma estranha sonolência pesou nas pálpebras do rei Niso, pois Scylla havia misturado suco de papoula e mandrágora com o vinho. Então, o rei procurou sua cama e se deitou como que desmaiado. Seus guardas também haviam bebido o vinho com suco de papoula e dormiram enquanto vigiavam a porta de Niso. E, quando tudo ficou escuro e silencioso, a princesa Scylla se esgueirou suavemente até os aposentos do pai com uma tesoura na mão.

Ela puxou a pesada cortina púrpura para que o luar invadisse o quarto, e então, ajoelhando-se ao lado da cama, ela procurou a mecha brilhante da qual dependia a fortuna de Mégara e, com sua tesoura, ela a cortou. Depois, fechou a cortina novamente para que o luar não acordasse o pai, escondeu a mecha em seu véu e deslizou silenciosamente para fora do quarto.

A lua traçava um caminho cintilante pelo mar que murmurava baixinho nas pedras. Estava tudo quieto e escuro na cidade quando o vigia da hoste cretense viu uma mulher ao longe. A cabeça curvada estava coberta por um véu escuro para que ele não pudesse ver seu rosto enquanto ela se aproximava, mas ela o chamou em sua própria língua, rezando para ser conduzida imediatamente ao rei Minos.

"Não, donzela, quem quer que você seja", disse o homem. "O rei está dormindo em sua tenda a esta hora, e ninguém pode falar com ele."

"Eu o considerarei inocente, amigo", disse a princesa. E o homem se impressionou com seu discurso e as maneiras imperiais. Virando-se, ele a levou até a tenda do rei Minos, passou pelas cortinas, despertou o rei e o trouxe à luz da lua.

"Quem é você que quer falar comigo?", perguntou o rei, observando atentamente a mulher de véu.

"Precisamos conversar a sós", ela sussurrou, pois agora estava dominada pela vergonha, e sua língua grudara no céu da boca.

Mas o rei reconheceu sua voz imediatamente e, mandando o sentinela voltar ao posto, perguntou espantado: "O que quer comigo, princesa Scylla?"

Só então a donzela tirou o véu que lhe cobria a cabeça e, tomando coragem, olhou diretamente nos olhos do rei Minos. "Nos últimos dias", ela disse, "trocamos palavras afáveis, ó rei. Lembre-se de sua afeição passada e olhe para mim com gentileza pois, enfrentando grande perigo, vim conquistar a felicidade para os nossos povos, para você e para mim, se assim o desejar."

E o rei Minos leu o amor da donzela em seus olhos, mas em seu próprio coração não havia nada além da amargura pela morte não indenizada de seu filho e por seus muitos dias de uma guerra infrutífera. No entanto, ele disse palavras gentis, pois esperava que o amor de Scylla pudesse lhe trazer algum benefício.

A princesa então tirou do peito a mecha mágica de seu pai e o estendeu ao rei. "Eis a sorte de meu pai e de seu povo", disse ela. "Esta mecha brilhante foi colocada na cabeça dele pelos deuses imortais e, enquanto ela estivesse segura, nenhum mal aconteceria a ele ou ao seu povo. Mas eu a cortei e lhe trouxe, pois a paz é melhor que a guerra, o amor é mais forte que o ódio, e certamente você olhará com bondade para aquela que tira a vitória da derrota e a oferece a você e seus guerreiros."

O rei Minos a pegou e sorriu para Scylla enquanto respondeu: "Recebo seu presente, bela donzela. Quando a batalha tiver terminado, falaremos sobre a recompensa."

Depois, Scylla envolveu a cabeça com o véu mais uma vez, saiu da tenda do rei Minos e seguiu seu caminho, não de volta para as torres de sua casa, mas até a costa. Ali, ela encontrou um recanto escondido entre as rochas, onde se jogou, abandonada e distraída por suas próprias esperanças e medos ferozes.

Ela pensou estar muito feliz quando olhou novamente para o rosto do rei Minos e o ouviu falar gentilmente com ela, mas não havia alegria em seu coração palpitante: só um vago pavor ao se lembrar do sorriso do rei e uma esperança distante ao repetir para si mesma suas palavras de promessa.

Embalada pelo som das ondas batendo, murmurava sem parar: "Quando a batalha tiver terminado, falaremos sobre a recompensa", a princesa, cansada, finalmente se deitou para dormir.

O céu acima de sua cabeça ficou vermelho com o nascer do sol; os guerreiros do rei Minos saíram de suas tendas e se puseram em ordem para a batalha. Durante todo aquele dia, a princesa dormiu, enquanto os homens de Mégara correram para defender suas muralhas em ruína, e o rei Niso, desperto depois do sono pesado, descobriu sua perda e se lançou à frente da batalha, sabendo que agora ele lutaria em vão, já que a mecha mágica desaparecida trouxera a vitória para ele e para seu povo.

Magoados ficaram os homens de Mégara ao descobrir que seus inimigos os estavam empurrando para trás. Inicialmente, lutaram desesperadamente, com a esperança de que os cretenses estivessem ganhando tempo, mas logo começaram a ouvir nas fileiras que o favor dos imortais tinha abandonado Mégara e os homens baixaram suas armas e fugiram.

O céu ficou avermelhado ao pôr do sol quando Scylla foi acordada do seu longo sono de exaustão pelo ruído dos passos dos homens armados perto do esconderijo. Levantando-se, ela olhou com cuidado entre as rochas e viu os guerreiros cretenses levando os despojos da cidade saqueada, voltando para seus navios. O rei Minos estava com pressa de viajar e fazer com que Atenas participasse do castigo de Mégara, pois foi em uma viagem de Mégara a Atenas que seu filho Androgeu morreu, e ambas as cidades compartilharam a culpa pelo assassinato.

Scylla observou as fileiras apressadas, a princípio sem entender o que faziam. Então, de repente, ela viu aproximar-se a forma majestosa do rei Minos, e saiu de trás das rochas, esperando que ele a visse. Mas percebendo que ele fez como se fosse passar direto, a princesa ficou em seu caminho.

O rei então disse friamente: "O que quer comigo, donzela?"

Um grande medo tomou conta do coração de Scylla, e ela apertou as mãos no peito, como se estivesse dando seu último suspiro. No entanto, fazendo um esforço supremo, ela fez seu último apelo: "Minha casa está desolada, meu pai foi morto. Sou eu, sua filha, que entreguei a batalha em suas mãos. Vim reivindicar a recompensa prometida."

O rei Minos respondeu: "Não há presente no mundo precioso o bastante para recompensar uma donzela que, por sua própria ação, matou o pai e colocou sua casa em ruínas e o orgulho de seu povo no pó. Não vou zombar, princesa, mas vou me esforçar para igualar o seu presente.

E o rei passou a caminho de seu navio. Enquanto o seguiam, seus guerreiros olhavam horrorizados para a donzela que entregara a vida de seu pai nas mãos do inimigo, pois todos os homens já sabiam que a segurança de Niso e sua cidade dependiam do amuleto que sua filha arrancara dele para entregar ao rei Minos.

Mas Scylla estava no caminho rochoso onde ela tinha ouvido as palavras do rei Minos. Os céus azuis pareciam negros acima de sua cabeça, e o mar prateado, negro sob seus pés. Para ela, não havia qualquer ajuda ou conforto em qualquer lugar do mundo.

As tropas de guerreiros passaram por ela e embarcaram nos navios que os esperavam abaixo do penhasco. A luz do sol se desvaneceu e a lua apareceu, e a donzela ferida ficou encostada na rocha onde Minos havia frustrado todas as suas esperanças de arruinar.

Por fim, o canto dos marinheiros veio do mar, dizendo que os homens estavam a bordo e os navios, prontos para navegar. Com um grito de angústia, Scylla se arrastou até o topo da rocha que dava para o mar. Ela viu o navio do rei Minos se movendo lentamente da costa e, juntando as mãos acima da cabeça, saltou do alto penhasco.

Os homens dizem que os deuses tiveram pena dela e a transformaram em uma cotovia. Mas o pai estava furioso com ela, mesmo na morte, e ansiava pela dádiva da vingança. Portanto, ele foi transformado em uma águia marinha e o pai, com as mãos em gancho e o bico voraz, observava de suas paredes na montanha para se lançar sobre sua filha emplumada, que esvoaçava ao longo da costa, acovardando-se nas fendas das rochas.

A HISTÓRIA DE PÍRAMO E TISBE

M.M. Bird

"A Mais Lamentável Comédia e a Mais Cruel Morte de Píramo e Tisbe."
William Shakespeare (1564–1616)

Na antiga Babilônia, onde as paredes inicialmente eram construídas com tijolos, duas casas foram feitas tão próximas uma da outra que compartilhavam o mesmo teto. Duas famílias vieram morar nelas, e o jovem Píramo de uma casa logo conheceu a bela Tisbe da outra. Sua amizade cresceu e se transformou em amor. Mas, infelizmente, surgiu uma rixa imortal que separou as duas famílias e os infelizes amantes se afastaram.

Ainda assim, embora os pais cheios de raiva pudessem proibir seu amor e impedi-los de se encontrar, isso não poderia matar seu amor. O par frustrado podia apenas olhar um para o outro, podia apenas olhar e suspirar: mas foi o suficiente para alimentar a chama do amor. Por fim, eles encontraram uma forma de chegar aos ouvidos um do outro, como fazem os amantes: uma fenda entre dois tijolos na parede que dividia as duas casas – uma pequena fenda onde o cimento se desmanchou, tão pequena que nunca foi percebida e preenchida. Por esse pequeno espaço, o jovem Píramo fez um juramento, e a bela Tisbe respondeu com palavras ternas. Seus lábios impacientes pressionaram o frio tijolo, as mãos ansiosas por se apertar foram mantidas separadas pela parede dura e insensível. Seus suspiros e palavras de amor ditas suavemente podiam perfurar a barreira que os dividia.

Por fim, resolveram desafiar os pais cruéis para escapar à noite, na escuridão, e voar juntos apesar de toda a oposição.

Fora da cidade, ao lado de um riachinho e à sombra de uma ampla amoreira, ficava o túmulo de Ninus. E foi ali que marcaram de se encontrar.

Impacientes, viram o sol descer lentamente no céu ocidental e se banhar no mar ocidental. Tisbe, com cautela, destrancou a porta da casa de seu pai e saiu furtivamente, cobrindo o rosto e correndo pela cidade até o local onde ficava o túmulo.

Mas, na escuridão, surgiram outras criaturas. Vasculhando a planície em busca de presas, uma leoa matou um boi. Saciada com a carne e toda manchada de sangue, ele veio rapidamente ao riacho para matar a sede. Sob a luz da lua, aproximando-se do local do encontro, Tisbe viu a terrível fera. E flutuou trêmula pela planície até as rochas vizinhas, escondendo-se em uma caverna. Enquanto ela fugia, seu véu caiu dos ombros e foi deixado no chão.

Quando bebeu o suficiente, a rainha dos animais voltou saltitante pela planície. Ela encontrou o véu e o rasgou com as mandíbulas ainda molhadas com o sangue do boi abatido. Depois, seguiu seu caminho.

O jovem Píramo, que não conseguiu enganar os pais tão cedo, veio correndo para o encontro. À luz da lua, ele notou as pegadas da fera ao lado do riacho, e mais adiante seus olhos angustiados viram o véu rasgado e manchado do sangue de sua amada Tisbe. Convencido de que a besta tinha matado seu amor, Píramo chorou, sentindo que a culpa era dele por não ter sido o primeiro na tentativa de protegê-la, e amaldiçoou a má vontade do destino que o levou a determinar o local onde ela deveria encontrar sua morte.

Ele beijou o véu todo rasgado. E então, clamando para que a Morte não dividisse os dois corações tão afetuosos, desembainhou sua espada e a cravou em seu peito. O sangue da vida jorrou da ferida e salpicou todos os cachos brancos da amoreira.

Cautelosamente, a trêmula Tisbe deixou o esconderijo entre as rochas, temendo que a demora fizesse o amado pensar que ela era mentirosa, e se aproximou do local marcado. Embora a tumba e o riacho estivessem lá como antigamente, ela não conseguia reconhecer a árvore, com seus cachos carmesins.

Enquanto ela olhava em dúvida, seus olhos caíram em uma forma estendida no chão. E ela viu o amado banhado em seu sangue.

Ela gritou e arrancou os cabelos. Erguendo-o, abraçou-o e lavou com suas lágrimas a ferida aberta. E gritou para que ele acordasse e respondesse. Os olhos dele, moribundos, se abriram em um longo olhar de amor, e ele então morreu em seus braços.

Ela olhou ao redor e, ao seu lado, viu o véu rasgado e a espada caída, manchada de sangue e sem bainha. E viu que pelas próprias mãos ele tinha provocado o ferimento fatal; que, por acreditar que ela estava morta, escolheu não sobreviver.

Seria o amor dela mais fraco que o dele? Ela era a causa inocente de sua morte, e ela deveria compartilhar isso. Ela murmurou uma prece para que seus pais cruéis permitissem que eles finalmente se unissem e que suas cinzas fossem confinadas em uma única urna. Da amoreira inclinada, sob cuja sombra fez seu triste lamento, ela implorou uma benção: que pela cor púrpura de seus frutos, ela fosse a testemunha perpétua de seu amor e sua morte prematura.

Então, em seu próprio peito ela mergulhou a espada, ainda quente com o sangue de seu amado, e caiu morta ao seu lado.

A oração feita por Tisbe foi ouvida pelos deuses e seus pais compassivos. Suas cinzas forma misturadas em uma urna de ouro, e desde aquele dia triste, o fruto da amoreira ficou manchado por um roxo brilhante.

HERO E LEANDRO

Guy E. Lloyd

A deusa Vênus era a Rainha do Amor e da Beleza e seu culto se espalhou pelo mundo todo, pois, de fato, ela era uma das maiores entre os imortais e até mesmo o pai dos deuses e dos homens teve que reconhecer seu poder.

Ela tinha vários templos grandes e notáveis. Um deles ficava em Sesto, perto do Helesponto, o mar em que Hele afundou e se afogou quando o Carneiro de Ouro levou seu irmão Frixo e ela mesma.

No início dessa história, a sacerdotisa do templo de Vênus, em Sesto, era uma linda donzela chamada Hero. Seu dever era cuidar do altar da deusa, oferecer sacrifícios, pendurar nas paredes as oferendas dos adoradores e cuidar para que os escravos destinados ao trabalho mantivessem os degraus e pilares de mármore sempre polidos e brilhantes.

Muitos jovens vinham ao templo não por causa da deusa, e sim pela bela sacerdotisa. Mas Hero nunca olhava para homem nenhum, apenas cumpria cuidadosamente sua tarefa diária e todas as noites se retirava para uma torre alta no penhasco à beira-mar, onde vivia com uma enfermeira idosa que a adorava e estava sempre pronta para fazer qualquer coisa por ela.

Todo ano, acontecia em Sesto um grande festival em homenagem a Adônis, o lindo menino que Vênus amara e que tinha sido morto por um javali. Todos os habitantes da região vinham a esse festival. Bois de olhos grandes puxavam carroças rangentes, enfeitadas de flores e folhas, com camponeses das fazendas vizinhas e, do estrcito, vinham barcas cheias de fiéis das aldeias da margem oposta.

Entre os visitantes veio, um dia, da cidade de Abidos, um belo jovem chamado Leandro. Ele era alto e esguio, como um álamo jovem; olhos brilhantes e sorriso aberto. De seus lábios vermelhos saíam palavras agradáveis a todos, mas nenhuma donzela jamais conseguira conquistar o seu amor.

Leandro apenas ria, mas no fundo do seu coração havia o sonho de que surgisse a mais bela e doce de todas as donzelas que ele já tinha visto, a quem ele daria seu coração e que retribuiria seu amor.

E, quando chegou o festival anual de Vênus em Sesto, Leandro resolveu fazer um sacrifício no altar da deusa e rezar para que ele pudesse encontrar a donzela do desejo de seu coração.

Com a multidão de adoradores, Leandro subiu a colina até o templo de Vênus. Degraus de mármore branco levavam a um brilhante pavimento de cristal que os moradores de Sesto chamavam de Vidro de Vênus. As paredes eram de mármore raiado e, na cúpula, um hábil artista tinha pintado uma videira de um verde vívido, com Baco, o amigo de Vênus, colhendo uvas roxas. Na parede de fundo estava Proteu, o inconstante deus do mar instável, de onde Vênus havia surgido. Entre as figuras esculpidas, ricas oferendas de ouro, prata, pedras preciosas e roupas deslumbrantes. Leandro contemplou todas aquelas maravilhas até que seus olhos foram capturados e mantidos pela estátua da deusa que estava em um pedestal no centro do templo. A seus pés havia uma grande concha, trazida por uma onda do mar. Nas mãos dela, apertadas contra o peito, um par de pombas. Seu rosto, olhando para os adoradores, era um milagre de tanta beleza que o espectador prendeu a respiração com admiração e espanto.

Diante da estátua, havia um pequeno altar de prata onde a sacerdotisa estava ajoelhada quando Leandro chegou, pois o sacrifício estava prestes a ser consumado. Por um instante, Leandro não viu nada além do rosto da deusa de mármore. Então, a sacerdotisa ajoelhada, com seu véu transparente, levantou-se e enfrentou uma congregação de adoradores. Os olhos de Leandro se voltaram da imagem de mármore para uma mulher viva que estava diante dela, e os olhos de Hero encontraram os dele. Como que fascinados, eles se entreolharam, enquanto em ambos os corações ardia o súbito fogo do amor.

Todos os adoradores ficaram de joelhos e Leandro os acompanhou, mas sua oração não foi para Vênus: sua alma transbordava de amor pela bela sacerdotisa e era somente nela que ele pensava.

Parecia que Hero tinha lido seus pensamentos pois, como quem caminha durante o sono, ela se aproximou do jovem.

Ele se levantou e, inclinando-se para a frente, agarrou as mãos dela. O sacrifício terminou, os adoradores foram se dispersando, os dois foram deixados sozinhos e, por um instante, ficaram imóveis, ambos tremendo e assustados com a própria emoção.

Mas quando Hero, como que despertando de um sonho, tentou libertar sua mão, Leandro a apertou e sussurrou ansioso: "Jamais me importei com uma donzela mortal, mas agora você para mim é maior que tudo."

Hero ficou corada e seus longos cílios velaram a luz de seus olhos.

"Não o conheço, jovem bondoso", ela gaguejou, lutando entre o amor e o pudor, envergonhada pela atitude e pensando nas palavras de Leandro que fizeram seu coração pular de alegria. "Não é de bom tom que eu fale com você... aqui." Então, falando ainda mais baixo, a donzela se virou, ficando ainda mais corada que antes e acrescentou: "Moro sozinha com uma serva naquela torre à beira-mar e, quando deixo o serviço da deusa, sempre coloco uma luz no alto da torre para que os que estão no mar saibam onde fica o porto e voltem para casa em segurança. Mas você não deve me procurar lá."

E, puxando sua mão, a donzela assustada fugiu, enquanto lágrimas brotaram de seus olhos. À medida que corria, ela chorava e sorria. Ao subir a encosta que levava à sua torre no penhasco, ela diminuiu o passo e, enxugando as lágrimas, olhou para trás. Leandro ficou parado onde ela o havia deixado, seguindo seus movimentos com os olhos. Jogando o véu para trás sobre o ombro, ela retomou lentamente seu caminho de volta para casa, com muitos olhares para trás.

Quando chegou à torre, Hero pediu à velha serva que preparasse tudo para a refeição da noite e depois fosse para o quarto.

"Você está muito cansada, minha linda", disse a velha. "Esses festivais lotados e os longos dias de sacrifício são demais para uma flor delicada como você. Não se preocupe, eu a deixarei em paz e acenderei sua luz no alto da torre, mesmo agora, à luz do dia. Depois vou procurar o leito no qual meus velhos ossos se ajeitam e você não precisará subir toda aquela escada."

"Como achar melhor, minha cara", respondeu Hero, virando-se para tirar o véu e esconder seu rubor de alegria. Ela havia dito a Leandro que a luz era o sinal de que tinha encerrado as atividades do dia – ele notaria? Será que viria?

Ao cair da tarde, ela arrancou alguns ramos de rosas para enfeitar o quarto e colocou sobre a mesa frutas cristalizadas, bolos de mel e o vinho de Chipre que os adoradores de Vênus sempre servem à sua sacerdotisa. Os passos pesados da velha dama soaram quando ela subiu a escada e voltou para o seu quarto e sua tão desejada cama. Então, o silêncio caiu sobre a torre, Hero se sentou com o coração batendo forte, e esperou.

Leandro havia subido ao topo do penhasco e ali se deitou com o rosto voltado para o mar, determinado a manter os olhos afastados da torre até que houvesse uma oportunidade razoável de ver a luz.

Quando eu a vir brilhar", disse Leandro a si mesmo, "saberei onde fica o refúgio e irei em segurança para casa."

Ele fechou os olhos para poder ver, mais uma vez, na imaginação, o doce rosto desviado sob o fino véu.

Um barulho abaixo do penhasco o fez olhar para cima; o barco em que tinha vindo de Abidos estava começando a voltar. Ele viu tudo com um sorriso no rosto. Pareceu-lhe uma vida inteira desde que desceu no cais. Leandro observou o barco zarpando com todos os seus amigos a bordo. Ele não podia esperar mais: olhou então para a torre de Hero e lá, no alto, brilhou a luz de sinalização.

Ao vê-la, Leandro fez uma pequena pausa.

Entretanto, de sua janela, Hero também viu o barco partir para Abidos e, acreditando que Leandro tinha deixado Sesto e estava a bordo, ela se deixou cair ao lado da porta aberta, cobriu o rosto com as mãos e chorou de dor.

"Ai!", ela murmurou. Ele se foi... O barco partiu."

Enquanto subia as escadas que levavam à torre, Leandro ouviu o grito de Hero e correu, atirou-se de joelhos ao lado da donzela e beijou seus dedos com suavidade. Olhando para cima com um sobressalto, ela pareceu ter ficado furiosa ao vê-lo, mas já era tarde demais. Ela se rendeu e o amor encheu o ar.

Mas, na manhã seguinte, Leandro teve que voltar para sua casa, em Abidos. Ele embarcou logo cedo, encontrando um navio que estava indo para lá. Ao chegar, o pai notou imediatamente que o jovem estava usando um raminho de murta e um lenço bordado com as pombas de Vênus, e o repreendeu severamente.

"Há muitas moças bonitas aqui, na sua própria terra", ele disse. "Escolha uma delas e seja feliz, mas não corteje a sacerdotisa de Vênus, ou o mal virá com ela."

Leandro não respondeu ao conselho do pai, mas em seu coração ele sabia que nenhuma outra donzela o satisfaria e ele precisava ver Hero novamente, embora talvez morresse por isso.

Após a advertência do pai, ele não ousou ser visto atravessando o estreito durante o dia, mas, quando a noite caiu, ele vagou pelo mar, contemplando ansioso a água escura, até ver ao longe, fraco como uma estrela em uma noite clara, o brilho da lâmpada de Hero.

"Lá está o refúgio. Ah! Se eu pudesse me guiar em segurança para casa..."

Então, repentinamente, resolveu atirar longe suas roupas e, mergulhando na água, nadou com braçadas poderosas na direção da luz. Hero, penteando seus longos cabelos ao luar e pensando no amado, estava certa de que ele estava de pé diante dela, e mal podia acreditar que era ele mesmo.

E assim, mais uma vez, os dois tiveram um encontro de amor até o dia clarear. Então, Leandro se despediu com muitos beijos e nadou para casa em segurança. Sábia atitude.

Os dias foram passando e o pai ficou feliz ao ver que o filho tinha recuperado a alegria, achando que Hero tinha sido esquecida, pois o jovem nunca mais foi a Sesto, como estava acostumado.

O verão passou e, um dia, as colinas foram varridas pelas primeiras tempestades de outono.

Pobre Hero! Ao acender a lanterna da torre, olhou para as ondas agitadas e para a espuma branca, suspirando só de pensar que nadador nenhum atravessaria o mar naquelas condições. Mas Leandro não vacilou, pois mergulhou, golpeando as ondas furiosas com seu bom coração, e a cada emergida, procurava a luz de Hero. A fúria do mar não o dominou, mas o frio do outono atingiu seus ossos. Por muito tempo, ele lutou contra as ondas crescentes, mas a tempestade ficou ainda mais feroz e a margem mais distante parecia não se aproximar. O nadador foi ficando cada vez mais fraco, mas ainda assim continuou lutando. Numa de suas subidas à crista da onda, sua estrela-guia havia desaparecido. Uma nuvem negra tinha escondido a luz da torre. Até que, finalmente, seu coração falhou e, levantando os braços, ele afundou em seu túmulo de água.

Naquela noite, Hero esperou por muito tempo, num misto de ansiedade e medo. Quando o amado não apareceu, ela chorou lágrimas amargas. Mas uma dor pior ainda estava por vir, pois, no dia seguinte, o pai de Leandro chegou à sua torre.

"Meu filho está aqui?", ele perguntou em tom severo.

Tremendo, Hero respondeu: "Não, senhor."

"É verdade que muitas vezes ele atravessou o mar a nado e visitou você?"

Baixando a cabeça e profundamente enrubescida, ela respondeu: "Sim!"

"Então, sem dúvida, meu filho se afogou. E por sua culpa", disse o pai aflito. "Esta manhã, suas vestes foram encontradas perto da margem, mas dele não havia um sinal sequer."

Enquanto ele ainda falava, veio do cais um grito de tristeza e lamentação. E os dois desceram rapidamente o penhasco. Na praia, viram o forte e belo corpo de Leandro, a quem ambos tinham amado além de qualquer outro ser vivo sobre a terra.

PIGMALIÃO E A IMAGEM

(Segundo William Morris)

F. Storr

Em idos tempos, vivia na ilha de Chipre um escultor chamado Pigmalião. Ele ganhou fama e riqueza por sua habilidade em trabalhar com mármore, e suas esculturas de deuses e deusas, de heróis e heroínas, eram vistas em todos os templos da ilha e em todos os palácios. Muitas donzelas o olhavam com admiração e suplicavam para que ele imortalizasse suas feições em mármore quando estava ocupado esculpindo uma náiade para uma fonte pública, ou uma oréade para o relicário da Grande Caçadora. No entanto, embora fosse rico, famoso e admirado pelas mulheres, Pigmalião vivia triste e insatisfeito. Os nobres o aplaudiam e festejavam com ele, mas o viam como um artesão de origem humilde e o excluíam de sua amizade. Aos seus olhos, as mais belas donzelas de Creta pareciam seres simples e comuns quando ele as comparava com as formas divinas que seu cinzel forjava, e mais ainda com a mulher perfeita que sua imaginação retratava, mesmo que sua mão não tivesse a habilidade de perceber.

Aconteceu que, um dia, depois de vagar indiferente pelas ruas, vendo os fardos de púrpura de Tiro empilhados no cais e ouvindo a zombaria dos mercadores de olhos escuros, ele se escondeu em casa com o coração pesado e voltou mecanicamente para o alívio de seu trabalho diário, que era seu ganha-pão.

Ele tinha começado a desbastar um bloco de mármore da ilhas de Paros, sem ainda saber o que faria. Mas, à medida que foi trabalhando, os veios do mármore sugeriram a ele a forma de uma mulher e, descuidado, exclamou: "Ó Grande Vênus, que esta estátua seja a realização do meu sonho, a representação de um reflexo de sua beleza celestial na Terra. Apenas ouça o meu pedido e eu juro que a donzela será dedicada à sua beleza e a servirá em seu bosque de murtas." Ele fez sua prece de forma descuidada, mas a deusa estava por perto, ouviu sua oração e guiou sua mão de modo que ele trabalhou com muito mais segurança e habilidade que sempre. Enquanto as lascas brancas voavam ao seu toque, uma estranha alegria emocionou seu coração. Ao mesmo tempo, uma vaga sensação de problemas, como se ele estivesse perseguindo a própria sombra, um fantasma de seu cérebro que ainda escapava de seu alcance.

Ele então trabalhou mais e mais durante o dia, e a noite toda sonhou com seu trabalho. E ficou tão absorto que durante um mês inteiro se esqueceu de seu mergulho matinal no rio, do passeio pela floresta ao pôr do sol e até mesmo de regar as flores de seu jardim. Os toques adicionados e o polimento do mármore foram tão primorosamente delicados que seria possível cobrir uma moeda com todo o material que havia caído de seu cinzel durante o mês.

Ainda assim, ele não parecia estar perto de seu objetivo. Então, certa manhã, depois de uma noite agitada, ele se levantou, dizendo a si mesmo: "Você está louco, Pigmalião. Alguma bruxa lançou um feitiço sobre você. Acorde enquanto é tempo. Quebre esse perverso feitiço. Viva como antes e não procure alcançar aquela beleza perfeita que está depositada nos céus, além do alcance mortal."

Com isso, ele pegou seu arco e a aljava, atravessou a cidade e saiu dos portões para os altos bosques vizinhos para ver se esquecia completamente a sua arte.

Era uma bela manhã de verão e o cheiro dos campos chegou até ele, trazido pelo vento oeste. Tudo ao seu redor se enchia de vida enquanto ele passava. Os altos choupos ondulavam e se agitavam à luz do sol. As abelhas estavam atarefadas. As andorinhas sobrevoavam a área, e o som da foice do cortador o acompanhou durante a caminhada.

Por fim, ele se sentou e se pôs a meditar. "O sol, como eu, já passou de seu zênite e está correndo para descansar. A natureza está se movimentando e cada coisa viva persegue sua rotina e suas tarefas. Por que estou sonhando sozinho, como o ocioso de um dia vazio?"

Ele então se virou e, incitado por um desejo selvagem, sem saber por quê, encontrou-se antes de perceber que estava em sua própria porta.

Por instantes, ele se deteve na soleira e disse: "O que eu faria se ela tivesse ido embora?" Imediatamente ficou vermelho por sua própria loucura ao sonhar que a deusa poderia ter feito um milagre e a levou para o bosque de murtas, e mais uma vez ficou mortalmente pálido só de pensar em tal maravilha. Então, suspirando, entrou na casa, mas parou novamente antes de criar coragem para entrar em seu quarto onde estava a estátua.

Nada tinha sido alterado. Ternamente, pegou seu cinzel e tentou aperfeiçoar a maravilha do rosto que ele havia forjado. Mas tocá-la agora lhe parecia uma profanação e, jogando o cinzel, gritou: "Ai! Por que a fiz para que zombasse de mim dessa forma? Sei que há várias muito semelhantes, cuja beleza é um laço para atrair os homens mas estas os deuses fizeram para punir a luxúria. Eu a fiz com o coração puro para adorar e reverenciar, e você não me dirá uma única palavra."

Assim dizendo, ele recuou e olhou para sua estátua com lágrimas nos olhos. Na verdade, ela era de uma beleza assombrosa e, se você a visse, diria que faltava pouco para ser uma donzela viva. Seu cabelo solto escondia a curva delicada dos seios; uma das mãos estava estendida, como se cumprimentasse o ser amado, e a outra segurava uma rosa desabrochada. Não havia sorriso nos lábios entreabertos, e nos olhos melancólicos havia um olhar, não de amor, mas de alguém a quem o mistério e a magia do amor já tinham sido meio revelados.

Ele ficou contemplando, envergonhado de sua loucura apaixonada, mas com um desejo infinito, mais forte e mais estranho do que jamais havia sentido antes.

Naquele momento, passavam pela rua alguns escravos fortes, que carregavam fardos para o cais. Ele os cumprimentou e lhes ofereceu uma rica recompensa se o ajudassem a mover a pesada estátua, colocando-a em um nicho vazio ao lado de sua cama. Quando iam embora, ele vasculhou seus cofres em busca de gemas e joias com as quais enfeitaria sua dama de mármore, mas as que encontrou pareciam muito pobres. Ele então levou todo o seu estoque de ouro e comprou dos mercadores um colar de pérolas, tornozeleiras

Pigmalião, gravado por Stefano della Bella, retirado do *Jogo da Mitologia*, desenvolvido por Jean Desmarets de Saint-Sorlin.

e pulseiras cravejadas de pedras raras e preciosas. Pendurou tudo no mármore frio e jogou-se no chão como um peregrino em um santuário, rezando para que o santo aceitasse sua pobre oferta. E orou até que, desgastado pela paixão, dormiu aos pés da estátua. Acordou ao raiar do dia e foi até o jardim colher flores frescas para colocar no santuário. Depois, trouxe um altar que havia gravado em ouro para a lareira de um nobre e acendeu sobre ela um fogo de cedro e sândalo e, quando a fumaça de cássia e incenso subiu, ele disse: "Você, imagem fria e muda, até que eu morra, não saberei se os deuses enviaram um espírito mentiroso para me divertir, mas sei que, em vida, não amarei ninguém além de você. Portanto, se não pode me dar amor pelo amor, por piedade, tire minha vida e me deixe descansar."

Assim ele orou e a imagem não falou nem se moveu, mas os olhos doces e sérios que suas mãos tinham forjado olhavam para baixo, como se tocados com compaixão e ternura, em sua cabeça inclinada. E passou o dia todo no santuário, em adoração. Mas, no dia seguinte, enquanto a fumaça do incenso se enrolava ao redor da estátua, ele ouviu na rua o som de menestréis e, como que fascinado pela música, deixou sua oração pela metade, saiu e viu um alegre desfile de homens e mulheres que carregavam em uma carruagem de ouro uma imagem da Rainha do Amor, que ele mesmo havia feito em tempos idos e esquecidos, agora enfeitada para seu festival solene em uma veste da cor do açafrão bordada com caracteres místicos de ouro.

Então, ele vestiu um manto festivo e se juntou à alegre procissão que levou a deusa de volta ao seu templo e a despiu reverentemente, e colocou em seu santuário suas oferendas de grãos de ouro e favos de mel. Ao meio-dia, a multidão de adoradores já tinha ido embora e ele foi deixado sozinho no templo mal iluminado. Ele se aproximou do altar onde estava sua obra-prima – que agora parecia frágil e cheia de defeitos – e, lançando incenso na chama do altar, balbuciou sua oração para a deusa.

"Rainha do Céu, que outrora me ajudou, peço mais uma vez o seu auxílio. Não orei, não chorei, não lhe prestei serviço verdadeiro?

Não tenho palavras para lhe dizer a minha necessidade, mas a senhora conhece todos os desejos do meu coração. Ouça-me, ó Rainha!"

E, enquanto orava, uma chama fina no altar repentinamente estremeceu, como uma coisa viva, e saltou até quase tocar o domo do templo, afundando novamente em um débil tremeluzir.

Diante dessa maravilha, seu coração saltou de forma descontrolada, mas, quando a chama se apagou, ele disse a si mesmo: "Este não é outro fantasma doente da cabeça? E, com passos tristes e lentos, deixou o templo para voltar a seu lar vazio.

Parado diante da porta, em plena luz do dia, ele parecia acordar de um sonho, mas a felicidade que trouxe ainda perdurava, e ele abençoou a deusa até mesmo em seu sonho. Entrou então no quarto, envolto em lembranças tristes e doces, e parou com os olhos baixos antes de procurar por sua donzela de mármore. Mas... eis que o nicho estava vazio! Confuso e assustado, gritou. Uma voz suave sussurrou seu nome. Ele se virou e ali, entre ele e o sol poente, estava sua donzela de mármore, vestida de vida e nova beleza. Os contornos eram os mesmos – a testa, os lábios, os cabelos soltos. Mas ela veio vestida de uma forma ainda mais preciosa, pois, sobre tudo, a deusa havia derramado a luz púrpura do amor, e a vestiu com a roupagem brilhante que ele havia visto naquela manhã em seu templo.

Sem palavras, ele ficou maravilhado, e mais uma vez a voz dela soou clara:

"Não venha até mim, ó querido companheiro de minha vida recém-descoberta, pois sou chamada de sua amante e esposa."

Mesmo assim, ele nada fez ou falou. Ela então estendeu a mão para ele e o encarou com olhos suplicantes. O feitiço que o prendia foi quebrado. Ele pegou as mãos estendidas e as puxou para si, sentindo o hálito doce que havia procurado em vão por tanto tempo, sentiu a vida quente dentro de seu peito arfante e apertou em seus braços o amor vivo.

E ali, rosto tocando o rosto, ele a ouviu dizer: "Por que está tão calado, meu amor? Você acha, talvez, que isto também é um sonho? Não. Se ainda me ama, nunca o deixarei ou abandonarei. Venha comigo até seu jardim. Lá vou lhe contar todas as palavras confortáveis que a Rainha do Amor me disse e você vai me dizer quais são suas esperanças e medos, seu anseio por uma beleza que não é da Terra, suas noites sem dormir, e todas as suas dores."

Eles então passaram para o jardim e lá, sob as árvores sussurrantes e o luar suave, os amantes felizes contaram um ao outro a história de seu amor. Que palavras eles disseram eu não posso repetir. Isso aconteceu há muito tempo, quando o mundo era jovem, e eles falavam uma língua que poucos ou ninguém agora pode entender. No entanto, um poeta da nossa época compreendeu e traduziu para nós a última palavra que a Rainha do Amor Celestial disse ao servo Pigmalião:

"A beleza é a verdade, a verdade é a beleza – isso é tudo o que você conhece na terra e tudo o que precisa saber."

CÉFALO E PRÓCRIS

H.P. Maskell

O salão de banquete do palácio de Egina estava movimentado. O jovem príncipe Foco tinha convidado seus amigos para acompanhá-lo em uma caçada, e agora, depois do jantar, estavam reunidos à volta do fogo, divertindo-se com histórias de caça. Enquanto isso, Céfalo, grisalho e abatido pelos anos, mais cansado que os outros, sentou-se mais distante e ficou em silêncio.

O príncipe, percebendo seu olhar tristonho, levantou-se e abriu espaço para que ele se juntasse ao grupo. "Posso saber de que árvore foi cortado o dardo que você está segurando?", ele perguntou. "Fui caçador durante toda a minha vida, mas a textura dele me intriga. Um carvalho selvagem teria o tronco marrom; já se fosse o de um cornejo, mostraria os nós. Nunca vi um dardo tão fino e bem torneado."

Um dos jovens interpôs: "Ah! Mas, como arma, é ainda mais maravilhoso que por sua beleza. Ele atinge o que quer que seja. O acaso não orienta o seu curso quando lançado; e ele voa para trás por conta própria, manchado com o sangue da vítima."

Foco então ficou ainda mais curioso para conhecer sua história. Quem foi o doador de um presente tão precioso?

Céfalo finalmente concordou em contar a história, com lágrimas nos olhos pela tristeza revivida em seu coração pelas lembranças que evocava. "Enquanto eu viver", disse com um suspiro, "essa arma vai me fazer chorar, pois ela foi a minha ruína e a da minha esposa Prócris. Ela era até mais bela e mais doce que sua irmã Orítia, que foi levada por Bóreas. O pai dela, Erecteu, me deu a mão dela e, por amor, ela me escolheu. Fui considerado um homem de sorte por possuí-la, assim como eu fui. Em toda a Grécia, não se podia encontrar um casal mais feliz. Os próprios deuses tinham inveja da nossa felicidade – grande demais para os mortais. Antes que terminasse o segundo mês depois da nossa festa de casamento, Aurora, a deusa do Amanhecer, me viu pela manhã, enquanto eu colocava as redes para prender o cervo das alturas do monte Himeto, e eu a segui contra a minha vontade. Ela lançou um feitiço em mim e me segurou pela feitiçaria de seus grandes olhos e dedos rosados. Ela era bela, com uma beleza que não era da terra, mas me pareceu menos bela que Prócris. Já Prócris estava sempre em meus pensamentos e, em meus sonhos, sussurrei o nome dela. A deusa então chorou com raiva. "Pode ficar com Prócris. Chegará o dia em que você desejará nunca tê-la possuído!"

"Diana deu a Prócris, que amava a caça, o cão Laelaps, que animal selvagem nenhum podia superar, e esse dardo do qual nada escapava, como sinal de nossa reconciliação. E ela os deu a mim.

"Você gostaria de saber o destino do outro presente – o cachorro? Quando Édipo resolveu aquele enigma que ninguém mais conseguia adivinhar e a Esfinge que o inventou jazia mutilada, Têmis não a deixou sem vingança. Outra praga foi enviada contra Tebas, e um monstro selvagem devorou os camponeses e seu gado. Nós, os jovens do distrito, nos reunimos e cercamos os campos com redes, mas o monstro, com um salto de luz, pulou sobre eles e escapou. Os cães foram soltos e eles o seguiram, mas ele escapou facilmente, como um pássaro. Meu cachorro Laelaps – uma tempestade de velocidade – puxou a coleira. Ávidos, os espectadores imploraram para que eu o soltasse. Imediatamente, ele sumiu dos nossos olhos. Uma lança não voa tão depressa, nem as balas de uma funda, nem as flechas do arco cretense. Do alto da colina, vi essa perseguição maravilhosa. Num primeiro momento, houve a impressão de que a fera tinha sido apanhada; em outro, por ter escapado totalmente enquanto se esquivava e se dobrava, para que o inimigo não pudesse correr a toda velocidade quanto ela. E eu me vi pensando em usar meu dardo. Enquanto encaixava meus dedos nas tiras, por um instante afastei meus olhos da vítima. Quando olhei novamente, tive uma visão ainda mais maravilhosa. Havia duas estátuas de mármore no meio da planície; dava para imaginar que uma estava voando e a outra latindo, em perseguição. Sem dúvida, algum deus desejou que ambos permanecessem invencíveis nesse teste de velocidade.

"Mas por que você deveria reclamar do dardo?", interrompeu Foco. "O que há de errado com isso?"

"Ó filho de Éaco", respondeu Céfalo, "minhas tristezas ainda não foram contadas. Por anos fui abençoado por minha esposa e ela era feliz com seu marido. Ninguém, nem mesmo o próprio Júpiter, poderia ter se interposto entre nós, nem Vênus poderia ter me afastado do meu amor."

"Quando o sol só estava dourando os cumes das montanhas, eu costumava ir caçar na floresta. Eu não queria servos, nem cavalos, nem mesmo o faro apurado dos cães de caça comigo. Meu dardo era suficiente para mim. Quando me saciava com a matança dos animais selvagens, eu ia para algum lugar fresco e sombreado e apreciava a brisa que inundava os vales e me refrescava no calor do meio-dia. Enquanto esperava a brisa, costumava cantar uma espécie de refrão: "Venha Aura gentil, Aura gentil! Venha ao meu peito. Com sua doçura, refresque-me de todo esse calor!" Como o destino cruel poderia ter me incitado, acrescentei outras palavras, como "Doce Aura, você é minha alegria! Você me ama e me refresca. Você me faz procurar bosques e refúgios solitários e seu ar é muito agradável no meu rosto." Algum intrometido deve ter me ouvido e, imaginando que eu estava apaixonado por uma ninfa chamada Aura, levou a história para os ouvidos de minha esposa.

"O amor está sempre pronto para acreditar no pior. Quando ouviu a história, Prócris desmaiou de tanta dor. Depois, voltando a si, lamentou seu destino infeliz e chorou por minha infidelidade. Ela acreditava que a tal Aura era uma donzela e uma rival. Entretanto, esperando que pudesse estar enganada, ela não proferiria a sentença a menos que visse minha traição com seus próprios olhos."

Na manhã seguinte, ao nascer do sol, saí como sempre para a floresta e, tendo sucesso na caçada, eu me deitei para descansar, murmurando: "Venha a mim, doce Aura." Imaginei ter ouvido um gemido distante e fraco, mas não prestei atenção e disse outra vez:

"Venha a mim, Aura, venha!" Um farfalhar nas folhas me assustou e, achando que era uma fera, soltei meu dardo."

Ai! Era Prócris gritando: "Como sou infeliz!" Ela recebeu o dardo em seu peito. Corri na direção do som da voz dela e a encontrei morrendo, com as roupas manchadas de sangue, tirando o próprio presente, aquele dardo, de sua ferida. Levantei seu corpo, mais querido para mim que o meu próprio, com meus braços culpados, e apliquei tiras tiradas de minhas vestes para tratar as feridas e tentei, em vão, estancar o sangue, implorando para que ela não morresse e me deixasse desolado."

"Com a respiração ofegante e palavras entrecortadas, ela sussurrou ao meu ouvido: 'Eu lhe suplico, pelos deuses do alto, e pelos nossos votos de casamento, e por meu amor mesmo agora, mesmo que eu morra, para não deixar que a luz do amor, Aura, tenha o coração que um dia foi meu!' Finalmente eu entendi o erro do nome e que o que a aterrorizava era uma sombra. Eu a tranquilizei. Mas o que adiantou? Ela estava afundando, e sua pouca força desapareceu junto com seu sangue. Enquanto ela conseguiu olhar para qualquer coisa, ela olhava para mim e se permitia um sorriso infeliz. Mas gosto de imaginar que ela morreu livre de cuidados e com uma aparência tranquila."

"Ainda afago a memória dela. Nenhuma donzela mortal, desde então, teve meu coração. Envelheci a serviço de Diana, olhando para o dia que não pode estar muito distante, quando nos encontraremos e renovaremos nosso amor nos campos celestiais."

ECO E NARCISO

Thomas Bulfinch

Eco era uma linda ninfa, amante dos bosques e colinas, onde se dedicava aos esportes da floresta. Ela era a favorita de Diana e a acompanhou na perseguição. Mas Eco tinha um defeito: gostava de falar, fosse em uma simples conversa ou em uma discussão, ela sempre tinha a palavra final. Um dia, Juno procurava o marido, que – ela tinha motivos para temer – estava se divertindo entre as ninfas. Eco, com sua conversa, conseguiu deter a deusa até que as ninfas escapassem. Quando descobriu, Juno pronunciou a sentença de Eco: "Você perderá o uso dessa língua com a qual me enganou, exceto para aquele propósito de que você tanto gosta – responder. Você ainda terá a última palavra, mas não terá poder para falar primeiro."

A ninfa viu o belo jovem Narciso enquanto ele corria atrás da caça nas montanhas. Ela o amava e seguiu seus passos. Como desejava se dirigir a ele com palavras doces, convencendo-o a conversar! Mas não tinha mais esse poder. Impaciente, esperou que ele falasse primeiro e já tinha uma resposta pronta. Um dia, estando separado de seus companheiros, o jovem gritou: "Quem está aqui?" Eco respondeu: "Aqui!" Narciso olhou à sua volta, mas, não vendo ninguém, gritou novamente: "Venha." Eco respondeu: "Venha." Mais uma vez, Narciso chamou: "Por que você me evita?" Eco repetiu a pergunta. "Vamos nos conhecer", disse o jovem. A donzela respondeu nas mesmas palavras com todo o coração, e correu para o local, pronta para jogar seus braços em volta do pescoço dele. Narciso retrocedeu, exclamando: "Tire as mãos! Prefiro morrer a você me ter!" "A você me ter", ela disse. Mas foi tudo em vão. Ele a deixou, e ela foi esconder seu rubor nos recônditos da floresta. Daquele momento em diante, ela viveu em cavernas e entre os penhascos das montanhas. Sua forma se desvaneceu com a dor, até que finalmente toda a sua carne encolheu. Seus ossos se transformaram em rochas e dela não restou nada além da voz. Com isso ela ainda está pronta para responder a qualquer um que a chame e mantém o velho hábito de dar a última palavra.

Neste caso, a crueldade de Narciso não foi o único exemplo. Ele se afastou de todas as ninfas, como fizera com a pobre Eco. Um dia, uma donzela que tentava, em vão, atraí-lo, fez uma oração para que ele pudesse, uma vez ou outra, sentir o que era amar e não encontrar nenhum retorno de afeição. A deusa vingadora a ouviu e atendeu ao pedido.

Havia uma fonte límpida, com águas como prata, à qual os pastores nunca levavam seus rebanhos; nem as cabras das montanhas e os outros animais da floresta recorriam a ela. Nada foi desfigurado com folhas e galhos caídos. Mas a grama crescia fresca ao seu redor e as rochas a protegiam do sol. E foi a esse lugar que, um dia, cansado da caça, o jovem chegou, encalorado e com sede. Ele se abaixou para beber e viu a própria imagem refletida na água. E achou que fosse algum belo espírito da água vivendo na fonte. Cheio de admiração, ele ficou olhando aqueles olhos brilhantes, as madeixas encaracoladas de Baco ou Apolo, as bochechas salientes, o pescoço de marfim, os lábios entreabertos e o brilho da saúde e dos exercícios principalmente. E se apaixonou por si mesmo. Ele aproximou os lábios para dar um beijo; mergulhou os braços para abraçar o objeto amado. Ele fugiu ao toque, mas voltou pouco depois e renovou o fascínio. Não conseguia sair dali. Perdia todo o pensamento na comida ou no descanso enquanto pairava os olhos à beira da fonte mirando a própria imagem. E conversou com o suposto espírito: "Por que me evita, belo ser? Certamente não é o meu rosto que repele você. As ninfas me amam, e você mesmo não me parece indiferente. Quando estico meus braços, você faz o mesmo; e você sorri para mim, responde aos meus acenos de forma semelhante." Suas lágrimas caíram na água turvando na imagem. Ao vê-lo partir, exclamou: "Fique, eu lhe suplico! Deixe-me pelo menos olhar para você, se não posso tocá-lo." Com isso, e muito mais do mesmo tipo, ele afagou a chama que o consumia, de modo que, aos poucos, foi perdendo a cor, o vigor e a beleza que outrora tanto encantou a ninfa Eco. No entanto, ela se manteve perto dele e, quando ele exclamou: "Ai, ai!", Eco respondeu com as mesmas palavras. Ele definhou e morreu. E, quando sua sombra passou pelo rio Estige, debruçou-se sobre o barco para se ver na água. As ninfas choraram por ele, principalmente as da água. Quando elas feriram os seios, Eco também feriu os dela. Depois prepararam a pira funerária e teriam queimado o corpo, mas ele não foi encontrado. Em seu lugar surgiu uma flor roxa por dentro e cercada de folhas brancas, que leva o seu nome e guarda a memória de Narciso.

John Milton menciona a história de Eco e Narciso na canção da Senhora, do poema "Comus". Ela está à procura de seus irmãos na floresta e canta para atrair sua atenção:

"Eco, doce ninfa, que vive sem ser vista
Dentro da sua concha etérea
Pela verde margem do lento rio,
E o vale violáceo,
Onde o rouxinol abandonado
Todas as noites para você sua triste canção lamenta.
Dois jovens você não viu, por acaso,
Bem parecidos com seu Narciso?
Se em alguma gruta florida você o escondeu,
Diga-me onde essa gruta está.
Doce ninfa, filha da esfera,
Você pode subir ao céu
E dar graça retumbante
A toda a harmonia celeste!"

Milton imitou a história de Narciso na narrativa em que ele faz Eva dar a primeira olhada em si mesma refletida na fonte:

"Eu me lembro sempre daquele dia
Em que fui despertado de um sono profundo
Sob a sombra das flores, me perguntando onde estava

Quem eu era, de onde vim e como.
Não muito longe dali, o som murmurante
Das águas que saíram de uma caverna se espalhou
Em uma planície líquida então ficou imóvel
Puro como a expansão do céu.
Com um pensamento inexperiente, eu me deitei
Na margem verde, para contemplar as águas claras do
Lago que para mim parecia outro céu.
Ao me debruçar sobre o lago, um vulto
À minha frente apareceu
Curvando-se para olhar para mim. Recuei,
E a imagem recuou também.
Deleitada com o que vira, novamente eu olhei.
E de dentro da água a imagem olhou para mim.
Tão fascinada quanto eu ao me ver.
Encantada, prendi na imagem os olhos
E, dominada por um vão desejo,
Mais tempo ficaria, se uma voz
Não se fizesse ouvir, e me avisasse:
É você mesma que está se vendo, linda criatura!"

Paraíso Perdido, Canto 4

Nenhuma das fábulas da antiguidade foi mais mencionada pelos poetas do que a de Narciso. Aqui estão dois epigramas que a tratam de maneiras diferentes. O primeiro é de Goldsmith:

UM LINDO JOVEM QUE UM RAIO DEIXOU CEGO
Não por ódio, a Providência
Fez isso com você, mas por piedade.
Se cego se tornou, como Cupido,
Da sorte de Narciso ele quis livrá-lo.

O outro é de Cowper:

SOBRE UM JOVEM FEIO

"Evite se debruçar, meu amigo,
Sobre o cristal de um riacho ou fonte,
Ou o destino de Narciso seria então seu.
Autodetestado você iria definhar,
Como ele, apaixonado por si mesmo."

O ANEL DE POLÍCRATES

M.M. Bird

Se queres manter o teu lugar feliz,
Implore aos imortais
Para misturar ao seu doce alguns amargos;
Pois quando os deuses em alguém derramarem
Uma reserva de felicidade,
A ruína com certeza será o seu fim.

Friedrich Schiller (1759–1805)

De todos os monarcas da Terra, o mais nobre e orgulhoso foi Polícrates, tirano de Samos. O que quer que ele tocasse prosperava. Uma a uma, ele conquistou todas as ilhas da Grécia. Suas galeras por mar ou seus arqueiros em terra nunca conheceram a derrota. O único que podia ser comparado a ele no poder era seu amigo e aliado Amasis, rei do Egito, ao lado de quem ele havia batalhado e compartilhado os despojos da vitória.

Esse Polícrates, de seu palácio em Samos, olhando o mar reluzente e meditando sobre que nova aventura deveria ocupar seus braços, viu um dia uma galera avançando do sul em velocidade. Tinha a insígnia do rei do Egito, disseram os vigias.

"Que mensagem nosso bom irmão Amasis pode ter para nós?", ele pensou. "Para que nova façanha ele precisa de nossa ajuda? Em que tipo de ação ele não ousa se aventurar até unir nossas fortunas?"

A galera voou sobre as águas e chegou ao cais. Mensageiros correram ao palácio levando uma missiva lacrada com o grande selo de Amasis.

Em vão, Polícrates procurou nos hieroglifos algum esquema ousado, em que ele deveria contribuir com mais escravos, mais terra, mais ouro, mais poder e mais ódio daqueles que conquistasse.

Pois assim escreveu Amasis ao seu aliado:

"É um prazer saber do sucesso de um amigo e aliado. Mas sua sorte excessiva não me agrada, sabendo como eu sei que a divindade é ciumenta. Quanto a mim, prefiro escolher que eu e meus amigos sejamos parcialmente bem-sucedidos em nossos empreendimentos e que, às vezes, soframos reveses, a ser próspero em todas as coisas. Não me lembro de ter ouvido falar de qualquer homem que, não tendo sofrido revés, não foi totalmente destruído. Portanto, aceite o meu conselho e aja assim em relação à sua sorte. Considere bem o que você mais valoriza, e cuja perda mais doeria na sua alma, um tesouro que jogado fora nunca mais poderia ser visto pelo homem."

Polícrates largou a carta e se pôs a pensar. Passou os olhos pelo lindo salão onde estava sentado. Depois, pela janela, vislumbrou os lindos terraços de mármore, e as vinhas e as árvores frutíferas dos jardins do palácio. Lá embaixo, para seu prazer, viu as ruas cheias de sua cidade movimentada e o cais onde os navios descarregavam suas mercadorias. Lá estava o porto onde ficavam suas galeras, cem delas, cada uma tripulada por cinquenta fortes remadores, escravos. Além do grande porto que os cativos de guerra construíram para ele, ficavam as lotadas ilhas dos mares gregos, habitadas também por seus vassalos ou aliados. Seu poder não conhecia restrições; a corrente de ouro fluía ininterrupta para suas margens. Ele admitiu a si mesmo, com um misto de orgulho e medo, que tal prosperidade era uma coisa que provocava a inveja dos imortais.

Amasis tinha visto esse perigo e enviado um aviso gentil ao amigo. Fez muito bem.

Que perda ele mais lamentaria?

Tirano como era, Polícrates era um patrono das artes. Foi em sua corte que Anacreonte cantou sobre o vinho e o amor como ninguém havia cantado antes. Pintores, escultores e músicos se divertiam lá, e ele se deleitava com isso. Deveria ele sacrificar seu cantor favorito, seu pintor mais talentoso? Deveria destruir o afresco mundialmente famoso de seu salão de banquetes ou matar a mais bela de suas escravas? Mas um novo cantor logo substituiria o antigo, outro artista surgiria e pintaria uma cena mais encantadora, uma escrava mais bonita cairia cativa em seus braços.

Ele se desesperou ao selecionar entre seus incontáveis tesouros o que era mais precioso, quando seus olhos caíram sobre o grande sinete de ouro em seu dedo indicador. Ali estava o próprio símbolo de seu poder, o esplêndido anel de ouro esculpido por Teodoro, filho de Télecles, o Sâmio. Ali estava a esmeralda gravada por Teodoro. A impressão daquele sinete na cera maleável colocava o selo do comando do rei em todas as ordens. Seus olhos se detiveram no lindo anel. Ele o girou em seu dedo; era a marca da sua capacidade de trabalho. O ouro brilhava à luz do sol e o coração da grande esmeralda brilhava como um fogo verde.

"O anel!", ele gritou. "Meu maior tesouro, meu bem mais valioso, vou lançá-lo ao mar."

Seus ministros e cortesãos o ouviram atônitos. Eles se falaram com a respiração suspensa sobre a atitude que o rei pensava tomar. Como os negócios do reino continuariam sem o reconhecido selo do rei em seus decretos? A notícia se espalhou pelo palácio, onde o espanto se misturou com consternação, e consternação com admiração pelo rei que sacrificaria seu maior tesouro para apaziguar os deuses pelo bem de seu reino. Do palácio, a notícia correu pela cidade. E os homens se reuniram para discuti-la e as mulheres foram de casa em casa para contá-la. Eles viram então a barca real de cinquenta remos sendo rapidamente preparada para zarpar. As multidões de trabalhadores deixaram sua labuta nas oficinas da cidade e se agruparam no cais. Logo viram o rei vindo do palácio com os ministros à sua volta e os cortesãos seguindo atrás. Havia preocupação em sua testa e uma determinação feroz em seus olhos. Quando ele cruzou o passadiço, perceberam que sua mão real estava nua. Nenhum fogo verde brilhava nela, como um vagalume à noite.

Lá fora, mar adentro, os remadores conduziam a galera veloz. A água borbulhava sobre a quilha, assobiando o golpe daqueles cinquenta remos. Por fim, o silencioso rei fez um sinal, e os remos saíram da água, espalhando uma fonte prateada.

Por três vezes o rei ergueu o braço para arremessar o anel e três vezes, ao olhar para a inestimável joia, ele a apertou na palma da mão aberta. Mas, na quarta vez, ele fechou os olhos deslumbrados e a atirou longe. Quando caiu no mar, a grande esmeralda brilhou como um raio da aurora boreal.

Nenhum sinal de que os deuses aceitaram seu sacrifício seguiu a ação. O sol brilhava no alto, e abaixo havia o inumerável riso das ondas.

O rei fez um sinal com a mão, agora tão significativamente nua, e a galera acelerou de volta ao cais. Em todos os dias que se seguiram, houve luto no palácio. O rei estava envolto em trevas e os negócios do Estado pareciam estar paralisados.

No sexto dia, um humilde pescador subiu aos portões do palácio trazendo como presente um esturjão real. "Aceite, meu rei", ele gritou. "É uma oferenda digna de Vossa Majestade. Por mais de três anos, exerci meu humilde ofício, mas nunca antes minhas redes trouxeram um peixe tão grande."

Polícrates agradeceu ao pescador e deu a ele uma bolsa de ouro. O peixe foi preparado e servido no banquete daquela noite.

O rei estava em sua câmara, mergulhado nos assuntos do Estado, quando um ajudante da cozinha veio correndo, exigindo uma audiência imediata. Em sua mão havia uma joia que brilhava muito.

Polícrates olhou com espanto, e então estendeu a mão para pegar o anel, milagrosamente recuperado. Pois, quando o peixe trazido pescador foi aberto, o anel foi encontrado em sua barriga.

Os cortesãos sussurraram com medo: "O que isso pode significar? Os deuses invejosos rejeitaram o sacrifício?"

Polícrates ficou fora de si de tanta alegria. E escreveu imediatamente para Amasis, rei do Egito, para lhe contar o acontecido. "Minha sorte é realmente inatacável, tanto pelos deuses quanto pelos homens", ele declarou.

Mas a opinião de Amasis era diferente. Ele sentiu que poder nenhum salvaria um homem com uma sorte tão anormal da vingança dos deuses invejosos. E enviou seu arauto para dizer que renunciava à amizade entre eles para que, se alguma terrível e grande calamidade se abatesse sobre Polícrates, ele próprio pudesse estar envolvido!

A raiva por essa deserção encheu o coração de Polícrates. Ele soube que Cambises, filho de Ciro, rei da Pérsia, estava pronto para invadir o Egito com um grande exército, e ele então lhe ofereceu ajuda por mar. Cambises aceitou essa aliança com prazer, e Polícrates enviou quarenta navios de guerra.

Mas em sua cegueira enviada do céu, ele os tripulou com descontentes e homens de nações conquistadas dos quais suspeitava de deslealdade e desejava remover – enviando com eles uma mensagem a Cambises de que não desejava que nenhum deles retornasse.

Esses guerreiros se amotinaram antes de chegar ao campo de batalha, e voltaram em formação de guerra contra Samos, mas também falharam, e Polícrates se tornou ainda mais poderoso. Foi então que Oroetes, o sátrapa persa de Sardes, que concebera o ódio de Polícrates, atraiu o tirano afortunado a visitá-lo e o agarrou traiçoeiramente, crucificando-o para que os homens pudessem ver que os deuses invejosos não permitiriam que um mortal compartilhasse a bem-aventurança imortal, e que cedo ou tarde o orgulho cairia.

RÔMULO E REMO

Guy E. Lloyd

Todo mundo já ouviu falar de Roma, aquela grande cidade, já antiga quando César encontrou na costa da Grã-Bretanha selvagens pintados vivendo em um pântano onde agora fica a cidade mais poderosa do mundo. A história de Rômulo e Remo conta a fundação dessa antiga cidade e como ela recebeu o nome de seu primeiro rei.

Ainda mais antiga que Roma, em uma colina não muito distante, ficava uma cidade construída por Iulo, filho de Eneias, de cujas andanças você ouviu falar, e à qual ele deu o nome de Alba Longa, a Longa Cidade Branca.

Quando minha história começa, Alba Longa era governada pelo rei Amúlio. Ele não tinha direito ao trono, mas o conquistara à força, tomando-o de seu irmão mais velho, Numitor, quer era um homem pacífico, totalmente diferente dele, um ambicioso.

Amúlio não tinha por que temer o irmão gentil, que vivia com seus rebanhos e manadas, mas sua consciência pesada não o deixava descansar. Ele vivia aterrorizado, com receio de que, um dia, os filhos de Numitor vingassem os erros do pai e tomassem o trono, que era deles por herança.

Por isso, ele contratou assassinos para matar o menino. A menina, Sílvia, estava condenada a ser uma vestal, donzela que jurara permanecer solteira por toda a vida e que ficava observando o fogo sempre aceso no santuário da deusa Vesta. Esse fogo só poderia ser mantido vivo por virgens imaculadas, e de sua vida dependia a segurança da cidade – primeiro de Alba, e depois de Roma.

Mas o deus Marte, a quem os romanos adoravam como líder de suas hostes e fundador de sua raça, olhou com pena para a donzela e não quis que a semente de Numitor morresse. E a visitou enquanto ela dormia no templo de Vesta e lhe enviou um sonho maravilhoso.

Ela sonhou que, enquanto observava o fogo sagrado, cochilou e a fita que usava escorregou de sua testa e, dela, surgiram duas palmeiras que cresceram e se espalharam até chegar aos céus, e seus galhos se espalharam por toda a terra. Sete vezes ela teve o mesmo sonho até perceber que se tratava de uma mensagem divina. E eis que, no seu devido tempo, nasceram seus filhos gêmeos, de beleza mais que mortal.

Quando soube do nascimento desses gêmeos, a ira de Amúlio se acendeu. Ele deu ordens para que Silvia fosse enterrada viva imediatamente, pois esse era o castigo destinado às virgens infiéis a seus votos; e atirou no rio Tibre o cesto de vime em que os bebês dormiam.

Mas Marte estava atento aos seus. Silvia, a mãe, não estava em lugar algum, pois o deus a tinha levado em segurança; e os indefesos bebês, dormindo tranquilamente, flutuavam nas águas turvas, como se seu berço fosse um barco, enquanto o Pai Tibre dominava a fúria de suas águas para deixá-los passar ilesos.

O cesto frágil desceu o rio até chegar aonde, no sopé de uma colina, havia uma grande figueira brava, com as raízes retorcidas expostas pela correnteza. O berço flutuante foi empurrado contra as raízes e ficou preso, pois a água tinha atingido seu nível mais alto e, agora, começava a baixar.

Em meio ao rugido do caudaloso rio, os bebês dormiram, mas, de repente, com um sobressalto, acordaram e olharam para cima, esperando ver a mãe curvada sobre eles e pronta para levá-los ao peito. Mas, acima de suas cabeças, eles viam apenas o reflexo do crepúsculo através dos galhos da figueira. Não havia som, exceto o murmúrio do vento, o bater das águas e, de vez em quando, o uivo distante de um lobo procurando comida. Com frio e fome, os dois choravam muito. Em meio à escuridão crescente, dois olhos verdes pousaram sobre eles. Era uma loba cinzenta, e os bebês se calaram e olharam maravilhados para aqueles olhos de fogo.

A loba farejou o cesto e, com as patas dianteiras o empurrou até que ele caiu de lado e os dois bebês rolaram. Ela os lambeu suavemente e eles se aconchegaram sob seu ventre quente e instintivamente, com seus dedos minúsculos, agarraram seus pelos. Ela os arrastou para longe da água, levando-os até uma caverna coberta de musgo, onde ficava sua toca. Lá os amamentou como se fossem seus próprios filhotes e os aninhou até que dormissem.

Aconteceu que Fáustolo, o chefe dos pastores do rei Amúlio, saiu certa manhã para ver se as águas tinham baixado e as pastagens estavam limpas. Enquanto andava ao pé do monte Palatino, viu o cesto virado de lado sob uma figueira. Ele foi em sua direção e, ao se aproximar, teve o olhar capturado por algo que se movia na sombra escura de uma rocha. Ele se dirigiu à caverna para ver o que havia dentro dela, quando, repentinamente, uma loba saltou e se afastou entre os arbustos antes que ele pudesse apontar um dardo para ela; e, para seu espanto, um pica-pau verde, com um pedaço de pão no bico, saiu de dentro do buraco. Tanto a loba quanto o pica-pau, você deve saber, são servos especiais de Marte, e estavam de dedicando prazerosamente aos cuidados dos indefesos bebês.

Fáustolo se abaixou para espiar. Lá, deitados um sobre o outro em um leito macio de musgo e samambaias, estavam dois meninos. Maravilhado, disse a si mesmo: "Esses bebês não nasceram de simples mortais. Uma náiade, ou talvez um deus do rio, deve ter intervindo para salvá-los da inundação e alimentá-los com ambrosia, o alimento dos deuses."

Ele então os levou para casa, para sua esposa Laurentia, e contou o ocorrido. Quando viu os rostos inocentes, seu coração maternal se encheu de amor e piedade e ela cuidou deles como se fossem seus próprios filhos. E os chamou de Rômulo e Remo.

Os meninos cresceram fortes e corajosos. Quando tinham idade suficiente, ajudaram os pastores do rei Amúlio. Como estavam sempre na frente, onde havia perigo, todos os outros rapazes passaram a admirá-los como líderes. Era um tipo de vida que agradava aos gêmeos. Durante o dia, eles vagavam pelas encostas das colinas, vigiando o gado que pastava, para, se necessário, afastá-lo de feras ou ladrões. À noite, todos os pastores se reuniam e acampavam em algum vale, abrigados sob as árvores. Ali, faziam grandes fogueiras

Rômulo e Remo, de uma série de seis chapas criadas no século XVII, gravadas por Wenceslas Hollar, a partir de desenhos de Giulio Romano.

para afastar os lobos e se deitavam contando histórias ou cantando uns para os outros.

Às vezes, os pastores do rei Amúlio travavam lutas desesperadas com outros pastores por bons acampamentos, ou pastagens férteis, ou locais onde havia água, ou pela posse de gado desgarrado. Mas as brigas mais ferozes e frequentes eram contra os pastores de Numitor, cujas pastagens eram vizinhas às do rei Amúlio. De vez em quando, depois dessas lutas, os pastores de Numitor se queixavam ao mestre de dois jovens altos que constantemente levavam os pastores de Amúlio à vitória.

Até que, um dia, eles armaram uma emboscada, pegaram Remo e o levaram até Numitor. Assim que o rei deposto viu o rapaz, lembrou-se do rosto de sua filha Silvia, há muito perdida, e desejou ardentemente ver Rômulo também.

Fáustolo e seu filho adotivo se perguntaram o que poderia ter acontecido a Remo, e estavam se preparando para ir à sua procura quando viram um grupo de jovens se aproximando com ramos de oliveira nas mãos, sinalizando que vinham em uma missão pacífica.

"Por que estão aqui, amigos?", perguntou Rômulo.

O líder do grupo respondeu: "Nosso mestre Numitor nos enviou, Rômulo, para implorar a você que corra à sua presença."

"Não", respondeu Rômulo. "Não posso ir com vocês pois preciso procurar meu irmão Remo, que está perdido."

O pastor então disse: "Não tema por seu irmão. Ele já está com nosso mestre Numitor."

Fáustolo então, que há muito tinha adivinhado quem deveriam ser aqueles garotos, disse a Rômulo: "Cumpra a ordem de Numitor e acompanhe esses jovens. Eu também vou e, no caminho, vou lhe contar alguns assuntos que são de grande interesse para você."

Assim, no caminho até o palácio de Numitor, Fáustolo contou a Rômulo a história do cesto preso sob a figueira, da loba e do pica-pau que cuidaram dos bebês abandonados.

Quando viram Rômulo passar, os pastores o seguiram, armados de varas e fundas, para que não lhe fizessem mal algum, porque eles o amavam e também a seu irmão, e os consideravam seus líderes.

Assim que viu os dois rapazes e ouviu a história de sua descoberta, Numitor teve a certeza de que deviam ser os filhos de sua filha Silvia.

E Rômulo e Remo, ao saberem das más ações de seu tio-avô Amúlio, decidiram se vingar dele.

Todos os pastores então ficaram à disposição para seguir os gêmeos aonde quer que eles escolhessem levá-los e partiram imediatamente para o palácio do rei Amúlio. Lá, dominaram seu guarda-costas e o mataram, e fizeram de Numitor rei em seu lugar.

O rei Numitor não foi um monarca ingrato, e deu aos netos, ainda em vida, todas as terras junto ao Tibre, onde os irmãos decidiram construir uma cidade e fundar um reino.

E aí surgiu uma nítida divisão entre Rômulo e Remo. Eles tinham a mesma idade, força e coragem, e um espírito igualmente elevado, que não tolerava nenhum tipo de controle. Ambos queriam governar e nenhum dos dois estava disposto a se submeter. Cada um dos gêmeos ambicionava ser rei na nova cidade e chamá-la pelo próprio nome.

Numitor então disse aos netos: "Não lutem juntos. Deixem que os deuses que tudo veem decidam. Subam ao cume de uma dessas montanhas e olhem para a terra e para o céu. Os deuses enviarão um sinal pelo qual vocês poderão saber quem será o rei escolhido."

Então tanto Rômulo quanto Remo subiram ao topo de uma das colinas ao lado do Tibre, e olharam para a terra e para o céu, lindos e brilhantes no ensolarado clima de abril.

Remo voltou primeiro e se encontrou com o avô, enrubescido.

"Vitória", ele gritou. "Os deuses me escolheram como rei pois vi seis abutres voando no céu."

"Espere", disse Numitor. "Não faça nada de forma precipitada. Vamos ouvir o que seu irmão viu."

Enquanto falava, Rômulo entrou no salão e se curvou diante do avô.

"Conte-me o que você viu no topo da sua montanha", pediu o rei.

E Rômulo respondeu: "Olhei para a terra e não vi nenhuma coisa viva. Mas, quando olhei para cima, vi doze abutres voando no céu."

Numitor então disse: "Na verdade, os deuses falaram claramente; e aqui não pode haver engano. Salve, rei Rômulo! Seu irmão viu apenas seis abutres."

E todos os pastores gritaram repetindo a saudação: "Salve, rei Rômulo!"

Mas Remo murmurou sombriamente: "Eu vi os meus primeiro. Eu deveria ser o rei." Mas homem nenhum lhe deu atenção.

Então, Rômulo pegou um arado com relha de bronze e prendeu a ela um novilho e uma novilha, e abriu um sulco profundo ao redor do monte Palatino. Todos os pastores o seguiram, virando a terra para que a parte se deslocasse toda para o lado do sulco onde a cidade deveria ser erguida, para que a boa sorte a seguisse e a riqueza ficasse guardada entre seus muros. Mas, onde deviam ficar os portões, o arado foi erguido e deixou pouco espaço, pois, na época, era costume que os portões não fossem sagrados, para que todos os homens pudessem passar por eles.

O coração de Remo se encheu de raiva, e ele não quis ajudar o irmão, nem participar da construção da cidade. Rômulo teria prazer em compartilhar suas terras e sua riqueza, mas Remo não quis aceitar nada das mãos do irmão. Se não podia ser rei, não se importava com mais nada.

Dia após dia, ele vagava melancolicamente observando Rômulo e seus homens trabalhando nas muralhas de sua cidade. Eles trabalhavam duro o dia todo, pois desejavam cercar o local escolhido com uma muralha antes que qualquer inimigo interrompesse seu trabalho.

Sua primeira fortificação era apenas um fosso e um monte, nem alta nem larga, mas suficiente para servir de defesa enquanto eles construíam muros melhores atrás dela.

No dia em que a primeira muralha da nova cidade foi concluída, Rômulo se encheu de alegria e ofereceu sacrifícios aos deuses, agradecendo na presença de todos os seus homens.

Mas Remo se colocou rudemente no meio da multidão e riu alto com desdém: "Por que tanto barulho por um muro desses?", ele gritou. E, seguindo em frente, saltou o fosso e a muralha. E, virando-se, saltou para trás outra vez. "Vejam como é grande a defesa do seu belo muro", gritou para Rômulo, zombando. "Se um lobo se empurrasse contra ele, com certeza o derrubaria; e eu mesmo posso pular dentro dele quando quiser."

E Rômulo, pálido, respondeu: "Siga seu caminho e deixe minha muralha em paz ou posso lhe fazer algum mal."

"Sua muralha!", retrucou Remo. "Mal dá para ver o seu traçado. Na verdade, achei que alguma toupeira estivesse passeando por aqui."

Sempre foi costume entre os soldados construir primeiro com a pá, e o muro que Rômulo e seus homens ergueram enquanto cavavam a vala era ainda mais alto que a maioria dos muros construídos naquela época.

E o escudeiro de Rômulo, Céler, o jovem que mais o ajudou em seu trabalho, ficou muito irritado quando Remo zombou e quando ele pulou o muro mais uma vez, gritando: "Ainda assim o inimigo entrará em sua cidade." Céler respondeu enfurecido: "Mesmo assim encontraremos o inimigo". Repentinamente ele feriu Remo com a pá que estava em sua mão. E Remo caiu morto aos pés do irmão.

Quando viu que havia matado o irmão do rei, Céler jogou a pá no chão e fugiu rapidamente, indo parar em uma terra distante.

Rômulo chorou muito a perda do irmão, e seus homens levaram o corpo de Remo para o cume da montanha, onde foi queimado em uma grande pira funerária.

A cidade recém-construída recebeu o nome de Roma; e nela, por muitos anos, Rômulo reinou de forma implacável contra os inimigos, foi justo e gentil com todo o seu povo.

Passados quarenta anos, o rei convocou todos os seus guerreiros para que pudesse vê-los e falar com eles. Estavam todos de pé, enfileirados, e Rômulo sentado em seu trono, quando, de repente, uma enorme escuridão caiu sobre a assembleia, impedindo que cada homem pudesse ver o rosto de quem estava ao seu lado. Da escuridão veio uma tempestade de raios e trovões. Quando cessou, o sol voltou a aparecer e todos olharam maravilhados e aterrorizados para o trono de Rômulo, pois o rei havia partido – ele desapareceu diante de seus olhos. E houve quem dissesse ter visto em meio à tempestade uma carruagem de fogo subindo aos céus, e que o cocheiro não era outro senão o próprio Marte, que viera buscar seu filho Rômulo para morada dos deuses imortais.

E enquanto todos duvidavam e se perguntavam sobre o ocorrido, um amigo de Rômulo, chamado Júlio Próculo, teve uma visão maravilhosa. Enquanto viajava sozinho entre as montanhas, pareceu-lhe ver o rei diante dele, grande e nobre, e vestido com uma armadura brilhante.

E Júlio gritou: "Ah, meu senhor, por que deixou sua cidade com tanta tristeza? Abandonou realmente todos aqueles que o amam?"

Então, a visão brilhante respondeu: "Por um tempo habitei com os homens, e uma grande e gloriosa cidade eu fundei. Conheça-me daqui em diante como Quirino, um dos deuses imortais. E agora volte para o meu povo e diga para que sigam sempre a lei que eu lhes dei, não sofrendo nem covardia, nem licenciosidade entre eles, mas sendo corajosos, justos e honrados, então eu, Quirino, estarei sempre a seu alcance, para ajudá-los em suas necessidades, e eles governarão sobre todos os povos do mundo."

CRÉDITOS DAS IMAGENS

Metropolitan Museum of Art: 12 (Rogers Fund, 1962), 29 (Bequest of Phyllis Massar, 2011), 42 (The Elisha Whittelsey Collection, The Elisha Whittelsey Fund, 1949), 80 (Gift of Henry Walters, 1917), 93 (Bequest of Grace M. Pugh, 1985), 114 (Purchase, Joseph Pulitzer Bequest, 1917), 139 (Bequest of Grace M. Pugh, 1985), 176 (Harris Brisbane Dick Fund, 1917), 255 (The Elisha Whittelsey Collection, The Elisha Whittlesey Fund, 1949), 305 (Bequest of Phyllis Massar, 2011), 326 (Purchase, Joseph Pulitzer Bequest, 1917)

Wikimedia Commons: 56, 156, 194, 229, 283